EL SECRETO DE ADÁN

Guillermo Ferrara

© D.R. Guillermo Ferrara, 2011

© D.R. de esta edición:
   Santillana Ediciones Generales, SA de CV
   Av. Río Mixcoac 274, Col. Acacias
   CP 03240, teléfono 54 20 75 30
   www.sumadeletras.com/mx

Diseño de cubierta e ilustraciones: Víctor Ortiz Pelayo
Lectura de pruebas: Josu Iturbe y Dania Mejía

Primera edición: marzo de 2011
Décima reimpresión: octubre de 2012

ISBN: 978-607-11-1002-2

Impreso en México

PRISA EDICIONES

*Para mi madre, María del Carmen Fritz,
quien me cobijó nueve meses dentro de su cuerpo.
En honor a la diosa que hay en ti y en todas las mujeres.*

*Y a mi padre, Julio Ferrara, generosa sangre italiana,
y a nuestros ancestros.*

Agradecimientos

Antes que todo, a Laura Lara, mi editora en jefe, por tu enorme aportación creativa y literaria a la novela. No sería la obra que es ahora sin tu visión, tus valiosos toques femeninos y tu experiencia; tu aporte ha sido vital en el resultado final.

A Jorge Solís Arenazas, mi editor, por leer en tres días el manuscrito original y sentir el alma del libro. Y por tu gran tarea de corregir ideas, quitando lo que sobraba para que pudiera brillar el diamante.

A Alexandra Karam, por dirigirme a tan prestigiosa editorial, fuiste un puente de conexión. Al doctor Arturo Ornellas, sabio amigo, arqueólogo, paleontólogo, miembro de la ONU, en quien me inspiré para el personaje del arqueólogo Aquiles Vangelis.

A Enrique de Vicente, director de la revista *Año Cero* de España, por la enorme difusión de las ciencias durante años. A David Barba, amigo literario de sabios consejos. A Heidie Moreno, quien leyó por primera vez el manuscrito y me brindó un primer panorama de visión creativa. A Rafael Palacios, quien incansablemente brega por la difusión de lo que va más allá de lo conocido.

A Simón Ferrara, por compartir los años de espera en la publicación de esta obra escuchando mi entusiasmo. A Mariela D'Amato y María Gabriela Ferrara.

A Rocío Gómez Junco de TV Azteca, por tu sabiduría, tu presencia y tu encanto. A Samantha Hernández, entrañable amiga mexicana. A mis amigos, Ángel Gracia, Lorenzo Gómez y Gustavo Martín, hermanos del camino. A Teresa Colilles, Luisa Moral, Graciela Barron, Paola Castaño, amigas del alma. A David Escandón, el hombre puente que une los destinos de los iguales. A Víctor Ortíz Pelayo, por el delicado arte de la portada y los mapas. A Fernando Malkún, por el enorme trabajo de difusión e investigación sobre los mayas y las ciencias sagradas, desde hace tantos años. A toda la familia Cano, por ser entrañables, cercanos y generosos en el afecto.

Y a Sandra Cano, un regalo de la Vida en mi vida. Por tu gran energía, tu luz, tu amor inteligente, tu compañerismo y tu apertura espiritual.

Y la serpiente dijo a la mujer, ciertamente no moriréis, pues los Elohim saben que el día que comiereis de él vuestros ojos serán abiertos y seréis como dioses, conociendo el bien y el mal.

Génesis 3:22

Dios puso a Adán y Eva en El Jardín del Edén, el Paraíso, y para probar su fidelidad y obediencia les dio el mandato de comer de todos los árboles del huerto, excepto un árbol; llamado Árbol de la Ciencia del Bien y del Mal —mas no les prohibió comer del Árbol de la Vida—, indicándole a Adán y Eva que si comían los frutos de él, iban a morir. El diablo tentó a Eva con forma de serpiente que se aprovechó de esta única regla, y así tentó y engañó a Eva; la cual comió del fruto prohibido. Eva viendo que era bueno para comer, y que era agradable a los ojos, y realmente un árbol codiciable para alcanzar la sabiduría, le dio también a comer a su marido.

Génesis 3:6

En la época de Cronos, los dioses hicieron a los primeros hombres, la raza de oro, que no estaban sujetos ni a la vejez, ni a la enfermedad, ni al trabajo, porque cogían los frutos de la tierra sin esfuerzo. Todos ellos murieron —no se sabe bien por qué— como si se quedaran dormidos, pero siguieron existiendo en forma de espíritus para proteger a los humanos. A continuación, Zeus y los Olímpicos crearon una raza de plata, que tardó un siglo en madurar; eran arrogantes y violentos y no adoraban a los dioses. Zeus los escondió bajo la tierra, donde también continuaron existiendo como espíritus.

Las tres últimas razas fueron asimismo creación de Zeus.

La tercera, la de bronce, descubrió los metales y dio los primeros pasos para construir una civilización, pero acabaron matándose entre sí y pasaron ignominiosamente a los infiernos. A continuación apareció la raza de los héroes, nacidos de madres humanas y padres divinos. Eran mortales valientes de fuerza sobrehumana y al morir iban a las Islas de los Bienaventurados. La quinta raza era la de hierro, los seres humanos modernos, para quienes el mal siempre se mezclaba con el bien y necesitaban trabajar. Esta raza desaparecería cuando los niños nacieran grises y los hombres deshonrasen a sus padres, destruyesen las ciudades y alabasen a los malvados.

Hesíodo, Los trabajos y los días

En el tiempo de nueve mil años antes de la época de Solón, los atenienses detuvieron el avance del Imperio de los Atlantes, habitantes de una gran isla llamada Atlántida, situada frente a las Columnas de Heracles y que, al poco tiempo de la Victoria Ateniense, desapareció en el mar a causa de un terremoto y de una gran inundación. La isla-continente más grande que Libia y Asia juntas, donde existió una civilización superior que fue abatida por una catástrofe natural. Cuenta la historia que el dios Poseidón tuvo diez hijos, y que a su hijo mayor, Atlas, le entregó el reino que comprendía la montaña rodeada de círculos de agua, dándole, además, autoridad sobre sus hermanos. En honor a Atlas, la isla entera fue llamada Atlántida y el mar que la circundaba, Atlántico. Favorecida por Poseidón, la isla de Atlántida era abundante en recursos. La justicia y la virtud eran propios del gobierno de la Atlántida, pero cuando la naturaleza divina de los reyes descendientes de Poseidón se vio disminuida, la soberbia y las ansias de dominación se volvieron características de los Atlantes. Los dioses decidieron castigar a los atlantes por su soberbia, pero Zeus y los demás dioses se reunieron para determinar la sanción. El castigo fue un gran terremoto, la erupción de un volcán y un diluvio con una subsiguiente inundación que hizo desaparecer la isla en el mar "en un día y una noche terribles".

Platón, Diálogos

Y las aguas subieron mucho sobre la tierra, y todos los montes altos que había debajo de todos los cielos, fueron cubiertos. Quince codos más alto subieron las aguas, después que fueron cubiertos los montes. Y murió toda carne que se mueve sobre la tierra, así de aves como de ganado y de bestias, y de todo reptil que se arrastra sobre la tierra, y todo hombre. Todo lo que tenía aliento de espíritu de vida en sus narices, todo lo que había en la tierra, murió. Así fue destruido todo ser que vivía sobre la faz de la tierra, desde el hombre hasta la bestia, los reptiles, y las aves del cielo, y fueron raídos de la tierra, y quedó solamente Noé, y los que con él estaban en el arca.

Génesis 7:19-23

Nuestro mundo de odio y materialismo terminará el 21 de Diciembre del año 2012, para ese día la humanidad deberá escoger entre desaparecer como especie pensante que amenaza con destruir el planeta o evolucionar hacia la integración armónica con todo el universo, comprendiendo que todo está vivo y consciente, que somos parte de ese todo y que podemos existir en una nueva era de luz.

Fernando Malkún, extracto del documental de Infinito, "Los dueños del tiempo"

Los Guardianes de los Cristales mantendrán los portales abiertos; los Guardianes del Tiempo os ayudarán a moveros a través de ellos. Esto ha sido conocido por los Mayas desde que sus Ancianos escudriñaron por primera vez las calaveras de cristal y supieron que la Tierra, cinco veces renacida, alcanzaría el Sexto Sol a finales del 2012 d.C. y entraría en su fase final de ascensión desde el universo de la materia hacia la cuarta dimensión, allí donde la ilusión del tiempo no existe ya.

    Patricia Cori, ¡Basta de secretos!¡Basta de mentiras!

El juego (Lîla) del nacimiento y de la desaparición de los mundos es un acto de poder del Ser, que está mas allá de la substancia (pradhana) y del plan (purusha), de lo manifestado (vyakta), de lo no-manifestado (avyakta) y del tiempo (kala).

    El tiempo del Ser no tiene ni principio ni fin. Es por eso que el nacimiento, la duración y la desaparición de los mundos no se detiene nunca. Después de la destrucción ya no existe ni día ni noche, ni espacio, ni tierra, ni oscuridad, ni luz, ni nada que no sea el Ser más allá de las percepciones de los sentidos o del pensamiento.

Vishnú Purana I, cap. 1, 18-23

Al final del Kali Yuga el dios Shiva —la Conciencia— se manifestará para restablecer la vía justa bajo una forma secreta y escondida.

Linga Purana 1.40-12

...y la tierra engalanada con su mejor vestido de luz será elevada y verá otro Sol.

Revelaciones, 21

Las grandes incógnitas del ser humano han sido sobre su identidad y su propósito: ¿Quién soy? ¿Qué hago aquí? Semejantes preguntas afloran en él justo cuando la respuesta está disponible en los planos sutiles de su propia alma, no obstante, podrán pasar centenares de generaciones antes de tener la certeza sobre las respuestas. Llegado el momento, la gran masa ni siquiera se cuestiona tales cosas y no obstante, su proceso de evolución no necesariamente está estancado, si las neuronas están despiertas y tienen claro lo substancial, el cuerpo sigue a la mente, la materia sigue a la luz porque sin ella no tiene sentido. La humanidad es conformada por los individuos que a muy diferentes niveles han alcanzado el estado de conciencia suficiente y necesario en cada nivel de experimentación posible.

G. Hernández B., extraído de una conferencia en Madrid.

Cuando hagáis de los dos uno, y hagáis el interior como el exterior y el exterior como el interior, y lo de arriba como lo de abajo, y cuando establezcáis el varón con la hembra como una sola unidad de tal modo que el hombre no sea masculino ni la mujer femenina… entonces entraréis en el Reino.

Evangelio de Tomás 22

El sexo es un puente para reproducir niños y, cuando no se utiliza como un medio para procrear, puede ser una vía directa para contactarse con el orgasmo cósmico —el Big Bang— y su energía creadora.

Principio tántrico

Adán fue el primer hombre, pero no porque fuese el primero, probablemente antes que él hubo muchos otros; por tanto, la historia no los puede recordar, no tienen ego, sino porque fue el primero en decir «no». Y a mi parecer, ¿cómo va a ser Adán el primer hombre? Seguramente hubo millones de hombres antes que él, pero ninguno de ellos dijo «no». No podían convertirse en hombres, no podían convertirse en egos.

Adán dijo «no». Sufrió por decirlo, por supuesto; fue expulsado del jardín de la felicidad.

Adán es un hombre y todos los hombres son como Adán. La infancia es el Jardín del Edén. Los niños son tan felices como los animales, tan felices como los hombres primitivos, tan felices como los árboles. ¿Habéis observado a un niño correr entre los árboles o en la playa? Todavía no es humano. Sus ojos siguen siendo transparentes pero es inconsciente. Tendrá que salir del Jardín del Edén. Éste es el significado de la expulsión de Adán del Jardín del Edén, ya no forma parte de la felicidad inconsciente. Al comer la fruta del árbol de la sabiduría se ha vuelto consciente. Se ha convertido en un hombre.

No es que Adán fuese expulsado una vez, sino que cada Adán deberá ser expulsado de nuevo. Cada niño deberá ser expulsado del jardín de los dioses; forma parte del aprendizaje. Es el dolor del aprendizaje. Hay que perderlo para volverlo a encontrar, para encontrarlo conscientemente. Ésta es la carga del hombre y su destino, su tormento y su libertad, el problema y a la vez la grandeza del hombre.

Osho, El Libro del Hombre.

Entonces Pablo, puesto de pie en medio del Areópago, dijo:
—Atenienses, en todo observo que sois muy religiosos, porque pasando y mirando vuestros santuarios, hallé también un altar en el cual estaba esta inscripción: "Al Dios no conocido". Al que vosotros adoráis, pues, sin conocerlo, es a quien yo os anuncio. El Dios que hizo el mundo y todas las cosas que en él hay, siendo Señor del cielo y de la tierra, no habita en templos hechos por manos humanas ni es honrado por manos de hombres, como si necesitara de algo, pues él es quien da a todos vida, aliento y todas las cosas. De una sangre ha hecho todo el linaje de los hombres para que habiten sobre toda la faz de la tierra; y les ha prefijado el orden de los tiempos y los límites de su habitación, para que busquen a Dios, si en alguna manera, palpando, puedan hallarlo, aunque ciertamente no está lejos de cada uno de nosotros, porque en él vivimos, nos movemos y somos; como algunos de vuestros propios poetas también han dicho: "porque linaje suyo somos".

Carta del apóstol san Pablo a los griegos, Hechos 17-28

Nota del autor

Las profecías mayas han sido estudiadas y analizadas por prestigiosos científicos y arqueólogos de todas las naciones. Es importante saber que seis de siete profecías de los sabios astrónomos y matemáticos mayas ya se han cumplido y la séptima se anuncia como un cambio vital y trascendente para la humanidad en 2012.

Todos los conocimientos volcados en esta novela, tanto del código genético como de la Atlántida, de los antiguos mayas, egipcios, gnósticos, griegos, incluso sobre la sexualidad mística, las ciencias y demás aspectos que aquí se presentan han sido investigados y documentados mediante un profundo estudio y a través de mis viajes.

Las diversas instituciones como el Gobierno Secreto, el Club Bilderberg, The National Press Club de EE.UU, como así también la famosa Área 51, el HAARP, la NOAA, El Proyecto Revelación del doctor Steven Greer, el trabajo premiado de Peter Joseph en los documentales *Zeitgeist*, la teoría de Rupert Sheldrake, el SDO (Solar Dynamics Observatory) y demás organizaciones que figuran en este libro existen realmente.

Todos los nombres de los personajes de esta novela son ficticios, no así los nombres de arqueólogos, investigadores, organizaciones, personas y hechos históricos. También son reales los monumentos, datos, fechas, símbolos, obras de arte y objetos.

Introducción
(Αλφα)

ΑΒΧΔΕΦΓΗΙϑΚΛΜΝΟΠΘΡΣΤΥςΩΞΨΖ

Capítulo 0
Lo que no vemos y lo que hemos olvidado

Nuestro universo (aún a riesgo de que la palabra "nuestro" suene demasiado pretenciosa) es un impresionante, bello y desconocido espacio inconmensurable e infinito. Y al decir, infinito, quiero decir que ni aún yendo hacia arriba, abajo, hacia la derecha o hacia la izquierda, encontraremos un límite.

Alberga miles de millones de estrellas, galaxias, planetas, asteroides, agujeros negros, supernovas... Un sinfín de creaciones de múltiples colores y formas. Si navegáramos por la Vía Láctea, hallaríamos doscientos mil millones de estrellas. Para el ojo humano esto resulta gigantesco, inabarcable. Dimensiones y distancias que se manejan con un parámetro más elevado, con una conciencia superior.

Nuestro Sol, el líder que ilumina a todos los planetas del sistema que danzan a su alrededor, en un juego exacto, se encuentra en la Vía Láctea. A nuestros ojos, el astro rey es un inmenso foco de energía, luz y calor; pero no es más que una estrella pequeña. Hay estrellas cientos y miles de veces más grandes. Si hago esta comparación, es para hacer elástica nuestra imaginación y conciencia, abandonando la visión limitada.

Pequeño o grande, el Sol es la fuente de la vida en Gaia, el planeta que llamamos Tierra (a pesar de que más de la tercera parte esté compuesto por agua), cuyo nombre se remonta a la mitología griega. Los antiguos griegos llamaban Gea o Gaya a la Tierra, considerada como la diosa Madre o la Gran Diosa, la base de la vida tal y como la conocemos en la tercera dimensión.

El sistema solar cuenta con los planetas Mercurio, Venus, Tierra, Marte, Júpiter, Saturno, Urano, Neptuno, y hasta hace pocos años también Plutón, todos con nombres de dioses romanos, recuérdalo. Y dicho sistema pertenece sólo a *una* galaxia. Hay muchísimas más, incluso hay colisiones de galaxias enteras. Tenemos que saber, sólo para situarnos, que hay 10,000,000,000 de galaxias como la nuestra (es necesario masticar lentamente estas cifras ya que no podemos ni imaginar tanto espacio ni tanta creación).

Todo está moviéndose. Todo tiene sus ciclos. Hay choques de meteoritos, hay nacimientos y muertes de estrellas; en el universo pasan muchas cosas que ignoramos y los astrónomos hacen lo que pueden por averiguar. Estos científicos han descubierto que existen otras constelaciones y planetas a 20, 30 o 100 millones de años luz de distancia. Hasta el año 2007 se habían descubierto 270 planetas extrasolares, casi todos de mayor tamaño que Júpiter.

Tomemos un respiro con calma.

El universo, esa inmensidad "allí afuera", podríamos pensar... Pero, ¿qué sucedería si los seres humanos fuéramos como una célula dentro del cuerpo que no puede ver lo que hay "afuera" (sólo cuando la sangre sale)?, ¿o igual que un pez que no puede salir del agua para ver que existen otros mundos y otras realidades. Un tiburón, por ejemplo, no puede llegar a saber toda la amplia gama de vida que hay fuera de su hábitat. No sabe nada sobre las palmeras, las montañas, los volcanes… En raras ocasiones, hay casos como el cangrejo, la foca, el cocodrilo o el delfín, que pueden pasar de un mundo al otro, conocer lo terrenal y lo acuático, pasar casi de una dimensión a otra. Así y todo, un cangrejo nunca conocerá por sus propios medios el Aconcagua, el Everest, la Acrópolis o las pirámides de Egipto.

A nosotros nos puede pasar igual que al cangrejo respecto al universo y a otras formas de vida. Ya que, entre los seres humanos, a lo largo de una dilatada historia (mucho más amplia en el tiempo que el que nos han impuesto y hecho creer), hubo personas como los cangrejos, focas o cocodrilos, que han podido tener "vislumbres" de otras realidades; que han podido estar en un elemento y en otro, lo que para nosotros sería pasar de la tercera dimensión a dimensiones superiores. Estos "hombres cangrejo" pudieron asomar su conciencia a realidades diferentes y ver sólo algunas "palmeras" de la playa cercana. Fueron sabios, profetas, videntes.

Por citar unos pocos, Demócrito, el sabio griego, afirmó con razón que la Vía Láctea se trataba de una gran colección de estrellas, tan distantes que se habían fundido entre ellas. Y que nuestra inmensa galaxia no es más que una isla entre las miles y miles de galaxias (o islas) del universo.

En 1543, Nicolás Copérnico dio a conocer un estudio llamado *De revolutionibus orbium coelestium*, en el que exponía la teoría heliocéntrica tomada del astrónomo griego Aristarco de Samos (siglo III a.C). Sólo se decidió a publicarlo en su lecho de muerte para evitar la ira de la iglesia, pues el estudio afirmaba que los planetas giraban alrededor del Sol.

Los mayas previeron un gran cambio para el 2012 (contando siempre a partir de Jesús, no olvidemos que antes hubo miles de años de vida que normalmente no contamos, o no nos dejaron contar).

Nostradamus escribió más de un millar de profecías que se cumplieron. Por mencionar sólo unas pocas: el derrumbe de las Torres Gemelas; la aparición de "Hister" (errando sólo en una letra al apellido del líder nazi); las plagas y guerras que han sucedido en oriente medio, la caída de reyes; incluso menciona que en estos tiempos habría "arañas en el cielo". ¿Se referiría a los constantes vuelos de aviones militares —los llamados *chemtralis*— que dejan residuos químicos a modo de telaraña en el cielo? Estos químicos nocivos esparcidos diariamente a la luz del día en las grandes capitales (en todas menos en China) tienen el fin de alterar el ánimo, influir en la psiquis, impedir a la población el contacto con el Sol y debilitar las defensas inmunológicas de la gente. Los aviones que realizan esto cuentan con el aval de la NOOA (*National Oceanic and Atmospheric Administration*), de Estados Unidos. Diariamente puedes ver los trazos y estelas blancas si miras el cielo, o ver los videos en youtube.

Y así, la lista de gente con la mirada elevada que predijo cosas es amplia... Edgar Cayce, Helena Blavatsky, Galileo Galilei, Newton, Sócrates, Cristóbal Colón y tantos anónimos visionarios desconocidos. Ellos fueron pioneros, descubrieron cosas que después se constataron.

Más cerca de nosotros, Rupert Sheldrake descubrió y popularizó la teoría de los campos morfogenéticos que puede sintetizarse así: cuando a un porcentaje de la población le entra una misma vibración o idea al inconsciente colectivo, la especie capta la misma sintonía y evoluciona.

El doctor Masaru Emoto descubrió las diferencias que las emociones humanas y las vibraciones generan en el agua y en los líquidos del cuerpo físico.

Y Carl Sagan, el astrofísico, que nos deslumbró con sus nuevas formas de ver el universo.

Incluso hubo otros como Buda, Zarathustra, Jesús, Mahoma o Abraham que hablaron en un lenguaje simbólico que no fue del todo comprendido, incluso, en la mayoría de los casos, fue tergiversado y malinterpretado.

Como salían del común de la masa crítica, se les llamó locos, se les quemó, se les envenenó y asesinó, ignorando el auténtico mensaje que expresaban entre líneas para despertar las conciencias. Pero eran seres con una alta capacidad para comunicarse con el universo y con las diferentes formas de vida que hay en él y no podemos ver.

Por ejemplo, si a Napoleón o a cualquier rey de la antigüedad, en su época, alguien le hubiera dicho que se podía grabar y escuchar música en un disco; o que los seres humanos se podrían enviar mensajes y comunicar mediante una computadora o un aparato llamado teléfono, su respuesta hubiera sido decapitar a quien se lo dijera y tomarlo por loco.

Los sabios y los profetas fueron silenciados. Luego comenzaron a circular mentiras como si fueran verdades absolutas. Hay muchos ejemplos de las mentiras más evidentes; en la actualidad los vemos como ejemplos tontos, pero en su tiempo fueron casi una ley: "El Sol y los planetas giran alrededor de la Tierra, no al revés"; "La Tierra es plana y la sostienen dos elefantes y tres tortugas"; "El sexo es pecado y es la tentación del diablo"; "Los judíos y los negros son inferiores"; "Eva sale de una costilla de Adán", etcétera. Podemos pensar: "eso ya no existe, es de siglos pasados". Pero no.

Lo grave es que las mentiras se fueron perfeccionando y se hicieron más sofisticadas a medida que la masa global de la humanidad fue evolucionando. Y muchas que circulan hoy día de manera sutil fueron tomadas peligrosamente como verdades. Una de ellas es creer que en este universo tan vasto y amplio la única forma de vida que existe es la terrestre. ¡Cuánto espacio desperdiciado entonces! Esto se afirma a pesar de tener pruebas de vida de seres de otras dimensiones, sobre todo en el Área 51 de Estados Unidos, la famosa base militar que figura en documentos oficiales de la CIA, situada

...ur de Nevada, donde según se cree los gobiernos han ...cultado pruebas de seres extraterrestres.

Pero hay una cosa cierta: probablemente somos la única forma de vida en la tercera dimensión. Parecemos tiburones que no pueden salir del agua para ver que hay más cosas. Cosas que se ven sólo con otros ojos, cambiando la visión. Y justo este punto es crítico porque el ADN original del ser humano ha sido alterado, manipulado y se le han cerrado las puertas al uso completo de los 64 codones (sólo están 20 activos), como también a las 12 hebras, ya que sólo 2 están activas. Hay muchas cosas de las que nunca nos enteramos por "no tener tiempo" o no investigar.

El Gobierno Secreto y la iglesia, junto al Club Bilderberg, los francmasones y demás organizaciones vinculadas al manejo dogmático de las masas, son los acusados de censurar y vetar información confidencial sobre nuestro verdadero origen divino.

Se han ocultado hallazgos arqueológicos de más de 12,000 años de antigüedad y hay infinidad de medios de aletargamiento existencial: futbol, play station, programas de TV, vidas de famosos, vuelos químicos, alteración del ADN, manipulación económica, chivos expiatorios, guerras encubiertas, información oculta de seres extraterrestres y tecnología para viajar más allá del tiempo, manipulación sexual y moral, alteración climática y un sinfín de falsas creencias que nos han sido impuestas por la fuerza y sin anestesia. Éstas se imprimen en el alma de un ser humano dormido, gracias a lo cual las mentiras se reproducen.

Es hora de despertar.

Todavía no hemos hecho el cambio de visión, sólo el puñado de personas que hemos llamado "iluminados" han expandido su conciencia quitándole todas las fronteras, para sentirse infinitos como el universo.

La Tierra, con un diámetro de 12,756 kilómetros, gira a 30 kilómetros por segundo alrededor del Sol, tiene una antigüedad de 4,600,000,000 de años y está habitada por 6,500,000 personas. Al girar en el espacio infinito del universo, va siguiendo determinados ciclos. No nos olvidemos que la palabra "cosmos" significa *orden*.

Mientras nosotros vivimos enfrascados en insignificantes problemas, no nos damos cuenta pero nuestro planeta se está moviendo. El giro del Sol alrededor de la galaxia es de 230 kilómetros por segundo, mientras que nuestra galaxia se mueve a 600 kilómetros por segundo. Los astrónomos dicen que este universo es un sitio muy activo, cambiante, violento. Los sabios mayas hacían sus cálculos y profecías observando los cielos. Sin embargo, nosotros creemos que todo está fijo, inmóvil. En realidad, no es todo como lo ven los ojos físicos; aparentemente, las estrellas están quietas arriba de nuestras cabezas, pero no es así. ¡Algunas viajan a 500,000,000 de kilómetros por hora! ¡Todo está en movimiento!

Vivimos buscando la seguridad en todos los sentidos, pero por ejemplo, la Tierra recibió colisiones de asteroides desde hace miles de años, como el cráter Meteoro en Arizona o los que cayeron en Siberia o en Arabia Saudita. De hecho, Júpiter es un escudo protector debido a su gran tamaño, recibe la mayoría de impactos de los asteroides en su superficie, resguardando a la Tierra.

En la actualidad, a través de satélites y telescopios como el Hubble, podemos ver fotografías e imágenes de un universo que asombra los ojos físicos y conmueve el alma con tanta belleza y magnificencia. Gracias a la NASA hemos conocido algunos cálculos matemáticos realizados con sofisticados aparatos. Asimismo, nos alegramos de dar unos cuantos pasos en libertad sobre la Luna, pero seguimos peleando por territorios y trozos de tierra en este planeta.

¿Cómo hicieron las civilizaciones antiguas, sin estas tecnologías, para conocer tantas cosas, hoy día comprobables con exactitud; para descubrir los misterios, profecías,

...los matemáticos, astronómicos y científicos, incluso ...estra posición dentro del cosmos?

Los mayas fueron una civilización con seres humanos iluminados, sabios y científicos. Ellos dijeron que el universo es un ser vivo. Y que de la misma manera que un cuerpo humano tiene su proceso de inhalar y exhalar a través del movimiento de los pulmones, y el sístole y el díastole del corazón, el universo tiene ciclos, que podríamos llamar respiratorios. Predijeron con exactitud matemática muchas cosas, entre otras que estamos a punto de entrar, con nuestra galaxia, en una nueva etapa de luz y armonía, "el día galáctico", saliendo de la "noche galáctica", un periodo de más de 5,125 años, en el que hubo problemas, conflictos, guerras y confusión. Es el momento que se suspende momentáneamente una inhalación para dar paso a una exhalación.

Los científicos, en cambio, hablan del *Big Bang* y del *Big Crunch*. La expansión del universo y luego su contracción. El Yin y el Yang, la entropía y la entalpía, lo Femenino y lo Masculino.

Los mayas, hace siglos, dejaron importantes conocimientos y profecías, pero la mayoría no ha escuchado este crucial mensaje, mientras que 38,000 códices fueron quemados por la iglesia cristiana, a manos del fraile Diego de Landa. Tampoco se le siguió prestando atención a los egipcios antiguos, a la enseñanza atlante o a los indios de Australia y de América.

La primera profecía maya afirma que llegaría el "tiempo del no-tiempo", un periodo de 20 años llamados por ellos un *katún*. Los últimos 20 años de ese gran ciclo solar de 5,125 años van desde 1992 hasta el año 2012. Los mayas profetizaron que aparecerían manchas de viento solar cada vez más intensas. Desde 1992 la humanidad entraría en un último periodo de grandes aprendizajes.

La segunda profecía afirma que el comportamiento de toda la humanidad cambiaría rápidamente luego del eclipse solar del 11 de agosto de 1999; dijeron que ese día se vería como un anillo de fuego recortado contra el cielo; fue un eclipse sin precedentes en la historia, por la alineación en cruz cósmica con el centro de la Tierra. Casi todos los planetas del sistema solar se posicionaron en los cuatro signos del zodiaco, Leo, Tauro, Escorpio y Acuario, coincidiendo con los signos de los cuatro evangelistas de la Biblia, los cuatro custodios del trono que protagonizan el Apocalipsis —del griego *Apokálypsis*, que significa *lo que se revela*, mal comprendido al traducirlo como *destrucción*—. Los mayas predijeron que en 1999 comenzaría una etapa de cambios rápidos necesarios para renovar los procesos ideológicos sociales y humanos.

La tercera profecía maya dice que una ola de calor aumentaría la temperatura de la Tierra, generando cambios climáticos, geológicos y sociales en una escala sin precedentes, y de una forma vertiginosa. Los mayas dijeron que el aumento de la temperatura se daría por la combinación de varios factores, uno de ellos provocado por el hombre que en su falta de sincronía con la naturaleza sólo puede generar procesos de autodestrucción. Además, otros factores serán producidos por el Sol, que al acelerar su actividad por el aumento de su vibración incrementa la radiación, aumentando la temperatura del planeta.

La cuarta profecía afirma que el aumento de temperatura causado por la conducta antiecológica del hombre y una mayor actividad del Sol provocaría un derretimiento de hielo en los polos. Si el Sol aumenta sus niveles de actividad por encima de lo normal, habría una mayor producción de viento solar, más erupciones masivas desde la corona del astro, un aumento de la irradiación y en la temperatura del planeta.

...mo se registra en el códice Dresden, cada 117 gi-
... Venus, que aparece en su mismo punto de partida, el
... sufre fuertes alteraciones, aparecen enormes manchas o
...rupciones de viento solar. Advirtieron que cada 1,872,000
kines o 5,125 años se producen alteraciones aún mayores.
Cuando esto ocurre, el hombre debe estar alerta, es el pre-
sagio de cambios y destrucción. (Los científicos actuales
prevén las llamadas máximas solares o eyecciones de masa
coronal CME, durante 2011 y 2012.)

La quinta profecía maya dice que todos los sistemas
basados en el miedo, sobre el que está fundamentada nuestra
civilización, se transformarán simultáneamente con el planeta y el hombre, para dar paso a una nueva realidad armónica. El hombre ha pensado equivocadamente que el universo
existe sólo para él, que la humanidad es la única expresión
de vida inteligente, y por eso actúa como un depredador de
todo. Los sistemas fallarán para enfrentar al hombre consigo
mismo y hacerlo ver la necesidad de reorganizar la sociedad
y continuar en el camino de la evolución espiritual que nos
llevará a comprender la creación. En estos momentos, prácticamente todas las economías del mundo están en crisis. El
hombre deberá entrar al "gran salón de los espejos" para ver
su propio rostro.

La sexta profecía maya dice que en los próximos años
aparecerá un cometa cuya trayectoria pondrá en peligro la
existencia misma del hombre. Los mayas veían a los cometas
como agentes de cambio que ponían en movimiento el equi-
librio existente para que ciertas estructuras se transformaran
permitiendo la evolución de la conciencia colectiva.

La séptima profecía maya nos habla del momento en
que el sistema solar, en su giro cíclico, sale de la noche galáctica para entrar al amanecer. Esta profecía vaticina que, en
los 13 años que van desde 1999 al 2012, la luz emitida desde
el centro de la galaxia sincronizará a todos los seres vivos y

les permitirá acceder voluntariamente a una transformación interna que produce nuevas realidades. Menciona que todos los seres humanos tendrán la oportunidad de cambiar y romper sus bloqueos, recibiendo un nuevo sentido, la comunicación a través del pensamiento, los hombres que voluntariamente encuentren su estado de paz interior, elevando su energía vital, llevando su frecuencia de vibración interior del miedo hacia el amor, podrán captar y expresarse a través del pensamiento y con él florecerá el nuevo sentido.

La energía adicional del rayo es transmitida por el Hunab-Kú, considerado por los mayas como el centro consciente de la galaxia, a unos 28,000 años luz de nuestro sistema solar. Desde dicho centro-conciencia superior se activará el código genético, nuestro ADN, para revelar el origen divino en los hombres y mujeres que estén en una frecuencia de vibración alta. Este sentido interno ampliará la conciencia de todos los seres, generando una nueva realidad individual, colectiva y universal. Una de las trasformaciones más grandes a nivel planetario, pues todos los seres conectados entre sí como una unidad, un todo, darán nacimiento a un nuevo ser en el universo. La reintegración de las conciencias individuales de millones de seres humanos despertará una nueva conciencia en la que todos comprenderíamos que somos parte de un mismo organismo gigantesco.

Los mayas también predijeron que se despertaría la capacidad de leer el pensamiento entre los seres. Esto revolucionaría totalmente la civilización, desaparecerían todos los límites, terminaría la mentira para siempre porque nadie podría ocultar nada, y comenzaría una época de transparencia y de luz que no podrá ser opacada por ninguna violencia o emoción negativa. También anunciaron que desaparecerán las leyes y los controles externos como la policía y el ejército, pues cada ser se haría responsable de sus actos, no habría que implementar ningún derecho o deber por la fuerza. Se

ntarían tecnologías para manejar la luz y la energía
los antiguos atlantes) y con ellas se transformaría la
ria, produciendo de manera sencilla todo lo necesario.
r ello, se daría una eliminación del miedo y de las enfermedades, al vibrar con otra energía. Así se prolongaría la
vida de los hombres. La nueva era sería un comienzo de vida
luminosa y armónica con las leyes del universo.

La humanidad actual, en su estado de *homo sapiens*,
progresó tecnológicamente pero involucionó en su conciencia (aunque lo de "tecnológicamente" es discutible si creemos que los egipcios gobernaban la antigravedad…).

El común de la gente de nuestra civilización ha perdido la conexión que los antiguos tenían con La Fuente, el
Origen, el Todo. No se ha comprendido con profundidad
la magnitud que tales civilizaciones tuvieron. Creemos que
eran bárbaros, paganos, incultos porque adoraban al Sol y
a las estrellas…

Ahora nos sentimos solos, aislados. Estamos juntos,
conectados, comunicados; pero solos. ¿Nos sentimos solos
porque hemos perdido el contacto con La Fuente que los
antiguos veneraban? Hemos perdido el contacto consciente
con el Sol como un ser vivo, a cambio de querer de él que
sólo nos deje la piel bronceada.

Alejados de nuestro ser interior y del lenguaje de
los cielos, estamos viviendo en una especie de intemperie
metafísica.

Curiosamente, la etimología de las palabras (de la que se
aprenden muchas cosas) nos regala un juego de fonética en
castellano con la palabra "soledad"; ya que si le invertimos
el orden nos queda "edad del Sol", que significa ni más ni
menos, momento de luz, intimidad, claridad con uno mismo
y con todo lo que nos rodea.

Poca gente conoce esa soledad rica, que nutre, que conecta con La Fuente de la vida.

La física cuántica está haciendo descubrimientos y experimentos respecto a la realidad dependiendo de cómo la veamos.

Es un momento en el que se aproximan grandes cambios.

Hagamos un juego: imaginemos que somos una hormiga y que vemos el proceso del tubo digestivo humano. Ampliando la perspectiva, es como si nosotros viéramos los movimientos de los planetas, las nubes de gas, el nacimiento de nuevas estrellas, el universo alimentándose y desechando materia a través de las supernovas. Nos podemos preguntar, ¿y si estuviésemos dentro de un gran cuerpo vivo y las estrellas del universo fueran lo mismo que las células lo son en nuestro cuerpo? ¿Y si los planetas representaran para el universo lo que son las glándulas endocrinas en nuestro cuerpo? ¿Y si estuviéramos dentro de un gigantesco cuerpo vivo albergando un inmenso potencial, igual que las semillas de mostaza en la parábola de Jesús?

Nuestro mayor valor para descubrir todos los misterios es la conciencia.

De la misma forma que la esencia de una célula de nuestro cuerpo humano es la luz, nuestra conciencia está compuesta de energía luminosa. Es lo único infinito que poseemos. Se ha comprobado científicamente, gracias a la cámara Kirlian, que el miedo hace bajar la luz personal y la energía vital.

Son tiempos de confusión, de miedo, de incertidumbre. Los orientales lo llaman la Era de la Oscuridad, la Era de Kali. No tienes que ir muy lejos para comprobarlo, basta leer los periódicos o ver las noticias, mirar los rostros de la mayoría de las personas. Vivimos hipnotizados, adoctrinados, dormidos. La visión no está ni hacia arriba, hacia el universo; ni hacia adentro, hacia nosotros mismos. La visión está puesta en la supervivencia, o en el futuro, o en la vanidad, o en la ambición, en la nada...

estra visión está nublada. Hemos perdido u olvi-
onocimientos importantes. Ni qué hablar de lo más
:o, poca gente sabe, por ejemplo, cosas de su propio
erpo: ¿cuántas vértebras tiene? ¿Cuántos litros de sangre?
¿Cuántas veces respiramos por minuto? ¿Cuántos esperma-
tozoides salen en una eyaculación? ¿Cómo es nuestro mundo emocional?

Los griegos antiguos, en el templo de Apolo en Delfos,
grabaron en la piedra: "Hombre, conócete a ti mismo y conocerás al universo y a los dioses".

Hay más cosas que las que nuestra razón y entendimiento limitado comprenden. El "Eureka" de Arquímedes no vino por la razón, sino por la intuición, el sentido
interno.

Muchas cosas escapan a las limitaciones humanas. Sólo
hemos podido tener noticias de dimensiones elevadas por
seres que se destacan de la muchedumbre para anunciar nuevos descubrimientos o predecir acontecimientos. Pero se les
ha tratado de silenciar por todos los medios. La gente que
ha tenido el poder en este planeta, siempre trató de que el
hombre mirara hacia el suelo.

La mirada de la hormiga.

Una visión limitada genera personas fáciles de dominar.
Sin embargo, cuando alguien desarrollaba la mirada del águila, podía ver, a través de su vuelo más alto, que por la vida
había paisajes que los comunes mortales ignoraban.

2012. Éste es el año terrestre en que las profecías mayas dicen que la humanidad está a punto de ensayar la mirada del
águila, del mismo modo que los egipcios hablaban del ojo
de Horus, la expansión de la conciencia. Una visión coincidente con la de los indios Hopi, con los yoguis de la India.
Todos mencionan que necesitamos ver con el ojo interior y
su poder para comprender que el universo, que parece tan

distante y ajeno, en realidad, está en la palma de la mano y responde a una sola Unidad.

Un proverbio dice que la vida del hombre es una línea entre dos puntos: un pasado que no recordamos y un futuro que no sabemos cómo será.

21 de diciembre de 2012, sólo una parte de la humanidad —la que expanda su visión interior y su capacidad de atravesar el gran portal dimensional— tendrá la posibilidad de conocer su origen y volver a mirar desde su interior hacia las estrellas...

1

Adán Roussos despertó abruptamente con el ring del teléfono junto a su cama. El reloj digital sobre su mesa de noche indicaba que eran las cinco de la mañana en la ciudad de los rascacielos. El sonido del teléfono lo interrumpió justo en su fase R.E.M. (Rapid Eyes Movement), la más profunda de su descanso, en medio de un sueño con playas y arena caliente. Somnoliento y confuso, giró sobre las blancas sábanas de seda su metro noventa de estatura y cogió el auricular con dificultad. Le costó articular las palabras.

—Mmm... hola —pronunció con poco énfasis.

Del otro lado de la línea, lo saludó una voz sexagenaria, cargada de entusiasmo.

—¡Adán!, querido amigo, soy yo, Aquiles, te llamo desde Grecia.

—¿Aquiles? —los ojos de Adán brillaron por un instante—. ¿Aquiles Vangelis? ¡Qué gusto oírte...! ¿Sabes qué hora es en este lado del mundo?

—Lo sé, lo sé —repitió el hombre casi con un susurro—, pero créeme que si te llamo ahora es por algo muy importante que no puede esperar. No se trata de una mala noticia, sino todo lo contrario.

Adán hizo una amplia inhalación.

—Comprendo, pero... ¿no podías esperar a que amaneciera? —Adán restregó con su mano derecha sus entrecerrados ojos marrones para comprobar que aquello no era un sueño—. ¿De qué se trata? ¿Qué es eso tan importante?

—No puedo contártelo por teléfono —el tono de Aquiles era agitado—, pero te anticipo que se trata de un descubrimiento que puede cambiar muchas cosas. Adán, por favor, ¡te necesito aquí, en Grecia!

Al escuchar eso, Adán se despertó finalmente.

—Pero...

—Es muy importante que vengas —insistió—. Me urge verte. Tú eres la persona capaz de ayudarme con lo que he descubierto, eres sexólogo y además experto en religiones —argumentó—. Mi descubrimiento tiene que ver con la sexualidad, la iglesia cristiana y los habitantes de la antigua Atlántida —pronunció aquellas palabras con énfasis. Y, sin dar tregua, arremetió—: Si este milagroso hallazgo es lo que presiento, te prometo que lograremos darle un dolor de cabeza al cristianismo y a las demás religiones.

Adán se quedó pensativo.

—Entiendo —su voz sonaba más animada—, pero tengo que ver mi agenda, tengo conferencias, pacientes...

—Busca un relevo en tu equipo, Adán —Aquiles lo interrumpió con vehemencia—, eso es rutina para ti, lo que te espera es posiblemente la aventura más importante de tu vida.

Al escuchar aquella petición tan urgente, Adán ya estaba sentado al filo de la espaciosa cama de roble. Trató de organizar con claridad sus pensamientos.

—Veo que se trata de algo trascendente, Aquiles. Veré más tarde de qué manera me organizo.

—Cuento contigo, amigo mío. Lo que he hallado... —hizo una pausa y contuvo un suspiro— te dejará atónito; no sólo a ti sino al mundo entero —tras decir estas palabras, colgó.

Un silencio seco, seguido por un torbellino de pensamientos —similar a un enjambre de abejas—, circuló por la mente de Adán Roussos. Se levantó de la cama y se dirigió a la cocina a prepararse un café.

Por el gran ventanal del dormitorio, tras un cielo plomizo, apenas amanecía en Nueva York. En la mente de Adán surgió el hilo de luz necesario para ponerse en actividad.

Un escalofrío recorrió toda la columna vertebral de Adán cuando sus pies descalzos cambiaron el cálido contacto del parquet del living por el frío mármol de la cocina. Necesitaba ordenar sus ideas. Aquella mañana traería un despertar distinto en su vida.

Un despertar especial en todos los sentidos.

Adán Roussos sabía que su viejo amigo Aquiles Vangelis —un excéntrico y vigoroso hombre de contextura fuerte, aunque delgado— era una persona comprometida, un hombre de palabra. Además de llevar dos décadas como asesor profesional en arqueología científica y paleontología educativa de la Unesco, lo que le daba influencia política y social, había sido por más de veinticinco años un incansable buscador independiente de los restos de la Atlántida. Tenía en su haber más de cincuenta expediciones extraoficiales en busca de indicios sobre la antigua civilización que Platón, el filósofo griego, ya había comentado miles de años atrás, en sus conocidos *Diálogos*, el Critias y el Timeo.

Con aquellas investigaciones fuera del *establishment*, el profesor Vangelis ponía en peligro no sólo su vida sino también su carrera como arqueólogo y paleontólogo educativo, ya que era sabido que todo científico que se preciase de serio veía la Atlántida como un mito y una leyenda más que como un hecho real.

Las palabras del sabio y veterano arqueólogo fueron pronunciadas con certeza y poder. Aquiles tenía cierta influencia para pedirle que abandonara todo por seguirlo, ya que Adán le debía el favor de haber conseguido su actual trabajo en el Sexuality Institute of New York. En poco tiempo, con sólo cuarenta y un años de edad, Adán Roussos fue nombrado director de área, un cargo que había conseguido, además de sus buenas facultades profesionales, por gestión personal del profesor Vangelis.

Pensativo, Adán bebió su café mirando una de las esculturas, regalo de un amigo y paciente, colocada bajo los cuadros que decoraban su lujoso y cálido departamento neoyorkino. Hecha de cristal tallado, representaba a un atleta griego. Descansó su pensamiento y sus ojos en aquella inspiradora obra, al tiempo que deslizaba su mano por el cabello, tratando de esclarecer lo que pasaba en su interior. Siempre que necesitaba pensar lo despejaban dos cosas: pasar los dedos entre sus rizos y deslizar el índice por el lomo de su nariz griega.

Adán vivía en la zona del Village, amaba el aura mística y elegante de aquel barrio lleno de artistas, restaurantes, galerías de arte y personajes; prefería la bohemia de aquella zona en vez de Tribeca o del West Side.

No podía estar quieto, se puso de pie y caminó reflexionando mientras la sombra de su estatura se reflejaba en la pared, generando una aureola de misterio al proyectarse por el living. Allí había estatuas de Apolo y Dionisio que se encontraban cara a cara con Afrodita. Como cada mañana antes de ir a trabajar, oprimió el interruptor de la fuente de mármol blanco junto a las obras de arte y comenzó a salir un suave hilo de agua, eso le daba un aire de relajación a la sala principal.

Adán Roussos era conocido en el ambiente de la ciudad como "Dr. Amor". A menudo lo entrevistaban las cadenas televisivas y las revistas especializadas debido a sus revolucionarios sistemas de sanación sexual. Había agitado al mercado editorial con su libro *Misterios metafísicos de la sexualidad humana,* que era usado como texto de estudio en algunas universidades.

Los críticos decían de él: "Sus trabajos sobre sexualidad son como una primaveral brisa fresca entre tantos años de encierro invernal", refiriéndose a los siglos de represión y condenación de todo lo referente a la sexualidad por parte de algunas religiones y sociedades moralistas.

Adán gozaba de excelente reputación, una considerable posición económica y un buen nivel de vida. Se dedicaba con fervor a su vocación obteniendo excelentes resultados dentro de su extensa cartera de pacientes. Por otro lado, su inquieto espíritu aventurero e investigador lo tentaba con el llamado del arqueólogo.

"Aquiles tendrá algo muy poderoso entre manos", suspiró al recordar su querida Grecia, tierra que había dejado hacía ya una década. Añoraba sus costumbres, sus comidas, su danza, su gente y el Sol. No había vuelto desde que le anunciaron que había muerto su padre, hacía ya algunos años. Antes de aquella pérdida, solía regresar cada verano para visitar a sus padres y sus amigos, y gozaba del Sol mediterráneo en las islas.

Si aceptaba la petición de Aquiles, sólo tendría que adelantar un mes sus vacaciones, que de cualquier forma iba a tomar en agosto. Necesitaba poner en orden lo que sentía y lo que pensaba. En aquel momento su voz interior le hizo tomar conciencia de que debía apoyar a su amigo.

Se duchó, liberó su mente bajo la tibieza del agua y al salir del baño, cuando el reloj de la pared marcaba las seis y media de la mañana, dejó de lado la incertidumbre; sin dudarlo fue hacia su escritorio con la toalla sujeta a la cintura y el cabello aún mojado, encendió su Mac portátil y reservó en internet el próximo vuelo hacia Atenas, programado para el día siguiente.

2

La relación amistosa de Aquiles Vangelis con Adán Roussos se remontaba casi veinte años atrás, cuando Nikos Roussos, el padre de Adán, se fue a vivir a la isla de Thira, hoy conocida como Santorini. Allí Aquiles tenía su laboratorio científico y arqueológico, donde dedicaba la mayor parte de su tiempo a investigar con fervor todo lo relacionado con la mítica civilización atlante.

Por cuestiones del destino, Nikos Roussos también llevaba muchos años tras los restos de la Atlántida y sus avanzadas modalidades tecnológicas, místicas y espirituales. En una de las múltiples reuniones y eventos de la Unesco en la que ambos coincidieron los presentó otro colega. Desde aquella época fueron inseparables compañeros profesionales.

A los dos arqueólogos, apasionados por los relatos de Platón y los hallazgos de pistas, excavaciones y piezas sueltas —hechos en su mayor parte por el padre de Adán—, los había hermanado la búsqueda de huellas sobre aquella civilización desaparecida, que al parecer descendía del mítico héroe Atlas, un hijo del mismísimo Poseidón.

Dentro de la comunidad científica, quienes buscaban la Atlántida eran tildados de "locos incurables" y poco profesionales, pero ellos hacían oídos sordos ante los motes y las burlas. Sabían que a diario mucha gente usaba términos como "atlántico", "atlético", "atletismo", sin saber que derivaban de "Atlas", el mítico rey de la Atlántida; incluso la palabra "atlantismo" se mencionaba para describir la actitud política de adhesión a los principios de la Organización del Tratado del Atlántico Norte (OTAN), que favorecía a su extensión y afianzamiento en Europa.

A Vangelis y a Roussos no sólo los unía la misma relación profesional, sino también el mismo destino conyugal ya que ambos se habían divorciado —casi al mismo tiempo—, al no haber podido equilibrar la pasión por las investigaciones con el poco tiempo que tenían para dedicarles a sus ex mujeres.

Nikos Roussos desapareció en una trágica expedición submarina, investigando restos arqueológicos en Santorini; su cuerpo nunca fue hallado, pero después de un tiempo lo consideraron oficialmente muerto. Los demás integrantes del equipo de investigación corrieron con mejor suerte aquel día en que una terrible tormenta los sorprendió en pleno mar Egeo.

En aquella época, Nikos Roussos lideraba un equipo de investigaciones submarinas para el prestigioso canal de documentales National Geographic. Hombre extrovertido, rebelde y desafiante —lo opuesto a su hijo—, Nikos buscaba equilibrar el sentimiento apasionado con el pensamiento consciente. En cambio, Adán solía parafrasear a Aristóteles: "La virtud está en el término medio".

En varios países Nikos era conocido como un importante e influyente defensor de la naturaleza y de las reliquias de los griegos antiguos. Había sostenido discusiones con representantes del Museo Británico, ya que alegaba que los frisos y esculturas exhibidos por ellos en la actualidad deberían volver a Atenas. "Fueron robados hace muchos años, y sería decoroso que los regresaran", argumentaba.

También había estado estrechamente relacionado con esferas políticas y, años antes, ayudó a que la gente tomara conciencia sobre el calentamiento global, incluso mucho antes de las intensas campañas que en 2007 realizó Al Gore.

Adán heredó las investigaciones de su padre, pero le había dado aquellos valiosos datos y el seguimiento de sus hallazgos a Aquiles, quien también lamentaba la desaparición de Nikos y siguió llevando la antorcha sobre la búsqueda de la Atlántida.

—El trabajo de mi padre —le decía Adán— ha quedado inconcluso, ojala puedas tú continuar su obra.

El cuerpo de Nikos nunca fue hallado, y eso le impedía a Adán cerrar del todo su herida afectiva. Sabía que en su mundo emocional algo no estaba del todo claro y sanado con respecto al misterioso desenlace de su progenitor.

Siempre que volvía a Grecia un perfume de añoranza y nostalgia se apoderaba de él. Santorini lo recibía en su casa familiar, una típica construcción griega, de color blanco, en la zona de Oia, un precioso enclave en la roca que brindaba un inigualable panorama de belleza y luz. No quería vender aquella propiedad heredada, llena de recuerdos. Adán sentía como si, en términos de belleza, la energía creadora de la vida hubiera sido más generosa en aquella isla; aquel sitio emanaba energía, magia y encantamiento.

De más joven, Adán volvía allí en los veranos. Amaba degustar los manjares de los típicos restaurantes y tabernas bajo el Sol mediterráneo; corría y nadaba para mantenerse en forma, y se juntaba con algunos conocidos a jugar baloncesto. Gozaba de los placeres, las transparentes aguas turquesa, las danzas griegas nocturnas y se excedía con los exquisitos vinos de la isla.

Supuestamente, esta vez iría a Grecia por algo más de acción y menos placer. Había sido un año duro de trabajo y esperaba con ansia sus vacaciones, aunque ahora no sabía con lo que iba a encontrarse. "Viniendo de Aquiles, puedo esperar cualquier cosa", pensaba. Recordaba al viejo amigo y compañero de su padre que lo llamó con tanta urgencia, como si su vida dependiera de ello.

Y aquel extraño sentimiento le confirmaría que estaba en lo cierto.

3

Atenas, 20 de julio de 2012

*K*alimera! —le dijo la joven del módulo de información en el aeropuerto Eleftherios Venizelos de la capital helena.

—*Kalimera* —contestó Adán, en su griego natal mientras pasaba delante del mostrador.

Era un día soleado, lo cual bien valía el "buenos días", ya que el cielo se encontraba con poco viento y sin nubes, típico de Atenas los meses de verano.

—¿Puedo ayudarle en algo?

—No, gracias, no necesito nada —contestó amable—. Estoy esperando a un amigo, seguramente se ha retrasado.

Saludó con una sonrisa a la simpática empleada, antes de marcharse a la zona de espera; aprovechó para quitarse la chamarra negra y quedarse sólo con una fina camisa azul oscura.

La gente iba y venía por los pasillos, muchos empleados de empresas y taxistas esperaban a pasajeros invitados con sendos carteles con sus nombres para identificarlos. Como en todos los aeropuertos de las grandes capitales, los negocios, las luces y colores aturdían al recién llegado que buscaba encender la brújula de su mente para orientarse en el nuevo territorio. Adán conocía aquel sitio como la palma de su mano, había pasado por ese aeropuerto desde su adolescencia, cuando viajaba junto a su padre, ayudándolo en su búsqueda de pistas perdidas.

No habían pasado más que unos minutos del aterrizaje cuando recordó encender su Blackberry. Al instante, el buzón le indicó con un sonido agudo que había recibido dos mensajes. El primero decía: "Bienvenido a Grecia, la empresa Cosmote le brindará el servicio que usted necesite a lo largo de todo nuestro país. Que disfrute su estancia."

Al abrir el segundo mensaje se encontró con un escalofriante texto:

MI PADRE HA DESAPARECIDO.
ADÁN, COMUNÍCATE CONMIGO URGENTEMENTE.
ESTOY ASUSTADA.
ALEXIA.

El rostro de Adán se volvió pálido.

Una ráfaga helada le recorrió la espina dorsal y le hizo revivir los años de dolor por la pérdida de su propio padre, abriendo el cofre lastimado de sus emociones. Giró la cabeza en busca de algún rostro familiar, en vano. Su corazón comenzó a latir con más fuerza, la respiración se aceleró y sus venas se hincharon igual que un purasangre antes de una carrera. Todas las caras eran desconocidas. Se hallaba desorientado y confundido. "¿Desaparecido Aquiles? ¿Por qué?"

Mil preguntas giraban en su mente como en un carrusel. Se sentó en el único lugar libre que encontró. Su temperatura corporal seguía aumentando y el sudor perlaba su cara.

Alexia Vangelis era la hija de Aquiles. Al momento de conocerse, Adán tenía veintidós años y ella sólo quince, sus padres se reunieron a trabajar, y todos vivían en la misma isla. Cuando Adán se fue a Atenas para estudiar, ella se quedó sin su "hombre-admiración", a quien la unían *Philos* y *Eros*, por quien sentía un amor platónico.

Rápidamente marcó con su pulgar derecho el número del cual había venido el mensaje.

—*Parakaló* —dijo una voz femenina.

—¿Alexia?, ¿eres tú?, ¿qué ha pasado?

—Adán, no lo sé, es todo tan confuso. ¡Mi padre ha desaparecido!

—Pero, ¿dónde?, ¿cuándo? Hablé con él hace menos de dos días —dijo exaltado por la noticia. Respiró profundamente para tratar de serenarse.

—Escucha —dijo Alexia, manteniendo la calma y un tono de voz suave—, debemos reunirnos, es importante que hablemos… Asegúrate de que nadie te siga.

Adán se sorprendió.

—¿Que nadie me siga? Alexia, ¡no entiendo lo que sucede!

—Hasta donde me dijo mi padre, nadie sabe que vendrías, pero ten cuidado. Hay en juego algo muy profundo y trascendente. Podemos vernos en una hora en el bar Five Brothers, está en la calle Aiolou, la misma del Banco Nacional de Grecia, al pie de la Acrópolis.

—Sí, lo conozco. Estaré allí en una hora.

El sexólogo se quedó estupefacto mirando su Blackberry con el rostro duro y la mente aturdida, aunque reaccionó rápidamente. Dio varios pasos a la derecha, hacia el final de un pasillo, y dejó su pequeña maleta negra bajo consigna en una taquilla del aeropuerto; cogió su billetera, el móvil, su libreta de mano, su estilográfica y salió rápidamente para coger un taxi.

4

Los ojos saltones de Viktor Sopenski parecían salirse de sus órbitas. El corpulento policía rondaba los cincuenta años mal llevados. Las entradas de su incipiente calva eran tan prominentes como su barriga, producto de su adicción a la cerveza y a la comida basura.

Había nacido en Albania, aunque en los años sesenta sus padres emigraron a Estados Unidos, donde fue criado. Marginado por los jóvenes americanos que se burlaban de él por su nacionalidad, fue abriéndose paso hasta que, pasada su adolescencia, se matriculó en la brigada de investigaciones de la policía de Nueva York.

Con el paso de los años, su naturaleza corrupta lo llevó a relacionarse con hampones de la policía y su "brazo negro"; años más tarde, acabó trabajando como testaferro y matón de la poderosa organización mundial conocida como el "Gobierno Secreto". A él lo llamaban "El Cuervo". Con este mote era conocido en las filas de la poderosa organización oculta y de las fuerzas policiacas, debido a los encargos que hacía en países extranjeros, por su sagacidad, instinto y dureza a la hora de "comerse" a sus presas.

El cuerpo que formaba el Gobierno Secreto estaba compuesto por una compleja red de control, en una organización que incluía en sus filas a altos estratos de poder del gobierno de los Estados Unidos, Europa y Rusia. También tenían conexión con una poderosa logia económica mundial, el Club Bilderberg, que se involucraba con una línea secreta dentro de los masones. Amparados por una turbia y dominante jerarquía dentro de la iglesia católica, consumaban sus planes de poder económico, social, psicológico y religioso. A este peligroso y dominante coctel de poder, se le unía una serie de científicos y altos militares, pagados por el Gobierno Secreto, más los representantes de grandes intereses creados por parte de la industria farmacéutica. Debido a su complejo funcionamiento escalonado de poderes, sin nacionalismos, el Gobierno Secreto no sólo impedía que se revelase su estructura, sino que era prácticamente imposible conocerla. Para garantizar esto, los miembros de menor rango no conocían al total de los integrantes. La consigna era que sólo conocieran a su superior directo, no mucho más allá.

Esa mañana Viktor Sopenski estaba vestido con una sudada camisa celeste, corbata desanudada azul y un ajustado traje color café. Su mal gusto por la vestimenta —que no ocultaba el deterioro de su cuerpo— era compensado por su implacable y feroz forma de trabajar contra lo que ellos llamaban "individuos que atentan contra el sistema".

El arqueólogo se hallaba atado de pies y manos en una silla, en medio de una oscura y húmeda sala, llena del humo que emitía el cigarro del ayudante de Sopenski, Claude Villamitrè, un francés flaco y encorvado, de casi cuarenta y cinco años, consumido por el deterioro que provocaban la nicotina y el tabaco en sus pulmones. Estaba al servicio de todo lo que pidiese el capitán Sopenski. Fueron muchas las veces que el desgarbado agente Villamitrè mostró su lealtad al capitán y muchas las veces que, sin problemas, hizo los trabajos más sucios. Ambos cobraban un doble salario; por un lado, el sueldo de la policía de Nueva York —que ellos consideraban de bajo importe— y, por el otro, una generosa cantidad mensual por parte del Gobierno Secreto que tapaba cualquier leve indicio de ética profesional en su estrecha conciencia.

Aunque Sopenski y Villamitrè no hacían aquel trabajo sólo por dinero, también tenían ideales y ambiciones que coincidían con los altos estratos del Gobierno Secreto, aunque sólo eran una mínima parte del complejo engranaje mundial de control y poder; una minúscula pieza, importante a la hora de la acción, pero completamente sustituible, aun con toda su ansiedad por obtener más poder.

Vivían en Nueva York y estaban en Grecia por un "encargo vital de extrema prioridad y confidencialidad", tal como el jefe le dijo por teléfono a Sopenski. Su superior directo, al cual nunca había conocido en persona, se hacía llamar simplemente "El Mago"; siempre se mostraba exigente y autoritario a la hora de pedir sus "encargos", aunque generoso al momento de pagarle por cada "trabajito extra" que realizaban.

En aquella habitación donde estaba secuestrado el arqueólogo, un tercer hombre —al que dentro de la organización apodaban "El Búho", debido a sus grandes y saltones ojos celestes— estaba de pie, semioculto en las sombras. No se le veía el rostro, sólo se dibujaban unos lustrosos zapatos italianos, negros como el petróleo, debajo de un elegante traje del mismo color. Su cuerpo parecía haber sido impregnado con un fino perfume que destilaba un intenso olor a pachuli.

Sopenski se dirigió a Aquiles con soberbia.

—Supongo que imaginará, profesor Vangelis, que no lo trataremos con la clásica hospitalidad griega —le dijo secamente, al tiempo que le dirigía una mirada cómplice a su ayudante.

Cegado por una fuerte luz frente a sus ojos, Aquiles no se movió. Mantuvo los ojos cerrados para no recibir aquel impacto visual. Se mantuvo en silencio con valor.

—Veo que quiere hacer honor a su nombre, valiente Aquiles —dijo el francés, con ironía, deletreando lentamente su nombre y soltando una mueca de desprecio.

Aquiles sudaba bajo los efectos de aquella luz.

Villamitrè se sirvió una copa de vodka en un vaso de plástico y acercó otro al hombre que estaba en las sombras observando la escena, inmóvil y atento. El Búho lo rechazó con un ademán de su mano izquierda, que lucía un valioso Rolex. El francés estornudó dos veces por el fuerte perfume que llevaba el misterioso personaje a quien habían conocido recientemente a través del Mago. Claude Villamitrè no sentía mucha confianza por aquel desconocido, además odiaba su esencia de pachuli.

Aquiles soltó un gemido de dolor, Sopenski le apretaba las muñecas con tal fuerza que impedía el paso de la sangre a las manos del arqueólogo.

—Vamos al grano, profesor Vangelis —añadió Sopenski con voz intensa—, usted no nos hará perder tiempo a nosotros, y nosotros no le haremos daño. Díganos lo que queremos saber y todo el mundo contento.

Aquiles tomó aire con dificultad, comenzaba a sentir la presión de aquel sitio y de aquella gente. Sus brazos estaban cada vez más doloridos por la presión de la soga. Su estómago se hallaba contraído como una pelota de rugby.

—No diré una palabra —al sentirse impotente por no poder defenderse, sólo le quedaba la entereza de su espíritu.

—Bien —dijo Viktor Sopenski, con tono cortante—. Veo que quiere los laureles y la fama para vanagloriarse con sus colegas, ¿eh? No sé lo que tienen los griegos con la gloria personal, eso es algo que no he entendido nunca —dijo irónicamente.

—Supongo que no conoce nada de eso. La gloria está reservada sólo para los valientes.

—¡Oh, sí! —exclamó Sopenski, en tono de burla y con un ademán de su mano como si quisiera desprestigiarlo—. Supongo que usted es muy valiente, profesor... Le diré lo que es usted —su tono de voz se alzó como el rugido de un león—. ¡Sólo un lameculos de la Unesco y de las Naciones Unidas! Desesperado porque le reconozcan por sus descubrimientos. No es más que un viejo que delira —separó lentamente las últimas palabras y las escupió al ajado rostro de Aquiles.

Cegado por las luces, el arqueólogo no podía verlo bien, aunque percibía su hediondo aliento a escasos centímetros.

—Si sólo son delirios de un viejo —contestó—, no veo cuál es el interés que tienen para que les revele información.

—Mis superiores creen que usted es una amenaza.

—Tus superiores son los que deliran.

—Se me está agotando la paciencia —gritó Sopenski—, no voy a dialogar como uno de sus grandes filósofos, yo soy un *guerrero* —le remarcó—. Me obliga a actuar, profesor Vangelis.

Aquiles se hallaba cada vez más sofocado por la falta de aire, en aquella oscura y vieja casona sin ventanas.

Sopenski observó que el hombre oculto en las sombras movió su mano derecha. Inmediatamente captó la orden.

—Procede —le ordenó el capitán a Villamitrè.

El encorvado francés se llevó el cigarro a la boca y se agachó para coger un aparato del suelo. Lo enchufó a la electricidad y éste soltó un leve chirrido. Al acercarlo al cuerpo de Aquiles le descargó un aguijón como si fuera el piquete de cien abejas al mismo tiempo.

Vangelis se contuvo ante el dolor, aunque de buena gana hubiese emitido un grito, más por la impotencia de no poder liberarse que por el daño físico en sí mismo.

—Tiene que saber que mi ayudante disfruta con esto, pero no nos gusta perder el tiempo. Buscamos resultados —gruñó Sopenski una vez más.

Otro fuerte puñetazo del francés arremetió contra la mejilla de Aquiles, que sintió cómo uno de sus incisivos caía al suelo y un gran hilo de sangre escurría por su boca.

—Verá, profesor Vangelis —dijo Sopenski, emocionado como un depredador al ver sangre, ostentando un tono de superioridad—, seré claro con usted. Si no quiere correr con la misma suerte que su colega... mmm, ¿cómo se llamaba? —fingió no acordarse—, ¡ah, sí!, el profesor Nikos Roussos, le pido que sea inteligente y nos diga lo que sabe.

Aquiles giró la cabeza sorprendido.

—Ya sospechaba que mi amigo no podría haber perdido la vida por circunstancias naturales. ¡Hijos de puta! —gritó, al tiempo soltaba un escupitajo.

Sopenski y Villamitrè rieron a viva voz.

—¡Asesinos! —gritó Aquiles, encolerizado; su voz sonó como un trueno.

Sabía que su colega Nikos Roussos había sido amenazado un par de veces, pero en su momento ninguno le dio mayor importancia. Las amenazas eran comunes en el mundo de las investigaciones *off the record*; los científicos independientes que "hurgaban" en cosas que estaban ocultas tarde o temprano las recibían, ya que el Gobierno Secreto y la iglesia no querían que ciertos descubrimientos fuesen del conocimiento público si afectaban sus intereses.

Los tres secuestradores estaban impacientes.

La adrenalina fluía por la sangre de Aquiles, pero se mantuvo estoico.

—¿Piensan que a mi edad le temo a la muerte? —Hubo un silencio—. El mundo de los que trabajamos por la luz y la verdad ha sufrido persecuciones desde la Inquisición. Siempre los buscadores científicos honestos han padecido la persecución por parte de los poderosos —gritó Aquiles con voz fiera—. Desde el medioevo aplican la misma táctica.

En aquel momento, la lucidez comenzó a entrar en su mente. Se esforzó para abrir los ojos buscando orientarse. Sólo pudo ver el reflejo de una cadena con un crucifijo colgando en el pecho de Villamitrè, como la huella de una creencia ciega a la que posiblemente pedía que le solucionara su destartalada vida.

—Profesor —dijo Sopenski, ahora como si le hablase a un niño rebelde que no quiere dejar de jugar en el parque—, la gente como usted y su inquieto amigo Nikos Roussos, los "Gandhi" de nuestra era, ya están pasados de moda. Ustedes no tienen cabida en *nuestro* mundo. Quieren ir más allá de lo que, digamos, el poder establecido les permite. Y sabe muy bien que colabora o le pasará lo mismo que a su amigo.

Nuevamente Villamitrè le dio un doloroso picazo con la máquina en medio de la espalda.

Esta vez, Aquiles soltó un grito ancestral.

—¡Hable! ¿Qué ha descubierto en Santorini? ¿Qué hacía allí? —gritó Sopenski a viva voz.

Silencio y humo.

El misterioso hombre de las sombras se giró, hizo una seña con su mano derecha y sin decir palabra abrió la única puerta de la diminuta habitación para marcharse, dejando que se filtrara un poco de aire fresco. Su misión era reconocer al arqueólogo. La parte de su trabajo ya estaba hecha.

"Conozco ese perfume", pensó Aquiles al inhalar la fragancia del hombre que se marchaba, aquel olor fuerte del pachuli le llegó hasta sus fosas nasales penetrando hasta el cerebro, generándole un recuerdo conocido.

Al instante sonó el teléfono móvil de Sopenski.

—¿Diga?

La voz del otro lado de la línea sonaba seca y autoritaria.

—Todavía no ha hablado, señor, pero no tardará.

Algo le susurró la voz del otro lado del teléfono a Sopenski y éste sonrió con malicia.

—Excelente idea. Así lo haré, señor —contestó al mismo tiempo que asentía con la cabeza—. En cuanto tenga novedades lo llamaré.

Los siguientes dos minutos el implacable Viktor Sopenski pensó en silencio al tiempo que caminaba dando círculos alrededor del arqueólogo, cual tiburón que estudia a su presa antes de atacarla.

El grueso capitán le susurró algo al oído de Villamitrè, que esbozó una diabólica sonrisa con sus verdosos dientes comidos por la nicotina.

—Ya sé lo que haremos, valiente profesor —dijo lentamente un Sopenski que ahora mostraba un mayor aire de superioridad. Se tomó tiempo antes de volver a hablar—. ¿Qué le parece si mejor se lo preguntamos a su hija?

Villamitrè volvió a reír.

Aquiles sintió que un enorme peso caía sobre él. Su corazón sintió un flechazo de dolor. Ni siquiera tuvo fuerzas para tratar de soltarse. Lo envolvió una nube de impotencia.

"Mi hija es más valiosa que mi secreto", pensó resignado.

Tomó una dolorosa inhalación del poco aire que allí había.

Quiso gritarles, insultarlos y decirles que eran unos hijos de puta extorsionadores, pero no pudo. La rabia y el cansancio le obligaban a morderse los labios en los que la sangre empezaba a coagularse.

De su boca escurría saliva mezclada con sangre, sudaba a gotas y parecía que al haberle nombrado a su hija sus fuerzas se abrumaron del todo. Podía aguantar cualquier cosa en él, pero con ella era diferente.

La había educado en los mejores colegios privados de Atenas, se había ocupado de muchas de las cosas de su adolescencia y siempre tenía tiempo para ella, a pesar de lo absorbente de su trabajo. Le inculcó el culto a las divinidades, la adoración a la naturaleza misma, alejándola de todo ritual inerte, cargado de culpa y remordimiento.

Aquiles tenía un fuerte sentimiento de rechazo a todo lo relacionado con la iglesia católica. Era un griego "a la antigua", pensaba que la invasión de la iglesia en las tierras helenas había destruido en los jóvenes el amor por la sabiduría, el respeto por los dioses antiguos, la admiración por la belleza y el placer, la grandeza de la perfección humana, empequeñeciendo al individuo y haciéndolo dependiente de moralidades y fastidiosas ideas antinaturales.

"Desde que han entrado en Grecia, no ha habido más Sócrates, ni Platones, ni Aristóteles ni Acrópolis, sino más bien mediocridad existencial", argumentaba a menudo. En parte, el propósito del arqueólogo era reivindicar a los griegos antiguos y, mucho más atrás en el tiempo, a los minoicos y atlantes.

Ahora no se hallaba favorecido por las circunstancias.

Pensó unos instantes como si quisiese elaborar una salida ante aquella presión.

"Espero que Alexia se haya dado cuenta y proceda correctamente." Sabía que ella era astuta, rebelde y con espíritu libre. Su hija era su orgullo.

—Muy bien —dijo Aquiles al fin, con desgano—. Les diré lo que he descubierto, pero olvídense de mi hija —su voz mostraba cansancio y resignación.

Ambos policías soltaron una carcajada seca.

Sopenski se le acercó a veinte centímetros de la cara.

—Me alegro que sea razonable y nos diga lo que queremos saber —fingía un tono cómplice. Al esperar que Aquiles hablara, extrajo una pequeña grabadora de su bolsillo—. Sabía que sería más inteligente que valiente, profesor Vangelis. Todo ser humano tiene su lado débil —dijo con una sonrisa de triunfo en los labios.

5

Los poderosos neumáticos Firestone del Mercedes Benz C-270 que llevaba a Adán se deslizaban a más de ciento veinte kilómetros por hora sobre el caluroso asfalto. El elegante taxi pintado de amarillo tardó más de treinta y cinco minutos en entrar de lleno a la ciudad helena, ya que el centro de Atenas se hallaba bastante retirado del aeropuerto. Descendieron rumbo al sur de la añeja ciudad, por la calle Adakimias hacia Kolonaki Square, el elegante barrio donde se hallaban los típicos cafés y finos restaurantes griegos, desde donde Adán pudo ver su querido Monte Likavitos, la colina más alta de la ciudad y la que mejor vista ofrecía de la Acrópolis y del Partenón.

En menos de diez minutos siguieron hacia el National Garden pasando antes frente al edificio del Parlamento, donde en aquel momento estaban haciendo un cambio de la Guardia Nacional Griega en honor al Soldado Desconocido. Un centenar de turistas se agrupaba para ver el espectáculo de los dos imponentes soldados, llamados *epsones,* que debían superar reglamentariamente el metro noventa. Iban vestidos con un particular e inimitable uniforme compuesto por una faldilla o fustanela de cuatrocientos pliegues, simbolizando los años que estuvieron los turcos ocupando Grecia, aunque lo más especial es que llevaban unos zapatos de tres kilos cada uno. Todo el traje estaba compuesto por cincuenta piezas. Aquel evento que Adán alcanzó a ver desde el taxi —y que había observado tantas veces en su juventud— precedía la entrada de la plaza Sintagma, el centro neurálgico de Atenas, donde la gente iba y venía en su andar: peatones, coches y autobuses, a ritmo vertiginoso, característico ritmo alocado de todas las capitales del mundo.

Por la mente de Adán un sinfín de pensamientos circulaban al mismo ritmo que el tránsito. Estaba confuso y preocupado. Sólo sus prácticas de meditación le hacían mantener la calma para tratar de pensar con claridad. Hacía ya tres años que tomaba clases con su profesora de meditación y yoga, una magnética joven hindú que enseñaba en el Meditation Center of New York; siempre solía decirles a los alumnos que para resolver un problema a veces había que *dejar de pensar* para que llegase la solución. El mismo Einstein escribió que los problemas no se resolverían en el mismo estado mental que fueron creados.

Cuando dejaron atrás la plaza Sintagma, por la calle Vassilisis Sofías, una de las principales arterias de Atenas, el motor del elegante Mercedes aminoró la velocidad al entrar en las estrechas callejuelas del barrio de Plaka —el más antiguo de la ciudad—, debajo de la Acrópolis. Desde allí se podía ver la Atenas antigua y, si se usaba la imaginación para cambiarle la vestimenta a la gente, parecía que el visitante podría estar tras los pasos recientes de Platón o Pericles. Se decía que el mismísimo Sócrates solía caminar por allí, miles de años antes.

Aún en el presente había arqueólogos trabajando en plena ciudad, desenterrando y descubriendo vasijas, casas y columnas, arremolinados por curiosos turistas en busca de la mejor fotografía.

—Debo dejarlo aquí. No podemos seguir, ya que es área restringida para los coches —dijo el taxista.

—Muy bien, además necesito caminar un poco.

—*Parakaló.*

Como no llevaba equipaje, sólo se colocó la chamarra negra pese al calor y sus Ray-Ban azules para cubrirse del Sol.

El casco antiguo del barrio de Plaka, con más de seis mil años de antigüedad, reflejaba las fachadas de sus construcciones, como si el tiempo se hubiese detenido, aunque se había renovado y embellecido la plaza de Monastiraki.

La música del popular *sirtaki* griego se escuchaba en los parlantes de algunos bares y tiendas, popularizado por la mítica película con Anthony Quinn, *Zorba el griego*. Se mezclaba en los oídos de las personas que poblaban las terrazas de cafés —abarrotadas de turistas— bebiendo sus *frapés*, la bebida típica. Los griegos nativos jugaban entre dedos con el *komboloi*, un pequeño collar de cuentas que giraban y deslizaban una y otra vez con maestría. Los negocios de artesanías, joyas, recuerdos, imitaciones de dioses, héroes y mitos se hallaban tanto en camisetas, *souvenirs* y postales, como también sobre yeso, bellamente tallado e incluso armaduras y cascos imitando a los que usaron los guerreros de los combates de Troya y Esparta.

En Atenas vivían numerosos artistas que vendían sus cuadros, esculturas y joyas trabajadas en plata y oro a los negocios locales, ya que el turismo era una de las principales fuentes de ingresos. La gastronomía era otra de las cosas que atraía gente, pero si algo identificaba a la ciudad era obviamente el Partenón, al cual Adán siempre solía visitar porque "le hacía sentir en un mundo distinto".

Nada de esto importaba ahora para él, que se encontraba impaciente por reunirse con Alexia. Caminó a paso ligero, entremezclándose con la gente que se apiñaba en los negocios, calle abajo.

Tardó menos de diez minutos en cruzar desde el casco antiguo de Plaka hasta la plaza Monastiraki y seguir tres calles más abajo para llegar al final de la calle Aiolou, donde vio el cartel del Five Brothers, su punto de encuentro. Desde allí, a unos veinte metros separado por una cerca, se podía ver claramente un terreno con olvidadas columnas semicaídas, entremezcladas con árboles y pinos y, a unos setecientos metros, en lo alto, la imponente figura del Partenón. Era un lujo comer o beber en aquel sitio con aquella hermosa vista de la Acrópolis.

Se sentó en una de las mesas que daba a la calle, debajo de la sombra de una enredadera.

—*Kalispera* —dijo el camarero.

—*Kalispera* —respondió, aunque para Adán las tardes no tenían nada de buenas—. Sólo quiero agua mineral bien fría.

Aunque había reconocido la perfecta pronunciación en griego de Adán, el camarero no evitó su cara de desagrado, ya que era presionado por los dueños del sitio para hacer consumir mucho a los turistas y evitar los que sólo se sentaban para quedarse hipnotizados mirando el Partenón y sacando fotografías. Además, siempre en todos los bares de Grecia traían una gran jarra con agua fresca gratuita acompañando cualquier consumición.

Adán bebió de un trago el fresco líquido que generó un alivio inmediato en su interior.

Miró su reloj. Las cuatro y cuarto de la tarde. El calor de Atenas llegaba a los treinta y dos grados. Cerró los ojos tras sus gafas de Sol buscando relajarse, pero el chistido que escuchó lo obligó a abrirlos de nuevo.

—Chisss… ¡Adán! —susurró una suave voz femenina.

Giró la cabeza sobre su hombro derecho para ver a la mujer que lo llamaba desde dentro de un Citroën C4 negro. Lo miraba tras unas grandes gafas marrones de pasta, parecía una actriz de los años dorados de Hollywood, con un pañuelo en la cabeza, igual que la mítica Ava Gardner.

La joven mujer —que un mes antes había cumplido los treinta y cuatro años— se quitó el pañuelo azul dejando caer una larga, ondulada y bella cabellera oscura como el ónix. Dejó sus gafas y sus chispeantes ojos marrones como almendras fueron dos soles para el rostro de Adán, al poder reconocer, al fin, las pupilas de su amiga de la infancia.

Alexia llevaba un vestido blanco de hilo italiano, adornado con algo que llamó mucho la atención de Adán: un collar alrededor de su cuello con un pequeño y extraño cuarzo blanco. Alexia giró su cuerpo hacia él para mirarlo directamente a los ojos. Adán sintió que un manto de paz y sensualidad lo envolvía sacudiendo toda la estructura de su raciocinio. Siempre sostenía que algunas religiones le cubrían el rostro y no permitían el poder a las mujeres —sobre todo si eran hermosas como Alexia— porque su encanto suspendería todo atisbo de razón y lógica. "Si los hombres observan detenidamente la belleza de una mujer son conducidos a una visión del Paraíso", solía decir en sus conferencias.

Alexia no era simplemente atractiva, la pareció mucho más sensual que cuando la había visto la última vez, años atrás. Parecía una exótica mujer extraída de algún jardín de Babilonia, de Esparta o de la antigua Persia. Su belleza no era de esta época —donde reinaba sobre todo lo artificial—, la suya era una belleza ancestral, fina, de la época de los viejos imperios, de las emperatrices y las reinas.

—Vamos, Adán, de prisa.

Él dejó una moneda de dos euros sobre la mesa y se dirigió hacia el coche.

—¡*Teia gou!* —pronunció la mujer, repitiendo el saludo, con un tono que denotaba urgencia y al mismo tiempo calidez.

—¿Alexia? ¿De verdad eres tú? Lo siento, no te había reconocido. Hace años que no nos vemos.

Ella se acomodó frente al volante.

—Sube. Tenemos que irnos de aquí —dijo con tono más tenso y aceleró de golpe.

—¿Cómo has hecho para entrar en esta zona? No se permite el paso de coches.

La mujer señaló una tarjeta sobre el panel negro delantero del C4 que decía: "AUTORIZADO. PERMISO EXCLUSIVO".

—No olvides que mi padre es muy influyente.

Alexia parecía toda una conductora experta. Le llevó sólo unos minutos salir de allí y giró a toda velocidad dos calles más abajo tomando por Nikodimou y dobló en sentido ascendente por Amalias, donde se metió haciendo una especie de zigzag por otras dos calles pequeñas, hasta desembocar al final de la calle Pindarou debajo del famoso monte Likavitos.

El semáforo verde hizo que Alexia acelerara aún más el Citroën C4.

Adán dio un respingo por la velocidad del coche y sin más rodeos le lanzó la pregunta.

—¿Qué pasa con tu padre?

La hija de Aquiles lo miró de reojo mientras el coche se abría paso entre algunos coches y taxis.

—Esta mañana quedamos de vernos en su casa para recogerte juntos en el aeropuerto. Primero me llamó, igual que a ti. Estaba lleno de entusiasmo al hallar por fin lo que persiguió durante tantos años, te imaginarás… Me dijo que quería contarme en persona sobre lo que había descubierto y que ya había constatado. Sabes que no afirmaría nada sin comprobarlo científicamente. Dijo que era algo trascendente, de impacto global, y que si desvelaba su hallazgo el mundo entero podría quedar revolucionado.

—¿Por qué crees que desapareció? ¿No estará en otro sitio?

—No. Hoy cuando fui a su casa para encontrarme con él estaba todo revuelto, sus cajones totalmente desordenados, el colchón de la cama, los armarios, su biblioteca, todo invadido y tirado por el suelo. Allí supuse que mi padre no sólo había desaparecido sino que estaba secuestrado.

—¡Secuestrado! —Adán se mostró alarmado.

—Había recibido amenazas anónimas que le "sugerían" abandonar sus investigaciones. Pero, tú lo conoces, es el hombre más terco y obstinado que existe.

Adán asintió, mientras intentaba asimilar la situación.

—¿De qué se trata? ¿Qué ha descubierto?

—Te contaré todo desde el principio para que comprendas mejor...

Alexia bajó las ventanillas y una tibia brisa le llegó al rostro al tiempo que aceleró el coche. Ambos estaban inquietos.

—Necesito aire puro para pensar.

—Está bien. Ahora dime, ¿qué podemos hacer?

—Con mi padre habíamos desarrollado lo que llamamos "Plan de urgencia".

—¿Plan de urgencia?, ¿qué es eso?

—Tiene que ver con información que yo debería dar a conocer si a él le pasaba algo. Siempre aconsejé a mi padre que tuviera cuidado y luego de las amenazas recibidas le dije que podía brindarle apoyo.

—¿Cómo podías ayudarlo? ¿De qué forma? —preguntó Adán.

—Estoy trabajando en Londres con una importante ONG de protección del medioambiente, además de mi asesoría como geóloga y bióloga —Alexia lo observó como un águila observa a un venado—. Supongo que no te adelantó nada, ¿verdad?

—Me llamó a las cinco de la mañana, completamente exaltado y me dijo que había descubierto algo relacionado con la antigua Atlántida, la sexualidad, y que su descubrimiento podía desmoronar al cristianismo y a las demás religiones.

—Eso es sólo una parte —respondió ella, mirando atentamente a un coche oscuro que se colocó cerca de ellos.

—¿Sólo una parte? ¿Por qué me dijo que necesitaba mi ayuda para descifrar algo?

Alexia volvió a acelerar y dobló una esquina pasándose un semáforo.

—Te explicaré. Poco a poco han ido saliendo a la luz restos de culturas milenarias que poseían conocimientos científicos y metafísicos extraordinarios. Tal como mencionaba Platón, a quien mi padre admira tanto, un día ocurrió una catástrofe de enormes proporciones que las barrió parcialmente de la faz de la Tierra. Lo más alarmante de todo es que quizás ése sea el mismo destino que nos aguarda.

—Lo mismo que mi padre estaba investigando —respondió él—, he leído su libro casi una docena de veces.

—Adán, el libro de tu padre habla sobre la relación de los antiguos sabios mayas de México, sobre su desaparición y sus siete profecías sagradas.

—Sí. Él estaba trabajando en eso cuando desapareció —mencionó Adán.

—Ése es el trabajo que mi padre estaba completando, justo donde tu padre lo dejó. Son vaticinios de importancia vital para la humanidad sobre el mensaje urgente que anuncia la séptima profecía maya.

Adán se acomodó un poco sobre su asiento, le dolía la espalda después de once horas de vuelo.

—Hoy es 20 de julio de 2012 —añadió ella—, y las profecías hablan del "fin de una era, una transformación vital y esperanzadora para la humanidad el 21 de diciembre de 2012".

"Sólo cinco meses", pensaron al mismo tiempo.

—Además —continuó Alexia—, las seis profecías anteriores se cumplieron totalmente; no habría motivo para que pronto la séptima no se cumpliese.

Se refería a que las seis profecías en los antiguos códices mayas, investigados por científicos expertos contemporáneos, pronosticaron eclipses con fechas exactas, guerras, enfermedades, movimientos geológicos, terremotos y cambios en los gobiernos.

—Adán, mi padre descubrió algo trascendente que podría dar a conocer información clave sobre la séptima profecía, mejor dicho… —se frenó como si quisiera escoger mejor las próximas palabras—. Para hacernos entender qué es lo que sucederá. Es algo relacionado con la nueva elevación de la conciencia, y dicha elevación haría que la humanidad tuviese acceso directo a un conocimiento existencial vital y de una magnitud tremenda, ya que se cree que después de la desaparición de la Atlántida, el estado de conciencia expandido, el conocimiento original y el nexo directo con el origen de la vida que se poseía comenzó a desaparecer, es algo que podría desvelar el…

Hizo una pausa que pareció durar siglos. Alexia miró por el espejo retrovisor. Aceleró. El coche oscuro que pensó que podía estarlos siguiendo ya no estaba, pero ella seguía intranquila.

—Mi padre tiene entre manos un hallazgo que podría nada más ni nada menos que revelar el verdadero origen del hombre.

—¿El origen del hombre? ¿Te refieres al *primer* hombre?

—Sí, a tu homónimo, amigo mío. El *primer* Adán. A su proyecto lo llama *El secreto de Adán*.

El sexólogo se quedó sorprendido y la miró fijamente. Trató de digerir esas palabras y se quedó pensativo mirando el camino a través del parabrisas.

—¿Adónde nos dirigimos?

—A buscar el plan de urgencia, en su estudio secreto. Un salvoconducto. Si hay algo que debemos saber, tiene que estar ahí. Para entender qué le pudo haber pasado, necesitamos averiguarlo. Debemos conocer concretamente qué es lo que ha descubierto.

6

Raúl Tous era el cardenal más joven entre los futuros veinte aspirantes a ser el próximo Papa de la iglesia católica. Había nacido en la capital de Portugal, Lisboa. Para una gran parte de los portugueses, representaba la esperanza de tener un Papa algún día. También era uno de los pocos que podían exhibir una figura física medianamente decorosa. A sus cincuenta y tres años, su espalda estaba todavía fuerte, no se había encorvado como sucedía con la mayoría de los altos jefes eclesiásticos. Al creer que el peso de la cruz se llevaba por dentro, esta idea hacía mella en los religiosos, les hacía somatizar, en una marcada cifosis dorsal que los llenaba de dolor desde el sacro hasta las cervicales. Aquel dolor no estaba dentro de él.

El cardenal Tous se mantenía recto debido a la práctica regular de gimnasia y natación, pero ante todo por sus ansias de poder. Le era más fácil dar un zarpazo con sus palabras y actos que arrodillarse a rezar. Calculador y endemoniadamente inteligente, más que relacionarse con la gente, tejía hilos políticos e iba proyectando intereses creados. Estaba acostumbrado a la sensación de mando que había obtenido, y eso le ayudaba a compensar un enorme complejo de inferioridad que venía desde su niñez, pues tuvo cuatro hermanas y él, que era el menor, recibía menos atención de sus padres. No sólo lo ignoraban ante sus hermanas; sus padres, católicos devotos, también ponían más interés en la Biblia y en lo que decía el párroco de su templo, así que para llamar su atención Raúl Tous decidió hacerse sacerdote.

Sus padres, al creer que se trataba de una verdadera vocación, aceptaron de buena gana y eso cambió su relación. Para sus progenitores era un honor tener un sacerdote en la familia. Y así, el joven aspirante pronto demostró cualidades a la hora del estudio y la dura formación de párroco. El tiempo, el hambre de poder y la necesidad de ser reconocido y respetado que siempre lo persiguieron a la postre dieron su recompensa. Con esfuerzo había llegado a lo más alto, un cardenal reconocido e inmerso en las garras del poder. Sus tramas y ocultos ideales le habían otorgado la jerarquía de la religión a la que representaba.

—Viajo de civil hacia Atenas —le había dicho el cardenal Tous a su ayudante personal.

Marchar de civil equivalía a viajar en primera clase, pero no en el avión que el Vaticano les proporcionaba tampoco con guardia ni escolta. Sólo en dos casos especiales el astuto cardenal Tous viajaba de esa manera: cuando tomaba vacaciones en algún rincón relajado de Italia —poseía una villa en la Toscana— o bien, como en este caso, cuando tenía alguna reunión secreta de extrema urgencia.

Para aquel viaje, el cardenal estaba vestido con una informal aunque elegante chaqueta granate de hilo peruano, un valioso reloj en su muñeca y un pantalón negro.

Siempre hablaba de manera concisa y con voz potente. Tenía cabello espeso y cano que acariciaba a menudo para no despeinarse, cosa que odiaba. Sus ojos podían quedarse fijos durante minutos sin pestañear cuando alguien le hablaba, como si le diese tiempo a su mente para elaborar varias respuestas y elegir la más conveniente para su propio interés.

A las cinco menos veinte de la tarde de Portugal —donde se hallaba en una importante reunión acompañado de su secretario privado— había recibido la llamada a su teléfono desde Atenas por parte del capitán Viktor Sopenski.

—El profesor Vangelis ha confesado, tengo la grabación —le había dicho, lleno de orgullo.

Tras aquellas palabras el cardenal había decidido viajar inmediatamente a la capital griega, ya que así tendría en sus manos los importantes descubrimientos del arqueólogo e impediría que un secreto tan antiguo como el mismísimo comienzo de la especie humana saliera a la luz.

Si bien mucha gente alrededor del globo lo creía más como leyenda que como realidad, para la iglesia católica era un dogma de fe el afirmar que el primer hombre se había llamado Adán y había sido hecho de barro por Dios, mientras que Eva —la primera mujer— había salido de una costilla de ese primer hombre.

El capitán Viktor Sopenski se hallaba doblemente satisfecho. Según él, había logrado —a través de amenazas contra la vida de su hija— que el famoso arqueólogo le revelara su importante descubrimiento y, por otro lado, al fin conocería al Mago, tal como conocían a Tous dentro de la organización. Curioso apodo había elegido el prelado, viniendo de uno de los más altos mandatarios de una religión que había abolido a todo aquel que practicase la magia, desde que había surgido Jesús hasta la actualidad, con la represión en el medioevo, la caza de brujas y la santa Inquisición.

A los lobos del ambiente político de varios países —que anhelaban el poder dentro de algunos años— les convenía apoyar a un "futuro Papa", para tener luego el apoyo *desde dentro* para gobernar las mentes y los destinos de gente débil que se apoyaba en creencias estrictas y en tradiciones sin cuestionamiento científico.

En Lisboa, el cardenal Tous subió la escalerilla del avión de Olympics Airways justo en el mismo momento en que Alexia y Adán, en Atenas, detenían el coche a tres calles del laboratorio secreto de Vangelis.

7

Si bien había muchas civilizaciones que parecían haber desaparecido sin dejar rastro, la más popular de todas ellas era, sin duda, la Atlántida. La evidencia más importante sobre ella se encontró en los libros *Critias* y *Timeo* escritos por Platón alrededor del año 355 a.C., cuando el sabio filósofo griego contaba con setenta años aproximadamente.

La bella e imponente imagen de la Atlántida descrita por Platón representaba una Edad de Oro de la Humanidad: un completo paraíso terrenal antes de la caída, en términos bíblicos. La representación del jardín del Edén había sido tan rica e influyente que las especulaciones sobre ese sitio han continuado, más o menos ininterrumpidas, desde el momento en que el sabio mencionó el tema.

En su apasionante e inmortal relato, Platón escribió que Timeo oyó contar estas historias a Solón, uno de los siete sabios de Grecia, quien, a su vez, las había escuchado de los labios de un sacerdote egipcio.

Por aquel entonces, más allá de las Columnas de Heracles, existía una isla del tamaño de un continente, más extensa que Libia y el Asia Menor juntas, a la que llamaron "Atlántida" en honor de su primer rey y fundador: Atlas, hijo de Poseidón.

Del contexto se desprende que estaba en medio del Océano Atlántico y que se trataba de un archipiélago, pues se afirmaba que yendo de una isla a otra, se podía pasar entre continentes.

En el reparto del mundo que se hicieron los dioses, la isla correspondió a Poseidón, señor de los mares. Ahí estaba uno de los hombres que originalmente habían nacido en la Tierra: Eveneor, conviviendo con la mortal Leucida, con la que había tenido una hija llamada Clito, de extraordinaria belleza. Al morir los padres de ella, Poseidón deseó a Clito y se unió a la mujer mortal. De dicha unión nació una serie de hijos, con los que poblarían la isla durante el reinado del hijo primogénito de ambos: Atlas.

Para proteger a sus hijos y apartar a su amada del resto de los mortales, el dios Poseidón decidió fortificar el territorio por medio de un canal de cien metros de ancho, otro tanto de profundidad y diez kilómetros de largo, que conducía a otro canal interior que hacía las veces de puerto, en el que pudieran fondear los navíos más grandes de la época. Luego se abrieron esclusas para atravesar los otros dos cinturones de tierra que rodeaban a la ciudadela, situada en el islote central, de forma que sólo pudiera pasar una nave cada vez. Estos canales estaban techados, por lo que la navegación se hacía por debajo de la superficie.

El primer foso tenía quinientos metros de ancho, igual que la porción de tierra que circundaba a modo de atolón. El segundo era algo menor: trescientos veinte metros, lo mismo que el siguiente anillo de tierra. Por último, había una tercera franja de agua, de ciento cincuenta metros de anchura, que rodeaba la ciudadela o Acrópolis, con un diámetro de sesenta y nueve kilómetros. Este islote central estaba totalmente amurallado con torres de vigilancia de piedra de diversos colores, blanco, negro y rojo, de belleza inigualable y con abundantes combinaciones artísticas que desplegaban al máximo el talento humano.

El muro que protegía al primero de los islotes estaba revestido enteramente de cobre y el del segundo, de estaño fundido. Algo muy importante que caracterizaba a la ciudad de la Atlántida era que tenía un muro cubierto por un desconocido metal: el oricalco, que etimológicamente quiere decir "cobre de las montañas", de gran valor, sólo superado por el oro.

En el centro de la Acrópolis de la Atlántida se levantaba un templo dedicado a Poseidón y Clito, rodeado de una cerca de oro. Tenía doscientos cincuenta metros de largo, cincuenta y cinco de ancho, y una altura acorde a esas medidas. El exterior estaba revestido en plata, menos las esquinas del techo, que estaban cubiertas de oro. El interior era de oricalco con arte grabado en marfil y adornos de oro y plata. Presidía el Templo una estatua de Poseidón, de oro macizo, rodeado por nereidas montadas sobre delfines.

De acuerdo con el relato de Platón, los atlantes utilizaban toda suerte de metales en la construcción de sus palacios más suntuosos. Recubrían las murallas de sus ciudades de cobre y estaño, mientras que la Acrópolis y sus cercanías fueron guarnecidas por el misterioso metal que ellos llamaban oricalco.

Dado que se trata de la única referencia escrita sobre el extraño metal, la naturaleza del oricalco ha dado curso a toda clase de conjeturas, entre las que sobresale, como la más probable, que se tratase de una fundición de oro y platino. En ese metal, los atlantes acostumbraban grabar en tablillas sus enseñanzas y conocimientos metafísicos, astronómicos, bioquímicos y espirituales.

La riqueza de la Atlántida se acumulaba y reproducía en tal abundancia que probablemente ninguna otra civilización la vuelva a poseer en el futuro. Disponían de todos los bienes que ciudades y países enteros son capaces de producir y, aunque era mucho lo que recibían de tierras extrañas, gracias al poderío y gloria de su imperio, la mayor parte de lo necesario para la vida se lo suministraba la isla por sí misma.

Igualmente, había allí todo cuanto el bosque puede ofrecer de material para la carpintería, además la isla producía copiosamente plantas aromáticas, cereales y frutos en cantidades incalculables. Así —merced a la agricultura—, los atlantes empezaron a prosperar en la industria, construyendo numerosos puentes y puertos, además de palacios y templos.

Todo el territorio atlante era abrupto y sus costas, llenas de acantilados, difíciles de penetrar. Era complejo atacarlos, se tornaron casi invencibles para la mano humana. Así y todo, los atlantes eran un pueblo avanzado, pacífico y espiritual, conectado a las leyes del cosmos, aunque tenían defensas contra pueblos intrusos y bárbaros que no tenían un estado de conciencia elevado y que buscaban invadir territorios. Para ello estaban preparados. Siempre se creyó que el ejército atlante estaba compuesto por más de un millón de hombres, un número considerable para aquellos tiempos.

Esta antigua civilización avanzada —que, se creía, existió hacía más de doce mil años— fue investigada y estudiada desde Platón en el año 427 a.C. pasando luego por los filósofos Macrobio, Plutarco, Proclo, y más recientemente, en 1828, por el escritor francés Julio Verne y en 1883 por José Ortega y Gasset, entre otros.

Muchos de ellos coincidieron en que la organización administrativa y el gobierno de esta isla-continente era federal y democrático, y que cada uno de los diez reyes de la Atlántida gobernaba un estado siguiendo los preceptos originales de Poseidón.

Los atlantes eran poderosos en varios frentes, pero sobre todo obtenían su poder del Sol, poder que pudieron condensar en pequeños y grandes cristales de cuarzo blanco. El cuarzo blanco era en la Atlántida el medio para guardar información como en la actualidad son los discos, *chips* o tarjetas de memoria que se usan en las computadoras o cámaras fotográficas.

Un cuarzo podía guardar energía y luego proyectarla, de esa forma iluminaban ciudades enteras. Pero, fundamentalmente, los usaban para guardar información metafísica, con secretos y conocimientos existenciales mediante la concentración de su enorme poder mental. Así, con el uso de la telepatía, la información se almacenaba en los cuarzos para que luego otra persona pudiese "leerla" al recibirla directamente, desde el cuarzo hacia el interior de su mente.

8

Adán y Alexia continuaron su marcha a paso ligero, desde que estacionaron su coche en la calle Alopekis, para dirigirse dos más arriba hacia Kapsali, en el centro del elegante barrio de Kolonaki.

El más lujoso y bello barrio de Atenas aparentemente contenía un secreto descubierto por Aquiles Vangelis que podría movilizar a la opinión pública como el más fuerte de los terremotos. El ambiente de Kolonaki mostraba gente que bebía tranquilamente en muchas de las concurridas terrazas bajo la sombra, otros caminaban a paso lento ante los escaparates de las mejores tiendas del mundo que se hallaban concentradas en ese microcentro: Gucci, Dolce & Gabbana, Armani y Donna Karan eran algunos de los múltiples y atractivos negocios que se juntaban codo a codo con decoradas joyerías, caros restaurantes y cafés de lujo.

Atenas tenía un encanto especial. Si bien se echaba de menos a los filósofos y sabios de antaño, su obra artística, filosófica y mística había perdurado y ahora se sumaba al buen trato de la gente y la bella arquitectura que acariciaba el alma del visitante.

El pueblo griego ya no vivía de acuerdo con las leyes y creencias de la antigüedad, la época dorada —aunque habían sido los creadores de la democracia y de los Juegos Olímpicos, adoptados por casi todo el mundo hasta la actualidad—. Ya casi nadie creía en los dioses del Olimpo, sus facultades y mitos, debido, sobre todo, a la incursión de los turcos y también de la iglesia cristiana en Grecia, desde que el apóstol Pablo les hablara en su famoso discurso a los corintios.

En la actualidad, allí predominaba la iglesia ortodoxa griega, que encerraba algunas diferencias con la apostólica romana.

—Hemos llegado —dijo Alexia con ansiedad y calor—. Mira si nadie nos ha seguido.

Adán giró la cabeza una y otra vez, sin ver a ningún sospechoso.

Entraron por una estrecha puerta pintada de azul oscuro. Una pequeña escalera los condujo hasta el piso de arriba. Dos vueltas de llave en una doble cerradura le dejaron a Alexia entrar al laboratorio secreto de su padre.

—Escucha —dijo Adán, intentando razonar—, ¿no deberíamos llamar a la policía?

Alexia lo miró como si el mismísimo Zeus hubiese lanzado uno de sus rayos.

—Mi padre no confía en la policía —respondió ella secamente, y él hizo un gesto de sorpresa.

—Pero estamos ante un posible secuestro.

—Lo averiguaremos nosotros. Estoy segura de que lo encontraremos.

—Me alegra tu confianza, pero, ¿por dónde comenzaremos? ¿Trabajaba tu padre con alguien? ¿Quién más sabía de su descubrimiento?

—Mi padre era como un tigre, muy solitario, aunque trabajaba con un ayudante.

—¿Un ayudante? ¿Dónde está? ¿No sería bueno hablar con él a ver si sabe algo?

—Ya lo he hecho —respondió ella rápidamente—. Él está en Santorini.

—¿Y qué te ha dicho?

—Que anteanoche se despidió de mi padre en su laboratorio de Santorini y que el día de ayer mi padre no pisó el laboratorio ni se comunicó con él durante todo el día.

—¿Quién es el ayudante?

—Se llama Eduard Cassas, un joven catalán. Lo ayuda desde hace poco más de un año. No lo conozco mucho, a decir verdad. Es un poco, digamos… —trató de buscar las palabras adecuadas— seco y distante a la hora de mostrar cercanía emocional y amabilidad, más aún con lo que estamos acostumbrados en Grecia.

Continuaron revisando el salón principal de aquel piso transformado en laboratorio, donde toda la decoración era minimalista y escueta, como si a Aquiles no le interesase en lo más mínimo; sólo contaba con una mesa, una laptop, una lámpara de pie, un par de cuadros, y lo que más llamaba la atención y destacaba era que el arqueólogo tenía un ecuménico acervo de más de quinientos libros, prolijamente acomodados por secciones. Se leía un pequeño cartel debajo de cada una: Mitología, Mística, Arquitectura, Historia, Geografía, Ecología, Religiones…

—Podría pasarme aquí un mes entero —dijo Adán sin dejar de mirar los libros, ya que amaba la lectura.

—Mi padre está muy bien documentado. Espera, todavía no has visto lo más importante.

Movió con ambas manos un pesado cuadro de un pintor griego amigo suyo llamado Apostol, que tenía pintado al óleo un bello atardecer en alguna de las mil islas griegas.

—Es Santorini —dijo ella, sosteniendo la obra. Un amigo de papá se lo pintó. Él vive allí también.

Oculta detrás de aquella pintura, Adán pudo ver una manivela plateada que, al girarla, abrió una segunda habitación. Era una biblioteca secreta, en donde había un apartado especial con carpetas y libros desordenados que decían: Atlántida, Profecías mayas, Sexualidad, Gobierno Secreto.

Alexia se adelantó para tratar de extraer los documentos. Un pequeño rótulo con bolígrafo azul anunciaba sobre un papel en los estantes: *Origen del hombre: El secreto de Adán.*

—Tendremos que tener pistas, datos, algo que nos revele lo que los secuestradores estaban buscando —Alexia hizo una pausa, miró en derredor y se quedó tiesa. Tomó mayor conciencia de lo que estaba sucediendo. Las emociones empezaban a salir a la superficie de su ser—. ¿Dónde está mi padre? —exclamó con énfasis antes de retomar lo que estaba diciendo—. Adán, tienes que ayudarme, si queremos saber todo lo que tenía mi padre para decirnos, tenemos que investigar estos documentos.

Acto seguido se encaminó a la cocina a buscar un vaso de ouzo. También volvió con otro pequeño vaso con el fuerte y típico licor griego de anís para Adán.

—Muy bien, ¿por dónde comenzamos? —preguntó Adán mientras colgaba su chaqueta sobre el respaldo de la silla.

Alexia repasó con sus chispeantes ojos el estante donde estaban los documentos y libros.

—Comenzaremos por éste —dijo cogiendo un libro de portada azul—, aunque lo conoces muy bien.

—¿El libro de mi padre? —Adán se mostraba sorprendido.

—Sí, quiero entender primero algo de la relación que había entre ellos. Y qué es lo que une a la Atlántida con la última profecía maya.

—Comencemos entonces por algún punto, te leeré las partes más importantes que ha subrayado Aquiles.

Adán se sentó en un pequeño sofá beige de una plaza, mientras ella, nerviosamente, guardaba papeles en un portafolio de cuero color granate. Las manos de Adán sostenían el libro de su desaparecido padre, escrito hacía ya muchos años.

Leyó la dedicatoria de puño y letra: *A mi gran amigo y colega Aquiles, quien trabaja mano a mano conmigo para descubrir el secreto del hombre. Nikos Roussos, Atenas, 18 de abril de 2005.*

Se emocionó al leer aquellas palabras que habían salido, hacía años, del corazón y la diestra de su padre.

—Comienza, Adán, no hay tiempo que perder.

El sexólogo asintió y, entre las carpetas y apuntes que había dejado el arqueólogo, comenzó por abrir el libro en la página nueve, en el capítulo *Las siete profecías mayas y la conexión atlante*.

9

En menos de tres horas, el avión Boeing 747 que trasportaba al cardenal Tous tocaba suelo heleno. El capitán Viktor Sopenski aguardaba su llegada en un BMW 320 azul de alquiler. Para reconocerse, Tous le había dicho que llevaría un sombrero blanco, como los que se usan en el Caribe, chaqueta granate y pantalón negro. La contraseña sería "El Cuervo recibe al Mago", a lo que Tous debería responder "El Mago saluda al Cuervo".

Ahora El Mago tenía que solucionar un tema que atentaba contra los aparentemente sólidos dominios de la iglesia católica. "Si ese secreto se desvelase, si la humanidad conociera verdaderamente su origen y la forma en que se ha propagado, toda la estructura de poder de la iglesia y las demás religiones se desmoronarían", pensaba.

Tous quería respirar tranquilo, ya que El Cuervo le había comunicado previamente por teléfono las reconfortantes palabras que le retumbaban ahora en la mente: "La situación está controlada, el arqueólogo ha confesado".

El Mago iba en busca de aquella información y además quería ver personalmente al arqueólogo. Eran pocas las veces que el cardenal Tous se desplazaba, tenía que ser de suma gravedad para que se moviera del Vaticano. Pero ahora necesitaba interrogar él mismo a Aquiles, saber si había divulgado su "secreto", ya que existía un tema espinoso que El Mago conocía y no estaba convencido de que el capitán Sopenski ni Villamitrè hubieran podido sacarle información valiosa.

Hacía casi diez años que Aquiles Vangelis había conocido al cardenal Tous en un encuentro de las Naciones Unidas. En aquel entonces, Tous era obispo.

"Me disculpará —le había dicho Aquiles en aquella ocasión, irónico, en una discusión de trabajo—, pero nunca creí que Adán saliera del barro y Eva de una costilla de él, señor obispo."

Tous se había mostrado sorprendido y también en el fondo un poco molesto por el tono con que el arqueólogo le había hablado frente a tantos ilustres embajadores.

—Su religión ha arrasado con todos los grandes científicos, cargándoselos por épocas: Galileo, Nicolás Copérnico, Newton, Kepler... No pueden seguir impidiendo que investiguemos, que sepamos verdades ocultas, tenemos derecho a ello, ya no pueden censurarnos.

—Ha perdido la fe, profesor Vangelis, y lo que dice es parte del pasado, no podemos seguir cargando con eso —de aquella tibia manera se había defendido el obispo Tous.

El Papa Juan Pablo II había pedido perdón en nombre de la iglesia 359 años después de que Galileo fuera condenado al encierro de por vida por afirmar que la Tierra giraba alrededor del Sol y no al revés, como sostenía la iglesia; las manchas de sangre y represión estaban escritas en la historia, aunque hacían lo imposible por minimizarlas y ocultarlas.

Aquel encuentro forjó una tensión entre ellos y Aquiles Vangelis pasó a estar junto a otros varios científicos rebeldes, como lo fue el padre de Adán, en la "lista negra".

"Ya llegará la hora en que una mano invisible tome justicia y se encargue de hacer que su trabajo haya sido en vano", había pensado Tous.

El ambicioso obispo portugués había escalado rápido, como el vuelo de un águila, en la prelatura del Vaticano, convirtiéndose en uno de los cardenales favoritos en la jerarquía eclesiástica. Varios años después de aquel incidente de

Naciones Unidas, quería ver si el pretencioso arqueólogo Aquiles Vangelis podría repetir la soberbia.

10

Tenemos que darnos prisa —dijo Alexia, acalorada e inquieta—. ¡La vida de mi padre está en juego!

Adán hacía lo posible por ordenar las carpetas en el sencillo aunque revolucionado laboratorio de Aquiles, donde había dos escritorios, una silla de madera y dos cuadros con paisajes griegos que decoraban escuetamente las paredes blancas. Adán trataba de no marearse entre aquellas carpetas que estaban numeradas y rotuladas con diferentes títulos: "El Sol", "La activación de los 64 codones", "El fin del Tiempo", "El Kybalión", "El destino del mundo", "La Atlántida y su capital", así como recortes de periódicos de varios lugares del mundo cuyos titulares decían: "Científicos rusos descubren nuevas propiedades del ADN", "*Chemtrails*: los vuelos químicos de aviones militares", "El HAARP es acusado de provocar terremotos", y varios papeles con diferentes títulos.

—Creo que encontré algo que escribió tu padre que puede servirnos.

—Comienza —dijo ella, yo te escucho aunque seguiré buscando su computadora portátil ya que no puedo encontrarla.

—Leeré lo que se encuentra subrayado en cada página.

La séptima profecía maya nos habla del momento en que el sistema solar, en su giro cíclico de 5,125 años, sale de la "noche galáctica" para entrar al "amanecer de la galaxia". El 21 de diciembre de 2012, la luz emitida desde el centro de la galaxia sincronizará al Sol y a todos los seres vivos. La energía de la lluvia cósmica trasmitida por Hunab-Kú —el Ser Supremo— progresivamente activará las funciones vitales y espirituales de origen divino en los seres que estén en una frecuencia de vibración alta. Esto podría ampliar la conciencia de todos los hombres, generando una nueva realidad individual, colectiva y universal. Los seres tienen la posibilidad de estar conectados entre sí, como un Todo, y darían nacimiento a un nuevo orden galáctico.

Y debajo, el arqueólogo había apuntado:

Si dicha profecía se cumpliese, una de las consecuencias que pueden preverse es que podríamos acceder conscientemente a una transformación interna capaz de generar realidades de otra índole. Los seres humanos tendrían la oportunidad de hacer un cambio y superar sus límites, lo que provocaría que surgiera un nuevo sentido: la comunicación por medio del pensamiento.

Aquello que los mayas predijeron, actualmente lo avala la NASA. El sistema solar pasará en 2012 por una zona de la galaxia conocida como "cinturón fotónico", esto traerá consigo movimientos planetarios. Por esto, deduzco que los seres humanos recibirán una lluvia de fotones, lo que hará posible el despertar de una nueva conciencia entre nosotros, todos podríamos comprender que somos parte de un mismo organismo gigantesco. Lo que la física cuántica llama "campo unificado".

Por este pasaje cósmico, los seres humanos que lleven la energía vital y la frecuencia de vibración interior del miedo hacia el amor, podrán sentir la conexión y la paz interna, para captar y expresarse a través de la telepatía. Así florecerá el nuevo sentido: la percepción interna que los atlantes y mayas tenían activa.

Para lograr esto, se cree que los mayas les colocaban a sus niños, desde pequeños, una piedra de copal en medio de la frente. El olor de la resina los obligaba a llevar la atención hacia el denominado "tercer ojo", el ojo de la conciencia, nuestra facultad de ver y percibir más allá de lo físico. También les colocaban una especie de tablilla en la cabeza para que creciese con forma ovalada en la parte posterior del cerebelo y así se activara por completo el potencial oculto extrasensorial.

La voz de Adán cobró fuerza y Alexia dejó lo que estaba haciendo para observarlo.

El fin de este ciclo en el calendario maya, que termina el 21 de diciembre 2012, nos sugiere que vendrán cambios de enorme magnitud. Ellos sabían que la actividad del Sol es determinante para el funcionamiento de la Tierra y que cualquier variación en éste afectará a todo lo que ocurra en la Tierra. Para establecer sus cálculos sobre las manchas solares y la vinculación existente entre estas manchas y el aumento de la temperatura, los mayas se basaron en el ciclo de Venus, un planeta fácilmente observable desde la Tierra, dejando constancia de ello en el reconocido Código de Dresden. Cada 117 giros de Venus, el Sol sufre fuertes alteraciones, aparecen erupciones, vientos solares y manchas en el astro.

La NASA también ha certificado como válidos estos cálculos sobre la Tierra, el Sol, las estrellas y el resto de los planetas. Supongo que el cumplimiento de esta profecía transformaría al individuo y, como consecuencia de su genética, colocaría a la humanidad con posibilidades de expandirse por toda la galaxia. Recuerdo a mi amigo Carl Sagan, quien comentaba que si no se hubiera quemado la biblioteca de Alejandría, ahora estaríamos viajando por las estrellas.

Los seres que reciban en armonía esta "lluvia de fotones o lluvia cósmica" entrarán en una nueva época de unidad espiritual y aprendizaje, donde la comunicación interna hará que las experiencias, los recuerdos individuales y conocimientos adquiridos estén disponibles sin egoísmos para todos los demás, tal como se cree que los atlantes hacían. Sería como una red holística mental, una especie de "internet de la conciencia" que multiplicaría la velocidad de los descubrimientos y crearía vínculos nunca antes imaginados.

Podríamos comprender que somos parte integral de un único organismo ilimitado y nos conectaríamos con la Tierra, con nuestro Sol y con la galaxia entera.

A partir del suceso cósmico del 21 de diciembre de 2012, puede preverse que las relaciones estarán basadas en la unidad espiritual, pues el hombre sentirá a otros seres como parte de sí mismo, lo que los mayas llamaban *In Lakesh*, Yo soy otro tú. El descubrimiento de un origen cósmico común.

De ser viable el cambio de conciencia, creo que viviremos para las ocupaciones artísticas y espirituales, el contacto con otras realidades, y éstas ocuparán la mente humana, eliminando miles de años fundados en la falsa creencia de la dualidad y la separación entre los hombres que adoraron a un dios lejano que juzga y castiga.

La excelencia y el desarrollo espiritual serían el resultado de personas iniciadas que ya expandieron su comprensión existencial. Aunque supongo que este cambio no sería fácil, habría primero un gran movimiento mundial, el orden llegaría luego del caos y la confusión, y el planeta se sacudiría intensamente mediante sismos.

Mis investigaciones también me indican que hay muchas posibilidades de que el Sol se ponga rojo debido al impacto en su corona de la lluvia cósmica, lo que en astrofísica se conoce como "tormentas solares"; también ocurriría un cambio en los polos magnéticos de la Tierra. Por otro lado, en escritos místicos y en la misma Biblia se sugiere la posibilidad de que haya nuevamente, como se cree que sucedió hace milenios, tres días de oscuridad durante el tránsito planetario. Estimo que estos trascendentes cambios harán un proceso que dependerá de la transmutación individual para poder hacer efectivo el cambio colectivo.

Por ello, me temo que, desafortunadamente, no todo el mundo podría acceder a esta nueva realidad. Si son más contundentes, estas llamas solares podrían afectar los campos electromagnéticos de la Tierra trayendo un cambio y un desajuste en todos nuestros sistemas, que están basados en esto: financiero, informático, radares, aviones. Incluso los humanos: inmunológico, nervioso, emocional, etcétera.

Así que debemos estar más alertas que nunca, estos cambios pueden traer éxtasis o dolor. Estoy seguro de que, ante tal dimensión de transformación, la humanidad deberá elegir entre seguir como una nueva raza, formando un nuevo orden cósmico o ajustarse a las consecuencias de no hacerlo.

—¿Qué piensas? —preguntó Alexia.

Adán bebió un sorbo de agua, tenía la boca seca.

—Prometedor y alarmante al mismo tiempo, aunque…

Alexia estaba cada vez más impaciente ante su silencio.

—¿Aunque?

—¿Piensas en las consecuencias que se generarían si algo así se cumpliese? —preguntó Adán.

—Sí. Y creo que finalmente mi padre podrá demostrar que los antiguos mayas fueron sobrevivientes del hundimiento de la Atlántida, a partir de que tanto los atlantes como los mayas debieron haber vivido en un estado de conciencia expandida —dijo Alexia mientras acomodaba una enorme pila de papeles.

Adán sabía que no eran coincidencias, que incluso una antigua ciudad azteca llevaba el nombre de Aztlán, hoy llamada Mexcaltitlán, una isla circular. De hecho, la palabra *aztecatl* significaba "procedente de Aztlán", posiblemente los *atlantes*.

—Tu padre sugiere que volveríamos a la vida evolucionada en la que vivieron los atlantes.

—Puede ser, Adán, los ciclos de la evolución se repiten. Además, los atlantes estaban en comunión con la energía de *La Fuente*, el centro de la galaxia, Hunab-Kú como la llamaban los mayas.

Los padres de Adán y Alexia siempre sostuvieron que las antiguas culturas adoraban la divinidad como una fuente femenina, la diosa, a la que habían venerado pero que, con el advenimiento del patriarcado y su poder represor, sumado a las religiones que veían sólo el principio masculino, habían cerrado el contacto directo con la divinidad femenina.

Adán había estudiado las religiones e incluso sabía que el famoso vidente Edgar Cayce, un hombre de la magnitud de Nostradamus, había predicho que la Atlántida retornaría.

Alexia estaba encendida y reflexionó en voz alta.

—La humanidad ha sufrido mucho por perder el contacto directo con el Origen. Ojalá sea el tiempo de retomar el contacto.

—Ninguna energía se pierde, todo se transforma —respondió Adán citando las palabras del gran sabio Hermes Trimegisto en *El Kybalión*.

Alexia asintió.

—Dime, Adán, ¿supones que el cambio de conciencia y energía se hará de un día para otro? —Alexia tenía una pizca de escepticismo respecto a que todo fuese tan a rajatabla.

"Quién puede saber esos misterios…", pensó Adán.

—Hay algo que ya sabes y que estás olvidando —remarcó mirando al sexólogo.

—¿A qué te refieres?

Ella guardó silencio y lo miró con los ojos vívidos, como si le pudiera transmitir con la mente lo que iba a decirle.

—¿Te refieres a las posibles catástrofes?

Ambos sabían que, antes que los mayas, había una teoría profética en la Biblia que mencionaba claramente que un cuerpo estelar podría impactar con la Tierra; lo llamaba *Ajenjo*. También recordaron que las profecías de Nostradamus alertaban sobre un meteorito que podría acercarse a la Tierra en esas fechas.

—Tu padre nos informa que los mayas y los atlantes ya tenían los poderes de evolución, los que, se supone, vienen despertándose en algunas personas y se intensificarán más este año.

Alexia se puso de pie y giró en seco quitándose los tacones para subirse a una silla y se estiró para buscar más papeles en un estante alto, en la parte oculta del librero.

No era el momento más idóneo, pero Adán no pudo dejar de repasar con sus ojos el cuerpo de su amiga, desde la punta de sus pies hasta su ensortijada melena.

—El caos entre la gente también puede ser una catástrofe —dijo Alexia, intentando evadirse de esos pensamientos—. Imagina la confusión en una persona ortodoxa a la que le mueven los cimientos de sus creencias con pruebas de algo más fuerte, sagrado y real.

—La gran mayoría se confundirá aún más, seguramente.

Adán había experimentado lo que era sentir un cambio positivo en la conciencia, una expansión en la percepción.

—Si la gente empezara a ver esto equivocadamente como si el fin del tiempo se acercara y encima con una posible destrucción del planeta…

Adán reflexionó sobre las consecuencias.

—Piensa un momento —retomó ella—, si los individuos logramos percibir todo lo que existe como una gran trama de unidad, entonces la resurrección, el miedo, el dolor por la pérdida de seres queridos y los intermediarios entre la energía cósmica y el ser humano dejarían de tener poder y sentido.

—Creo que nos estamos adelantando —dijo Adán, con la mente más puesta en saber dónde estaría Aquiles y qué había descubierto sobre el origen del hombre que en las profecías—. Vamos paso a paso, Alexia —agregó Adán con calma, ya que era quien estaba más sereno—; si queremos encontrar a tu padre debemos tener paciencia para tener todas las piezas del rompecabezas.

11

La temperatura continuaba en aumento en el estudio de Aquiles. Ambos estaban aturdidos ante tanta información, pero seguían sin hallar ninguna pista que esclareciera lo que sucedió con el arqueólogo. Alexia se encontraba en la computadora de su padre mientras que Adán hurgaba en los documentos y libros de la biblioteca secreta, repasaba informes, estudios, descubrimientos y apuntes tratando de indagar la razón del secuestro.

—¿Ves algo nuevo, Alexia? —le preguntó mientras seguía absorto en la búsqueda de algún dato revelador.

Ella no respondió, sudaba rodeada de papeles, afiches, recortes de periódicos y carpetas. Después de horas de búsqueda, agobiados por el calor, la tensión y el desorden, el cansancio empezaba a hacer mella en ambos.

—Escucha esto —le dijo Adán con vehemencia—. Está escrito por tu padre.

El historiador Maiquel Creno, en su libro *Arqueología prohibida*, mencionó que "en los últimos ciento cincuenta años algunos arqueólogos y antropólogos han enterrado tantas evidencias como las que han desenterrado", literalmente. Y el doctor Richard Thomson, filósofo de la ciencia, sostenía que "básicamente estamos ante lo que llamamos un filtro del conocimiento, éste es un rasgo fundamental de la naturaleza humana, la gente tiende a filtrar cosas que no convienen. Cuando los científicos del gobierno de turno ven que algo no se ajusta al paradigma aceptado, tienden a eliminarlo. No se enseña, no se discute y la gente ni siquiera se entera de ello".

La arqueóloga Jean-Steen Mackintyre hizo temblar al mundo científico al afirmar que, en 1996, había descubierto en México antiquísimas herramientas de piedra y huesos humanos. Esto era un peligro que podía tirar la teoría según la cual el ser humano tenía pocos milenios en la Tierra. Para ello, mi colega sometió los huesos a una serie de pruebas científicas, y cuando los dataron descubrieron la escalofriante cifra de doscientos cincuenta mil años. Ella contó en entrevistas que se puso muy feliz por el hallazgo —había conseguido hechos científicos trascendentes que todos quisiéramos tener—, pero no sospechó que eso arruinaría su carrera por completo, ya que la quitaron del sistema, cerraron las excavaciones y le retiraron los permisos de trabajo.

Es el funcionamiento habitual dentro de la comunidad científica —impulsada por fuertes presiones e intereses del gobierno de turno de cada país, más el Gobierno Secreto y la iglesia—: cuando una de nuestras teorías no encaja con la teoría dominante, no se da información, no se sigue adelante, y esto es una de las grandes formas de sujetar a la humanidad para que no conozca su verdadero origen. El equipo de científicos oficiales pasaba por alto estos descubrimientos. Ocultaban información y a todo aquel que quisiera seguir investigando lo quitaban del medio, literalmente.

A pesar de que los gobiernos y la comunidad científica ortodoxa ejercen presiones y represión, algunos colegas e investigadores como el palestino Zecharia Sitchin, Robert

Bauval, Gregg Braden, David Icke, José Argüelles, por citar algunos, habían podido publicar varios libros reveladores escapándose al sistema de control.

Algunas de estas pruebas que vinculaban a América con África y Asia, desde muchos siglos atrás habían sido investigadas por otros colegas como la doctora Irina Balabanova, quien encontró restos de cocaína y nicotina en momias de Egipto. Fue tildada de delirante, fantasiosa y agredida en cientos de cartas, ya que estas plantas sólo existían en América y se creía que los continentes Oriental y Occidental no habían establecido contacto entre sí antes de los viajes de Cristóbal Colón. Aunque se comprobó luego, en cientos de momias, que aquel descubrimiento era verdad.

Más pruebas las dio el antropólogo noruego Thor Heiredar, en 1947 y luego en 1970, al construir una balsa rudimentaria y viajar desde Perú a la Polinesia en ciento un días, subsistiendo de lo que pescaba y sólo con lo mínimo indispensable. Así demostró una vez más a los historiadores que el océano Atlántico podría ser atravesado por otras civilizaciones anteriores.

Entre los investigadores que buscamos el auténtico origen de la especie se han ensayado hipótesis y desvelado teorías sobre descubrimientos de civilizaciones anteriores y superiores a la actual, en Bolivia, Egipto y México, que databan entre doce y diecisiete mil años, tirando por tierra la idea de la iglesia católica sobre el origen del primer Adán.

Otros científicos alternativos afirmaron que existían pruebas de que tanto el dios Quetzalcóatl en México, como Osiris en Egipto y Viracocha en Bolivia habían traído la siembra de una nueva civilización después de un cataclismo e inundaciones que figuraban en varias leyendas de todo el mundo.

Los científicos —ya seamos paleontólogos, arqueólogos, historiadores o geólogos— que nos preguntamos e investigamos sobre un origen distinto al conocido sobre los primeros habitantes de la Tierra somos censurados.

—¡Lo que le está pasando a él ahora! ¡Está claro que estaba en la lista negra! —exclamó Alexia con un dejo de tristeza y desesperación.

12

El cardenal Tous estaba muerto de calor.

—Encienda el aire acondicionado, por favor.

El capitán Sopenski se mostraba torpe a la hora de conducir el BMW.

—No sé muy bien cómo van estos botones.

El Mago se vio obligado a bajar la ventanilla. A más de cien kilómetros por hora el viento que entró le dejó su cuidada cabellera plateada como si recién se levantara de la cama. Al cabo de unos minutos decidió elegir el calor a perder su coquetería.

—¿Falta mucho?

—Estaremos en diez minutos.

—¿Tiene la grabación?

—Está protegida, señor, quédese tranquilo.

Del capitán Sopenski podían decirse muchas cosas, pero había algo seguro, era un fiel perro de presa. Descuidado con su aspecto personal, carne de cañón del Gobierno Secreto, lo buscaban por ser eficaz y letal en su trabajo. Bien lo dejaba ver su apodo de El Cuervo, justamente por ser constante, carroñero y no dejar nada al azar. En aquel momento Sopenski estaba nervioso por la aparición del Mago. Sabía que era un pez gordo dentro de la organización.

En menos de diez minutos detuvo el coche de alquiler frente a la plaza Kotzia, cerca de la calle Hermou, una arteria comercial dedicada a Hermes, el mensajero de los dioses que, curiosamente, también era el dios de los ladrones. Parecía como si el destino ofreciera una coincidencia para simbolizar el doble significado de Hermes con lo que allí estaba pasando: un arqueólogo con un mensaje de un aparente descubrimiento divino, censurado por una trilogía de ladrones y profanadores de la verdad.

Una calle más abajo estaba situada la oscura habitación donde los secuestradores tenían maniatado al arqueólogo. A sólo seis manzanas del laboratorio de Aquiles, el pulcro cardenal Raúl Tous entraba en la húmeda habitación para ver personalmente al arqueólogo.

El hedor de aquella oscura sala le impactó. Le dio una náusea, pero la soportó cogiendo con discreción un pequeño pañuelo perfumado con esencia de violetas que llevaba en el bolsillo derecho de su pantalón.

—¿Vaya, qué tenemos aquí? —su tono estaba cargado de ironía.

A pesar de sentir la seguridad de saberse en superioridad de condiciones, el cardenal no pudo disimular un dejo de compasión, ya que la imagen que el arqueólogo mostraba era de total abatimiento. Lo recordaba enérgico, extrovertido y contestatario. Inhaló con cierta dificultad.

—¡Pero si es el gran arqueólogo Aquiles Vangelis! —exclamó despectivamente—. Supongo que no estará muy cómodo, profesor; de mi parte le ofrezco disculpas —mintió.

El Mago susurró al oído del capitán Sopenski para que pusiera el foco de luz directamente sobre los ojos del arqueólogo. No quería ser reconocido.

—Me alegro de que podamos haber encontrado el "talón" de nuestro querido profesor Aquiles. Usted ha demostrado también, como el Aquiles mítico, que todo hombre fuerte tiene su punto débil —dijo el cardenal, ahogando una risa sarcástica.

—No tienen otra fórmula más que amenazar la vida de mi hija —la voz del arqueólogo mostraba fatiga.

—Créame que de todas formas hubiéramos encontrado alguna otra manera, profesor. Nuestros hombres son muy eficaces.

El cardenal les dirigió una mirada a sus ayudantes. Sopenski y Villamitrè observaban desde una esquina. El cardenal Tous, a espaldas del arqueólogo, parecía un poderoso espectro fantasmal, ya que su sombra se proyectaba en la pared. La escena cautivó el morbo de Villamitrè, mientras Viktor Sopenski se servía un poco de vodka.

—Si estoy aquí —dijo el cardenal Tous— no es para hablar de nuestros métodos para imponer orden, profesor, estoy aquí para algo más importante.

Aquiles tosió, le picaba la garganta, llevaba horas en aquella posición y no había bebido nada. El calor lo deshidrataba.

—He escuchado la confesión —dijo Tous—. Muy hábil, profesor, muy hábil.

Aquiles había logrado hacerle creer al capitán Sopenski y a Villamitrè que había confesado, sin embargo no era lo que el cardenal Tous esperaba escuchar.

—Supongo que sabrá que no queda mucho tiempo —el tono del Mago adquirió un sello amenazante y evidenciaba impaciencia—. Mi interés no sólo es evitar que la gente muy curiosa quiera entrometerse en negocios que no le incumben, sino evitar que ciertas cosas salgan a la luz —esta última palabra se la dijo acercándose casi al oído.

El cardenal buscó ser claro y directo. Le iba a apretar donde más le dolía.

—Otro de mis informantes me ha dicho que usted tiene un valioso, digamos... "instrumento de poder" que a mí me interesa mucho.

Aquiles tragó saliva, El Mago continuó acorralándolo.

—He tenido forma de saber que hay un ridículo rumor —enfatizó estas últimas palabras con desprecio— sobre una profecía que estaría a punto de cumplirse en breve —el cardenal hizo un gesto peculiar con la boca hacia abajo.

Para Tous toda la información era indispensable. Tanto en las reuniones íntimas del Gobierno Secreto como en los cónclaves con los demás cardenales y el Papa dentro del Vaticano, se trataba todo tipo de cuestiones referentes al Nuevo Orden Mundial y el control global. Una de ellas era la que estudiaba una minoría dentro de la iglesia, la que se ocupaba de temas esotéricos.

Él sabía que si la conciencia colectiva se expandiera, las religiones podrían desaparecer. Su deber era preservarlas. La amenaza de cambio de la séptima profecía maya resonaba en su mente y era una de las principales causas por las que El Mago estaba allí, pero también buscaba algo más, que supuestamente había conseguido Aquiles, algo que muchas personas e investigadores habían buscado durante siglos.

En el Vaticano estaban inquietos debido a los anuncios sagrados del calendario maya y el *Chilam Balam*, se encontraban al tanto de lo que predecían para la humanidad. Desde los tiempos de Nostradamus, la iglesia había tratado por todos los medios de que el grueso de la gente no tomara en cuenta las profecías de personas con capacidades paranormales; de esa forma sus sólidas estructuras y creencias no podrían derrumbarse.

En la gran biblioteca del Vaticano y en el fondo bibliográfico secreto del Papa existían documentos y libros antiguos de todas las tradiciones: egipcias, judías, hindúes, sumerias y mayas, ya que la jerarquía eclesiástica sabía desde un inicio que para tener el poder tendría que tener el conocimiento total. Por ello, había cerrado el libre flujo del profundo conocimiento esotérico a la humanidad.

Con el fin de lograrlo inventaron su propia historia, mutilando grandes conocimientos y documentos de gran valor a manos de Diego de Landa y el séquito de misioneros cuando los españoles invadieron tierras mexicanas. Habían cometido muchas atrocidades, como la quema de la biblioteca de Alejandría, por los seguidores del patriarca Cirilo, con el objetivo de hacer de la Biblia el único libro sagrado a ojos de "su dios". Incluso la propia iglesia había alterado importantes textos durante el primer concilio de Nicea, en el año 325, cuando Constantino I el Grande y más de trescientos obispos, más dos representantes papales, cambiaron deliberadamente algunos conceptos de los textos sagrados y quitaron otros importantes términos —como *reencarnación* por *resurrección*— en la teología griega original.

A partir de allí impusieron la nueva religión por la fuerza y amenazaron a todo aquel que no creyera en aquellos preceptos. Los desobedientes serían excomulgados y desterrados; los que corrieron peor suerte fueron ahorcados o murieron en hogueras por ser tildados de hijos del demonio.

Tous se giró frente a Aquiles.

—Si quiere volver a ver la luz del Sol, profesor, deberá colaborar —lo amenazó.

El cardenal sabía que no podría volver a dejar libre al arqueólogo, lo conocía y no era un hombre de los que se acobardan. Si lo dejaba libre, hablaría al mundo entero. Debía ponerlo entre la espada y la pared.

En un atisbo de lucidez Aquiles Vangelis buscó claridad dentro de sí mismo. Sabía que, para esas horas, su hija habría entendido la situación. Como ella estaba al tanto de sus investigaciones, le había dejado una copia de seguridad con sus hallazgos.

"Debo ganar tiempo", pensó, "ella no tardará en encontrar a Adán. Ellos sabrán qué hacer. Debí haberle dejado la información más a la mano. Tendré que aguantar la tormenta".

—Mire, profesor Vangelis —dijo El Mago manteniendo su tono de voz suave—, su confesión anterior no me alcanza, es usted muy astuto. Tendrá que decirme dónde está su descubrimiento o nos quedaremos con la vida de su hija. Evalúe la situación. No he hecho este viaje para irme con las manos vacías. Usted nos da su hallazgo y nosotros no tocamos a su hija. ¿Qué te parece?

Silencio.

Villamitrè estaba impaciente por actuar. La espalda del profesor estaba completamente agujereada y ensangrentada por los picazos que le había dado.

—Es un tipo duro —dijo Villamitrè.

El cardenal le dirigió una fuerte mirada de desaprobación que pareció cortar el poco aire que había allí dentro. Tous tenía una personalidad dominante y controladora. No le gustaba que metieran las narices cuando él estaba actuando.

—Sé que no tiene miedo, sé que es muy estoico al resistir el castigo de mis ayudantes, pero sabe muy bien que a una orden mía iremos por su hija. Parece que eso es lo que quiere, ver cómo la traemos para obligarlo a confesar —su voz ahora sonó como un trueno—. ¿Quiere verla sufrir?

—Mi hija sabe cuidarse sola. No la encontrarán.

—¿Me desafía? ¿Aún atado y a punto de morir tiene el coraje de desafiarme? Podemos encontrar a cualquier persona en cualquier lugar del mundo, no hay escondrijo suficiente para ocultarse.

Desde el primer momento, Aquiles sospechaba que el Gobierno Secreto era el responsable del secuestro, pero al escuchar eso, lo confirmó. En aquellos momentos no podía hacer nada más que confiar que la divinidad inspirara a su hija y a Adán para hallar la clave que faltaba.

13

Q ué querría Aquiles de mí? ¿Por qué me dijo que yo
le era muy útil en su descubrimiento?", se cuestio-
naba Adán.

No lograba ver ningún puente de conexión entre el
enigmático hallazgo del arqueólogo y su profesión como
sexólogo.

—No recuerdo un calor así en Atenas —dijo Adán.

—¿Quieres otra botella de agua? —preguntó Alexia.

—Sí, gracias. ¿Algo nuevo?

—Lo mismo que ves tú, información y más información…

La mujer guardó silencio mientras se agachaba debajo
del escritorio.

—Estoy buscando su computadora portátil y su agenda, no sé dónde está entre tantos papeles, no puedo hallarla.
Veré si está en su habitación.

Mientras ella comenzó a buscarla, Adán seguía ras-
treando algún atisbo de comprensión. Entre otras carpetas
encontró un par de hojas manuscritas que parecían de puño
y letra de Aquiles. Decía: "Discurso para Naciones Unidas.
Invitación para el 28 de octubre de 2012".

"¿Qué es esto? ¿Aquiles pensaba leerlo dentro de tres
meses?", se preguntó. Se acomodó sobre el sofá y leyó para
sí mismo.

Estamos entrando en una frontera de nuevos conocimientos. Los tiempos se acortan. Por eso todo se acelera y se

intensifica. El caos y la confusión están impregnados en la sociedad mundial, donde prevalece un reinado de dolor y de maldad sobre el ser humano. El tiempo se termina. Necesitamos mutar.

La mayoría de la gente está llena de miedos y hemos llegado a un límite de egoísmo, conflicto y separatismo. No hay respeto por la vida, ni por el planeta ni por los demás. Los movimientos son por intereses económicos. Ha prevalecido el lado negativo y consumista. En las civilizaciones antiguas vivían de acuerdo con las leyes divinas, desde la Atlántida a la antigua Grecia, Egipto, México, Australia e India. ¿Qué nos ha pasado? ¿Por qué hemos olvidado la sabiduría?

Tengo hoy, aquí, pruebas para revelar al mundo que el trabajo de mi amigo y colega Nikos Roussos, en torno a las profecías mayas, así como mis recientes descubrimientos, aportan la verdad de nuestro origen y nos dan una clave posible para que cambien el individuo y el mundo.

Ahora todo se vuelve más rápido. ¿Es que no podemos cambiar nosotros? Hemos demostrado que no podemos hacerlo solos. Desde la antigüedad, el ser humano se ha enfrentado en batallas y guerras; ha generado peste y pandemias; y ciertamente ha podido correr el riesgo de extinguirse… Pero, nunca como ahora, la humanidad ha tenido almacenadas armas atómicas en proporción suficiente para convertir la Tierra en polvo; no sólo una vez sino cincuenta veces seguidas.

Nunca como ahora el hombre ha vivido de forma extrema la amenaza del cambio climático y del aniquilamiento de la vida. Por otra parte, el fenómeno de la comunicación ha facilitado la globalización y nunca como ahora el ser humano ha dejado de tener protagonismo en la medida en que el monstruo que ha creado puede devorarlo o aniquilarlo. Nunca como ahora, con la globalización, la libertad individual ha sido limitada y censurada. Nadie se puede salir del sistema porque el propio sistema con sus leyes de aparente libertad te aniquila, te califica de sectario, loco o antisocial.

Hemos olvidado el culto a la vida, el respeto por las civilizaciones antiguas; los jóvenes están más cerca de un icono de la moda que de la divinidad. Hemos olvidado nuestro origen, sobre todo por las capas y los filtros impuestos en la conciencia de cada individuo.

Los que hemos llegado a los sesenta años, hace tiempo que pudimos comprobar que nuestra ansiedad de transformar las cosas desde la juventud no ha cambiado nada o muy poco, ni del mundo ni de nosotros mismos. Muchos científicos fueron censurados y callados.

Hoy yo no lo seré.

Estoy en Naciones Unidas para revelar lo que he descubierto.

No podemos resignarnos, pues la batalla suprema, el cambio de la humanidad, hace tiempo que no está en nuestras manos, sino en las manos de otras fuerzas que nos superan.

Yo he encontrado esas fuerzas.

Ahora más que nunca podremos comprobar que ser consciente y persistente da sus frutos. En el mundo actual, el bruto, el ignorante y el mafioso ocupan altos cargos políticos, sociales o manipulan las finanzas. Hace mucho tiempo que el sabio no dirige al pueblo.

La antigua y sabia humanidad fue instruida por mensajeros, por profetas, por enviados, pero no hemos realizado sus enseñanzas. Hemos progresado en la materia de una manera asombrosa, pero no así en el plano espiritual o humanístico.

Sabemos por el legado del antiguo y sabio pueblo maya que nuestro sistema solar se acerca hacia el centro cósmico. Todo se compacta, se une y se busca. Allí hay esperanza, ya que dentro del inconsciente colectivo del propio hombre algo no está bien, algo va a cambiar. Las religiones han fracasado, la esperanza de encontrar una salida moral, ética o espiritual se ha perdido. Si se palpa el sentimiento de nuestras sociedades, la desesperanza ha dado paso a un sentimiento común de dejación, de soledad, de apatía... Las enfermedades psicológicas, como la depresión y el suicidio, están aumentando en forma alarmante.

Yo soy un científico espiritual que ha hallado la búsqueda de su vida. El mundo de la Atlántida puede estar frente a nuestros ojos hoy mismo, y lo que es más importante: su sabiduría y la respuesta a las preguntas existenciales que siempre nos hemos hecho. ¿Quién soy? ¿De dónde vengo? ¿Quién fue el primer hombre?

El desarrollo de todas las civilizaciones se ha basado en la premisa de la observación del Universo y las estrellas: los ciclos lunares, los solsticios y equinoccios solares, la observación de planetas cercanos al nuestro, como Marte y Venus.

No puedo evitar la tendencia a mirar las estrellas cuando se oculta el Sol.

Millones y millones de soles brillando a la vez me llevan a preguntarme por qué con tantas estrellas el ser humano no se rinde ante tanta belleza. Creo que es porque estamos programados e hipnotizados para olvidar nuestro origen.

Si tenemos en cuenta que sólo la Vía Láctea se compone de unos veinte millones de soles, no quiero ni pensar el resultado de la suma de todas las galaxias. He llegado a la conclusión de que tiene que haber un principio opuesto a la luz, algo inhibitorio de la misma, un éter que extingue la vida.

El calendario maya, cuya medida del tiempo es absolutamente precisa y aparte asombrosa, nos está diciendo que desde el año 1999 hemos comenzado a vivir en el "tiempo del no tiempo". Estamos a punto de vivir el momento en que se cierra un ciclo de 5,125 años. Será exactamente en el año 2012 cuando lleguemos al punto de inflexión hacia una era nueva y el ser humano se vea cara a cara consigo mismo y con un nuevo periodo energético.

Sabemos que dentro de nuestro ADN existe un potencial extraordinario, pero se encuentra dormido. Si podemos dejar que la nueva energía nos afecte, accederíamos a un nuevo amanecer en la genética, la vibración para la gente se elevaría. La raza podría evolucionar, o por el contrario, si no lo hacemos, perecer.

Los mayas nos revelaron que cada 25,625 años completamos una rueda evolutiva. En este tiempo recorremos un camino elíptico que nos aleja y luego nos acerca al Centro Cósmico, de donde emana el auténtico poder de la vida: La Luz de La Fuente Creadora. Y será a partir del 21 de diciembre de 2012 cuando tengamos la posibilidad de introducirnos en el nuevo sendero que progresiva y lentamente nos acercará a una etapa de esperanza y de progreso para la humanidad, un ciclo de oro como el que experimentó la Atlántida.

Para los mayas, estos 13 años de 1999 al 2012 son tremendamente importantes. Estamos, según ese calendario, en el último katún o periodo de la era.

Los mayas nos dejaron a nosotros, los habitantes del planeta Tierra de hoy, un mensaje escrito, símbolos en piedra y un lenguaje metafísico que contiene siete profecías, una parte de peligro y adaptación, y una parte de anhelo de cambio. El mensaje de peligro profetiza sobre lo que va a pasar en estos tiempos que vivimos, el mensaje positivo nos habla sobre los cambios que debemos de realizar en nosotros mismos para impulsar a la humanidad hacia la evolución y el cambio.

Estamos ante la posibilidad de que sea un periodo nuevo, la era de la mujer, la era de la madre, la era de la sensibilidad, la era de la diosa.

Todos nosotros, de una manera u otra, sentimos que estamos comenzando a vivir los tiempos del Apocalipsis. Todos sentimos la guerra; guerra por el petróleo, guerra por territorios, guerra por la paz.

Cada día hay más erupciones volcánicas, la polución generada por nuestra tecnología se ha vuelto alarmante, hemos debilitado la capa de ozono que nos protege de las radiaciones solares, hemos contaminado al planeta con nuestros desechos industriales y basuras. La devastación de los recursos naturales ha mermado las fuentes de agua, se afecta el aire que respiramos; el clima ha cambiado y las temperaturas han aumentado de una manera impresionante. Esto estaba predicho hace muchos años.

Estamos paralizados y nos acostumbramos frente a lo que vemos: los glaciares y nieves se derriten, grandes inundaciones se suceden en todo el mundo; enormes tornados y huracanes afectan varias partes del globo. Incluso puede haber una paralización y caos informático, la pobreza y las crisis generalizadas por los efectos del caos económico se sienten en casi todos los países del mundo. Todos buscamos respuestas y un camino seguro para los tiempos que vivimos. Estos problemas nos indican que no estamos viviendo en armonía.

No debemos escuchar sólo la campana de las estadísticas o de la ciencia. También muchas religiones elaboraron profecías acerca de lo que está pasando. La Biblia anunció que cuando todos estos hechos sucedieran al mismo tiempo, estarían llegando los tiempos del Apocalipsis, de la revelación de la Verdad.

Si hay algo de verdad en la sabiduría de los antiguos, se percibirá que es el inicio del ciclo en que el ser humano de buena voluntad y los iniciados se replegarán hacia la unidad, con la consecuente tendencia a la unión de todos los cuerpos y la energía. La luz que hay en toda materia se fusionará y se hará más fuerte; planetas con planetas, galaxias con galaxias, espíritus con espíritus, cuerpos con cuerpos, todos se harán un solo cuerpo, una sola unidad.

Respetables representantes de todas las naciones, lo que no nos vence nos hace más fuertes; he tenido, luego de incansables años de búsqueda, algo para compartir. Y hoy estoy feliz de decirles que lo he hallado.

Lo que hoy les presentaré para su sorpresa y para que den a conocer entre sus naciones son dos hallazgos trascendentes y nunca vistos. Lo que tengo en mis manos y quiero dejar en manos de la humanidad es la prueba científica de nuestro origen, de nuestro verdadero origen y de lo que puede sucedernos muy pronto. Es paradójico que ahora entendamos de dónde venimos realmente, cuando estamos amenazados frente a una posible desaparición como especie dentro de escasos meses.

Tanto mi propio trabajo como el de mi desaparecido amigo, Nikos Roussos, probarán esta noche que la humanidad está frente a un cambio de vida o muerte, y que lo que se consideraba un mito y una ilusión filosófica y literaria era realmente una prueba divina.

Aquiles Vangelis,
Discurso para Naciones Unidas, 28 de octubre de 2012

—¡Alexia! —gritó Adán, a viva voz—. ¡He encontrado algo muy importante! ¡El discurso que tu padre pensaba dar dentro de tres meses en las Naciones Unidas!

Alexia no estaba en la sala. Se hallaba en la habitación contigua, desde donde le respondió:

—¡Yo también he encontrado algo en su laptop!

Adán caminó rápidamente hacia la otra sala y, al entrar, la vio absorta frente a la pantalla de la computadora, mirando a su padre hablar en un video. Sus pupilas brillaban como dos antorchas.

—¿Qué es eso? —preguntó Adán, asombrado de ver al arqueólogo en el monitor. Se le veía entusiasmado y lleno de energía.

Alexia giró un poco la computadora para que Adán también lo viera bien.

—No sé si es el mismo discurso que has encontrado tú. Por seguridad, solía grabar en video una copia.

—Aquí dice que lo daría en Naciones Unidas, en octubre —Adán le mostró los papeles que acababa de leer.

A Alexia se le abrieron los ojos más de lo habitual.

—En el video dice que lo diría en Londres.

—¿En Londres? Pero, ¿qué hay en Londres? —Adán no lograba ver la razón de elegir la capital británica.

Alexia mostró ahora una sonrisa esclarecedora, y aquel gesto pareció iluminar toda la sala.

—Mi padre quiere que todo el mundo se entere de lo que descubrió —su voz ahora sonaba poderosa—. Mi querido Adán, en Londres serán los próximos Juegos Olímpicos.

mbos buscaban más archivos en la computadora de
Aquiles.
—Tu padre ha pensado difundir su descubrimiento en
las Naciones Unidas y en los Juegos Olímpicos de Londres. Si
hiciera eso la noticia correría como un reguero de pólvora, no
habría mejor publicidad.

Alexia seguía con sus ojos atentos delante de la pantalla,
abría carpetas que decían: *El Salón de los Espejos, Los tres
días de oscuridad, El Sol rojo, El origen del hombre, La isla
de la Serpiente, El secreto de Adán.*

—Los Juegos Olímpicos se realizarán en Londres en
menos de una semana, se llevarán a cabo del 27 de julio al 12
de agosto, estamos a tan sólo un par de días.

Alexia lo sabía en carne propia ya que los preparativos
eran monumentales. Al vivir en Londres, se topaba con los
juegos en todo momento ya que, desde hacía un año, la publicidad no se ocupaba de otra cosa que de promocionar el
mega evento internacional.

—¡Una semana! —exclamó Adán—. Tu padre esperaba
poder resolver todo para esa fecha. ¿Qué es lo que haremos?
¿Mostrar simplemente un video? No estamos logrando nada
para encontrarlo a él.

Alexia le clavó sus expresivos ojos con resignación.
Adán no lograba descifrar nada.

—Sigo creyendo que deberíamos llamar a la policía
—insistió.

—¡Ni se te ocurra! —le contestó Alexia.

—Podrían ayudarnos.

—Sería más un dolor de cabeza que otra cosa —argumentó ella.

Adán arqueó una ceja.

—Pero nosotros no logramos ver cuál es la *clave*, estamos tratando de saber qué descubrió para que nos lleve hacia sus captores, pero...

—Si te ha llamado a ti como experto en sexualidad, lo que le falta tiene algo que ver con el sexo o con las religiones.

—Alexia, ¿qué hay respecto al sexo que no se haya dicho? Ya sabemos que las religiones son recelosas con respecto al cuerpo y al sexo. Es donde más han hecho énfasis para reprimir a la gente.

—Quizá es justo por eso, quizá... Mi padre me comentó varias veces que había hipótesis de ciertos rituales sexuales atlantes que incluían el acto sexual, la meditación y ciertas técnicas especiales de respiración, de esta forma, decía él, tenían mayor poder y lograban despertar facultades paranormales y creativas superdotadas expandiendo su conciencia.

Adán asintió lentamente más como si reflexionara sobre aquellas palabras que como una afirmación.

—¿Qué quieres decir? ¿Piensas que tu padre descubrió algo que no comprende respecto a la sexualidad?

—¿Y qué tal si ha encontrado alguna prueba trascendente de que el sexo no es lo que nos han dicho? Él estaba tras la Atlántida y los secretos del origen del hombre. Y todos los seres humanos hemos venido al mundo a través de un acto sexual.

—Eso está más que claro —dijo él—, pero ¿tú crees que descubrió otra forma de venir al mundo? —esta última frase la dijo con la timidez de un niño, como si toda su reconocida profesionalidad y múltiples conocimientos no contaran.

Ella negó con la cabeza en silencio. Tocó el misterioso cuarzo de su cuello, emanaba un extraño calor.

Dejó de prestarle atención a la computadora, dio un respingo sobre la silla y se giró hacia él. Su rostro estaba ahora encendido.

—No, Adán —su voz mostraba inteligencia y sagacidad—, yo creo que lo principal no tiene que ver con la profecía y con la Atlántida…, lo que descubrió mi padre y que lo tenía tan emocionado es algo que tiene que ver con el sexo, mejor dicho con la forma en que llegó al mundo… el *primer* hombre.

15

Alexia y Adán, por un lado, y el arqueólogo Vangelis junto con sus captores, por otro, no podían estar conscientes de lo que estaba sucediendo en esos momentos alrededor del planeta.

Todas las agencias mundiales de noticias, los canales televisivos, periódicos, cadenas de prensa, locutores de radio y periodistas en general estaban dando la nueva mala noticia.

El Sol, el astro que fue venerado por todas las culturas desde los egipcios, hindúes, griegos, atlantes, mayas y los pueblos y tribus americanas, africanas y asiáticas, misteriosamente se había vuelto totalmente rojo.

Los titulares anunciaban que era como si el astro rey estuviera bañado en sangre. Una bola incandescente, como un volcán en erupción, de un rojo intenso con llamaradas amarillas y rojas, despistaba a meteorólogos y científicos.

En la BBC, un comentarista alarmaba a la población por el suceso, con una actitud más sensacionalista que pragmática. "No eleven sus ojos al Sol, el riesgo de quemaduras oculares es grave." Mientras tanto, la CNN daba la alarma con titulares que alertaban sobre el riesgo de tomar el Sol, observarlo, y recomendaban beber mucha agua. La noticia se dispersó por todo el planeta como arena entre los dedos. La alarma general causó tensión y pánico en algunas personas.

Ante el primer síntoma de miedo, los devotos de las religiones mayoritarias sintieron el impulso de ponerse a rezar. Los ateos e incrédulos, sobre todo los más pesimistas, quisieron ir contracorriente y muchos de ellos miraron al Sol con consecuencias graves, algunos fueron hospitalizados. La gente que se hallaba en playas, disfrutando el verano griego, tuvo que dejar obligatoriamente su confortable sitio frente al mar e ir en busca de sombra; ya que estar bajo el Sol era como estar en el infierno.

Inmerso en su labor, el cardenal Tous estaba perdiendo la compostura debido a la impaciencia, el calor de aquella vieja casa y la insubordinación de Aquiles. Quería ser respetado aunque el profesor Vangelis no se diera cuenta de quién era él.

Tous se colocó detrás del arqueólogo y le apoyó las manos en los hombros.

—Es la última vez que se lo pregunto, profesor.

"Debo ganar tiempo", pensó Aquiles, quien se encontraba totalmente deshidratado y con las manos entumecidas por las ataduras que no le permitían el paso de la sangre.

Villamitrè salía de la oscuridad preparado para usar su piquete. Tous ya les había dado la orden: "No quiero torturas delante de mí". A pesar de su afán por el poder, el cardenal tenía una ideología en la cual creía. Un cristianismo a "su manera", donde la fuerza bruta no tendría que existir para convencer a nadie, sólo argumentos, aunque éstos resultasen amenazadores, intimidantes y desleales. No quería presenciar el dolor. Éste le recordaba la lenta agonía de su madre. Eso lo había sensibilizado y cualquier escena de tortura o de sufrimiento físico le traía a la mente su recuerdo.

Siempre le había afectado la carencia de amor por parte de su padre, lo que, junto con el voto de castidad ante las mujeres que hizo al ordenarse como sacerdote, le produjo una coraza emotiva y lo llevó a desahogar sus instintos y apetito morboso con jóvenes varones. Tuvo que ingeniárselas para no ser acusado de pederasta en más de dos ocasiones, tal como le había pasado al obispo de Boston.

Ahora había encontrado en El Búho a un amante estable, además de un fiel compañero dentro del Gobierno Secreto. Todavía no lo había visto. Le había dicho por teléfono que lo esperara en su hotel. El cardenal estaba ansioso por terminar aquello con el arqueólogo y encontrarse con él. Le había traído un nuevo perfume de pachuli desde Lisboa.

—Le doy cinco minutos para pensar, profesor. Cuando vuelva me tendrá que dar una respuesta.

El cardenal se apartó hacia el sanitario y Aquiles quedó vigilado por Sopenski y Villamitrè. Tous cogió uno de los dos teléfonos celulares que llevaba encima, ya que uno era de uso exclusivo para los asuntos de su cargo en el Vaticano, y el otro lo empleaba para sus asuntos con el Gobierno Secreto.

Se alejó varios metros, entró en el diminuto sanitario y cerró la puerta tras de sí.

—Hola, ¿dónde estás? —preguntó Tous.

La voz del otro lado del teléfono se mostraba ansiosa y alterada.

—En el bar de mi hotel, estaba por llamarte de manera urgente.

—¿Qué te pasa? Te siento agitado.

—Tienes que saber lo que está pasando aquí afuera.

—¿Qué sucede? ¡Cálmate, por Dios! Dime, ¿qué sucede?

—El Sol —dijo El Búho. Era la voz de un hombre joven—. ¡El Sol está teniendo una actividad extraña!

—¿Qué dices? ¿El Sol? —los latidos del cardenal se aceleraron.

—Sí, todo el mundo está alarmado, es una visión espeluznante y surrealista. ¡El Sol está rojo! Debido a unas raras erupciones, deja un tinte rojizo en el ambiente, es rarísimo, todo se ve rojo, como en el cuarto oscuro de un fotógrafo.

Tous procesaba aquella información, nervioso. Se le aceleró el pulso.

—¿Desde cuándo?

—Yo me desperté hace un rato en mi hotel porque me dolía la cabeza y cuando abrí las ventanas... —su garganta se le hizo un nudo— estaba todo rojizo, vi cómo la gente corría a sus casas para protegerse. En las televisiones muestran imágenes de la alarma mundial. Los gobiernos del mundo han pedido que la gente no salga de sus casas...

"Aquello no podía estar sucediendo, mucho menos en ese momento", pensó Tous. "No puede ser verdad."

Las profecías mayas eran vistas por él y mucha gente de inteligencia del Vaticano como un culto bárbaro e incivilizado, pero igual mantenían cierto respeto. En ellas se anunciaba que antes de cumplirse la séptima profecía, el Sol tendría una actividad desbordada, trayendo tormentas eléctricas en su primera fase, y luego habría calamidades.

Si la gente tendía a unirse, si el rayo del cosmos que se anunciaba en los textos mayas lograba armonizar desde la conciencia suprema a la conciencia individual a los seis mil millones y medio de habitantes sobre el planeta, sus planes, sus negocios, su poder, todo se iría por la pendiente. El Gobierno Secreto necesitaba crear división y confusión, si aquello era sólo una catástrofe natural más, los beneficiaría a ellos porque venderían alimentos, medicamentos, fe. La iglesia necesitaba el miedo como su gran arma para tener a la gente bajo sus alas, arrodillada en sus púlpitos, carente de confianza en sí misma, casi ajena a la aventura de la vida.

El cardenal Tous, en su mente sagaz y racional, sabía que era imposible luchar contra los designios de la naturaleza.

—Tenemos que mantener la calma. Iré a verte al hotel pronto, no te alarmes, todo saldrá bien —le dijo al Búho antes de cerrar la tapa de su teléfono.

Tous, como todos dentro del Vaticano, sabía que durante la Inquisición el cristianismo había prohibido el culto a la naturaleza; sabían con certeza que no era un culto pagano, sino una forma directa de que la gente, sobre todo las mujeres, que ellos mal llamaron brujas, pudiera comunicarse con la divinidad a través de las fuerzas naturales de la vida.

Aquello no convenía a los negocios e intereses de los intermediarios del cielo. La imagen que se le había grabado a fuego en la mente de cada devoto era la de un dios que castiga y premia, así pensaba la mayoría de los cristianos.

Pero el cardenal Tous no sabía que el hecho de que el Sol experimentara aquellas tormentas era la antesala de algo inesperado.

16

Si tu padre tuvo hallazgos científicos del primer hombre en la Tierra, revolucionaría por completo nuestras certezas —Adán bebió agua, estaba acalorado.

Alexia seguía abriendo archivos en la computadora.

—Se terminarían muchos mitos y mentiras —contestó sin levantar la vista de la pantalla.

Adán se desabrochó otro botón de su camisa. En el momento que Alexia iba a continuar respondiendo uno de los cristales de la ventana se quebró, cayendo al suelo los vidrios y dejando entrar una bocanada de aire muy caliente.

Ambos se giraron por el susto.

—¿Qué fue eso? —preguntó ella. Dejó de buscar información y se puso de pie de un brinco para ir hacia la ventana. Sólo al asomarse, una fuerte bajada de presión la hizo desmayarse.

—¡Alexia! —Adán corrió hacia ella pero no pudo impedir que cayera al suelo.

Desde afuera se escuchaban gritos y ruidos, el tránsito era caótico, bocinazos y chirridos de neumáticos. No era normal en aquel barrio de Atenas, donde siempre reinaba la tranquilidad de la gente de alto poder adquisitivo.

—Alexia, ¿estás bien? —le dio pequeñas palmaditas en el rostro.

—Sí —balbuceó, su voz sonaba confusa—. ¿Qué ha pasado?

—Te desmayaste. Fuiste hacia la ventana que se rompió y tus piernas se aflojaron.

—El calor… se me bajó la presión.

—Bebe —Adán le acercó la botella con agua.

Ella tomó el líquido lentamente. Luego se incorporó y se sentó en el sofá.

—Pero… ¿qué está pasando allí fuera? Hay mucho ruido y caos.

Adán se asomó por la ventana y vio aquel espectáculo dantesco. La gente que quedaba en las calles se apuraba para meterse al resguardo de alguna sombrilla, de algún bar, ocultarse donde fuera posible. Los coches se apiñaban sin respetar las normas de tránsito.

—¡Oh, Dios! —Adán llevó sus manos a la cara—. ¡No mires hacia el cielo!

Con sus manos detuvo a Alexia.

—Pero… ¿qué está pasando?

—¡Todo está rojizo en el ambiente! ¡El Sol! —exclamó.

Los dos tuvieron el mismo pensamiento. ¡La profecía!

—Calmémonos —dijo Alexia, alejándose de la ventana.

Adán cubrió la ventana con una madera que hacía las veces de estante. El calor era agobiante y los ruidos que venían de afuera los desconcentraban.

—¿Qué hacemos? —preguntó Alexia.

Adán la miró con calma.

—Si es algo del Sol y los cambios… si… la séptima profecía ha comenzado, no podemos hacer otra cosa que estar en paz, tranquilos —dijo casi como un susurro. Los largos periodos de meditación le ayudaban siempre a superar los impulsos del instinto.

—Tienes razón —respondió Alexia, quien estaba calmada aunque un poco aturdida.

Adán se mostró sorprendido.

—¿Qué tienes allí? —preguntó señalando con su dedo el pecho de Alexia.

—¿A qué te refieres?

Se acercó hacia ella y miró de cerca su pecho. Tenía una pequeña marca roja.

—¡Tienes una quemadura!

Alexia llevó sus manos al pecho. Vio un círculo en su pecho, aunque no sentía que algo la hubiera quemado.

—¡El cuarzo! —exclamó ella, refiriéndose al collar que llevaba en su pecho. Un regalo de su padre—. Tócalo, está muy caliente.

Adán pasó los dedos por el collar.

—Es cierto.

Alexia cerró los ojos.

—Espera…

Ella respiró profundo y se quedó en silencio.

Alexia comenzó a sentir una extraña lucidez.

Comenzó a sentirse tremendamente alerta y lúcida, como si luego del desmayo su mente funcionara al doble de velocidad.

Alexia cerró los ojos otra vez. Por su cabeza cruzaban los pensamientos ordenándose como si fueran una hilera de coches por una autopista a más de ciento cincuenta kilómetros por hora.

—Mi padre, como también sabía el tuyo, Adán, podría haber descubierto de qué forma preparar a la gente para la transformación que vendrá.

—¿Te refieres al cambio de vibración?

—Entre otras cosas.

—Explícate, por favor.

—La profecía del calendario maya habla del fin del tiempo dentro de pocos meses, yo creo… —su mente volvió a evadirse, como si pudiese sacar el conocimiento de otro sitio.

Adán la observaba inmóvil.

—¿Qué crees? ¡Alexia, habla!

Alexia sonrió otra vez. Y en aquella sonrisa Adán vio la belleza y la luz de aquella mujer en todo su esplendor. Sus dientes eran como valiosas perlas blancas y sus ojos dos estrellas que titilaban sin cesar.

—Adán, mi padre es un genio. Yo creo que el fin de los tiempos en realidad es el "Fin del Tiempo". Al pasar de una dimensión a otra descubrimos que la tercera dimensión, en la cual vivimos, es la forma de la ilusión, de la materia y la percepción de todo en términos de épocas, tiempos, edades... Si desde el Sol central de la galaxia llega el rayo de armonización para todo nuestro sistema y los habitantes de la Tierra, si a través de la alineación solar y el portal de luz se genera la evolución, entonces lo que percibiremos será que el tiempo, como tal, dejará de ser una barrera para captar la realidad.

—¿Qué quieres decir?

—¡Que podríamos percibir que el tiempo no existe! ¿Imaginas las consecuencias que eso tendría?

Por la mente de Adán se presentaron un sinfín de situaciones diferentes al estilo de vida "normal", como si fueran personajes de una obra de teatro.

—No habría miedo a la muerte.

—Exacto. El tiempo no existe. Todo cambia.

—No haría falta un paraíso futuro, ahora estaríamos en comunión con La Fuente.

Adán recordó que los iniciados en la meditación que se iluminaban espiritualmente como Buda decían que el estado de *samadhi* o expansión de la conciencia era un estado en el que no había tiempo, sólo la percepción de la eternidad en el momento presente. Incluso las investigaciones científicas mencionaban que el cerebro humano iba unas centésimas de segundo "detrás" de la realidad, ya que se tardaba unos brevísimos instantes en que las ondas cerebrales trasmitieran el presente a la conciencia.

"La iluminación sería colocar al cerebro en el presente eterno, captar la auténtica realidad, y sería la consecuencia de la práctica meditativa", le había dicho hacía meses la maestra de meditación a Adán.

—Así vivían los atlantes y los minoicos —afirmó ella.

—¿Cómo?

—Los minoicos de Creta y los atlantes, que según se cree estuvieron en Santorini y eran una civilización matriarcal que defendía y practicaba el culto de lo femenino, la adoración de La Fuente como sistema espiritual... Ellos vivían iluminados, antes de ser invadidos por los guerreros griegos y micénicos. Antes de que se produjera un gran diluvio y que el volcán entrara en erupción y hundiera su isla-continente, borrando todo rastro de su avanzada civilización. Mi padre siguió los pasos de las excavaciones de sir Arthur Evans, el famoso arqueólogo inglés que descubrió restos de la civilización minoica en Creta, y de Spiyridon Marinatos, el arqueólogo griego que excavó en 1967 en la localidad de Akrotiri, dentro de la isla de Santorini, descubriendo una ciudad oculta que perteneció a la civilización minoica.

"Se cree que el hundimiento de la Atlántida ocurrió hace unos doce mil años, y el origen real del primer hombre es obviamente mucho más antiguo. Espera —su voz tenía dulzura pero a la vez mucha firmeza—, aunque en el discurso mi padre dice que halló dos cosas.

Adán no sabía a dónde iban a llegar.

—Tienes razón, Alexia, pero entonces...

—Espera —la mente de la geóloga iba a la velocidad de la luz—. ¿Y si los atlantes ya supieran cuál era nuestro verdadero origen?

Adán captó lo que ella insinuaba.

—Si fuera así, sería el científico más revolucionario de la historia humana —reflexionó Adán, imaginando la magnitud del hallazgo de Aquiles Vangelis—. El cambio de la conciencia colectiva sería la cúspide de los descubrimientos.

Alexia asintió con lentitud.

—Hay que ver con claridad lo que buscamos exactamente —recapituló Adán—. Hemos encontrado un discurso futuro para las Naciones Unidas dentro de unos meses y otro para los Juegos Olímpicos de Londres dentro de una semana. Tu padre ha encontrado algo importante, lo dice claramente en el video y en el papel que yo hallé. ¿Pero qué es lo que descubrió? Seguimos sin lograr una definición clara, llevamos horas. ¿Has visto algo nuevo, alguna pista?

Los chispeantes ojos de Alexia se movían velozmente frente a la computadora, abría y cerraba archivos. Adán se puso detrás de ella, colocó las manos en el respaldo de la silla y se inclinó para ver lo que estaba en aquella pantalla.

Alexia repitió en voz alta leyendo los archivos de la computadora.

—Atlantes, profecías, mayas, minoicos, mapa…

Miró otra vez la pantalla.

—¿Mapa?

Su voz mostraba entusiasmo. Abrió el archivo.

—¿Qué es esto? —preguntó ella un tanto dubitativa.

—Es un poco extraño, ¿no?

—Parece un mapa con símbolos.

—Oprime el zoom.

—Es como si estuviese escaneado de un original.

—Se ve dorado, ¿quizá sea de oro, de piedra?

Alexia se encogió de hombros.

—Haré una copia. Fíjate si está conectada la impresora.

Alexia movió el ratón de la computadora y le dio con su índice a la tecla de impresión. El archivo iba imprimiéndose lentamente.

Adán lo tomó y lo observó detenidamente.

—Tiene varios símbolos esotéricos.

—¿Puedes entender algo?

Hizo una pausa. Observó aquellos símbolos, los conocía perfectamente, eran egipcios, hindúes, judíos, griegos…

—También muestra una estrella de dos triángulos, que parece señalar un punto en el mar.

Alexia frunció el ceño.

—¡Esto parece ser un mapa antiguo de Grecia! Si así fuera, la estrella señala un punto al sudoeste de la isla de Santorini y el norte de Creta —dijo ella, con excitación.

—Podría ser.

"Un punto en el mar Egeo y símbolos antiguos", Adán no lograba encajar aquello con claridad.

—¿La Atlántida?

17

El cardenal Tous entró a la habitación totalmente pálido. Su taquicardia era una de sus debilidades, no la podía contener.

Sopenski y Villamitrè notaron su rostro completamente cambiado.

—¿Todo bien? —le preguntó Sopenski.

Tous suspiró.

—Tenemos problemas.

—¿Qué ha sucedido? —los ojos de Sopenski se hicieron enormes.

—El clima —contestó Tous mirando al suelo—, hay problemas con el Sol.

—¿El Sol? —Sopenski no lograba entender nada.

En menos de dos minutos, El Mago había tomado decisiones.

—Escúchenme —les dijo—, quédense aquí, yo debo hablar y comunicarme con la organización.

Dio tres grandes zancadas en dirección hacia donde estaba el arqueólogo, ahora su potencial mental de defensa y elaboración de estrategias estaba funcionando a gran velocidad.

—Usted gana por el momento, profesor —le dijo, enviándole una mirada detrás de los focos de luz—. Tendrá que seguir esperando aquí dentro. Pero no se haga ilusiones, cuando regrese, usted tendrá que confesar todo lo que sabe.

Dijo algo al oído de Sopenski y se marchó de aquel lúgubre sitio.

La alarma mundial era ya una noticia compartida. Se evaluaba la situación en los diferentes países, ya que el calor y la vibración del Sol habían provocado tormentas solares, aunque no de gran magnitud, las cuales habían llegado a cortar momentáneamente algunas de las ondas de información, alterando el funcionamiento de algunos satélites de comunicaciones, como también cierta parte del cableado de alta tensión. Esto generó disturbios en las conexiones telefónicas y en los servicios de internet.

"No debe haber pánico, necesitamos que estén tranquilos en sus casas hasta que podamos evaluar la situación." Ésas eran más o menos las palabras que todos los ministros de Seguridad Social, Defensa y Asuntos Internos de los países decían por televisión alrededor del globo. En las Naciones Unidas habían convocado a una reunión de asamblea. Los representantes oficiales de los gobiernos de todos los países estaban ya listos para tomar medidas.

En Atenas, en el hall del Hotel Central, El Búho estaba pálido con un vaso de gin tonic vacío en la mano y a punto de pedir otro mientras esperaba a Tous, con la mirada perdida en la televisión. Le molestaba que estuviese pasando eso, estaba ansioso por ver al cardenal y recibir al menos algo de confort.

En menos de diez minutos la imponente y magnética figura del cardenal atravesó las puertas del hotel. Se aproximó agitado hacia El Búho.

—He venido cuanto antes, todas las avenidas están colapsadas y fue difícil encontrar un taxi.

Los ojos del Búho se iluminaron de alegría al verlo.

—¿Qué haremos? —preguntó el joven, mostrando mucha familiaridad con el cardenal.

—¿Tú estás bien? —le preguntó mirándolo a los ojos afectuosamente.

—Sí —respondió El Búho—, pero un poco asustado. ¿Cuál será el siguiente paso? ¿Qué haremos? ¿Ha confesado algo más el arqueólogo?

—Por el momento dejemos al profesor Vangelis para más tarde. Lo que está sucediendo con el Sol es grave. Mi teléfono no ha parado de sonar de parte del Vaticano, mi secretario me ha informado que debo ir a Roma a una reunión urgente con el Papa y algunos miembros del círculo interno del Gobierno Secreto. Hay que elaborar estrategias.

El cardenal se refería a un grupo de unos cien miembros de inteligencia dentro de los dos mil que componían aquella macabra organización; eran los representantes más poderosos, de donde salían las decisiones vitales de control mundial.

—¿Tienes que irte? —quiso saber El Búho. Sus ojos mostraban pena.

—Sí, tengo que estar en Roma en menos de tres horas. He movilizado algunos de mis contactos y ya tengo un vuelo especial. Saldré para el aeropuerto en quince minutos, tengo el taxi esperando en la puerta. Escúchame con atención, tengo un plan. Te diré lo que haremos con el arqueólogo.

18

Tenemos un mapa —afirmó Alexia—, pero lo que no puedo hallar es el plan de urgencia del cual te hablé, el salvoconducto de sus hallazgos, la bitácora… Acordamos que, por seguridad, yo podría encontrarlo aquí para seguir las pistas de sus investigaciones.

Adán le clavó sus vivos ojos marrones y asintió, un tanto cansado.

—¿Y no lo has encontrado?

—Hay muchos archivos, es seguro que está en clave, pero creo que mi padre no ha traído aquí nada más que la computadora, es seguro que lo que ha hallado está oculto en su laboratorio personal —su atractivo cuerpo sudaba, su vestido blanco se pegaba al cuerpo mientras seguía buscando entre los archivos.

—Entonces habría que ir a Santorini, al estudio de tu padre.

Alexia asintió.

—No podemos perder más tiempo, Adán. La vida de mi padre está en juego. Durante el viaje abriré todos los archivos, uno a uno con detenimiento.

Adán lo pensó un momento.

—¿Qué sucede? —preguntó ella, que sentía el flujo de adrenalina por todo su cuerpo.

Adán frunció el ceño.

—¿Has dicho que tu padre tiene un asistente? Creo que deberías llamarlo y preguntarle si sabe algo, antes de tomar la decisión de ir a Santorini.

—¿A Eduard? ¿Otra vez? —Alexia hizo una mueca de duda. Aquel asistente nunca le había gustado, pero sabía que Adán tenía razón—. Pásame la cartera, lo llamaré a su móvil.

Adán le extendió la elegante cartera. Sus finos y delicados dedos teclearon sobre el teléfono. Hubo un silencio.

—Hola, ¿Eduard? Soy Alexia, ¿estás bien?

—Sí —la voz joven del otro lado de la línea sonaba sorprendida.

—¿Dónde estás?

El joven asistente dudó un instante antes de responder.

—En Atenas, llegué hace unas horas.

—¿En Atenas? ¿Qué haces aquí? ¿Has tenido noticias de mi padre?

—Absolutamente nada, es como si se lo hubiera tragado la tierra.

A Alexia no le hizo gracia ese comentario.

—Tenemos que hablar. Dime lo que te dijo antes de venir desde Santorini, háblame de su descubrimiento.

Eduard hizo un silencio del otro lado de la línea.

—Alexia, tú conoces a tu padre. Yo le ayudaba pero él es tremendamente hermético en su trabajo. No me dijo nada más de lo que tú, supongo, ya sabrás.

La bella hija del arqueólogo se tomó un instante para pensar, se mostró incisiva con el catalán.

—Eduard, yo estoy ahora en Atenas con un amigo de mi padre e iremos a Santorini. Quiero que vengas con nosotros, necesito saber algunas cosas.

Eduard se sorprendió.

—¿A Santorini?

—Sí, al laboratorio. Te llamaré dentro de media hora.

Apagó la Blackberry y volvió su luminoso rostro hacia Adán. "Después de todo aún trabaja para él", pensó Alexia.

Adán la observó detenidamente, admirando su fuerza y el magnetismo de su espíritu. Su inteligencia era fluida y se mostraba resuelta en sus acciones; era una mujer que combinaba aquellos dones internos con la sensibilidad y la dulzura a flor de piel.

—¿Y cómo llegaremos a Santorini? Supongo que el colapso producido por el Sol habrá suspendido algunos vuelos.

Sin dudarlo, Alexia fue hasta la mesa donde estaba su cartera, se colocó las gafas de leer, cogió los archivos y un par de libros, la computadora y salió de allí sujetando la cálida mano de Adán.

—¿Qué piensas que haremos con el mapa? Sólo señala un punto medio en las aguas entre Santorini y Creta, además de estar lleno de símbolos esotéricos.

—Exacto. Mira, sea lo que sea que mi padre haya descubierto, no lo debe haber traído aquí a Atenas, debe estar oculto en su laboratorio de Santorini. Finalmente, él nos llamó desde allí antes de venir a recogernos. Así que partamos al puerto, de prisa. Un amigo de mi padre tiene un yate y puede facilitárnoslo. Llegaremos rápido.

19

Si bien el Sol había bajado su intensidad y casi retornado a su color normal, los expertos decían que para el transcurso del siguiente día el aspecto del astro regresaría a su estado habitual. Mucha gente no se fiaba de esto, se pensaba que de cinco pronósticos, los expertos erraban en cuatro. Así y todo Febo parecía retornar a su actividad común.

El sorpresivo evento climático había obligado al cardenal Tous a despertar, dentro de él, toda su astucia. Se sentía lleno de una extraña energía. Mezcla de euforia, miedo e instinto de supervivencia, sus neuronas trabajaban al máximo.

El secretario del cardenal lo estaba esperando en el Aeropuerto Intercontinental de Fiumicino "Leonardo da Vinci", en Roma, con un elegante bolso de cuero negro donde llevaba su vestimenta oficial, su crucifijo, el valioso anillo de oro y diamantes que colocó en su dedo y unos zapatos bien lustrados.

—¿Cuál es la situación? —preguntó Tous, que se sentía más seguro al estar otra vez "en casa", y con el hábito puesto.

Su secretario le indicó que esperaban a dos cardenales más que estaban de viaje, y a miembros y representantes mundiales para una asamblea especial antes del atardecer. Su secretario personal no sabía que aquellos delegados internacionales eran en gran parte los cerebros que gestaban y permitían la existencia de calamidades, problemas climáticos, enfermedades, así como los impulsores y máximos beneficiarios del hambre del mundo.

—Muy bien —le dijo el cardenal al secretario—, necesito recoger algunas cosas y varios documentos, llévame a mi despacho.

Subieron a un coche oficial que los aguardaba en el estacionamiento y que los llevaría desde el aeropuerto hacia el Vaticano. El coche no tardó mucho en entrar a las calles de la añeja ciudad. El cardenal llevaba la ventanilla levemente baja para que entrara una suave brisa. Al frenar frente a una tienda de discos, los acordes de una bella melodía se filtraron en sus oídos y las estrofas de la inconfundible versión que habían grabado Lucciano Pavarotti y Eros Ramazzotti de *Se bastasse una canzone* hicieron que el cardenal sintiera un atisbo de emoción en su corazón. También le gustaba la ópera clásica y el arte del Renacimiento. Era lo único que podía quitarle momentáneamente su rígida armadura emocional.

A los pocos minutos el cardenal Tous observó a través de la ventanilla del coche que la plaza de San Pedro estaba atiborrada de fieles con sombrillas y parasoles, soportando estoicamente el calor, esperando que el máximo representante de su doctrina saliera a decirles algo; necesitaban reforzar su fe y eliminar su miedo. Aquello era una reunión multitudinaria de gente presa de pánico frente a lo desconocido.

Sentado sobre el cuero negro del asiento trasero, el cardenal observaba la multitud a lo lejos, y cuando el coche pasó a mediana velocidad por la calle que lindaba la plaza de San Pedro, al ver a aquella multitud, al cardenal Tous le cruzó el angustiante pensamiento de que sería una de las últimas veces que vería tanta gente reunida en ese sitio.

Si así fuera, no vería realizado su sueño de ser Papa.

lexia había tardado sólo tres minutos en ejercer su influencia y poder de seducción para convencer al amigo de su padre de que le hiciera el favor de prestarle el yate con un piloto que los condujera hasta la isla de Santorini.

En aquella moderna y potente embarcación, el trayecto duraría apenas una hora y diez minutos. Parecía que Poseidón no tenía grandes planes para agitar el mar aquella tarde y el Sol estaba con su aspecto habitual, aunque había hecho que la temperatura aumentara más de siete grados. En plena tarde el termómetro marcaba los cuarenta y dos grados.

Ya en cubierta llenaron los permisos y registraron la ruta marina en el famoso puerto ateniense de El Pireo, el cual había sido ideado por el general griego Temístocles en el siglo v a.C. El puerto, que antiguamente tenía como objetivo defender la flota ateniense de los persas, era el punto de partida de una extraña búsqueda. En sus orillas, un enjambre de lanchas se mezclaba con pequeños y medianos barcos pesqueros y poderosos yates de lujo.

Todo el protocolo que llevó el trámite náutico dio tiempo suficiente para que Eduard Cassas llegara para embarcarse con ellos.

—¡La ciudad está hecha un caos! —dijo Eduard, irrumpiendo en la sala del puerto donde se encontraban Alexia y Adán.

Llevaba unas gruesas gafas de Sol, una camiseta azul de manga corta con la cara de Bob Marley grabada y unos anchos pantalones color caqui, estilo alternativo. Había nacido en Lleida, una pequeña localidad de España. Le gustaba cambiar de estilo de ropa, era bastante presumido y camaleónico con la vestimenta; vestía a veces de cómodo y elegante sport como un niño casual, a veces como un yuppie mostrando un look más formal y serio, de traje y corbata, o bien, si estaba con gente joven, lo hacía con ropa más suelta y underground; en el fondo usaba un disfraz de acuerdo con la ocasión para ser aceptado por la persona que tenía enfrente.

Era bastante bien parecido, sus ojos celestes simulaban dos monedas saltonas encima de su protuberante nariz aguileña. Su cabello castaño, prolijamente cortado, mostraba bastantes canas en las sienes a pesar de su edad, un signo casi característico de su heredada genética catalana. Para fortalecer su autoestima, había practicado durante años varias artes marciales, era una forma de sentir que podía defenderse ya que en la infancia varios compañeros de clase le pegaban y trataban con desprecio.

—Por suerte has llegado bastante rápido —le dijo Alexia cuando se encontraban ya cerca del piloto, quien estaba terminando los preparativos.

El "pequeño" yate al que se refería Alexia tenía nada más ni nada menos que nueve metros de eslora, el casco completamente blanco y llevaba grabada una bella imagen de Zeus en la proa, bajo el nombre con el que había sido bautizado: EVLOGIA, que significaba, "mente abierta".

—Te presento a Eduard —le dijo Alexia a Adán—, es el ayudante de mi padre.

—Me hubiera gustado conocerte en una ocasión más grata —dijo Adán al tiempo que estrechaba su diestra.

—Eduard trabaja con mi padre desde hace más de un año.

En aquel apretón de manos Adán había percibido a una persona insegura. Según estudios del lenguaje corporal, aquel tipo de saludo se conoce como "mano de pez" y consiste en que los cinco dedos cuelgan como un pez muerto sin fuerza ni calidez; esto identifica a los pianistas y artistas que trabajan con sus manos y a las personas falsas.

—Es mejor que nos cubramos del Sol, ha dejado de estar rojo, pero el calor sigue muy fuerte —dijo Alexia mientras los invitaba a seguirla dentro del yate.

El paisaje de la costa ateniense había vuelto a la normalidad, el agua se veía turquesa y el cielo estaba despejado. El tinte rojizo que tanto atemorizó a la gente por el mediodía había desaparecido, como si Apolo, el mítico dios griego del Sol, se hubiera calmado.

Antes de subir por la rampa hacia el yate, un movimiento imprevisto de la embarcación le hizo soltar a Eduard su teléfono móvil, que cayó al agua.

—¡Mierda! —exclamó el catalán.

Adán y Alexia se giraron para ver cómo el aparato se hundía en la profundidad de las aguas.

—Tendrás que comprar otro en Santorini —le dijo ella tratando de calmarlo.

Eduard hizo un gesto de fastidio.

—Espero no perder mis contactos.

Eduard sentía una fuerte fobia al agua. A los once años de edad, unos amigos suyos quisieron ahogarlo en una playa de España. Desde aquel momento nunca había estado dentro del mar ni en ninguna piscina. Nunca aprendió a nadar. El miedo a caer al agua era un tema no resuelto, lo paralizaba.

A los pocos minutos de que el yate zarpó, los tres bebieron refrescos. El calor era agobiante, aunque en la cabina estaba más fresco y la brisa que entraba por el movimiento de la embarcación les daba en la cara.

En la radio del tripulante se escuchaban los acordes de una vieja canción de los años setenta, *My friend the wind*, cantada por la voz hipnótica del popular artista griego Demis Roussos, que curiosamente llevaba el mismo apellido que Adán, aunque no eran parientes, o por lo menos no que Adán supiera.

Alexia se acercó hacia Eduard.

—Cuéntame, ¿cuándo fue la última vez que lo viste?

Él la miró y suspiró con nerviosismo. Siempre que se veía en situaciones difíciles, un tic nervioso en su ojo izquierdo aparecía, comenzaba a titilar como las luces de neón de cualquier escaparate. A veces, cuando su sistema nervioso lo traicionaba, también su brazo y pierna izquierda se colapsaban, dificultando la circulación y produciendo un doloroso hormigueo.

—Lo vi antes de que viniera a recogerlos a Atenas. Luego de eso no sé más nada —su voz sonaba seca y directa.

Alexia se alejó hacia una de las escotillas.

—Pero, ¿no te dijo nada sobre lo que estaba trabajando? ¡Tú eres su ayudante!

El catalán se puso pálido.

—Ya te lo he dicho, tu padre es como una tumba —pronunció aquellas palabras sin mirarla a los ojos—. Él me pedía que le consiguiera cosas pero yo no estaba muy al tanto de sus investigaciones. Le ayudaba con su traje submarino, vuelos, entrevistas y demás, pero no me dejaba ver sus carpetas, las guardaba bajo llave.

—¿Traje submarino? —preguntó Alexia un poco irritada—. ¿Y sólo lo ayudabas en eso?

Adán estaba interesado en ver sus reacciones. El tic nervioso se le aceleró. Aquel tímido joven tenía el lado izquierdo del cuerpo, su parte femenina, en conflicto, somatizaba allí su tensión.

—Bueno, eso y algunas cosas más. Le preparaba su agenda, le conseguía su comida, llamaba por teléfono…

Alexia se volvió para mirarlo a los ojos. Su expresión era intimidante.

—Tienes que recordar algo, ¿quién lo ha llamado?

Eduard tragó saliva.

—Lo llamó un hombre inglés, compañero de tu padre; y hace días le conseguí el boleto de avión de Santorini para Atenas. Los últimos días estaba encerrado en su laboratorio. Luego recibió una caja certificada por correo. Eso es todo.

—¿Un caja? ¿Qué clase de caja? —Alexia mostraba un gran temperamento.

—Un paquete grande, era de un laboratorio de… Londres, si mal no recuerdo. Una caja de un laboratorio genético y el remitente era un tal Stefan Krüger. Eso es todo lo que sé.

Alexia recordó que dos meses atrás su padre había hablado con ella, eufórico, en Londres y le dijo que tenía algo muy importante en su trabajo pero que, por el momento, no podía adelantarle más porque no lo tenía resuelto. Su padre tenía un amigo en Londres, era genetista, historiador y también colaboraba con Naciones Unidas. Se llamaba Stefan Krüger y había invitado a Aquiles, hacía ya un año, a dar una conferencia en el Museo Nacional de Londres.

Adán les preparó un sándwich con lo que encontró en la nevera.

Alexia hizo un gesto de resignación.

—De acuerdo, Eduard, te veo cansado. Descansa un poco en aquel camarote —le dijo señalando una puerta de madera lustrosa a su derecha, hacia la proa del yate—. Si recuerdas cualquier dato, por insignificante que sea, me lo dices.

Adán le dirigió una mirada de incertidumbre a Alexia. Ella se encogió de hombros.

—Nosotros estaremos en el otro camarote —dijo Alexia a punto de abrir la pequeña puerta—, también necesitamos descansar y aclarar las ideas.

21

En Roma, la importante reunión clave estaba a punto de comenzar. Sólo algunos cardenales conocían y tenían acceso a las reuniones conjuntas con miembros del Gobierno Secreto y, en aquella, el mismísimo Papa se encontraba también en el interior de un lujoso despacho barroco, decorado con obras y lienzos de incalculable valor histórico y económico. Aquella sala estaba bellamente ornamentada, había casi cien personas, los miembros más influyentes del mundo a nivel político, religioso, económico y social.

Los masones —que en su mayoría conformaban el Gobierno Secreto— habían iniciado su escalada de poder en la Edad Media —algunos mencionaban que tuvieron su origen auténtico con el rey Salomón—, y con el paso del tiempo, a mediados del año 1800, principalmente en las ciudades de Boston y Filadelfia, se convirtieron en hábiles constructores e hicieron varios de los edificios de emblemáticos diseños, muchos de los cuales tienen enigmáticas formas arquitectónicas y símbolos secretos. Tuvieron un vital protagonismo en la Constitución de los Estados Unidos y tanto el billete de un dólar con sus símbolos masones como la cara de George Washington —un famoso maestro masón— tenían estigmas de dicha sociedad secreta. En sus inicios, eran rebeldes que anhelaban el poder, un poder escalonado donde tenían diferentes jerarquías dentro de la organización: aprendices, compañeros y maestros.

Un puñado de arriesgados investigadores independientes acusaban al Gobierno Secreto de "fabricar las cepas" de diversas enfermedades "aparentemente naturales" en sus laboratorios. Primero, porque la gente enferma era más fácil de dominar; después, porque así alimentaban una industria de fármacos que obligaba a la población a consumir pastillas y medicamentos para curarse, lo que generaba una derrama de miles y miles de dólares y euros día a día. También se les atribuía que en sus laboratorios militares fabricaban toda clase de estrategias de control como, por ejemplo, las nubes artificiales provocadas por fuerzas químicas. De esta manera impedían que el hombre se alimentara de la energía del Sol, y cuando estos químicos bajaban a la Tierra, afectaban el carácter de la gente bajando su autoestima, generando enfermedades y provocando estados de ánimos depresivos (esto ya se hacía y se vendía en Israel, mientras que en varios países europeos se compraron químicos para provocar lluvia y para mantener controlada a la población). En este asunto, cualquier persona que colocase la palabra *chemtrails* en cualquier buscador de internet encontraba cientos de páginas y videos de quejas sobre pedidos para que frenaran los vuelos tóxicos.

También al Gobierno Secreto se le atribuía gran parte del llamado agujero en la capa de ozono de la Tierra, debido a los deshechos de sus investigaciones químicas, proyectos militares y el entramado de ondas que varios satélites emitían para que el planeta tuviera una especie de "malla protectora" —ya que esta frecuencia agresiva impediría el contacto con seres inteligentes de otras galaxias— y, lo que es peor, muchas veces esas dañinas vibraciones eran emitidas a propósito en dirección hacia la Tierra misma y sus habitantes. Se sospechaba que muchos terremotos y tsunamis eran provocados desde el HAARP, la base militar en Alaska, mediante ondas electromagnéticas hacia la ionosfera que afectaban las placas tectónicas.

Los miembros del Gobierno Secreto también estaban involucrados en el negocio de las guerras, la búsqueda del petróleo, la manipulación de los partidos políticos, las guerras religiosas y étnicas, las invasiones a Irak y otros varios países, buscando generar dividendos.

Buscaban controlar el mundo a través del Nuevo Orden Mundial, su plan deliberado. Junto con la élite de la iglesia cristiana, vigilaban su negocio, su forma de elaborar y renovar un entramado desde el cual ejercer un control invisible y subliminal sobre la masa humana, alejando a cada individuo de su verdadero poder y libertad de evolución espiritual. Y así, de acuerdo con sus ideales especulativos, hacer que todos obedecieran, a veces por la fuerza y otras de manera inconsciente, los designios del Gobierno Secreto.

El cardenal Tous estaba sentado a sólo dos metros del Papa. Stewart Washington, un norteamericano que rondaba casi los sesenta años, era el líder de las reuniones de aquella organización y todos lo conocían como El Cerebro; él fue el primero en hablar.

Su diminuto tamaño físico se emparejaba con una fuerte personalidad y elegancia, tenía el aspecto de un Napoleón modernizado, escoltado entre la pomposidad vaticana. Su traje Armani relucía entre sus angostos hombros. Las cejas pobladas, dos gruesas líneas marcadas en el entrecejo y la cara ajada mostraban los rasgos de un hombre que llevaba años preocupado, vinculado al poder, como si siempre estuviera bajo presión.

—Hoy es un día especial e importante para el futuro de nuestra organización —comenzó diciendo formalmente, al tiempo que elevaba una ceja sobre sus gafas de pasta de gruesos cristales—. Debemos estudiar detenidamente el reciente evento que ha sacudido al planeta —su voz mostraba preocupación, el ambiente estaba ciertamente cargado de tensión.

Los cardenales daban la impresión de llevar en su rostro más ansiedad y nerviosismo que cuando tenían que reunirse para elegir a un nuevo Papa. No había muchas diferencias entre los representantes que ahí se dieron cita. Se encontraban jerarcas del Vaticano, además de poderosos líderes judíos, musulmanes, masones, illuminatis y empresarios del Club Bilderberg, toda la élite del Gobierno Secreto; se distinguían únicamente por su vestimenta, unos de trajes y corbatas caros y otros con atuendos religiosos. Compartían la misma doctrina de poder, donde no existían nacionalismos ni sentimientos separatistas, todo era un mismo bloque férreo de ambición, estrategias y control, aunque muchas veces tuvieran diferencias.

El Sumo Pontífice, vestido completamente de blanco, estaba expectante y con sus manos cruzadas encima de su plexo solar, de donde colgaba un crucifijo de gran tamaño; esperaba el anuncio del Cerebro para dar su propia visión del problema.

Aunque era poderoso dentro del Vaticano y tenía una enorme influencia en el mundo, en aquella organización no ocupaba un puesto central, si bien era respetado por su cargo e influencia. Los rangos dentro del Gobierno Secreto los determinaba el consejo interno de unas treinta personas.

Como ya lo sabían los presentes, el evento que alteró el orden mundial, y del cual habían visto algunas de las consecuencias y repercusiones en las comunicaciones, internet, la bolsa y la psiquis colectiva, los afectaba sobremanera. El Sol, finalmente, escapaba a su control. Aunque tenían la tecnología para afectar ciertas zonas del planeta con el HAARP, no podían evitar una tormenta solar y ya tenían graves informes del Departamento de Inteligencia y del Círculo de Investigación del Vaticano.

Stewart Washington se acomodó la corbata antes de continuar, ese día sentía que aquel nudo le ahogaba, y después siguió con su dinámica.

—Los rumores están corriendo en la población de todos los países, algunos hablan de signos proféticos, otros de la segunda venida de Cristo, de la séptima profecía maya; algunos fanáticos hablan de señales bíblicas...

El Papa era tremendamente hábil y calculador, aunque se mostraba inquieto por lo que decía la Biblia en el Libro de las Revelaciones. *La Tierra engalanada con su mejor vestido de luz será elevada y verá otro Sol.*

El cardenal Tous, impaciente por tener la palabra, lo interrumpió.

—Si me disculpa, supongo que no es momento de recitar rumores, creo que es la hora en que tenemos que actuar, y hacerlo rápidamente —su voz sonó como un trueno dentro de aquel techo abovedado. Todos le dirigieron la mirada.

—Ése es el motivo de esta reunión, cardenal —al Cerebro le irritaba que lo interrumpieran cuando hablaba, pero Tous tenías las agallas para hacerlo. Existía un clima muy tenso, todos sabían que debían elaborar una estrategia porque la información oficial desde sus servicios de inteligencia era alarmante.

La iglesia y el Gobierno Secreto habían implantado el miedo y la represión, y le habían dado a la humanidad modelos de vida para que siempre dependieran de ellos. La iglesia, como cara visible del Gobierno Secreto, se había encargado de controlar las inquietudes religiosas de cada individuo, alimentando las huestes de sus fieles.

No querían que un problema religioso, la amenaza de unas profecías o el Sol se inmiscuyera con sus planes políticos y económicos. El reto, para ellos, era solucionar algo que no podían controlar.

—¿Nos hemos reunido para hablar de rumores? —preguntó Tous irritado.

El Cerebro le dirigió una mirada fulminante.

—Entre otras cosas, cardenal Tous. Debería leer nuestros nuevos informes y saber que nuestros científicos internos han estudiado y coinciden con los recientes informes de la NASA y la NOOA. Afirman que el Sol tiene una extraña actividad.

—Y con las profecías... —remarcó Tous, al tiempo que colocaba con énfasis las manos sobre la mesa inclinando su cuerpo hacia delante, envalentonado.

Antes de que el cardenal le quitara la palabra de nuevo, Washington se adelantó mientras hacía un gesto de negación con la cabeza.

—Sabemos que deberemos dar un giro para aprovechar la situación. Las masas están despertando y ya no podremos seguir con falsos argumentos. La época de la costilla de Adán ha concluido, cardenal —esas últimas palabras las pronunció un poco desencajado, como si comenzara a verse desbordado por la situación.

Ellos sabían que a todos les convenían las catástrofes, el miedo, la separación y la inconsciencia. Podían seguir el juego mientras algo así ocurriera, pero el poder que ahora se manifestaba los superaba.

—Todo lo que venga del más allá es asunto nuestro —sentenció Tous mirando a los demás integrantes de la iglesia y al Papa—. Creo que nuestro círculo de inteligencia puede elaborar un nuevo plan.

El Cerebro hizo ademanes.

—Sí, cardenal, planes hay muchos. Hemos estado haciendo planes durante generaciones para la humanidad, pero esto es un tanto, digamos, diferente.

El Gobierno Secreto había metido su huella invisible y sus hábiles manos subliminales en todos los aspectos de interés para una persona. Se infiltraron sembrando creencias por varios medios: dentro de la música, en el arte, en Hollywood, en la televisión, la publicidad y en todos los medios posibles para hipnotizar a los dormidos, aunque cada vez existían más individuos despiertos e iniciados. Como las religiones perdían fieles, había que imponer las ideas a la mente colectiva y la forma más eficaz era a través del cine y la televisión. De la misma manera, la religión, con cada una de sus campanadas, había entrado en el inconsciente colectivo, para recordar al mundo sus pecados y culpas.

El Cerebro se movió un escalón más alto de su taburete, como si quisiera darles más fuerza a sus palabras.

—Nuestra fuerza religiosa se mantiene pero ha perdido poder, necesitamos una renovación o puede que sea demasiado tarde. Ya no se trata de retocar una fachada, es un problema de fondo. Como líder debo velar por el futuro de la organización.

El cardenal Tous se mostraba decidido a interrumpirlo cuando el Papa, con un gesto de la mano, lo detuvo como si quisiese que El Cerebro continuara con su exposición.

Bebió un poco de agua y detrás de la mesa de roble tomó nuevos bríos, estaba decidido a obtener el apoyo mayoritario a la propuesta que tenía en mente.

El Cerebro había ideado muchos de los trapos sucios del Gobierno Secreto desde la época en que había estado al lado del presidente Nixon. Sus estrategias habían sido muy eficientes: en el sistema de control sobre la raza humana, ante la necesidad de eliminar un poco de población que no les era útil, primero habían creado el virus del sida con el objetivo de que diezmara a los desnutridos de África, a los homosexuales y a los drogadictos.

Stewart Washington había sido uno de los ejecutores de experimentaciones genéticas encubiertas; gracias a éstas, se había creado armamento biológico, químico y atómico, y se indagaba con la clonación para seguir sosteniendo el prototipo ario sobre el planeta. Comandados por él, la gente de la organización creó las guerras víricas y bacteriales para eliminar a los que no les interesaban. En su obstinado camino para obtener riqueza y poder, habían creado, bastantes años atrás, sofisticadas estaciones de energía en una amplia red tanto subterránea como espacial. Dentro de la maquinaria que montaron se incluían sus bases militares, laboratorios y comunidades subterráneas que recorrían literalmente todo el planeta. También les pertenecía la polémica "Área 51" en Colorado, que mantenían en silencio pues la naturaleza de sus investigaciones sobre seres de inteligencias multidimensionales, naves extraterrestres y propulsión antigravedad era un alto secreto que trababan de tener celosamente guardado.

Todas sus operaciones militares, científicas y de inteligencia continuaban mayormente encubiertas para el grueso de la población, que se intoxicaba y continuaba dormida dentro del laberinto de sus problemas personales, las distracciones, la televisión, el futbol, las telenovelas, los chismorreos de famosos y siguiendo el anhelo de alcanzar el estereotipo social aceptado.

—Toda nuestra labor secreta —continuó diciendo El Cerebro— ha sido constante desde hace muchos años, pero ya no podemos hacerle creer tantas cosas a la gente, hay muchos investigadores, hay cada vez más personas conscientes que quieren vivir en paz, que no aceptan nuestro status quo y que piensan por sí mismos, su genética está cambiando.

Aquellas palabras parecían lava saliendo de un volcán. De sobra sabía que ya no podrían inventar más Iraks, Pearl Harbors, Torres Gemelas, Quemas de Brujas, Hiroshimas ni Nagasakis; las guerras y persecusiones siempre habían sido un buen negocio para ellos y habían reforzado su poderío y el modelo del Nuevo Orden Mundial, pero a lo que se enfrentaban ahora era algo completamente nuevo.

El Papa se puso de pie.

—Quisiera que fuera directamente al punto central del asunto —dijo el pontífice con una voz que parecía salida de una tumba. No quería perder tiempo.

Un rumor de aprobación circuló entre los cardenales presentes como el sonido de una fina lluvia.

—Su Santidad —continuó diciendo El Cerebro—, debo remarcar que quizá con las mismas tácticas no podremos enfrentarnos a lo que se avecina. Mi trabajo es prevenir, prever soluciones.

El Papa tenía sus motivos personales para estar preocupado ya que sabía muy bien que varios textos de videntes decían que ése era ni más ni menos que el tiempo final del último Papa de la iglesia cristiana.

El ambiente estaba totalmente electrificado por la expectativa de aquella reunión.

El Cerebro afirmaba que sus predecesores habían tratado de censurar por todos los medios la voz de los profetas y de acomodar a sus intereses lo que más les convenía. La iglesia había sido hábil para disfrazar el mensaje anarquista de Jesús y que sus auténticas palabras se tergiversaran, de aquella manera habían ejercido su dominio a gusto y placer, codo a codo con los gobiernos de turno.

Tous intervino de nuevo:

—Si las profecías de los mayas se cumplen y los textos secretos del Vaticano y de la Biblia aciertan en que habrá un cambio a nivel mundial para finales de este año, yo tengo...

—Déjeme terminar, cardenal. Ya no podemos seguir poniendo de rodillas a la gente para que no pueda levantarse por la carga de pecados que hemos fabricado en su mente. Nuestra organización y nuestro poder pueden tener auténticos problemas. Y sépanlo bien: no podemos permitir que los individuos se comuniquen directamente con lo que quiera que haya allí arriba —elevó sus ojos hacia el techo abovedado de la gran sala, pintado con imágenes religiosas.

Aquello generó polémica entre los presentes. Un movedizo rumor recorrió la sala como una cascada de agua.

No era propio del Cerebro de aquella organización ser tan franco. Pero estaba en apuros.

—Creo que debemos adelantarnos a los acontecimientos —dijo con vehemencia.

Tous también estaba lleno de fuerza e intenciones.

—¿Adelantarnos a los acontecimientos?

—Cardenal, desde el origen de nuestra organización siempre ha sido de esa manera, nos adelantamos a los hechos y elaboramos planes de inteligencia.

Tous no soportaba estar entre la espada y la pared.

—Lo más grave es que hubo tormentas solares… —continuó El Cerebro.

El cardenal, con valentía, le dirigió una mirada dura y lo interrumpió.

—Señor Washington, nuestros científicos creen que el Sol ha llegado a un punto en que se pueden invertir los polos magnéticos de la Tierra; otra tormenta solar quemaría literalmente a nuestros satélites y a nosotros mismos. La población sigue asustada con lo que no puede dominar, pero qué pasará si…

El Papa lo interrumpió abruptamente.

—Si hay confusión y miedo entre la gente, nuestro trabajo es brindar apoyo; allí está nuestro poder —dijo aquella frase como si fuese un mantra básico aprendido de memoria por todos los papas.

A Stewart Washington no le terminaba de gustar la influencia de la iglesia en las decisiones, él era político y racional.

—Con todo respeto su Santidad, desde el ángulo de visión que represento, y desde los múltiples intereses económicos, sociales y políticos que hay detrás de mis espaldas y la de todos nuestros miembros, esta reunión es decisiva para ver cómo podemos aprovechar la confusión e implantar masivamente nuestro Nuevo Orden Mundial.

El cardenal Tous iba a hablar, pero el Papa volvió a hacer un gesto para que lo dejara continuar.

—Ya hemos escuchado eso. ¿Concretamente qué propone usted? —preguntó el Papa.

El Cerebro esbozó una tibia mueca y se dispuso a seguir con su discurso.

—Creo que ya es momento de actuar a través de un mayor despliegue de información controlada por nosotros. Ya hemos viajado sobre los diferentes estadios del miedo al terror. Si ahora surgiera un nivel superior, si se creara un pánico general mayor, aprovecharíamos las circunstancias. La iglesia y las religiones deben potenciar un mensaje como la panacea contra el miedo, y desde las otras vertientes, la política y los gobiernos implementaríamos protección. Su Santidad debe salir a la plaza de San Pedro. Ahora mismo hay millones esperándolo y nosotros atacaremos desde los medios informativos.

Muchos asistentes del Gobierno Secreto murmuraron en señal de aprobación, ya que Stewart Washington era quien defendía a capa y espada sus intereses. Debían volver a ofrecerle a la humanidad la rosa de la salvación, religiosa y económica de una forma nueva. Stewart Washington sentía que tenían que renovarse y cambiar.

—¿Y cómo piensa hacerle creer a la gente que la protegeremos con la política además de la religión? ¿De qué se trata concretamente? —preguntó Tous con el rostro tenso.

—Ha llegado el momento de implantar el microchip.

Stewart Washington se refería a la idea latente desde hacía años de colocar un pequeño chip debajo de la piel de las personas, como si fuese un GPS humano. La idea era hacerlo con el pretexto de proteger a la gente contra el peligro de las tormentas solares descontroladas.

—¿El microchip? ¿A dónde quiere llegar? —el cardenal estaba perdiendo la paciencia, aquello no le convenía.

El silencio y la pared de tensión de aquel momento era tan gruesa que casi podía palparse con las manos.

—Veámoslo bien —remarcó El Cerebro—, ¿qué haríamos frente a un posible evento que pudiera traer consigo la liberación colectiva? ¿Cómo frenaríamos ese suceso? ¿Cómo detendríamos el poder que supuestamente vendría a revelar toda la verdad del hombre y del contacto directo con la fuerza creadora de la vida?

Un murmullo entre los cardenales volvió a interrumpir sus palabras.

—En realidad, a lo largo de la historia hubo tantas veces miedo al Apocalipsis que éste se convirtió en un arma benéfica para nosotros; era la vía perfecta para seguir atemorizando a la gente. Recuerden el pánico que había al llegar al año 2000... Ya han pasado doce largos años desde aquel suceso y seguimos llenos de poder. Es necesario renovar nuestros planes de control ordenando la implantacion del microchip. Soy de la idea de reinventarnos y es hora de que nuestro nuevo proyecto vea la luz —agregó El Cerebro.

Sabía que aquello no era igual a silenciar y quitar del camino a Kennedys, Sadams o Marilyns... Se enfrentaban con algo desconocido, un terreno pantanoso, algo fuera de su alcance que podía superarlos. Ser un medio de liberación masiva.

22

Es usted un tanto fatalista —la exclamación del cardenal Tous generó otro murmullo que volvió a recorrer la sala.

—No se trata de fatalismo, cardenal, sino de previsión, de ejecución y resultados. Tenemos que construir totalmente nuestra empresa por los siglos venideros. Pero, frente a tal amenaza de la naturaleza y de los movimientos astronómicos… —no terminó la frase y lo observó por sobre sus gafas— no podemos negar que podría haber un gran despertar en la población.

Tous hizo oídos sordos.

—¡Yo tengo otro plan! —exclamó el cardenal, lo cual cayó como un balde de agua fría.

—¿Un plan? Nos gustaría a mí y a todos los presentes escuchar qué es lo que su brillante mente ha ideado para salvarnos de la debacle, cardenal —las palabras del diminuto Stewart Washington estaban cargadas de sarcasmo.

Tous se puso de pie y dirigió una mirada hacia el centenar de personas que lo observaba con atención. Debía vender algo que aún no tenía.

—Debemos esperar los acontecimientos. Estoy a la espera de que se concrete algo muy importante —remarcó—, casi lo tengo entre manos. Todavía no lo he terminado de solucionar. Es cuestión de poco tiempo.

La idea de Tous era apropiarse personalmente del descubrimiento trascendente del arqueólogo para ganar poder dentro del Gobierno Secreto y consolidarse dentro del Vaticano en sus aspiraciones como futuro Papa.

El Cerebro inhaló con profundo fastidio.

—¿Esperar? ¿Ése es su gran plan? Mi plan es concreto y tangible, el suyo, cardenal, es una hipótesis que ni siquiera ha mencionado abiertamente. Hemos de elaborar nuevas armas de control, terminar de imponer nuestro Nuevo Orden Mundial para que la gente no cuestione absolutamente nada, nunca hemos permitido que un puñado de rebeldes se levante en representación de la raza humana. Mi previsión y mi alarma, señores, es saber qué haremos si realmente se cumplen las profecías.

El Papa miró a los líderes judíos y se mostró dubitativo, se sintió como en el juicio del antiguo sanedrín contra Jesús, en silencio buscaba activar soluciones.

—Así —insistió El Cerebro— que nos está pidiendo esperar a que usted consiga algo que no sabemos qué es, cardenal.

Tous estaba dispuesto a comentar la operación que estaba llevando a cabo con Aquiles Vangelis. Sabía que si tuviese aquel descubrimiento todo podría quedar resuelto.

El Papa irrumpió y se puso de pie.

—Creo que ambos han representado los dos puntos de vista mayoritarios: esperar o actuar —medió Su Santidad con voz enérgica—. Soy de la idea de hacer una votación pública y...

Su voz no pudo continuar.

Un sorpresivo estruendo, que semejaba una explosión, hizo que en los rostros de aquellos cien poderosos líderes del Gobierno Secreto y de la iglesia se reflejara la misma mueca de pánico.

Al atronador sonido le siguió el movimiento involuntario del suelo. Algunos cayeron de bruces y se golpearon. Un par de columnas al fondo del amplio salón se desmoronó como si fuera un castillo de arena en la playa. El caos y la confusión se apoderaron de ellos, acostumbrados a controlar todo, no sabían para dónde correr. Comenzaron a gritar alterados, e incluso hubo quien creyera, los primeros instantes, que sufrían un atentado.

Al cabo de unos treinta segundos el movimiento de la Tierra se detuvo y los presentes pudieron al fin incorporarse en sus asientos. El Papa, agachado debajo de la mesa y sostenido por dos cardenales, preguntó alarmado:

—¡Dios Santo! ¿Están todos bien?

Con el traje lleno de polvo, Stewart Washington dirigió una mirada desafiante y con aire triunfal hacia el cardenal Tous.

—Creo que a partir de ahora mi teoría es la que seguiremos.

Los asistentes estaban confundidos. El ambiente estaba ahora cargado de incertidumbre, había gente sobre el suelo y se escuchaban algunos quejidos de dolor. Unos a otros se ayudaban a levantarse, muchos estaban tosiendo por el polvillo que dificultaba la respiración.

El Cerebro con voz muy alta dijo:

—Señores, no hay tiempo que perder, tenemos que tomar una decisión y poner manos a la obra.

23

En el interior del camarote, con el yate a una velocidad de nueve nudos deslizándose sobre un mar en calma, Adán y Alexia se encontraban en medio de la cama atiborrada de papeles, documentos y libros.

—¿Qué te dijo tu padre cuando lo viste en Londres?

—No lo vi demasiado tiempo aquella vez, sólo pudimos tomar un café, ya que yo estaba preparándome para abordar un vuelo a París, y allí me habló del proceso de un hallazgo y su posterior comprobación mediante el carbono 14. Había ido al laboratorio genético donde trabaja Stefan Krüger.

Alexia se sirvió un vaso con agua tónica y limón.

—Deberíamos contactarlo, tenemos que organizarnos, de lo contrario no encontraremos nada. Estamos en un punto muerto.

—Tiene que haber dejado algo en un sitio donde pensara que yo lo encontraría —dijo pensativa.

Caminó varios pasos hacia la computadora. "La respuesta tiene que estar aquí dentro", pensó.

—Veamos —dijo tratando de aclarar su mente—, la bitácora del plan de urgencia que mi padre supuestamente me ha dejado tiene que estar en uno de estos archivos.

Su mente comenzó a generarle una extraña lucidez. Sus ojos iban de un lado a otro observando y haciendo lecturas rápidas de los archivos que abría.

—¡Mira! —dijo la mujer—. Este archivo se llama "Confirmación Londres" y debajo pone "Krüger".
Inmediatamente lo leyeron juntos.

•**Las palabras y las frecuencias pueden influir, programar y reprogramar el** ADN **humano.**
•**Descubrimiento de científicos disidentes rusos sobre el** ADN**.**

El ADN humano es una red biológica. La más reciente investigación científica de nuestro grupo de profesionales rusos explica directamente fenómenos tales como la clarividencia, la intuición, los actos de sanación, la auto-curación, las técnicas de afirmación, la luz o auras inusuales alrededor de las personas, concretamente, de la gente más energética y abierta espiritualmente, la influencia de la mente sobre los patrones climatológicos y mucho más.

Además, tenemos evidencia de un tipo completamente nuevo de medicina en la que el ADN puede ser influenciado y reprogramado por palabras y frecuencias sin seccionar ni reemplazar genes individuales. Sólo diez por ciento de nuestro ADN se utiliza para construir proteínas. Este subconjunto de ADN es el que les interesa a los investigadores occidentales y está siendo examinado y catalogado exhaustivamente. A nosotros nos interesa investigar el potencial oculto del ADN.

Se miraron sorprendidos. Debajo de estas investigaciones de científicos rusos se hallaban las glosas de Aquiles, quien había extraído la información del libro alemán *Vernetzet Intelligenz* de Von Grazyna Gosar y Franz Bludorf.

Los científicos rusos saben que el otro noventa por ciento es considerado "ADN basura o aleatorio". Ellos, convencidos de que la naturaleza no es tonta, reunieron a genetistas en un emprendimiento para explorar ese porcentaje de "ADN basura". Sus resultados, hallazgos y conclusiones son simplemente revolucionarios.

Según ellos, nuestro ADN no sólo es el responsable de la construcción de nuestro cuerpo, sino que también sirve como almacén de información para la comunicación del lenguaje hablado y la vibración energética. Los expertos rusos descubrieron que el código genético, en particular el aparentemente inútil noventa por ciento, sigue las mismas reglas de todos nuestros lenguajes humanos.

Con este fin, compararon la sintaxis (la forma en que se colocan juntas las palabras para formar frases y oraciones), la semántica (el estudio del significado en formas de lenguaje) y las reglas gramaticales básicas. Ellos descubrieron que los alcalinos de nuestro ADN siguen una gramática regular y tienen reglas definidas tal como nuestros idiomas. Así que los lenguajes humanos no aparecieron por azar, sino que son un reflejo de nuestro ADN inherente.

Actualmente están investigando la posibilidad de activar las 12 hélices y los 64 codones del ADN ya que la mayoría de la humanidad sólo usa una mínima parte del potencial del código genético.

Pjotr Garjajev, el biofísico y biólogo molecular, y sus colegas también exploraron el comportamiento vibratorio del ADN, llegando a la conclusión de que los cromosomas vivos funcionan como computadoras holográficas usando la radiación láser del ADN endógeno. Eso significa que se las arreglaron para, por ejemplo, modular ciertos patrones de frecuencia en un rayo láser y con él influenciaron la frecuencia del ADN y, de ese modo, la información genética misma. Ya que la estructura básica de los pares alcalinos del material genético y del lenguaje (como expliqué anteriormente) son de la misma estructura, no se necesita ninguna decodificación del ADN.

Sintetizando lo anterior: ¡uno simplemente puede usar palabras, afirmaciones y oraciones del lenguaje humano para cambiar el ADN! Tal como el doctor Masaru Emoto ha descubierto en la relación del pensamiento y la vibración con el agua. El ser humano es líquido, como consecuencia, vibración y pensamiento afectan nuestro líquido interno, el sistema glandular, el mundo emocional, mental y el ADN.

(Me vienen a la mente palabras de Siddartha Gautama el Buda cuando dijo: "La forma en la que piensas, eso eres".)

Todo esto coincide, aunque no deja de ser una hipótesis, con la afirmación de que el código genético de los atlantes funcionaba activamente hace doce mil años antes de la caída de la conciencia.

La sustancia del ADN viviente siempre reaccionará a los rayos láser del lenguaje modulado e incluso a las ondas de radio, si se utilizan las frecuencias apropiadas. Esto explica por qué las afirmaciones, la educación autógena, la hipnosis y cosas similares pueden tener fuertes efectos en los humanos y sus cuerpos.

¡Esto representa una revolución que podría transformar al mundo tal y como lo conocemos! Todo eso por aplicar simplemente la vibración y el lenguaje en sentido afirmativo.

(Como contrapartida, las religiones han programado de forma negativa a la gente con mandamientos, doctrinas, culpas y credos para que no liberen su potencial.)

Este experimento apunta al inmenso poder de la genética de ondas, que obviamente tiene más influencia en la formación de los organismos que los procesos bioquímicos de secuencias alcalinas. Los maestros esotéricos y espirituales han sabido desde hace miles de años que nuestro cuerpo se puede programar a través de mantras o poderosos sonidos, las palabras, el pensamiento positivo y sobre todo por los estados de conciencia logrados por la meditación profunda.

Recordemos el axioma: La energía sigue al pensamiento.

La activación del ADN se ha probado y explicado científicamente. Por supuesto, la frecuencia tiene que ser la correcta. Y a eso se debe que no todos tengan el mismo éxito o que personas diferentes no siempre puedan hacerlo con la misma fuerza. La persona debe trabajar en los procesos internos y la madurez espiritual para poder establecer una comunicación consciente con el ADN.

Y el estudio que investigué no termina ahí. ¡Los científicos rusos también descubrieron que nuestro ADN puede causar patrones de perturbación en el vacío, produciendo así agujeros de gusano magnetizados! Los agujeros de gusano son los equivalentes microscópicos de los así llamados puentes Einstein-Rosen, en la vecindad de los agujeros negros (dejados por estrellas consumidas). Se cree que dichos agujeros de gusano serían aquellos puentes que nos hacen pasar de una dimensión a otra. (Recordar que todas las personas que vivieron una experiencia de muerte y retorno cuentan haber visto un túnel de luz. Estos puentes serían conexiones de túnel entre áreas completamente diferentes del universo a través de los cuales se puede transmitir la información fuera del espacio y del tiempo. Mi colega Carl Sagan lo ejemplificó magníficamente en su novela *Contacto*, que luego fue llevada al cine.)

El ADN atrae esos fragmentos de información y los pasa a nuestra conciencia. Este proceso de hipercomunicación es más efectivo en estado de relajación y meditación. El estrés, las preocupaciones y el intelecto hiperactivo impiden la hipercomunicación exitosa con los genes, la información se distorsiona completamente y el proceso de cambio se vuelve inútil.

En la naturaleza, la hipercomunicación se aplicó con éxito durante millones de años entre las especies, por ejemplo cuando algunos seres o animales captan el peligro, el miedo o una idea. Se ha comprobado que el flujo de vida en todos los seres vivos está organizado con un orden superior, a través de la sincronicidad o las mal llamadas coincidencias. El hombre moderno lo conoce sólo a un nivel mucho más sutil. La sintonía con este orden cósmico la conocemos como "intuición, corazonada, sexto sentido o sincronía".

Adán suspendió la lectura. Miró a Alexia con asombro.
—¿Qué te ocurre?
—Me siento rara.
—¿Rara? ¿Qué es exactamente lo que sientes?
Alexia realizó una respiración profunda y cerró los ojos como si buscara algo en su interior. Su expresión era de un fino gozo.
—No lo podría definir exactamente. Una profunda lucidez mental extrema.

Adán arqueó una ceja.

—Mi pecho está hirviendo —dijo ella.

Adán puso sus manos con delicadeza en medio de sus senos.

—¡El cuarzo otra vez! —dijo refiriéndose al collar.

—¡Está cada vez más caliente y me afecta muchísimo! —exclamó ella.

—¿Qué sucede con ese cuarzo?

Adán iba sacando conclusiones. Comenzó a caminar cabizbajo, con la mirada en el vacío.

—Recapitulemos. Si supuestamente una gran parte de la humanidad está programada para vivir y no investigar su origen, su esencia y su capacidad espiritual con su ADN bloqueado y reprogramado... ¿Cuál es el puente que une todo esto? ¿Qué es lo que descubrió tu padre? ¡Es lógico pensar que debería ser algo que reprograme el ADN!

—Seguramente le ha pedido a Krüger que certificara su hallazgo con pruebas genéticas.

—Podría ser... pero, ¿entonces qué haremos?

Alexia notó a Adán un poco impaciente.

—Adán, si mi padre fue a ver a Krüger para mostrarle o hablarle de su descubrimiento, él sólo le pudo haber dado el certificado científico para datar su hallazgo cronológicamente en el tiempo, como historiador; y el aval genético, como científico genetista.

Adán asintió lentamente.

—Sigue.

Alexia lo miró a los ojos.

—Ya lo hemos hablado. No entiendo dónde entra la sexualidad y mis conocimientos en religiones dentro de este asunto —sentía que no avanzaba estaba en un punto fijo.

Hubo un silencio y Alexia esbozó una delicada sonrisa al tiempo que sintió como si una luz le naciera del centro del cerebro.

—Dime una cosa.

—¿Sí?

—Según lo que acabamos de leer, se puede activar y desprogramar el ADN con palabras, pensamientos, creencias, miedos y poder mental; dime una cosa, Adán, ¿cuál ha sido la mayor programación negativa que han utilizado las religiones para bloquear el ADN y la forma de pensar y sentir de la humanidad? Piensa, el miedo al infierno, al futuro, la culpa, el sentimiento de pecado, el cumplimiento de mandamientos.

Adán no tenía dudas ya que en la respuesta radicaba su profesión.

—El sexo, por supuesto. Su represión y consignas antinaturales han generado muchos problemas, patologías y depravaciones durante generaciones.

—¡Exacto! Creo que el descubrimiento de mi padre puede ser visto como una amenaza si ha dado en el clavo para resolver las diferentes programaciones del dominio que se ejerce sobre la humanidad. Si halló un factor de liberación para todos estos aspectos, sería más claro para saber quiénes lo han secuestrado. Y sobre todo, si descubrió alguna clave acerca de la represión de la iglesia respecto al sexo para controlar a la gente.

—No lo sé —respondió Adán, intranquilo. Se incorporó y dio tres pasos hacia su derecha para ver por las diminutas escotillas del yate. El horizonte estaba azul. Ya casi se veía la belleza de la costa de Santorini.

Alexia se bebió el resto de agua tónica que quedaba en el vaso. Se quedó absorta, su interior cobró un poderoso brillo.

—Lo que me intriga es por qué te pidió que vinieras, cuál es la pieza que a él le faltaba… Obviamente está relacionado con el sexo.

La mente de la joven bióloga volvió a darle un Eureka.

—Creo que sé por qué mi padre te mandó llamar.

Adán dibujó una mueca de asombro.

—¡Dímelo!

—¿Cuál es y ha sido la manera, en la actualidad y a través de los siglos, en que la mujer y el hombre tienen una posibilidad de sentir un atisbo, un momento único, que los lleva más allá del tiempo, que los transporta a un mundo donde todo es unidad, gozo y comunión con la vida? ¿Algo por lo que la conciencia de la dualidad desaparece y surge la sensación de estar unidos directamente con La Fuente? Un modo de afectar las glándulas, la piel, la psiquis, tal vez el ADN...

Del mismo modo que la manzana cayó y le dio claridad a Newton para descubrir su teoría de la gravedad, Adán Roussos comprendió por qué estaba allí. Él tenía una clave para darle al arqueólogo.

—¿El orgasmo?

Alexia asintió con una sonrisa.

—Hay algo relativo al sexo y la genética en el descubrimiento de mi padre, por eso te pidió ayuda a ti como experto en sexualidad.

Adán la miró en complicidad.

—Alexia, ¡necesitamos contactar ya mismo con Krüger!

24

Dos meses atrás, en Londres

Durante el mediodía del 5 de mayo de 2012, el arqueólogo Aquiles Vangelis había ido a visitar a su amigo personal, el genetista e historiador alemán Stefan Krüger.

Aquella fría mañana en la que los científicos se reunieron, la bruma era espesa y la visibilidad escasa. Aquiles Vangelis sentía la excitación por compartir por primera vez su hallazgo con alguien.

—Stefan —le había dicho—, tal como te adelanté por teléfono, lo que verás puede que sea revolucionario para ti, tanto como lo es para mí. Espero que puedas datar cronológicamente lo que te mostraré a continuación y que lo mantengas en secreto.

El arqueólogo sabía que podía confiar en aquel amigo, habían sido muchas las veces que habían compartido congresos y encuentros de Naciones Unidas.

Cuando Aquiles le mostró sus dos hallazgos sacándolos de un portafolios de cuero negro, el genetista abrió los ojos sorprendido, sin poder pestañear ni articular palabra.

—Yo calculo que tendrá entre nueve y doce mil años —dijo Aquiles, esperando que su cálculo fuera acertado—. Si confirmas esto, sabremos con toda seguridad que es de la época de oro de los atlantes.

Si tras aplicar las pruebas pertinentes Krüger encontraba la confirmación de esto, una importante cadena de acontecimientos científicos, revoluciones académicas, cambios en las teorías preestablecidas y las creencias populares iba a tener lugar.

—Necesito que le hagas las pruebas correspondientes, carbono 14 y también la del isotopo estroncio —se refería a las pruebas habituales para datar los descubrimientos arqueológicos, desde la supuesta sábana santa de Jesús, la cual se había comprobado que no era de la época de Cristo, hasta los restos de huesos humanos que habían desenterrado los arqueólogos.

—Me llevará un tiempo —había dicho Krüger con voz grave.

—Lo sé, amigo, descanso mi confianza en ti.

Aquellos descubrimientos harían que Aquiles se convirtiera en el arqueólogo que esclarecería tres teorías todavía sin resolver, enigmas que todo el mundo quería descubrir: la existencia exacta de la antigua Atlántida; el verdadero origen de la raza humana y el uso metafísico del sexo hace más de doce mil años. Su siguiente paso sería llamar a su hija y a Adán.

—¿Dónde has hallado esto? —Krüger estaba completamente pasmado con lo que tenía frente a sí.

Aquiles giró su cabeza hacia la ventana mirando hacia el horizonte mientras rememoraba el lugar del hallazgo.

—Siéntate, Stefan —le había dicho—, te lo contaré desde el principio.

Aquiles comenzó a narrarle los pormenores de sus hallazgos, aunque no reveló en aquel momento todo lo que sabía respecto a su descubrimiento. Eso lo guardaría para revelárselo al mundo entero cuando llegara el momento.

25

A pesar del sismo, la plaza de San Pedro seguía atiborrada de fieles. La policía ordenó evacuarla pero sólo un pequeño porcentaje se movió de allí.

El ambiente estaba muy tenso dentro del Vaticano después de aquella reunión y del terremoto que averió algunas de las columnas. El susto y la inquietud todavía fluían en la sangre, en torrentes de adrenalina. Varios miembros del Gobierno Secreto, encabezados por Stewart Washington, se habían marchado en el primer avión con diferentes rumbos.

En su despacho privado, el Papa, junto con miembros de inteligencia y tres cardenales, entre los que se encontraba Tous, estaban reunidos para tomar decisiones. La luz tenue de algunas velas y sólo dos lámparas de pie encendidas le daba a aquella reunión un tinte dramático.

—El Santo Padre debe salir a calmar a los fieles de la plaza —aconsejó el cardenal Primattesti, que ansiaba algún día ocupar el lugar del pontífice.

—Creo que las circunstancias superan mi presencia entre los fieles —el Papa estaba muy preocupado.

—No le entiendo, Su Santidad —dijo Tous, que se había golpeado la rodilla izquierda durante el movimiento telúrico.

—Mi presencia puede calmar y elevar la fe momentáneamente, pero estamos en problemas —su voz se escuchó débil.

Al mirar el rostro descompuesto del máximo jerarca de la iglesia, los cuatro hombres se congelaron. Cuando uno de ellos pudo tomar aliento, le dijo al Papa en un susurro:

—Su Santidad, ¿las profecías...?

El Papa volteó la mirada hacia el ventanal que daba a la plaza, sin contestar una sola palabra.

Tous, Primatestti y los demás cardenales vieron una mueca de dolor en la cara del Sumo Pontífice.

—Con todos mis respetos, Su Santidad —dijo Tous con voz suave—, creo que no es el momento más idóneo de hacer un *mea culpa.*

Primatestti dirigió una fuerte mirada hacia Tous. El Papa casi ni lo escuchó, su mente estaba en otro sitio.

—¿Qué quiere decir? —Primatestti estaba un poco enfadado con el cardenal Tous.

Dirigiéndose a la biblioteca privada con varios pasos enérgicos, Tous respondió:

—Quiero decir que no podemos hacer caso a algunos de estos libros. ¿Qué pasa si al final no sucede nada? Hemos escuchado profecías de nuestros ancestros muchas veces.

El Papa y los demás cardenales le dirigieron la misma mirada inquisidora.

—Cardenal Tous —dijo el Papa con suma tranquilidad—, veo que su vocación flaquea en algunos momentos.

—¿A qué se refiere? —preguntó con una mueca de sorpresa—. Sólo digo que debemos seguir adelante como si no pasara nada —en el fondo sabía que estaban ante algo peligroso, que escapaba a sus fuerzas, y se estaba gestando "allí arriba".

El Papa habló con la voz ahora un poco más fuerte.

—Simplemente tenemos que recordar las palabras del Apocalipsis 1,3 —al decir esto, volteó de nuevo hacia los cardenales, recitando de memoria—: *Feliz es el que lee en voz alta, y los que oyen las palabras de profecías, y que observan las cosas que se han escrito en ellas, porque el tiempo señalado está cerca.*

Tous arremetió.

—Su Santidad, esas palabras bíblicas se han escrito hace...

—Muchos años —interrumpió Primatestti— y algún día deberán cumplirse, ¿no lo cree, cardenal Tous?

—Calma —pidió el Papa—, simplemente debemos tener calma, ¿qué otra cosa podemos hacer?

Tous se encendió como un volcán.

—¿Calma? Tenemos que seguir promoviendo nuestra fe, tenemos que reforzar nuestro poder, tenemos que...

—Lo dijo Napoleón —soltó el Papa interrumpiéndolo abruptamente—. "La historia es un conjunto de mentiras pactadas."

Los cardenales mostraron frialdad al escuchar aquello de boca del Sumo Pontífice.

—¿Qué quiere decir? —preguntó Primatestti.

El Papa miró a los cardenales con el rostro cansado aunque compasivo —él sabía y poseía textos secretos, sólo reservados a la lectura de los papas, que aquellos cardenales ignoraban.

—¿Qué se supone que debemos hacer? —Tous sentía que todo el cuerpo le picaba de rabia.

—Saldré a hacerme ver. Los fieles lo agradecerán. Debemos ganar tiempo hasta tomar alguna decisión.

Tous anhelaba que aquella institución que durante siglos había estado al frente, representando el poder y la mediación, aquellos embajadores que manipularon las palabras del mesías solar de Galilea, se conservara como siempre, impoluta frente a las catástrofes y los cambios.

—De acuerdo. Debemos seguir siendo fuertes y esperar —dijo Tous.

El Papa lo miró con expresión distante. Sabía que había llegado la hora de escuchar a los profetas.

Todos lo miraron esperando más de él. Con aquel distanciamiento y silencio, los cardenales sintieron un extraño frío recorriendo su médula espinal.

—¿Anuncio los preparativos de su salida al balcón? —preguntó Tous, preocupado por lo que le diría a la multitud.

El Papa asintió con dudas en su rostro.

—Su Santidad —le pidió Tous con diplomacia—, por favor, que sus palabras sean esperanzadoras.

Los titulares y las rotativas de todas las agencias periodísticas del mundo circulaban a plena velocidad. "Terremoto movilizó Roma", "Repercusiones y sismos en Cuba, México, Estados Unidos y Japón", "La Tierra se sacude", "Colapso en América", "Terremoto colectivo de 7.1 sacude gran parte del hemisferio Norte", "El Sol rojo trajo movimiento terrestre", "El terremoto y las tormentas solares pueden confirmar extrañas profecías". Los periódicos estaban alarmando a la población con titulares en este sentido. La CNN, la BBC y todas las agencias de noticias no daban abasto con los requerimientos mundiales para enterarse de lo ocurrido.

Por otro lado, en las Naciones Unidas estaban reunidos los principales mandatarios para tomar medidas de apoyo. Las ONG de diferentes sitios del globo se comunicaban vía internet y telefónicamente para realizar planes de ayuda humanitaria a las víctimas.

Lo que la mayoría había olvidado era que el Sol, desde más de 10,000 años antes de la era cristiana, había sido objeto sagrado, de veneración y culto por antiguas y sabias civilizaciones, quienes sabían que era más que la fuente de vida.

Lo adoraban de diferentes maneras: con rituales, cánticos, danzas y todas las manifestaciones del arte. Las antiguas civilizaciones habían plasmado su amor y respeto por el astro en piedras, esculturas, dibujos y tapices. Los sabios antiguos también estudiaron los movimientos de los planetas, las constelaciones y los eclipses. Eran expertos astrónomos a pesar de no contar con sofisticados aparatos; lo hacían a través de sus propios poderes metafísicos, científicos y matemáticos.

Mediante diferentes constelaciones y estudios configuraron su conocimiento sobre las posiciones solares, las estrellas y los planetas. Supieron que el tránsito del Sol por alguna constelación traía diferentes momentos significativos en la historia humana. Actualmente, la humanidad estaba atravesando la Era de Piscis para entrar progresivamente en la Era de Acuario.

Tanto los egipcios, como los mayas, griegos, druidas, hindúes, aborígenes australianos, indios americanos, aztecas, persas y demás culturas adoraron con conciencia al astro rey, la fuente de la vida. Creían que el Sol era un dios, o mejor dicho, una cara visible de la energía del espíritu divino cósmico en la galaxia Vía Láctea y en la presencia de la humanidad.

Existía una denominación común en diferentes culturas para "humanizar" la figura del Sol a través de faraones, mesías solares y divinidades. Por ejemplo, existe una singular y profunda conexión astronómica entre el Adonis fenicio, Attis de Frigia, Horus el atlante-egipcio, Quetzalcóatl o Kukulcán en los mesoamericanos, Apolo y Dionisio entre los griegos, Krishna en India, Mitra en Persia y Odín entre los escandinavos. Todos ellos tenían misteriosos y similares puntos en común.

Sus historias revelaban que algunos de estos dioses-hombres solares habían nacido de una virgen un 25 de diciembre. Su nacimiento había sido justo en un periodo señalado por una estrella en el Este, fueron adorados por tres reyes, tuvieron doce discípulos, hicieron milagros, fueron nombrados como "hijos de Dios" y comenzaron su gran enseñanza hacia los treinta años. Muchos de ellos también habían sido traicionados por un discípulo, crucificados y luego resucitaron. Increíblemente, todos coinciden con los estigmas del último mesías solar, Jesús.

Incluso, muchos años más tarde, durante el tiempo del emperador Constantino, los antiguos romanos practicaron el culto al Sol como religión oficial y, para diferenciarlo del *sabbath* judío, celebrado los sábados, pusieron el domingo como día de veneración. Mucho más tarde, en idioma inglés *sunday*, significaría claramente, "el día del Sol."

En la actualidad, las personas que van a las playas a tomar baños de Sol no se dan cuenta de que en realidad se conectan inconscientemente con un rito de adoración al astro.

Los egipcios antiguos sabían que adorar a Ra no era otra cosa que adorar al dios Sol, al ser de luz que existe dentro de cada uno; Ramses fue un faraón iluminado; y en otro extremo del mundo, los hindúes habían hecho lo mismo con Rama y Ramtha. Los judíos mencionaron a Abraham, que en realidad provenía de la palabra Ab-Ram que significa "el que tiene luz", y los griegos con Apolo. Antiguamente, los que estaban en contacto con Ram, con su luz interior encendida en armonía con La Fuente, eran los que comprendían el génesis divino.

Todos los rituales sagrados de adoración al Sol se realizaron cuando la humanidad conocía el origen del hombre en la Tierra.

Las civilizaciones antiguas también sabían que la estrella más visible del cielo era Sirio y que el 24 de diciembre se alinea con las tres estrellas más brillantes de la constelación de Orión. Estas tres estrellas fueron bautizadas con el nombre de "los tres reyes", y la estrella Sirio era la encargada de señalar el lugar donde el Sol saldría el 25 de diciembre, que coincidentemente ¡era el sitio geológico del nacimiento de aquellos dioses-hombres solares a través de la historia!

Todos estos conocimientos sagrados existieron antes de que el cristianismo tildase de pagano el culto solar, y de que prohibiera la veneración a las fuerzas de la Naturaleza, tachando esos ritos de herejía. Después, todo el que siguiera adorando al Sol sería quemado o matado por desobedecer los mandamientos autoritarios de la nueva religión cristiana.

Y así, pacientemente a través de los siglos, como una piedra que es devorada por el constante golpe de las olas, la humanidad había ido perdiendo la conexión divina y la sabiduría, olvidando el contacto espiritual con el Sol, las estrellas y las eras.

27

Luego de que el Papa decidiera salir a hablar a los fieles congregados en la plaza de San Pedro, el cardenal Tous se retiró a su despacho privado.

Cogió su teléfono móvil y marcó el número de El Cuervo, que se hallaba en Grecia. Pasaron unos segundos.

—Hola —dijo con voz áspera el cardenal—, la situación aquí está complicada, hay una corriente de pánico y confusión general. ¿Cómo está el arqueólogo?

—¿Qué ha sucedido? —Viktor Sopenski estaba fuera de información debajo de aquella habitación mohosa.

—Ha habido varios sismos y terremotos en una línea tectónica que abarca varios países. Hay miedo colectivo. ¿Qué ha pasado con el arqueólogo? —repitió ansioso—. ¿Ha confesado? —la voz del cardenal Tous sonaba muy tensa e impaciente —. He tratado de llamar a El Búho, pero no contesta. ¿Sabes algo de él? ¿Está ahí con ustedes?

Sopenski estaba abochornado por el arqueólogo, ya que en todos sus años de policía nunca se había encontrado con alguien a quien no pudiera hacerlo confesar.

—No. El Búho no está y el arqueólogo es duro como una roca, le hemos hecho de todo, pero no ha dicho ni una palabra más, sólo habla en griego, como si estuviera en trance. Se encuentra medio muerto.

Tous se encolerizó.

—¡No! ¡No pueden matarlo todavía! Escúchame con atención, les diré lo que haremos. Tendrás que movilizar nuestros contactos de Inglaterra y hallar a la hija de Vangelis de una vez por todas, ella vive en Londres. Ve a buscarla —dijo intentando dar un golpe más certero.

Sopenski asintió del otro lado de la línea.

—Muy bien, lo haré.

—Deberás darte prisa, tienes dos días para encontrarla.

—Délo por hecho —se jactó Sopenski obediente.

—Eso espero. Al encontrar a su hija tendremos con seguridad todo lo que queremos de él.

Tous estaba convencido de que ésta era la única vía para lograr que el arqueólogo le entregara lo que necesitaba.

28

Eduard Cassas golpeó la puerta del camarote donde estaban reunidos Alexia y Adán.

—Estamos por llegar a Santorini. El piloto me ha dicho que falta menos de media hora.

Aunque Grecia era un país acostumbrado a los terremotos, en aquel momento las tranquilas aguas del Egeo eran ajenas a los movimientos terrestres que habían tenido lugar en otros países. Eran casi las cinco de la tarde y todo estaba normal: aguas trasparentes y calmas, el cielo despejado sin nubes y un Sol radiante.

—De acuerdo —dijo Alexia.

—¿Has podido recordar algo que mi padre te haya dicho o que haya hecho?

Eduard negó con la cabeza.

—Estoy realmente preocupada por él. No he conseguido descubrir nada sobre la supuesta bitácora que me tendría que haber dejado en caso de peligro.

Eduard miró a Adán, que estaba en un rincón del camarote, pensativo.

—¿Entonces qué vamos a hacer? —la voz de Eduard sonaba débil.

—Revisaremos el laboratorio de mi padre y llamaré a aquel amigo que le envió la caja desde Londres —dijo, refiriéndose a Krüger.

—Yo tendré que conseguir un teléfono móvil nuevo.

Alexia se giró para ver por las escotillas la costa de la isla. Habían sido muchos los veranos que había pasado allí con su padre.

—¿Qué piensas Adán? Estas muy callado.

—Estoy reflexionando.

—¿Sobre qué?

Adán se giró y le dirigió una mirada de inquietud.

—Sabemos que las civilizaciones antiguas, como los mayas, los egipcios, los hindúes, sumerios, atlantes, indios americanos, chinos y por supuesto nuestros antepasados griegos rendían tributo al Sol, mediante rituales, y se dedicaban a observarlo, pues aspiraban a la armonía con él.

Alexia no sabía donde quería llegar.

—He podido ver que en el archivo que tu padre habla del "Quinto Sol", que las profecías de los mayas dicen que será el último de esta era.

Eduard se sentó en una silla, a la distancia, y los escuchaba atentamente.

—En la Biblia también se menciona algo coincidente en el Libro de las Revelaciones.

—¿Qué es lo que dice? —preguntó Alexia, mostrándose interesada.

—Si no me equivoco, creo que palabras más, palabras menos, dice *y la tierra engalanada con su mejor vestido de luz será elevada y verá otro Sol.*

—¿Piensas que éste será el último Sol? ¿Qué tiene que ver con eso? Es imposible. ¿Piensas que en diciembre el Sol se apagará? Los científicos han dicho que se apagará un día, pero para eso faltan miles de millones de años.

—Las profecías mayas no son superchería —replicó Adán—. Ellos fueron grandes matemáticos y calcularon que cada aproximadamente unos 12,800 años el Sol, la Tierra y el clima experimentan cambios, y que cada 25,625 años se produce una rotación estelar.

—Correcto — dijo Alexia, asintiendo con la cabeza.

—Por alguna razón, los profetas antiguos o seres que no conocemos ordenaron a los mayas, en el auge de su brillante civilización, abandonar sus ciudades, dejando atrás palacios, observatorios astronómicos, arte de gran valor, monumentos arquitectónicos especiales. Desaparecieron sin más.

Eduard, que se encontraba en el otro rincón del camarote, se aproximó interesado.

—¿Desaparecieron? —preguntó el catalán. Su voz mostraba sorpresa y escepticismo—. A algún lado tienen que haber ido, ¿no?

Adán negó con la cabeza.

—No dejaron rastro. Uno no se va porque sí ni deja algo de gran valor, si no lo cambia por algo mejor. El calendario maya finaliza justo este año —afirmó Adán.

—No logro entender la relación.

—Son señales, Alexia. Nuestros padres estudiaron en profundidad los códices mayas y los símbolos atlantes. Que el Sol se haya puesto rojo por su actividad inusual, que haya habido cambios climáticos y que se hayan cumplido las seis profecías anteriores puede indicarnos que estamos frente a una gran mutación no sólo en nuestro planeta sino en todo nuestro sistema solar.

—¿Y a nosotros en qué nos afectará? —Eduard preguntó frunciendo el ceño.

—Me parece significativo que los mayas antiguos, un pueblo que desapareció sin dejar rastro, en el que sus maestros y científicos estaban a la altura de los científicos más brillantes, pudieran predecir lo que sucedería en el futuro sin más medios que la mente y sus observatorios. Lo más importante es que, según ellos, desde el centro de la galaxia cada 5,125 años surge un rayo sincronizador que armoniza y eleva la frecuencia del Sol y a todos los planetas de nuestro sistema con una poderosa energía cósmica.

Los ojos de Eduard brillaron cada vez con mayor interés.

Adán se puso de pie para continuar.

—En la rotación completa del sistema solar en la galaxia, los mayas hacían una división del ciclo completo de 25,625 años —buscó su estilográfica Parker del bolsillo de su chaqueta colgada en una percha y dibujó un óvalo sobre un papel, dividiéndolo en la mitad—. Formamos una elipse en dos, lo cual nos da dos periodos o fracciones cada una de 12,812 años, llamando a la fracción de "arriba", más cercana al centro de la galaxia, "día", y a la parte de abajo, más alejada del centro, "noche".

"Como si cada ciclo fuera un latido del corazón de La Fuente, o una inhalación en la respiración; lo que a nosotros nos lleva una centésima de segundo en generar un sístole y un diástole de nuestro corazón humano, a la galaxia le lleva más tiempo.

Alexia vio atentamente aquel dibujo con aquella elipse universal como un óvalo cósmico y en la zona alta el Sol central del cosmos.

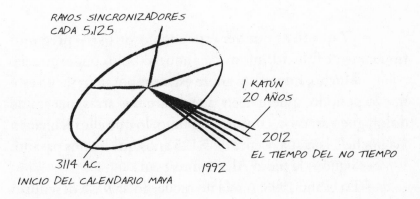

RAYOS SINCRONIZADORES
CADA 5,125

I KATÚN
20 AÑOS

2012
EL TIEMPO DEL NO TIEMPO

3114 A.C.   1992
INICIO DEL CALENDARIO MAYA

—Continúa con tu explicación —pidió Alexia.

—A su vez, estas dos divisiones se parten en cinco periodos de 5,125 años: mañana, mediodía, tarde, atardecer y noche —Adán le zanjó al dibujo cinco periodos y les mostró el gráfico. Según los mayas, justamente en nuestro año, estamos dejando atrás el periodo que representa la "noche" e ingresando en la "mañana galáctica". Éste es justo el momento cuando la Tierra y el sistema solar es marcado por el rayo sincronizador desde el centro del cosmos.

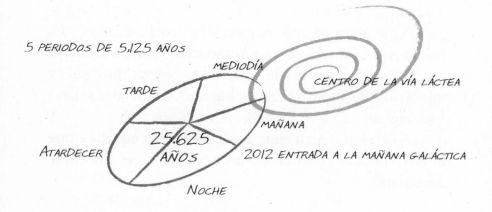

—¿Y qué tiene que ver esto con nosotros? —preguntó tímidamente Eduard, que miraba aquel dibujo con suspicacia.

—Mucho, Eduard. Si ahora estamos por ingresar en este nuevo periodo, quiere decir que dejaremos atrás una era de dolor, guerras, caos, confusión y odio, lo que ellos llamaron "la noche", la etapa oscura de 5,125 años que hemos pasado.

—Sigue —le pidió Alexia interesada.

—En el año 1998, si mal no recuerdo, la NASA descubrió que desde el centro de la galaxia, grandes cantidades de energía comenzaron a llegar a nuestro sistema solar.

—Parece una coincidencia —dijo Eduard.

—No es coincidencia, es un fenómeno exacto. Incluso en la tradición hindú se le llama la era de Kali, un periodo de oscuridad y destrucción en la civilización. Y de acuerdo con ellos, estamos completando este ciclo para entrar en uno nuevo.

—Algo así como muerte y renacimiento o como destrucción y creación —dijo Alexia.

Adán asintió, estaba sintiendo mayor entusiasmo, buscaba claridad.

—Según los científicos, en 1994 las líneas magnéticas terrestres sufrieron disturbios, lo cual ocasionó que muchas ballenas encallaran y los pájaros que migraban se desorientaran.

—E incluso —completó Alexia— recuerdo la noticia de que en los aeropuertos debieron cambiar y reimprimirse los mapas, ya que los aviones debieron aterrizar manualmente.

—Exacto. Además —agregó Adán, con sus ojos llenos de brillo—, en 1996, el satélite enviado a estudiar el Sol descubrió que nuestra estrella ya no tenía polo norte ni sur, se había convertido en un sólo campo magnético.

—Tienes razón —afirmó Alexia—, nosotros estudiamos que en el mismo año se produjo un fuerte movimiento magnético que ocasionó que el Polo Sur se moviera 17° de su posición en un sólo día.

—¿Y qué hay con todo eso? —preguntó Eduard, que no lograba entender nada.

—Que estamos frente a un cambio de gran magnitud y que el Sol, como ser vivo, igual que la Tierra y los planetas, está a punto de…

—Evolucionar… —completó Alexia.

Adán asintió lentamente, pensativo.

—Creo que la Tierra se está preparando para un acontecimiento único.

—¿Ah sí? ¿Cuál es? —preguntó Eduard, pasmado.

Alexia, recordando datos, empezó su explicación.

—En el año 1997 hubo grandes tormentas solares, fuerzas magnéticas que incluso destruyeron satélites que orbitaban la Tierra. Y algo importante: la Tierra aceleró su frecuencia de vibración Schumann. Pasó de 7.8 hertz en 1997 a casi 12 hertz, en 1999. Si la frecuencia de resonancia alcanza los 13 ciclos, estaríamos en el campo magnético del punto cero. Lo que sucedería, de ser así, es que la Tierra se detendría y en dos o tres días comenzaría a girar nuevamente en la dirección opuesta. Esto produciría una reversión en los campos magnéticos alrededor de la Tierra. El Punto Cero también llamado el Cambio de las Edades ha sido predicho por los indios Hopi, chamanes, sabios; durante miles de años, han habido muchos cambios, incluyendo el que siempre ocurre cada 13,000 años, la mitad de los 26,000 años de la procesión del equinoccio.

—Esto también coincide numéricamente con el fin del calendario maya: 13.0.0.0.0 —agregó Adán.

—¿Vibración Schumann? —preguntó Eduard aturdido. Era la primera vez que escuchaba aquello.

—Sí —afirmó Alexia—, estas ondas resonantes conocidas como Schumann vibran en la misma frecuencia que las ondas cerebrales de los seres humanos y de todos los mamíferos en general, es decir 7.8 hertz o ciclos por segundo. Mi padre me dijo que siempre ha sido un secreto de las grandes potencias mundiales como el caso de Suiza, Austria y Alemania que han estado experimentando con estas ondas resonantes, muy reservadamente, y creando nuevos proyectos sofisticados. La generación electrónica de estas ondas constituye una de las armas militares más peligrosas del futuro, ya que por medio de su creación artificial y a la vez exacta, dicha resonancia podría interferir en los procesos psíquicos de los enemigos. La NASA también ha estudiado estas ondas con los astronautas.

—¿Pueden crear ondas Schumann artificialmente? —quiso saber el catalán.

—Exacto. A través de muchas mediciones, se pudo determinar científicamente que el valor exacto de la frecuencia del hipotálamo no era de 10, sino de 7.8 hertz; es la única frecuencia similar en todos los mamíferos, incluido el hombre. Mientras el ritmo Alfa varía de una persona a otra, y es aproximadamente de 7 a 14 hertz, la frecuencia de 7.8 hertz es una constante normal biológica, funciona como un marcapasos para nuestro organismo. Sin esa frecuencia la vida no sería posible. Esta frecuencia es la misma que la de la Tierra y si fuera de otro modo, todos explotaríamos, literalmente.

Adán miraba a Alexia con admiración.

—Se comprobó en la NASA que los primeros astronautas regresaban de su misión espacial con muy serios problemas de salud. Al estar volando fuera de la ionosfera les faltaba la pulsación de esa frecuencia vital de 7.8 hertz. Mas tarde, este problema fue resuelto mediante generadores de ondas Schumann artificiales. Esto es pura ciencia.

Eduard no salía de su asombro.

—¿Estás insinuando que el cambio planetario traerá un cambio en nuestra bioquímica, en nuestra mente, en…?

—¡En nuestros átomos! —añadió Alexia con fervor—. Ya sabes que los elementos básicos que componen todas las cosas son los átomos, y ellos están formados por electrones, protones y neutrones, que se encuentran juntos; estos dos últimos forman el núcleo. Los electrones giran alrededor de ese núcleo igual que la Tierra gira alrededor del Sol. De esa manera, los átomos vibran, y empujan a los átomos vecinos para que también vibren. La cuestión es que los átomos forman moléculas, que generan células, que forman órganos, que nos forman a todos nosotros. Como están tan juntas, al vibrar los átomos, vibran las moléculas, células y órganos…

todos vibramos a una determinada frecuencia. A la transmisión de frecuencias se le llama resonancia.

—Déjame agregar algo —pidió Adán acercándose a ella—. Cuando dos frecuencias vibran al mismo ritmo se dice que son iguales. Entre humanos sucede también, pero si tú vibras a un ciclo por segundo y yo a dos o al revés, eso significa que una vibración es múltiplo de la otra y coinciden. A eso se le llama "frecuencias armónicas" y se han estudiado los cambios en los cuerpos durante el acto sexual. Cuando la onda sube, se llama cresta, cuando baja se llama valle. Las dos coinciden en crestas y en valles, aun cuando sea distinta la frecuencia, ya que una es múltiplo de la otra. En tu cuerpo, a su vez, cada órgano vibra a una frecuencia distinta aunque en su conjunto la suma de frecuencias da una frecuencia individual.

—¿Y esto donde encaja? —preguntó Eduard con una expresión de sorpresa en el rostro.

—A nivel de la Tierra, por ejemplo, que los días se hacen más cortos… —añadió Adán e hizo una pausa para pensar—. Recordemos que las profecías mayas señalan que estamos en "el tiempo del no-tiempo." Los 20 años que van de 1992 a 2012. Todo pasa velozmente.

Eduard recordó cuántas veces escuchaba a conocidos suyos decir que nadie "tenía tiempo" para nada.

Alexia continuó.

—La aceleración terrestre de la frecuencia Schumann nos afecta vibracionalmente, trasmitiéndonos la misma agitación. Si hemos pasado un periodo de miles de años de oscuridad y ahora la Tierra y el Sol están cambiando, es científicamente probable que estemos por entrar en una nueva…

—Dimensión —completó Adán.

Alexia y Adán se miraron, pensando lo mismo.

—Sigo sin captarlo —dijo Eduard sacudiendo negativamente la cabeza. Caminó apresurado y se sirvió un Martini de la nevera—. Hay algo que no consigo entender. Los mayas dijeron que estamos frente al Fin del Tiempo… ¿Moriremos en diciembre o qué?

Alexia y Adán se miraron en complicidad.

—Nadie puede saber eso, aunque en todo momento está muriendo y naciendo gente alrededor del planeta. Lo que sí sé es que el cambio en la frecuencia de la Tierra también afectaría a la frecuencia de nuestro cerebro. Ya sabes que nuestras ondas cerebrales se dividen en Beta, Alfa, Theta y Delta, y se miden en hertzios.

Adán miró a Alexia.

—Déjame unir estos cabos y corrígeme si me equivoco Alexia —le pidió Adán—. Beta, nuestro estado de vigilia habitual, es de 12 a 30 hertz; Alfa, el estado más relajado que se puede obtener con la práctica de la meditación, es de 8 a 12 hertz. Theta es de 4 a 8 ciclos y Delta de 1 a 4. Cuanto más profunda la relajación, baja dicha frecuencia.

—¿Y con eso qué quieres decir? —Eduard estaba cada vez más confuso.

Adán se adelantó para responder.

—Que para recibir esta vibración alta del cosmos tendríamos que estar con las ondas cerebrales relajadas y en estado de meditación —dijo suavemente.

Eduard se mostraba un poco molesto por no entender los términos científicos de ellos ni descifrar adónde querían llegar, pero quería saber de qué se trataba.

Adán agregó:

—Aquiles tiene que haber descubierto la verdad respecto a esto. Tengo ese presentimiento. El cambio del código genético humano y la activación de más hélices puede traer verdaderas revoluciones trascendentes.

—Explícamelo mejor —pidió el catalán.

—Eduard, supongo que sabrás que el código genético, el ADN humano, llamado así por ser la abreviatura de ácido desoxirribonucleico, es nuestro material genético. La materia prima de la que estamos compuestos nosotros como especie y todo lo que existe.

"El ADN constituye el material genético de los organismos a partir de cuatro aminoácidos básicos. Está compuesto por 2 hélices de 12 hebras. Es importante destacar que de las 12 hebras sólo están activas 2. De igual manera, tampoco están activos los 64 codones, sino sólo 20. Los codones codifican las posibilidades de unidad de los aminoácidos.

—Entonces, ¿qué sucedería si estuvieran todas las hebras y codones activos? —Eduard ahora sentía mucha curiosidad.

—Se despertaría el poder creativo al máximo —respondió Alexia.

—Los mayas también buscaban eso —agregó Adán—, a los niños pequeños le enseñaban a llevar los ojos hacia arriba.

—¿Y qué lograban llevando los ojos hacia arriba?

—Activar las glándulas pineal y pituitaria —afirmó Adán—. Con eso potenciaban sus capacidades internas y activaban las demás hebras del ADN. Se cree que esas facultades internas activas eran las que a ellos les daban el poder de hacer mediciones, cálculos y profecías.

Alexia lo miraba con amor.

—Esperen —agregó Adán pensativo—. Incluso Jesús lo menciona con otras palabras: *Si todo tu ojo fuera único, tu cuerpo estará en la luz, mas si estás dividido, permanecerás en tinieblas.*

¡Se refería al ojo interno, a la glándula pineal que es la que genera luz a todo el cuerpo! La iluminación de la conciencia. Como los científicos afirmaban, la esencia de los átomos es la luz y el vacío.

Eduard, incrédulo, movió su cabeza a los lados con lentitud. Necesitaba digerir aquello.

29

En el despacho de un lujoso e importante hotel se encontraba Stewart Washington con el círculo interno de los doce miembros más poderosos del Gobierno Secreto, el ambiente estaba cargado de humo y tensión.

—Señor, he recibido la llamada del general de las fuerzas armadas, ha pasado algo que me temo no le gustará a nadie —le dijo Patrick Jackson, un pelirrojo de unos sesenta años, con abundante cabellera, ojos claros y elegantemente vestido.

Había recibido la noticia del general líder del frente de control y gestión de armamentos nucleares, quien le dijo que uno de los movimientos sísmicos de la Tierra podría detonar una de las múltiples estaciones nucleares en el desierto de Colorado, en los Estados Unidos. Washington se puso pálido al escucharlo.

—¿Han podido detectar algo nuestros satélites?

—El informe de cuatro de nuestras diferentes estaciones alrededor del globo indicaron que han visto manchas solares y un extraño comportamiento solar. Además —agregó Patrick Jackson, que sentía un hilo de sudor por toda la espalda—, han detectado una extraña luminosidad desde un punto distante en la matriz de la galaxia.

Washington se quedó pensativo.

—¿Un punto de luminosidad?

—Sí, según la NASA, se trata de espirales luminosas a años luz del planeta.

—Señores —dijo Washington, con expresión tensa—, necesitamos activar el Plan Secreto de Inteligencia. Los sucesos avanzan científicamente a la par de como lo predijeron los antiguos.

Todos lo integrantes de la reunión estaban expectantes por decidir el próximo paso sobre el destino de la humanidad. Las miradas recaían en El Cerebro, quien dio varios pasos hacia el centro de la lujosa mesa ovalada de roble. Allí se debía decidir qué hacer. Finalmente habló.

—Somos gente de ciencia y de poder. Todos coincidimos en la relación de nuestras investigaciones científicas, geológicas y astronómicas y lo que los antiguos escribieron y vaticinaron. Debemos ejecutar acciones inmediatas.

Se refería a que el sistema solar atravesaría el cinturón fotónico.

—Permítanme mostrar una diapositiva —dijo Patrick Jackson, al tiempo que encendía un proyector.

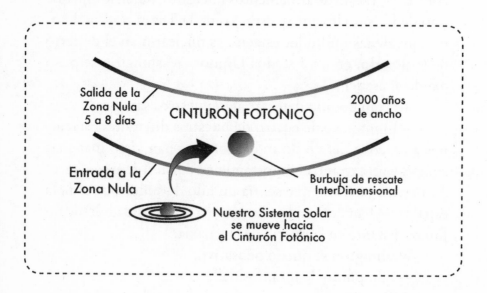

Eso significaría el fin de los sistemas de control, comunicación y los medios que el Gobierno Secreto utilizaba para el dominio de las masas, como la televisión, los bancos, los vuelos químicos y la publicidad, entre muchas otras cosas, quedarían obsoletos.

—No podremos dominar a quien estuviera directamente conectado con fuerzas de vida que desconocemos —la mente de Washington estaba haciendo honor a su mote. El Cerebro buscaba en todas los espacios de su raciocinio la salida ante aquella amenaza—. Debemos alterar el curso de evolución de la humanidad.

Aquella frase cayó como una afilada guillotina. Las miradas de todos los presentes se posaron nuevamente en Washington con fuerza y expectativa.

—¿De qué manera? —preguntó uno de los miembros.

Los chispeantes ojos de El Cerebro se encendieron.

—Nuestra propia naturaleza nos lo ha indicado ya.

—Explíquese.

—La única amenaza contra esa supuesta energía armonizadora del centro del cosmos sería la activación de nuestro Plan Secreto organizado desde hace años.

Aquellas palabras crearon un ambiente de sudor frío a pesar del calor de aquel sitio. Washington giró su diminuto rostro como si fuese una cámara de televisión que filmaba detenidamente a aquellas doce personas. Su voz sonó como un relámpago. Estaba decidido a poner en marcha su estrategia.

—Señores, ya saben lo que significa la activación del plan.

30

Santorini es una bella isla situada sobre el transparente mar Egeo, al sudeste de Atenas y al norte de Creta. Es una de las mil islas de Grecia, quizá la más hermosa y la que contiene más mitos.

Originariamente llamada Thera, pasó luego a llamarse Santa Erini, para terminar con su actual nombre en referencia al santo Erini, con la llegada del cristianismo en el siglo III d.C. Famosa por su volcán, que tuvo su erupción hace 80,000 años, aunque el último registro de actividad se computaba aproximadamente con más de 5,000 años. Aquella última mega erupción de las que se tenían pruebas que había cubierto de cenizas todo el cielo en una gigantesca nube de gases, llegando hasta las islas y los actuales territorios de Italia, Chipre, Creta e incluso mucho más lejos, hasta Israel y el norte de África.

La última había sido una erupción que había provocado el hundimiento y un posterior cráter de 83 kilómetros cuadrados, en el centro de la isla. Era, sin dudas, la erupción más fuerte de la historia.

Actualmente era una isla pacífica, bañada por el Sol y las aguas turquesa, su tierra era rica en minerales debido al volcán. Esto hacía que sus viñedos enanos dieran unos vinos exquisitos. Era un refugio para artistas y turistas, con espectaculares paisajes, puestas de Sol y gente amable.

El mayor mito de Santorini decía que antes de sus múltiples erupciones, existía la civilización atlante con su majestuosa y mítica ciudad circular, la Atlántida. Se creía que la erupción volcánica, acompañada de un gran diluvio, había sepultado aquella civilización en el fondo del mar. Si bien Platón, el máximo exponente de este mito, no habló exactamente del sitio en que existió la Atlántida, ése era uno de los lugares que se creía más probable para ser el sitio indicado, donde el famoso arqueólogo griego Spiyridon Marinatos había excavado desde el año 1967 hasta 1974, encontrando restos intactos de la civilización minoica debido a las cenizas volcánicas, igual que lo había hecho sir Arthur Evans en Creta años antes.

Marinatos al igual que Aquiles Vangelis, creía que los minoicos eran los descendientes de la Atlántida. Se decía que el volcán había provocado unas enormes nubes de lava y ceniza que oscurecieron totalmente no sólo la isla sino otros continentes, y levantó varias y enormes olas gigantescas de 250 metros de altura que comenzaron a correr a 350 kilómetros por hora, destruyendo toda forma de vida.

Incluso se creía que las olas gigantes habían tardado menos de media hora en llegar desde Santorini a Creta y ahogar también a toda la civilización minoica que estaba instalada allí.

Adán Roussos fue el primero en bajar del yate, luego estiró su mano para ayudar a Alexia a desembarcar. El cielo estaba muy claro y el Sol se inclinaba en el horizonte como si quisiera descansar de aquel día agitado. La sensación de poder abarcar con la vista el enorme horizonte sin límites hacía de aquella isla un sitio mágico.

Eduard los llevó hasta la parada de taxis. Por suerte consiguieron uno enseguida, ya que en el mes de julio la isla estaba repleta de turistas.

Rápidamente recorrieron los casi cuatrocientos metros por la estrecha calle serpenteante en la ladera de la montaña, desde el puerto del Pireus, para buscar luego el cruce que los llevaría hasta Oia, 12 kilómetros al norte de la capital de la isla.

En menos de cuarenta minutos llegaron hasta el enclave desde donde se podía ver el mar, con una docena de yates y embarcaciones que llevaban turistas hacia aquella zona de la isla, donde, se decía, se daban las mejores puestas de Sol del mundo.

Adán pudo ver en el camino las diferentes capas que tenían los acantilados, grietas de tres colores, piedras rojas, negras y blancas en sus entrañas, tal como Platón había descrito en referencia a la geología de la Atlántida.

El resto de volcán tenía once cráteres. Y los expertos decían que algún día despertarían. Incluso había en Santorini una zona de playas con arenas volcánicas negras y rojas.

Llegaron en poco tiempo al laboratorio. Como viajaban sin maletas, se adentraron en el estudio de Aquiles, de amplios ventanales, pintado de blanco con algunos toques de azul.

—Y bien, ¿por dónde comenzamos? —preguntó Eduard, dirigiéndose a la nevera a buscar algo frío para beber—. Yo necesito buscar mi teléfono móvil.

Alexia le dirigió una mirada intensa.

—Primero ayúdanos aquí. Tú conoces las combinaciones de las puertas.

Alexia dio un lento giro de 360 grados con su cabeza por toda la casa, como si tuviese un radar intuitivo en su mente.

—Abre la combinación de aquella puerta —le pidió, refiriéndose a una entrada a la derecha de donde estaban ellos.

En unos segundos estaba abierta. Ingresaron y pudieron ver un centenar de papeles, el telescopio que el arqueólogo usaba por las noches, un equipo de buceo, carpetas y anotaciones sobre mapas y extraños dibujos.

—¡Observa Adán! —dijo Alexia con énfasis, refiriéndose a una carpeta que estaba sobre la mesa. Tiene los mismos dibujos y símbolos que el mapa que tenemos.

Adán se acercó para verlos, además tenía otros símbolos distintos.

ΛΛ⟡✦❂⚭✡⚧☥⊙☉𓂀❀☤♉ॐΩ

—¿Qué significan esos signos? —preguntó Eduard.

Adán observó con detenimiento.

—Uno es el Auroboro, la serpiente mordiéndose la cola, es el símbolo de la eternidad —dijo con voz grave, sin dejar de mover sus ojos por todos los símbolos.

—Sigue —le pidió Alexia—. Si tenemos que encontrar algo que nos haya dejado mi padre, tiene que estar aquí.

—El símbolo del Auroboro está también en el mapa junto a la doble hélice del código genético, representando al ADN; también está la cruz Ankh de los egipcios que también simboliza la eternidad y...

Miró a Alexia antes de completar la frase.

—Sigue.

—La cruz Ankh también tiene connotaciones sexuales —dijo con certeza—, al unirse el símbolo masculino del palillo, que representa al pene, con el aro superior, lo femenino, que representa la vagina. Y la línea que los une simboliza el acto sexual o gran unión. Adán hizo un dibujo para que se comprendiera más claro.

Vagina

Línea de unión

Pene

Eduard estaba pensativo.

Adán prosiguió con los símbolos.

—El punto que parece una semilla, representa en algunas religiones como la hindú, al semen o la semilla de la vida. Incluso el símbolo hindú del Om, el sonido de la Creación, es también el símbolo de unión sexual.

*Caderas
femeninas*　　　　　　　　　　　　　　　*Genitales
masculinos*

—¿Y los triángulos superpuestos? —preguntó Alexia, que iba elaborando estrategias en su mente.

Adán levantó sus cejas e hizo un rictus de comprensión.

—La estrella de David. Además de simbolizar la unión de la materia con el espíritu para los judíos, también tiene otra connotación sexual, que ellos han silenciado, ya que une los dos triángulos que dan a entender la unión del triángulo masculino, la pirámide hacia arriba, y el femenino, la pirámide hacia abajo.

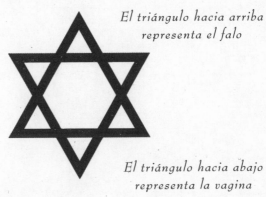

*El triángulo hacia arriba
representa el falo*

*El triángulo hacia abajo
representa la vagina*

—¿Entonces los símbolos son expresiones sexuales? Mi padre lo sabía, tenía conocimiento de esto, no le hubiera hecho falta que vinieras.

Adán asintió. Si el arqueólogo conocía de sobra estos símbolos, ¿para qué lo necesitaba a él?

—No lo sé, Alexia —Adán caminó hacia la ventana intrigado—. ¿En qué podría yo haberle sido útil a tu padre?

—Explícame un poco más sobre los símbolos.

Adán se volvió hacia ella.

—Ya te lo dije, estos símbolos representan a su vez la eternidad y la sexualidad. El dragón que se muerde la cola es el símbolo de que todo comienza, termina y se regenera; la cruz Ankh y los triángulos son símbolos egipcio y judío que representan la unión sagrada del hombre y la mujer; y el punto o la semilla, al semen, la materia prima de la vida, igual que la doble hélice que figura en el mapa con el caduceo de Mercurio, es la imagen del ADN de la humanidad que los antiguos conocían.

Alexia se colocó sus gafas de leer de armazón negro.

—Razonemos —dijo Alexia al tiempo que se recogía el cabello con una diadema. Ya sabemos que mi padre conocía los símbolos, pero comparémoslos con este mapa.

Alexia lo cogió de su cartera y observó el mapa, era muy extraño, como también sus símbolos grabados.

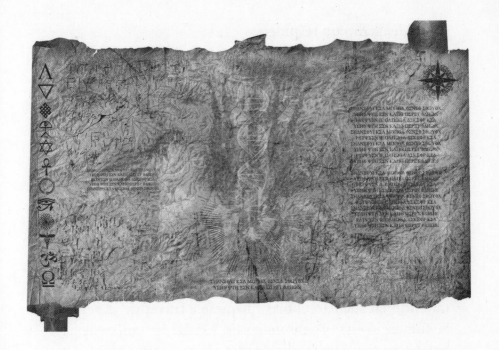

—¿Qué piensas? Lo he visto varias veces pero no logro entender nada —le dijo Alexia que se puso a su lado rozándole el hombro.

Adán observó el mapa detenidamente en silencio.

—Recuerdan que los mapas de Piri Reis, el almirante turco que en el año 1513 confeccionó unos completos mapas del globo terráqueo, marcó y confeccionó como cartógrafo sus completas cartas de navegación… Siempre se dijo que no pudo hacerlo sino fuera por una vista aérea.

—En esa época no había aviones —Eduard estaba un poco confuso por aquella conversación.

—Por eso mismo, ¿cómo lo hizo? —preguntó Alexia.

Adán les respondió sosteniendo el mapa en la mano.

—En los mapas de Piri Reis figura una gran isla denominada "Anthillia", que no existe en la actualidad, y que se suponía que era la "Atlántida". Incluso se dijo que Cristóbal Colón se topó con las Américas pero que en realidad estaba buscando la Atlántida.

Alexia dio un respingo.

—El mapa de mi padre es una pista importante —dijo reflexionando.

Adán frunció el ceño, pensativo, mientras seguía mirando detenidamente.

—Los símbolos son universales... No sé exactamente qué signifique todo esto.

—A ver, déjame ver —Eduard vio con suma atención la fotocopia del mapa y los símbolos—. ¿Y con esto qué? ¿A todo tenemos que buscarle un significado?

Adán lo miró directamente a los ojos.

—La mente aprende por palabras y el alma se moviliza por símbolos —reviró Adán, y después le dio la espalda mirando en silencio el mar turquesa a través de la ventana. Se sumergió en sus pensamientos. Estaba cansado. Alexia lo imitó y se sentó en la silla de su padre.

Estuvieron unos instantes en silencio.

—Discúlpenme un momento, necesito pensar y renovar mi energía —dijo Adán.

Se quitó los zapatos cuando recordó que su maestra de yoga le decía que la postura donde se veía todo claramente ante los problemas era la del paro de cabeza, también conocida como *shirsásana*. Recordó aquella postura y tuvo una inspiración repentina.

En dos movimientos se apoyo contra la pared y, entrelazando sus manos en la nuca, dio un respingo e hizo la postura.

"Vaya momento para hacer yoga", pensó Eduard.

Al cabo de menos de un minuto, de improviso deshizo velozmente la postura, incorporándose. Su rostro estaba rojo por el flujo sanguíneo.

—Eduard, ¡devuélveme el mapa! —exclamó fervorosamente.

De pronto cogió el mapa, dándole la vuelta.

Al instante, una chispa de lucidez le recorrió todas las esquinas de su cerebro y de su entendimiento.

—¡Eureka! —exclamó eufórico.

Alexia rápidamente se acercó a su lado.

—¡Creo que este mapa se lee al revés!

lexia no salía de su asombro. Ambos vieron el mapa en sentido inverso durante unos segundos. Tras un momento de silencio, ambos exclamaron:

—¡No es un mapa de un territorio geológico!

Por la columna de ambos una misma electricidad les recorrió desde el sacro a la cabeza haciéndoles sentir una mezcla de calor y frío.

—¡Es la imagen de Adán y Eva! —exclamaron, con los vellos de la piel erizados.

Eduard se acercó para verlo con sus propios ojos.

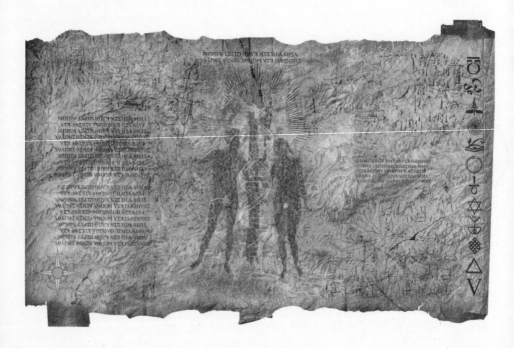

—¡Sí! —gritó Alexia—, tiene que haber algo dentro de este mapa, algo que *tú* tienes que resolver y que mi padre no sabía.

—Lo que no comprendo —respondió Adán, que sentía que su adrenalina se movía por sus venas a máxima velocidad— es ¿qué tiene que ver este mapa o dibujo o lo que sea con las profecías mayas o con la Atlántida?

—No lo sé —respondió Alexia—. ¿Pero qué puedes *ver* tú de nuevo en él?

Adán se quedó pensativo y en silencio.

Extrayendo una nueva energía de su cansado cuerpo, se giró hacia ella con el mapa en la mano sin necesidad de seguir observándolo.

El sexólogo activó sus conocimientos.

—En algunas religiones —dijo con voz serena— y prácticas espirituales de Oriente no se ve este símbolo de Adán y Eva como la representación que asociamos a la iglesia.

—Explícate.

—En Oriente todo tiene su simbolismo pero en sentido interno.

Los ojos de Alexia mostraban inquietud.

—¿Cómo?

—He estudiado todas las religiones, caminos filosóficos y escuelas espirituales y existe un camino científico de Oriente, el tantrismo, que da un significado particular para estos símbolos. El tantra es una ciencia que integra la sexualidad y que tiene más de 5,000 años.

—¿Y qué explicación le da?

Adán pasó su mano por sus rizos y se dispuso a recordar aquello.

—El árbol del bien y del mal, o el árbol de la ciencia del conocimiento, en realidad no es un árbol.

El rostro de Alexia mostraba sorpresa.

—¿Qué dices?

—El árbol es la representación de la columna humana, desde el sacro hasta la coronilla, lo que representa de las raíces hasta lo sagrado que hay en el ser humano. En Oriente llaman chakras a los puntos de energía localizados a lo largo de la columna vertebral. Estos chakras son los motores psicoenergéticos que activan las glándulas del sistema endócrino.

Alexia asimilaba esas explicaciones, Eduard estaba sentado en un sofá prestando atención en la distancia.

—La columna es importante para las ciencias de Oriente y el tantrismo, ya que allí se encuentra la serpiente.

—¿La serpiente? —preguntó ella, sorprendida.

—Ellos simbolizan a la energía sexual con la serpiente, como muchas otras tradiciones. Pero con una connotación distinta a lo que lo conocemos en Occidente.

Alexia elevó las cejas, curiosa.

—¿En qué se diferencia?

—La serpiente tal como la conocemos es la que supuestamente tentó a Eva para que no comiera del fruto prohibido, la manzana. En Oriente la serpiente representa la energía sexual, la pulsión natural de vida que hay dentro de cada uno, ellos la llaman Kundalini.

—¿Entonces el árbol es la columna humana y la serpiente la representación de la energía sexual?

Adán asintió.

—Sigo sin entender —dijo Eduard.

—El símbolo no termina allí, en realidad recién empieza. Antes también deberías saber que la serpiente aparece en varias culturas, como por ejemplo entre los aztecas para designar a Quetzalcóatl o entre los mayas a Kukulkan, representados con una serpiente, ya que su nombre significa "serpiente alada". Y en la actualidad, el caduceo de Mercurio de la medicina tiene dos serpientes enroscadas subiendo por el bastón central, que se convierten en dos alas. Un símbolo que hemos visto cientos de veces en los documentos médicos.

Eduard se mantuvo pensativo.

Adán agregó:

—La serpiente siempre tuvo connotaciones positivas en casi todas las culturas. Griegos, egipcios, mayas, hindúes... Ellos sabían que la serpiente de fuego era la energía creadora del sexo y estaba dentro de cada cuerpo.

—En la Biblia, la serpiente es negativa, en realidad es la representación del diablo que tienta a Eva y con ello a todas las mujeres —dijo Eduard, dirigiéndole una mirada a Alexia.

—No, no, te equivocas. Déjame recordar... —dijo Adán, llevando sus ojos hacia el techo. Recitó con voz suave—: *La serpiente dijo a la mujer, ciertamente no moriréis, pues los Elohim saben que el día que comiereis de él vuestros ojos serán abiertos y seréis como dioses, conociendo el bien y el mal.*

—¿Dónde figura eso? —preguntó el catalán sorprendido.

—En el Génesis 3 —afirmó Adán—. Además de la serpiente, el símbolo de la manzana, o sea el fruto, representa, dentro del tantrismo, al primer chakra, que es un círculo de energía de unos cinco centímetros de diámetro y de color rojo.

—¿Los chakras tienen colores? —preguntó Eduard aún más sorprendido.

—Sí. Y sonidos y otros rasgos. Pero centrémonos en esto. En la manzana o el chakra sexual, que está en la zona sacra o sagrada, y que en este dibujo que tenía Aquiles es el área donde lo tiene la mujer... Se dice que esa energía de vida con forma de serpiente está dentro del primer chakra y que sale a recorrer o ascender la columna para estimular los seis chakras restantes para así subir hasta el área de la glándula pineal, incluso más arriba, hasta la coronilla.

—¿La coronilla? ¿Lo alto de la cabeza?

—Sí. La zona que seguramente has visto muchas veces en dibujos y figuras de santos con un aura o círculo en su cabeza. De allí que el símbolo de los griegos de reconocer a los vencedores sea una corona de laureles, a los reyes y reinas siempre se los "coronó" en la cabeza.

—La coronación a lo sublime —agregó Alexia.

—Exacto. La coronación simbolizaba antiguamente la elevación a lo máximo.

—¿Y dentro del tantrismo esa coronación era sexual? No entiendo —dijo Alexia.

—Existen unas milenarias técnicas secretas para subir la energía sexual por la columna a nivel energético y hacerla ascender para potenciar al individuo y coronarlo directamente en la conexión con la divinidad que hay en él. Las técnicas se basan en transformar la energía del orgasmo en poder espiritual, el hombre a través de la retención del semen y la mujer dejando que su orgasmo la llene de luz.

—¿Y de esta forma los antiguos encontraban la elevación? —dijo Alexia.

Adán asintió con confianza.

—Más que eso. Descubrían el estado de inmortalidad de la conciencia. No hace falta decir que las religiones, desde el judaísmo, el islam y, sobre todo, la iglesia cristiana han buscado indirectamente a través del concepto del pecado y la culpa que la mujer se vuelva fría y anorgásmica, o salvaje descontrolada y el hombre eyaculador precoz instintivo. De esa forma...

Alexia terminó la frase.

— ...no habría un contacto directo con lo divino —dijo con una pequeña sonrisa cómplice.

—El símbolo es sexual, está claro, pero ¿la media luna y el punto o la semilla, qué representa? —preguntó Eduard que se mostraba ahora mucho más interesado.

—La media luna es la fuerza femenina y el punto la gota de semen masculino. En este camino místico —prosiguió diciendo Adán—, son importantes tres cosas: la respiración, el dominio de la mente y, como te dije antes, la retención del semen para que la materia prima de la energía sexual no se desgaste y suba por la columna; no desde el punto de vista físico, sino energéticamente, alimentando al árbol, que vendría a ser la representación de tí mismo, de tu cuerpo, con todos los frutos que son tu potencial latente.

—¿El potencial latente? —preguntó Alexia que intuía la respuesta.

—Sí. En al tantrismo se cree que al retener el semen esa energía magnética crea una electricidad que viaja por el sistema nervioso y activa la energía psicoespiritual, el cerebro y el ADN.

—¿Retener el semen? —preguntó Eduard confundido—. Yo tenía entendido que era malo.

Recordó que su padre, un devoto catalán y católico, le repitió en su adolescencia: *semen retenum, venenum est.* Retener el semen era veneno.

—Te equivocas, Eduard. Para los orientales es la materia prima de la vida, es sagrada y no debe desperdiciarse, igual que la sangre. Incluso piensan que la frase "de ese fruto no comeréis", que se menciona en la Biblia, no se refería a la manzana sino al semen.

—No entiendo —dijo Eduard.

—La traducción correcta sería: "de ese fruto no comeréis *en vano,* sino sólo cuando queráis crecer y multiplicaos".

—O sea, ¿sólo se usaría la eyaculación en el momento de la procreación?

—En este camino sí.

Alexia estaba pensativa.

Adán continuó su exposición.

—Sabrás muy bien que cuando tienes una eyaculación quedas vacío, cansado y con sueño. Caes del "paraíso" en el que estabas. En cambio, para estas culturas, la elevación de la materia prima seminal es literalmente la *simiente* para crear vida dentro tuyo. El estado paradisiaco, según los orientales, es la expansión de la conciencia con tal magnitud que puedes sentir la conexión conciente con La Fuente, el Todo. Se cree que varias culturas, como los atlantes y los antiguos egipcios, mayas e hindúes practicaban este tipo de sexualidad alquímica. Cuando Jesús le menciona a Nicodemo que tiene que volver a nacer para entrar en el Reino, se refiere a un nuevo nacimiento interno, a través de la alquimia sexual de los tántricos. En Oriente lo llaman renacimiento espiritual.

Alexia se sumió en sus pensamientos. Recordó cómo su último amante la dejaba vacía espiritualmente al eyacular rápidamente. No había ninguna conexión. Ésa era una de las causas por las que se encontraba otra vez soltera.

—Me es difícil de asimilar —el catalán se mostraba muy escéptico.

Adán quería ir más allá.

—Te sorprenderá saber que hay una teoría que dice que Jesús estuvo en Oriente, precisamente en la India, estudiando estas teorías y practicándolas en su adolescencia.

—¿Dices que Jesús tuvo sexo? —Eduard sentía que le saltaban los resortes de sus creencias.

Adán llevó más leña al fuego.

—La teoría dice que Jesús no sólo tuvo sexo, sino que a través de diversas iniciaciones, algunas relativas a la sexualidad, se convirtió del simple hombre mortal llamado Jesús, en *Krestos*, que literalmente significa en griego antiguo "ungido en fuego". Allí habría encontrado el camino o la iniciación a la eternidad dentro de sí mismo, que en el dibujo se representa con el Auroboro, el dragón que se recicla a sí mismo y la cruz Ankh que une el falo y la vagina. También se dijo que Jesús se iluminó espiritualmente de esa forma con María Magdalena. Hay que recordar que antiguamente a la energía sexual se la representaba con el fuego.

"Ungido en fuego."

—Haré otro dibujo para que lo comprendan mejor. Adán tomó su estilográfica y buscó una hoja en blanco entre los papeles de la mesa del arqueólogo.

Todos hicieron una pausa, como hilvanando los pensamientos. Aquello era un extraño símbolo esotérico.

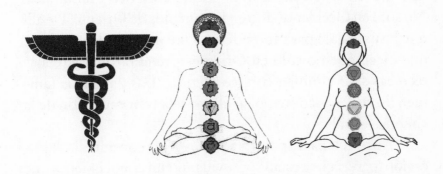

Adán dibujó dos imágenes de una mujer y un hombre en la clásica postura de meditación con los chakras y un aura en lo alto de la cabeza y al lado otra del caduceo de Mercurio. La cara de Eduard era de absoluta sorpresa. Él recordaba muchos de los antiguos santos y profetas con una lengua de fuego sobre la cabeza pero nunca imaginó que sería por transmutar la energía sexual.

—No puedo creer que Jesús pudo haber tenido sexo.

Adán se alzó de hombros.

—Las creencias son un óxido, Eduard. Le oxidan la inteligencia a la gente. Las mentes deben ser como los paracaídas, tienen que estar abiertas para que funcionen.

—¿Qué son esos círculos en la columna?

—Los chakras —respondió Adán—, los centros de energía que activan las glándulas. La energía sexual viaja desde el sexo al cerebro potenciando el sistema nervioso y el poder espiritual en lo alto de la cabeza. Por ello se habla de una coronación a través del fuego sexual trasmutado en poder espiritual. Literalmente, la energía del sexo es el combustible de la espiritualidad y la expansión de la conciencia.

—Pero...

Adán lo interrumpió.

—Antiguamente la castidad no era la ausencia de sexo sino la realización del sexo de forma esotérica y alquímica. No sólo en Occidente sino en los pueblos de Oriente. De allí que Jesús viajara para aprenderlo. Hay muchos documentos que dicen que no sólo en Oriente aprendió todas aquellas técnicas sino también con los esenios. Los gnósticos también difunden y contemplan el uso y la transmutación de la energía sexual.

Adán estaba dispuesto a ir más lejos con aquella explicación, parecía que estaba desovillando un conocimiento que tenía que encajar con lo que les estaba pasando.

—Y no olviden que el mismo Jesús lo cita de su propia boca, registrado en el evangelio de Tomás, 22: *Cuando tú alcances a unir hombre y hembra en uno, entonces, tú entrarás en el reino.*

A Eduard la cara se le puso pálida.

Adán esbozó una sonrisa sutil.

—*Ése* fue el motivo por el cual la iglesia condenó tanto el sexo... Porque era peligroso ya que si una persona se podía convertir en iluminado espiritual y contactar con Dios dentro de sí mismo a través de la energía elevada, transmutada y superpotenciada del sexo, ¿para qué necesitaría intermediarios? ¡Todo el mundo estaría transmutando el sexo en amor cósmico libremente!

La sola idea en la mente represora de Eduard le producía náuseas.

—Adán, incluso creo que la cita del evangelio de Tomás es más extensa, ¿verdad? —preguntó Alexia.

Adán movió la cabeza, afirmándolo.

—No sé si la recordaré —Adán tenía una memoria de elefante para citas y frases célebres—: *Cuando hagáis de los dos uno, y hagáis el interior como el exterior y el exterior como el interior, y lo de arriba como lo de abajo, y cuando establezcáis el varón con la hembra como una sola unidad de tal modo que el hombre no sea masculino ni la mujer femenina, entonces entraréis en el Reino.*

Eduard estaba más confuso aún. Su mente giraba aturdida con aquellas palabras.

"¿Interior y exterior, arriba y abajo, macho y hembra?"

—¿Y el pecado? —preguntó el catalán, visiblemente molesto—, ¿dónde queda?

Adán inhaló profundamente.

—¿Sabes lo que significa etimológicamente la palabra pecado?

Eduard negó con la cabeza.

—Búscalo en el diccionario. Significa, "errar el tiro."

—¿Errar el tiro? —preguntó sorprendido.

Adán asintió lentamente.

Alexia lo miraba atenta, analizando cada palabra.

—Sí. Al tiro o al lanzamiento al cual se refieren es a la eyaculación. En vez de disparar hacia abajo, fuera del cuerpo, supuestamente debemos disparar hacia arriba.

—¿Te refieres a la eyaculación de la energía sexual?

—Sí. La idea sería que no malgastes tu energía sacándola fuera de tu cuerpo porque es la que produce la transformación de todos los sistemas, sobre todo el energético. Para los antiguos, la palabra pecado significó cuidar la energía, no dispararla en algo que no crecerá. Luego la palabra pecado adquirió connotaciones moralistas y eso sepultó la enseñanza original.

—Yo no veo nada de malo en eyacular.

Adán pensó que ese hombre no entendía nada.

—Bueno, de acuerdo con esta ciencia tántrica, significa ni más ni menos que la pérdida de la conciencia sagrada y la consecuente lucha feroz entre los egos, ¿te parece poco?

Sintiendo admiración por él, Alexia estaba entendiendo por qué su padre podría haberlo mandado a llamar.

Eduard estaba inmóvil y abatido por aquellas explicaciones.

Adán dio tres pasos hacia la amplia ventana.

—Además la iglesia hizo todo lo posible para ocultar y censurar los años ocultos de Jesús. Y también cambió la vestimenta.

—¿Cambiaron la vestimenta? ¿Qué quieres decir? —Eduard no salía de su asombro.

—Sí. Antiguamente la gente se vestía con túnicas.

Eduard se encogió de hombros.

—¿Y con eso qué?

—Luego, al aparecer, el pantalón, pasó a simbolizar "lo de abajo"; y la camisa, "lo de arriba". Corta justo por la mitad al ser humano en la zona sacra. Necesitaban poner todo tipo de divisiones entre el hombre y el sexo.

—No pensarás que la iglesia hizo eso adrede —ironizó Eduard.

Adán le dirigió una mirada pícara a Alexia.

—Entre otras cosas. La iglesia tuvo que ocultar y demonizar todo lo sexual porque lo sexual, correctamente dirigido, llevaba al individuo al estado paradisiaco. Un estado de conciencia expandida.

—Quieres decir que el Paraíso de la Biblia, el Jardín del Edén, ¿era un estado de conciencia?

—Así es. En Oriente le llaman iluminación.

Eduard estaba lleno de inquietud al escuchar aquellas palabras.

Adán había tenido en un par de ocasiones un leve atisbo de aquel estado aunque en mucha menor escala, ya que al meditar, varias veces había salido de su cuerpo para sentirse como si tuviera una mirada de águila.

Alexia observaba a Adán con atención, la misma que ponía cuando era una chiquilla. Ahora trataba de ensamblar todo aquello en su mente.

—Me cuesta digerir que la iglesia haya podido hacer algo así —dijo Eduard, con una expresión de víctima en su rostro.

—Y muchas cosas más Eduard, recuerda que cada vez que vas a una misa le hacen golpear a la gente el pecho tres veces y proclamar una dañina afirmación: "por mi culpa, por mi culpa, por mi gran culpa".

—¿Eso es malo?

—El chakra del corazón, el centro del amor —Adán se señaló el pecho— se cierra y entonces, al sentirte culpable, no puedes amar. Es otra forma de maniatar a la gente. La fórmula es que si te sientes culpable no ames, ni goces, ni seas feliz; así entonces necesitarás ayuda espiritual. Y ya sabes *dónde* querrán que la pidas —dijo, acentuando las últimas palabras cargadas de ironía.

Alexia intervino en la conversación.

—Adán, volvamos al mapa —le dijo ella—, nos quedan Adán y Eva. ¿Donde encajan? ¿Qué significan?

—La Biblia dice que Jehová fue quien los creó a su imagen y semejanza. Etimológicamente *Je* significa lo masculino; y *hova*, que luego se convirtió en "heva" significa el principio femenino.

Eduard se quedó en silencio, mirando el extraño dibujo en esa especie de mapa. Buscaba algún fallo en aquella hipótesis.

—En el mapa falta descifrar el símbolo del ADN, ¿verdad?

Adán observó las hélices entremezcladas.

—Sí, supuestamente la sexualidad antiguamente se usaba para potenciar el código genético de quien lograba subir la serpiente de energía sexual hacia arriba y no caer en pecado, no dispararla fuera del cuerpo sino hacia el área coronaria.

Así producirían la unión consciente del microcosmos del hombre con el macrocosmos. Pero sólo los iniciados que usaban la alquimia energética lo conseguían.

Adán recordó los libros que leyó sobre tantrismo y también los de alquimia de Carl Jung.

—¿Y qué papel tenían las mujeres en esta ceremonia sexual? —preguntó Alexia intrigada.

—La mujer es la iniciadora, el poder de la vida, el cáliz de donde sale el poder. La mujer es la fuente y en ella está la contraparte de la electricidad masculina, ella es el magnetismo femenino. De allí se genera la corriente electromagnética del sexo, la atracción constante, la unión de los opuestos. Incluso el triángulo invertido de los vellos de su pubis también representa el principio femenino. La mujer es magnética y el hombre es eléctrico.

—Dime una cosa —Alexia tenía una sonrisa en el rostro y le brillaban los ojos—. A ver si entendí bien: la energía sexual elevada potenciaría todos los aspectos latentes del ADN del cuerpo de la mujer y del hombre que realicen esta práctica, ¿verdad? Y la iglesia hizo todo lo posible para detener el crecimiento y activación del ADN por muchos medios, incluso la obsesiva represión sexual, ¿no es cierto?

Adán la miró desconcertado.

—¿Adónde quieres llegar?

—Tú hablas varios idiomas, incluso español también, ¿verdad?

Adán asintió.

—Tu homónimo, el supuesto primer hombre, en castellano, se llama igual que tú: Adán.

—Sí.

Ella mostró una sonrisa enigmática.

—Adán, hazme el favor de quitarle la segunda "a", a tu nombre.

El sexólogo se quedó inmóvil.

—¡ADN!

Alexia afirmó con su cabeza y una sonrisa hizo brillar su rostro.

—¡Debemos llamar a Krüger! —dijo Alexia al momento que salía del salón en busca de su teléfono.

32

El cardenal Tous había presionado a Viktor Sopenski para que jugara su carta más importante. Si conseguía dar con la hija del arqueólogo, le pagaría cincuenta mil euros. Eso le había despertado la ambición aún más al corrupto policía. "Te encontraré dondequiera que te escondas."

Sopenski no creía en ninguna profecía, para él el mundo giraba y giraba sin más y seguiría existiendo hasta que él muriera de viejo algún día, pero aquello lo veía muy lejano en el tiempo. Viktor Sopenski no era un hombre creyente ni espiritual, su mayor preocupación era imponer su propia autoridad, eso le reforzaba la autoestima, le daba un lugar en el mundo. Se saboreaba pensando qué haría con la recompensa prometida.

Estaba impaciente en el hall del aeropuerto. Viajar hacia Londres le llenaba de coraje. A pesar de que sabía que la ciudad estaba tensa frente a la posibilidad de que también allí se produjera un terremoto, la preocupación generalizada de las autoridades británicas se centraba en la organización de los Juegos Olímpicos.

El capitán Viktor Sopenski tenía pensado, una vez que llegara a la capital británica, ir directamente a la casa de Alexia; entraría a una hora en que ella no estuviera, la esperaría sigiloso y, como un cuervo hambriento, tomaría a su víctima. De lo que estaba indeciso era de su *modus operandi*.

Había apurado su café y caminaba ansioso de un lado a otro en el aeropuerto de Atenas. La gente se desplazaba por los amplios pasillos e iba y venía para coger sus vuelos, esperar a sus amigos o abordar taxis. Sólo faltaba media hora para embarcarse en el avión rumbo a Londres.

Eduard sentía una profunda incredulidad pero igual quería enterarse de todo lo que hablaban.

—¿Dicen que el primer Adán no es más que la abreviatura simbólica del ADN? —les preguntó, su mente daba vueltas como la rueda de una bicicleta.

—Puede ser —respondió Adán—. Los atlantes, egipcios, hindúes, mayas y varias corrientes religiosas y espirituales practicaron la sexualidad sagrada; sabían el enorme poder que ejercía ésta para potenciar al ADN. De allí tenían grandes dones matemáticos, científicos, astronómicos, espirituales y místicos. En la Grecia antigua incluso existían los llamados "ómnibus a Hieros Gamos", los rituales sexuales colectivos para despertar la energía en las festividades de Dionisio. Aunque ésas eran las postrimerías de tales enseñanzas. Las antiguas culturas eran sabias porque tenían contacto con el universo y sabían que el sexo era una fuente de vida y expansión de la conciencia sin connotaciones lujuriosas, represoras o morbosas.

"Luego todo comenzó a deteriorarse, degradarse y tergiversarse en la época del Imperio Romano. Y ha venido decayendo en la confusión, la represión o el libertinaje de nuestros días.

—Entonces, ¿cómo se recuperaría aquello? —intervino Alexia.

Antes de contestar, Adán tomó el mapa.

—Un antiguo aforismo tántrico dice: "Con el mismo pie que te caes, te vuelves a levantar". O sea que si caes con el sexo, te tienes que levantar con el sexo. Este mapa con los símbolos representaría un camino sexual ancestral para potenciar el ADN.

Alexia regresó al salón con su Blackberry en la mano y le preguntó a Eduard por la agenda de su padre.

—¿Sabes dónde está el directorio personal de mi padre? Tenemos que llamar a Krüger.

Eduard le dio la agenda de contactos. Rápidamente Alexia buscó la K en el orden alfabético. Kristos Vassilis; Kristopoulos Kostas; Krugüer Stefan...

—¡Aquí está! —exclamó Alexia con ímpetu.

Adán y Eduard se acercaron a ella.

Ella tecleó el número de Krüger.

—Tenemos suerte —dijo, mientras esperaba el contacto—, en Londres es más temprano, una hora menos que aquí.

Adán asintió a su lado. Marcó y al cabo de unos segundos se escuchó una voz masculina del otro lado.

—Hola.

—¿Señor Krüger?

—Soy yo. ¿Quién habla?

—Soy Alexia Vangelis, la hija de Aquiles. Espero que me recuerde. Estuvimos juntos hace tiempo en una conferencia de mi padre organizada por su laboratorio en Londres.

El hombre hizo una pausa.

—¡Alexia! —respondió con alegría—. ¿Cómo estás?

—No muy bien, señor Krüger, mi padre... —Alexia se aclaró la garganta—, sé que mi padre ha estado con usted hace dos meses en Londres, ¿no es cierto?

—Sí, efectivamente, hemos estado reunidos.

—Estoy al corriente de que él ha hallado algo muy importante, no se qué es exactamente. Pero mi padre ha desaparecido... Estoy segura de que lo han secuestrado.

—¿Cómo? No puedo creerlo, estoy muy sorprendido —Krüger cambió el tono de voz—. ¿Quién fue?

—No lo sé, alguien a quien no le conviene que mi padre revele su conocimiento. Mire, necesito hablar con usted. Supongo que mi padre le habrá dicho algo sobre su descubrimiento. Sólo tengo unas pocas pistas. Ahora me encuentro buscando cosas en su laboratorio, por lo que le agradecería que me explicase, por favor.

Krüger hizo una pausa. Un silencio que pareció durar siglos. El doctor necesitaba digerir lo que acababa de escuchar. Que Aquiles Vangelis estuviese secuestrado era un gran problema. Además también podía involucrarlo a él.

—Tendríamos que hablarlo personalmente —respondió al fin un tanto desconfiado—. Es un tema muy delicado para comentarlo por teléfono.

—Es que es urgente. No he tenido ninguna señal de vida de mi padre, no me han pedido rescate ni nada. Estoy desesperada —su voz mostraba fatiga y dolor emocional.

—Lo mejor es que vengas. Lo discutiremos —la mente del científico estaba confusa.

—¿Ir a Londres? —Alexia estaba cansada, su voz se le quebraba—. Yo sólo quiero encontrar a mi padre —los ojos se le llenaron de lágrimas, la garganta se le hizo un nudo—. Dígame por favor su dirección, yo iré a verlo sin falta.

Adán cogió un papel de la mesa del arqueólogo y le ofreció su estilográfica para que escribiera. Alexia se despidió prometiendo verlo al día siguiente.

34

Stewart Washington hablaba sobre el plan secreto en su reunión con los doce miembros más poderosos del mundo.

—No podemos hacer eso deliberadamente —había rebatido Patrick Jackson frente a su propuesta.

—¿Y qué piensa hacer? —la voz de Washington estaba seca y ronca—. ¿Dejaremos que la energía de la alineación planetaria eche a perder nuestro trabajo? ¿Se dan cuenta de lo que eso significaría? Es lo más grave que nos ha sucedido hasta ahora.

Los miembros de inteligencia de la organización sabían que el cerebro afectaba al ADN. De sobra conocían que el cerebro, en su máxima expresión potencial, podía procesar una información alrededor de unos 400,000,000 de bites, mientras que en la actualidad el cerebro del homo sapiens común y corriente procesaba y tomaba conciencia de sólo unos 2,000. Además, si esa energía del Sol y el centro de la galaxia cambiaba las frecuencias de vibración Schumann de la Tierra, afectaría enormemente el cerebro, el ADN y la percepción de los seres humanos. De pasar eso, habría dos caminos: literalmente los podía volver locos o bien volverlos dioses.

—Busquemos otra estrategia —pidió Jackson, mirando a los demás miembros en la mesa de roble—. No creo que la activación del plan sea la decisión más acertada.

Los asistentes de aquel *master meeting* se hallaban dispuestos a tomar una gran decisión, aunque estaban acostumbrados a ejercer su inteligencia y sus estrategias hacia cosas más tangibles. Ahora necesitaban desarrollar su estrategia "suprema".

—Pues si hay otra solución, le agradecería que nos la dijera —murmuró Washington.

El Cerebro estaba acostumbrado a elaborar la mayor cantidad de planes encubiertos desde sus días al lado del ex presidente Nixon y por ello era tan respetado.

Jackson dejó las carpetas que tenía en la mano sobre la mesa ovalada y se puso de pie. Se sentía inspirado.

—Verán —dijo con voz serena y firme—, creo que lo que debemos hacer es crear una protección más fuerte en la capa de ozono para que impida la entrada de la energía cósmica.

Los asistentes lo miraron con expresión de sorpresa.

—¿Se refiere usted a los *chemtrails*? ¿Que potenciemos los vuelos químicos?

Jackson sabía que se metía en camisa de once varas.

—No me refiero exactamente a seguir con los vuelos químicos, eso ya se hace en la actualidad, diariamente se sobrevuelan las capitales del mundo, incluso por las noches... —inhaló antes de continuar—. Lo que quiero decir es que si desde la ionosfera nuestros satélites y naves emitiesen una fuerte red de vibraciones apoyados desde Tierra por el HAARP, podríamos...

Jackson se refería a las vibraciones subliminales que desde la central del HAARP proyectaban hacia el ambiente, llegando al inconsciente de las personas. Un miembro corpulento llamado Sergei Valisnov salió en su apoyo.

—Creo que tiene razón —dijo con un fuerte acento ruso—, una red de protección de vibración puede ser una buena solución. La malla protectora sería una especie de escudo global alrededor del planeta. No permitiría que llegase la lluvia de fotones, de esa forma la ola de armonización se

212

vería bloqueada y no llegaría a entrar en la conciencia de la gente. Además acentuaríamos la campaña de temor al Sol.

Además de ser un miembro de inteligencia, Sergei Valisnov se especializaba en las diferentes corrientes esotéricas y energéticas. Las había estudiado todas, desde las diferentes ciencias de la meditación hasta los trances psicodélicos con ayahuasca y peyote para la expansión de la conciencia, las danzas derviches místicas de los sufíes, pasando por el estímulo de los chakras con aparatos electrónicos y vibraciones, el estudio de la cámara kirlian que fotografiaba la energía humana, además las pruebas científicas realizadas sobre faquires en la India quienes soportaban el dolor por medio de la meditación.

Desde hace varios años, el Gobierno Secreto sembraba redes vibracionales en el ambiente con diferentes polaridades y niveles, creando desarmonía y confusión en la gente e imponiendo, de forma subliminal, las órdenes para seguir un estereotipo social, el materialismo y el consumismo. Esto se había realizado también en anuncios publicitarios. Para el Gobierno Secreto, el hombre moderno no era más que un robot que aparentaba libertad. Un robot con sentimientos al fin y al cabo, que cobraba un salario para luego volver a gastarlo en lo que ellos decidían, para que en última instancia retornara a los bancos, donde el Gobierno Secreto tenía el poder, mediante el Fondo Monetario Internacional y la Reserva Federal de Estados Unidos. Aquello era un ciclo repetitivo que le hacía creer a la población que era libre cuando en realidad vivían bajo la esclavitud asalariada.

Al hombre moderno, sin que se diera cuenta, lo inducían a pensar, creer y comprar artículos y anhelar un determinado estilo de vida bajo la supervisión de los líderes. Buscaban que estuviera ocupado viendo cómo hacer un viaje, pagar su hipoteca, en su trabajo, sus juegos y entretenimientos para que no mirara dentro de sí mismo ni hacia las estrellas.

La gente quedaba aturdida con dichas vibraciones ya que afectaban fundamentalmente a la masa encefálica y a los diferentes centros energéticos del cuerpo, los chakras, *ésa* era una pieza central de control por parte de aquella organización. La mayoría de la población no se enteraba de esto, a pesar de que en internet había muchísimas páginas web y documentales que así lo mencionaban, como el premiado *Zeitgeist*, el trabajo de investigadores como Jessy Ventura, un ex marine que tenía un programa de TV por internet en el que demostraba parte de la conspiración, o las conferencias del inteligente y documentado inglés David Icke.

La intención del Gobierno Secreto era que el ser humano usara sólo un mínimo de su capacidad potencial, el resto tendría que seguir dormido. A otros niveles, esto servía para distorsionar la vibración ordenada del cosmos, menguándola; su objetivo era que, al chocar con aquella energía de tan baja frecuencia, ninguna vida o inteligencia extraterrestre pudiera entrar en contacto con la Tierra.

El Gobierno Secreto ocultaba las pruebas de varios encuentros con seres dimensionales de otras frecuencias mayores que no podrían interferir con la Tierra al verse perjudicados en sus sistemas energéticos, debido al choque con una mayor densidad tridimensional.

—Señores, en mi opinión, lo más adecuado sería poner en marcha nuestro plan secreto —dijo El Cerebro—, pero creo que debemos escuchar también la propuesta de los demás miembros. El tiempo se nos viene encima. Debemos hacer una votación.

Luego de haber dicho aquello, Washington se acomodó el nudo de la corbata y esperó. Sabía que dentro de aquella elite algunos miembros se hallaban más inclinados a las decisiones racionales, por ser completamente escépticos a las profecías; otros, en cambio, las asumían como ciertas, por lo que suponían que entrañaban un peligro.

En ese momento sonó el teléfono personal de Stewart. Había dado órdenes de que sólo lo molestaran por algo de vida o muerte. La voz de su secretario personal parecía el zumbido de una abeja. El Cerebro contestó el aparato de mala gana.

—¿Qué ha pasado? ¡No te dije que...!

El secretario le interrumpió abruptamente.

Los colores del rostro de Stewart Washington experimentaron un súbito cambio, pasaron, en menos de cinco segundos, del rojo colérico hacia el mismo color lánguido de un cadáver. Su piel experimentó un impacto brusco y cambió su temperatura corporal. Sintió calor y frío al mismo tiempo. La boca se le puso seca.

—¿Estás seguro? —preguntó.

Con los ojos desorbitados terminó de escuchar lo que el interlocutor le decía y apagó su teléfono.

—Señores —dijo con voz quebrada—, estamos frente a un problema mayor.

Los miembros del Gobierno Secreto generaron un incómodo silencio.

—¿Qué ha pasado? —preguntó Jackson, intrigado.

—Me informa mi secretario que le han dado un informe urgente desde nuestra central de Colorado y que... han visto...

El aire estaba cargado de tensión.

—Hable, ¡por favor!

Washington inhaló con dificultad.

—Los científicos han dicho que la Tierra se ve amenazada por una extraña masa, creen que el punto luminoso es en realidad un inmenso asteroide que viene directamente hacia aquí.

35

Aquel día había sido uno de los peores para el cardenal Raúl Tous. En la noche no podría dormir. Estaba ansioso y exhausto. Su gran inquietud se debía a que estaba perdiendo poder. Poder en la iglesia y poder en el Gobierno Secreto. Necesitaba saber qué pasaba con el capitán Viktor Sopenski en su viaje a Londres, jugaba una gran carta vital con él. El cardenal se sentía encerrado ya que tenía órdenes de estar presente en el Vaticano junto a otros líderes. Su mente no paraba de elaborar estrategias y posibilidades. Sabía que Aquiles Vangelis tenía lo que necesitaba. El Búho se lo había confirmado, tras infiltrarse en las investigaciones del arqueólogo.

Tous estaría a punto de lograr su objetivo si Sopenski atrapaba a Alexia. Necesitaba esperar, justo lo que el cardenal odiaba. Era un hombre impaciente, ansioso y determinista; necesitaba que todo se hiciera a su manera, pronto. Necesitaba tener en sus manos aquel poderoso descubrimiento, no sólo conocerlo.

"Lo ha buscado todo el mundo durante siglos, será mío", pensó.

Dio vueltas como un tigre enjaulado dentro de su confortable, aunque austera, habitación. Su cama era grande y espaciosa, de roble tallado, con un pequeño crucifijo sobre la cabeza y la Biblia en la mesa de noche. Tenía además una biblioteca con más de mil títulos que habían sido consultados exhaustivamente por él.

Abrió la Biblia y consultó el Génesis, el Apocalipsis y las profecías que allí se mencionan. Se sintió impotente. Pensó que las profecías de unos indios precolombinos no podían arruinarle sus planes. Tenía que hallar un error. Una parte de su interior pensaba que aquéllos sólo eran mitos, pero otra, muy fuerte, sentía miedo a lo desconocido. Ese atardecer se había quitado la vestimenta ritual, le pesaba moralmente; se había puesto su elegante y sobrio salto de cama de seda en color granate. Su impaciencia lo llevó a fumarse tres cigarros mentolados en menos de media hora.

Tocaba su anillo de oro en su anular derecho como si ese gesto pudiera devolver la fuerza.

Se decía a sí mismo: "piensa como El Mago, debes hallar la solución a este problema". "¿Por qué no he recibido noticias del Cuervo ni del Búho? ¿Qué estará pasando con el arqueólogo?", su interior comenzó a generar combustión. "Los llamaré inmediatamente", pensó mientras iba al baño. "Tengo que actuar antes de que sea demasiado tarde. ¿Dónde está mi secretario?"

Volvió a sentir la misma desesperación que tenía antes de tomarse unos calmantes, como una fiera herida. El efecto de aquellas pastillas lo serenó. Ahora necesitaba fuerza, inteligencia y astucia. Las voces mentales del cardenal eran un volcán en erupción, el inquieto repicar de un demonio.

Cerró los ojos, tomó el aire que entraba por la ventana, necesitaba durante unos minutos paralizar toda la actividad mental. Fue un instante en que Raúl Tous sintió una abrumadora soledad. Un abismo en su interior.

"Para hablar con el Papa y con la gente de la organización, tengo que averiguar cómo está el arqueólogo, qué está pasando… Si quiero ganar esta batalla, tengo mucho trabajo por delante."

Se colgó el pesado crucifijo que le llegaba hasta el plexo solar, aunque le dolía cada vez más la nuca. Su estrategia directa era encontrar el descubrimiento de Vangelis para adjudicárselo. Con esta jugada maestra él recibiría mucho mayor poder, al destruir las pruebas de la mentira y el plagio de la iglesia respecto a la explicación bíblica sobre Adán y Eva.

Ya había hecho algo parecido años antes, cuando un arqueólogo palestino había encontrado unas extrañas tablillas sumerias que habían sido datadas con más de 10,000 años de antigüedad y que mencionaban una hipótesis diferente a la aceptada sobre el origen del hombre en la Tierra.

Él podría pasar a ser el dueño del circo. De ambos lados saldría beneficiado. La mentira seguiría intacta, tendría un nuevo poder y él sería quien lo habría conseguido.

Jugaba su mejor carta y estaba dispuesto a todo.

Y con aquel pensamiento intentó quedarse dormido.

36

A la mañana siguiente en Santorini, Adán Roussos se levantó a las 6:30. Los primeros rayos de Sol se filtraban por la ventana. Le dolía un poco la espalda por haber dormido sobre el suelo en una cama improvisada. Se duchó y a falta de equipaje se puso la misma ropa. De reojo, mientras se vestía, vio que Alexia se estaba desperezando. Eduard dormía en un sofá contiguo.

—Buenos días —dijo ella, con la voz muy suave.

—Buenos días —respondió Adán, casi como un susurro—. Me desperté pensado que iré esta misma mañana para Londres. Es mejor que tú y Eduard se queden aquí para ver si encuentran algo entre tantas carpetas y documentos. Hay un vuelo a las 9:45.

—Yo iré contigo —replicó Alexia mientras se esforzaba en encender su mente tan temprano.

Adán negó con la cabeza.

—Es mejor que yo vaya. Si Krüger sabe algo, te llamaré inmediatamente. Es conveniente que tú estés aquí por si encuentras algo, llegamos tarde y cansados, no pudimos hallar nada. Tú conoces el estudio de tu padre mejor que yo. De esta forma tendremos dos posibilidades de descubrir alguna pista en vez de una.

Alexia pensó que su argumento era correcto, pero no le hacía gracia separarse de él.

—De acuerdo, creo que es mejor así —le dijo mientras se incorporaba en la cama de su padre. Cogió una camisa blanca de su armario y se la puso. Sus cabellos revueltos le daban un toque sensual.

Acompañó al sexólogo hasta la puerta.

—Escúchame, Adán, te daré la dirección de mi casa y el teléfono de mi mejor amigo. Se llama Jacinto Urquijo, trabaja conmigo en la misma ONG. Él tiene las llaves de mi casa, dijo que iría regularmente a darle de comer a mi gata y a regar las plantas.

Adán cogió el papel con la dirección y se lo puso en su bolsillo derecho.

—Si necesitas estar más días, quédate ahí. Él te dará las llaves.

Adán la tranquilizó, cogiéndole las manos.

—Veremos qué me dice Krüger y luego decidimos.

—Adán… yo…

No habían hablado nada de sus vidas privadas hasta ahora, no se habían contado sobre ellos nada y no habían recordado sus días de adolescencia. Ahora Alexia sentía una corriente de unión con aquel hombre que conocía desde niña y que estaba junto a ella en medio de aquella terrible historia.

—Quiero agradecerte todo lo que estás haciendo y quiero que te cuides mucho —sus ojos se clavaron con fuerza en los de él y con la mirada dijo aquello que las palabras no pueden decir.

—Tú también, Alexia, cuídate mucho.

Adán sintió ganas de abrazarla. Alexia se anticipó. Se fundieron en un abrazo cálido, intenso, que tenía tanta fuerza y unidad como el que hay entre las raíces de un roble y la tierra.

"Las despedidas son el preludio de futuros encuentros, y los encuentros, la antesala de futuras despedidas", la mente de Adán recordó que lo había leído en algún lado.

—¡Aaah…! —exclamó Adán, como si hubiese recibido una descarga eléctrica—, ¿qué es eso?

—Mi pecho —dijo ella—, es el cristal de cuarzo.

—¡Dios mío! ¿Qué tiene? Está muy caliente, sentí una descarga de energía.

Ella se encogió de hombros.

—No lo sé —respondió, con cara de sorpresa—. Desde que comenzó todo esto se ha ido poniendo así. Incluso anoche tuve sueños extraños…

Los dos se despidieron entremezclando su cuerpo y su energía en aquel abrazo. Ajeno a ellos, Eduard los miraba de reojo y en silencio dispuesto a buscar su nuevo teléfono.

37

En Atenas, Aquiles se despertó aún maniatado, exhausto, sin energía. Los dolores de espalda eran insoportables.

"Tendré que darle algo de comer y beber, no puede morirse", pensó Claude Villamitrè apenas despertó.

El francés había dormido en un viejo sofá contiguo, aunque se había despertado varias veces durante aquella noche por temor a que el arqueólogo escapara. Aunque estaba fuertemente atado y no podía ir a ningún lado, la mente del francés era presa de sus propios miedos. Había mucho en juego y él se sentía importante siendo el custodio para mantenerlo con vida.

Le costó estirar su encorvado cuerpo sobre el sofá, como si su desgarbada figura tuviera unas garras invisibles que no lo dejaran moverse. Vestido tal como estaba hacía días, fue al baño. Volvió rápidamente ya que sólo necesitaba orinar, sin asearse en lo más mínimo. Al regresar vio que el arqueólogo estaba muy mal.

—Lo dejaré comer y beber algo, pero le advierto que al primer movimiento extraño le disparo —le indicó mientras le apuntaba con su pistola.

Aquiles no pronunció palabra. Estaba demasiado cansado y aturdido. Villamitrè puso una botella con agua y un vaso sobre la mesa, algunos panes, frutas, una lata de atún, diferentes trozos de quesos y un par de *spanakopitas*, unas empanadillas griegas que llevaban allí ya dos días.

—Tendrá que disculparme, profesor. No es la buena gastronomía griega a la que seguramente estará acostumbrado, pero debe comer algo —dijo con sarcasmo.

Aquiles seguía sin hablar, con la cabeza gacha. El dolor de su cuello le era insoportable.

—Voy a soltarle una mano para que pueda comer, pero seguirá atado con la otra a la silla. Le repito, un movimiento en falso y caput —hizo una seña con su mano por debajo de su cuello, como si le cortase la cabeza.

Le soltó las cuerdas que aprisionaban el brazo derecho del arqueólogo y le dejó la izquierda atada.

—Muy bien. La mesa es suya —le dijo haciéndole un gesto para que comiera y bebiera.

Aquiles no tuvo más remedio que comer algo.

—Tome —volvió a decirle, y extrajo de la bolsa de su pantalón un par de aspirinas.

A pesar de su edad, Aquiles era un hombre fuerte. Su vigor se debía tanto a lo físico como a su carácter. Su interior estaba lleno de vida. Se sentía como un niño. Tenía sueños, estaba haciendo el trabajo que le gustaba, seguía su destino.

Comió una manzana, uvas y un plátano, bebió bastante agua. Al cabo de unos minutos articuló unas palabras.

—Por favor, déjame un poco la mano libre, necesito que circule la sangre.

El francés arqueó su boca hacia abajo.

—*D'accord.*

Aquiles se quedó mirando a la pared, Villamitrè no dejaba que se girara hacia él para que no le viera el rostro. Aprovechó para descansar sus ojos, ya que el poderoso reflector no estaba encendido sobre él. Tenía los ojos rojos a causa de la luz. La debilucha silueta del francés estaba sentada sobre el sofá, mirándolo de espaldas.

Aquiles soltó un susurro inesperado.

—¿Cuánto dinero te pagan?

—Eso no es asunto suyo.

—Estás hipnotizado.

—¿Cómo dice? —preguntó Villamitrè, sorprendido.

—Que estás hipnotizado —el tono de voz del arqueólogo había recuperado un poco de fuerza.

—¿A qué se refiere?

—Tú y tu organización. Sólo eres un esclavo de la maquinaria.

El francés no lograba comprender las palabras ni por qué el arqueólogo le decía aquello.

—Sólo cumplo órdenes. Y me pagan muy bien por ello.

—Te moviliza el dinero. Estás viviendo una ilusión. Eres completamente reemplazable.

Al escuchar eso Villamitrè se incorporó sobre el sillón.

—¿Y dices que trabajas porque quieres ganar dinero? ¿Para qué?

—Eso es asunto mío. No se meta donde no le llaman.

Aquiles no hizo caso a aquellas palabras.

—Ganas dinero para volver a gastarlo en cigarros, en putas, en comida... Yo podría darte el doble de lo que ellos te pagan.

Vangelis jugó la carta del soborno. El francés no era un hombre de ideales. Aquello le hizo despertar completamente.

—Estoy por comprarme una casa —argumentó el francés, que encendió el primer cigarro de la mañana en ayunas.

—¿Una casa? ¡Qué bien! —exclamó con sarcasmo—. Te sentirás propietario de un sitio que pronto no será tuyo.

—¿Cómo dice?

—En poco tiempo la Tierra volverá a ser patrimonio de todos.

—¿Qué está diciendo?

—Sólo te estoy informando.

—¿Informando? ¿Qué cosa?

Aquiles tomó una dificultosa respiración. Se quejó y emitió una tos seca. Uno de sus pulmones le dolía mucho. Estaba sufriendo. Si iba a morir primero iba a decir todo lo que le viniera en gana.

—Tú, como mucha gente, vive una vida hipnótica. Trabajan, muchas veces en algo que no les gusta, comen, gastan su dinero, tienen el sueño de comprarse una casa, una pareja que les dé felicidad… Todas esas cosas son una ilusión. ¿Nunca te has preguntado por qué estás en la vida?, ¿qué haces aquí?, ¿cuál es tu misión?, ¿qué hay más allá de tus narices, en el universo?

Aquellas palabras desconcertaron a Villamitrè.

—Veo que quiere filosofar —le respondió sin mucho interés.

—¿Contigo? —Aquiles se giró hacia atrás, aunque no pudo verle el rostro—. La filosofía es para gente inteligente.

—No se pase de listo, profesor.

El francés golpeó la espalda de Vangelis con un bate.

—Termine de comer y mantenga la mirada hacia la pared o le pongo las luces en la cara.

Aquiles se reincorporó lentamente. Su cuerpo cada vez más dolorido.

—No me has contestado.

—¡¿Qué mierda quiere que le conteste?! ¿Me quiere sobornar? ¿Me quiere educar?

—¿En qué te diferencias de los animales? Ellos también quieren sobrevivir con la comida, copular y tener un sitio para vivir.

—¿A dónde quiere llegar, profesor? ¿Cuánto dinero me ofrecería? ¿Me salvará de la muerte? —el francés soltó una risa seca seguida de una tos.

—El cigarro se encargará de tu muerte.

—Todos vamos a morir un día.

—Sí, en eso tienes razón. Pero una cosa es morir estando vivo y otra que la muerte te sorprenda dormido y programado. Hay una diferencia muy grande en morir haciendo lo que has venido a hacer y perder el tiempo en sembrar tus semillas sobre el asfalto.

—¿Mis semillas?, ¿qué semillas? —la voz del francés mostraba irritación. No entendía las palabras del arqueólogo.

—Tus semillas, franchute, tus sueños. Supongo que cuando eras pequeño te preguntaban qué querías ser cuando fueras mayor. ¿Lo has cumplido?

El desgarbado francés tuvo un repentino recuerdo de su niñez, como si una película se proyectara frente a él. No había tenido una niñez ni una infancia feliz. La suya era una película en blanco y negro. De pequeño, siempre habría querido ser cantante como su ídolo francés, Charles Aznavour.

Guardó silencio, pensativo.

—Si no realizas los sueños que tuviste en la infancia, nunca serás feliz ni libre. Vivirás programado por la sociedad. Harás lo que ellos te digan.

—¡*La Liberté!* —exclamó el francés con ira—. ¡Yo soy libre!

Montado en cólera golpeó con más fuerza una y otra vez, haciendo que un hilo de sangre corriera por la herida espalda de Aquiles, que cayó de bruces, inmóvil, abatido.

Silencio.

Aquiles emitió un quejido, se dio vuelta dificultosamente por el suelo y, tras varios minutos, siguió hablando.

—Tú no eres libre... —susurró pasándose una mano por el rostro lleno de sangre—, tú tienes tu escapismo existencial en la televisión, la bebida y el cigarro. ¿Sabes que normalmente la mayoría de la gente se pasa unas cuatro horas diarias frente al televisor?

Villamitrè se alzó de hombros, su boca se arqueó hacia abajo.

—¡Váyase a la mierda, profesor! ¿Eso qué?

—Es una forma de huir del destino personal. Vivir la vida de otros es más fácil y menos arriesgado. Y si sumas…

—Aquiles cerró sus ojos para calcular mentalmente, cuatro horas por día, dos meses…

Los ojos de Villamitrè adquirieron una expresión maligna. Había logrado ponerlo furioso, inquieto. No había sido buena idea darle de comer.

—Dos meses —volvió a repetir el arqueólogo—, dos meses mirando televisión al año, sumados a las horas que duermes… te dan más o menos unos ciento veinte días…o sea, entre dormir y ver la televisión son unos ciento ochenta días… Te queda sólo la mitad para sentirte libre…

—¡Me está exasperando! ¡Ya le dije que yo soy libre!

—Te equivocas. Libre es aquella persona que va tras sus sueños.

—¿Destino? ¿Sueños? ¿De qué me habla? Yo trabajo como todos y gano mi dinero, luego hago lo que quiero.

—El dinero no te dará todo el poder.

—¿Ah, no?¿Y qué me lo dará? ¿Descubrir un monumento? ¿Rascar la tierra para ver si encuentro un tesoro de antiguas civilizaciones? ¡Qué! ¡Contésteme, profesor! —Aquiles había logrado enfurecer más a Villamitrè.

—La ira es símbolo de miedo. Lo que te dará el verdadero poder es saber quién eres, sentir que tienes un alma inmortal. Tú no estás aquí por tu libertad. Tú recibes órdenes. Simplemente eres un pistón de una gran maquinaria, si el pistón se rompe, se cambia por otro. Eres desechable. Yo puedo darte el doble de dinero si es lo único que te interesa.

La cara del francés, ahora pensativa, mostraba una mueca de resignación, la cara del fracaso y la ambición.

—Tú estás programado por la sociedad para hacer lo que ellos te indican. Eso es peor porque incluso debes responder a tus jefes, a alguna organización de la que ni siquiera conoces a sus miembros.

En ese punto Villamitrè reconoció que aquel hombre tenía razón. Siempre recibía los pagos de personas que no conocía.

—Hágame una oferta entonces… ¿Qué me sugiere que haga? —su voz mostraba escepticismo e ironía.

—Tú no puedes hacer mucho, eres como una iglesia abandonada.

—¿Iglesia abandonada?

—Sí, franchute. No tienes cura —dijo Aquiles, jugando con el doble sentido de la palabra y se contuvo para no soltar una carcajada. Se sorprendió a sí mismo al permitirse bromear en aquel momento de tensión.

El francés presa de la ira, golpeó al arqueólogo sin piedad, con todas sus fuerzas, en la espalda, en la cabeza, en las piernas… Aquiles ahora tenía el rostro cubierto por la sangre que le manaba en grandes cantidades de la nariz. Un certero golpe detrás de la nuca desmayó a Vangelis.

Villamitrè sintió con extrañeza que aquellas palabras escuchadas eran peligrosas para él.

—Gracias por los consejos, profesor —le dijo observando el cuerpo inerte de Aquiles—, pero creo que llegó la hora de que lo ate y amordace otra vez.

38

Cuando el avión de Adán estaba despegando desde el aeropuerto de Santorini hacia Londres para ver a Krüger, Sopenski ya estaba en la capital británica listo para proceder. Mientras tanto, Eduard Cassas había conseguido su nuevo teléfono e inmediatamente hizo su primera llamada. Los breves segundos que tardaron en contestarle le parecieron siglos, estaba lleno de ansiedad y su tic nervioso se activó como un resorte.

Desde el Vaticano, la llamada fue contestada por Raúl Tous.

—Hola —dijo Eduard con impaciencia—, soy yo.

La respuesta del cardenal sonó firme y autoritaria.

—¿Dónde estás? —preguntó Tous atormentado por un inmenso dolor de cabeza—. ¡Estaba esperando noticias! ¿Por qué has desaparecido?

—Tengo buenas noticias —contestó rápidamente el catalán—. No tenía teléfono, no pude avisarte.

—¿Buenas noticias? ¿Dónde estás? —El Mago experimentó una descarga de adrenalina por aquellas palabras, las necesitaba.

—Creo que he logrado lo que querías —dijo Eduard con cierta vanidad, sabiendo que obtendría, como recompensa, una dosis de poder.

—¿Ha confesado algo Aquiles? ¿Pusiste en marcha el plan? —la voz de Tous mostraba impaciencia.

—Algo que nos llevará a eso. Estoy en Santorini con la hija de Aquiles Vangelis.

Al cardenal le brillaron los ojos.

—¿Qué haces allí?

—Un amigo suyo y ella me trajeron. Están en el laboratorio buscando información sobre el descubrimiento del arqueólogo. Su padre no le desveló nada —contestó el catalán, sin abrir mucho la boca. Eduard tenía una extraña forma de hablar, como si tuviese soldadas las mandíbulas—. Quizá el destino existe, Raúl —dijo El Búho, que en su intimidad era el único que se permitía llamarlo por su nombre de pila. Sabía que el cardenal era impaciente, necesitaba sacar tajada de aquel logro.

—No te separes de ella, dale unas horas más para ver si encuentra algo. Si no, ejecutemos el plan.

—Entendido.

—¡Aquiles hablará! —el cardenal soltó aquellas palabras tan rápido como si las vomitara. Estaba eufórico. En los ojos de Eduard se encendió un brillo.

—Su amigo fue a ver a un genetista en Londres. Intentará averiguar si el arqueólogo dejó su descubrimiento allí.

—Su nombre y dirección, ¡rápido!

Eduard le dijo la información al instante.

—Movilizaré a más gente. No vuelvas a desaparecer —le ordenó—. Mantenme informado cada hora —Tous sintió que ahora volvía a estar en la carrera.

Inmediatamente Eduard salió a toda prisa en busca de Alexia.

Alexia estaba revisando los papeles, carpetas y archivos que encontraba. Se había fijado debajo del escritorio, detrás de cuadros y en los rincones más insólitos, sin demasiado éxito. La frustración la había hecho presa. Se sentía frustrada y cansada. De pronto, volviendo a repasar la agenda de su padre, encontró algo que le llamó la atención.

La última anotación del arqueólogo marcaba como "cancelada" una cita con el dentista. Debajo escribió calle Amalias 45, justo un día antes de la fecha de su encuentro con ella y Adán, a quien decidió llamar para comentarle. Después de unos segundos entró el contestador del celular y dejó un mensaje:

Adán, creo que tengo una nueva pista. El mismo día en que lo secuestraron, mi padre fue o planeó ir a un sitio en Atenas, tengo la dirección. Estaba escrito en su agenda. Volveré para ver qué iba a hacer allí. Llámame urgente una vez que escuches este mensaje. Apunta la dirección...

Eduard entró al laboratorio del arqueólogo de manera sigilosa, intentando capturar a Alexia por sorpresa. La buscó en todas las habitaciones pero no había nadie. El tic nervioso se activó en su rostro. "¡Maldita perra! ¿Dónde te has metido?"

Observó que no estaba el otro juego de llaves, husmeó sobre el escritorio y vio la agenda abierta del arqueólogo. Estaba abierta en la fecha del secuestro, vio la cita con el dentista y más abajo... ¡la dirección de Atenas donde tenían preso a Vangelis! Estaba enfurecido. No veía la hora de ponerle la mano encima. "Ella no sabe qué significa esa dirección."

Revisó hacia los lados y entre los papeles halló una nota:

Eduard, vuelvo urgente a Atenas. Hallé una pista sobre mi padre. Quédate aquí por si necesitamos algo.

Su rostro se puso rojo. Comenzó a sudar frío. Llamó a toda prisa a información turística para consultar los vuelos y traslados de ferry para ese día.

—¡Hija de puta! —gritó en voz alta—. ¡Tiene un ferry en treinta minutos!

No podía arriesgarse llamándola por teléfono. Si la perdía, Tous se pondría furioso y él perdería la gran carta que se jugaba al ser quien la capturara. Recogió la pistola que tenía oculta detrás de un armario, la agenda del arqueólogo y, ciego de ira, salió a toda velocidad hacia el puerto.

Pasado el mediodía, cuando Adán aterrizó en Londres, se acercó a un kiosco del aeropuerto y pudo leer los titulares en los principales periódicos.

"La Tierra se desmorona." "Incomprensible cadena de Terremotos." "El Sol ha dejado su marca en nuestro planeta." "Reunión cumbre de los países en la ONU." "El gobierno británico pide calma ante los inminentes Juegos Olímpicos."

Los titulares eran alarmantes. Casi un tercio del planeta había tenido sismos y terremotos. Las placas tectónicas de América del Norte y Oceanía se habían movilizado. Aunque había una corriente de miedo generalizado, el ser humano se había vuelto tan insensible que todo parecía normal. Desde hacía varios años habían sucedido toda clase de catástrofes y desarreglos climáticos, aunque nunca con tal intensidad como en ese momento.

"Si Aquiles encontró una forma para regenerar el ADN o algo sobre el origen del primer hombre, ¿cuál sería el siguiente paso? ¿Qué debería hacer? ¿Qué tenía que ver aquello con el sexo y las profecías mayas?"

Pensó en ese mapa con la representación de Adán y Eva, esos símbolos… Se arrepintió de haberlo dejado en la cartera de Alexia. Su mente estaba aprisionada, parecía que enormes altavoces repetían sus pensamientos y generaban fuertes ecos retumbando en su cabeza. Pensó que el arqueólogo, como mucha gente, no medía las consecuencias cuando era sorprendido por una enorme ola de arrebato y felicidad. "Debió protegerse si su descubrimiento es tan valioso."

Salió del aeropuerto, abordó un taxi y se dirigió al instituto del científico alemán. Había demasiado tránsito en varias calles de la capital inglesa, por lo que el chofer se vio obligado a hacer un trayecto un poco más largo.

—Por favor, tengo prisa.

El taxista esquivó un par de coches que estaban a su lado, maniobró peligrosamente en un par de esquinas hasta que consiguió una ruta más despejada hacia el centro de Londres. En la radio sonaba cadenciosamente *Stayin Alive*, el inmortal hit de los Bee Gees. Adán pensó que él mismo estaba "manteniéndose vivo" en medio de aquella confusa situación planetaria.

Pasaron frente al Museo Británico y Adán suspiró. Sabía que allí dentro había frescos y frisos que le habían sido arrebatados a Grecia hacía muchos años de las entrañas del Partenón. Ciudadanos griegos a menudo hacían manifestaciones para que devolvieran las obras al nuevo museo de Atenas. A los pocos minutos atravesaron el pulcro y sobrio barrio londinense de Belgravia con sus casas lujosas y elegantes mansiones estilo victoriano.

Al cabo de unos minutos el coche se detuvo en una esquina.

—Le conviene bajarse aquí y caminar hacia la derecha. El sitio que busca está allí detrás —señaló el taxista hacia un edificio con forma de cúpula.

Adán caminó por una calle donde había sólo un par de jóvenes con extraños peinados y los brazos tatuados. Fumaban sobre una de las bancas de la plaza.

Se alejó unos cincuenta metros más en dirección del instituto de Krüger. Al llegar subió una docena de escalones blancos y tocó el timbre a la derecha de la puerta de madera. No tuvo que esperar mucho para ser atendido.

—Buenos días —le abrió la puerta una joven negra, muy elegante y atlética, de unos treinta años, ojos vivaces,

234

el cabello con rizos que formaban una espectacular melena afro color castaño, también llevaba un *piercing* en la nariz que le daba un aspecto sensual.

—Busco al doctor Stefan Krüger.

—¿Su nombre? —la voz de la bella mujer tenía el clásico acento británico.

—Soy Adán Roussos, tengo una reunión con él, hablé por teléfono y...

—Adelante —dijo desde el interior una voz masculina. Era un hombre alto, como de un metro noventa, de unos cincuenta y cinco años, bien afeitado, el pelo blanco y abundante, su contextura física era la de un hombre fuerte—. Soy Stefan Krüger —le dijo estrechándole fuertemente la mano.

Krüger le dedicó una sonrisa a la joven.

—Gracias, Kate, yo me encargo.

La joven se marchó, alejándose hacia el final de un largo pasillo que replicaba el eco de sus tacones. Tenía un cuerpo atlético.

—Pase, señor Roussos. Vamos a mi despacho.

Las paredes estaban decoradas con diversos cuadros de niños jugando, otros eran del sistema solar, había algunas imágenes de las hélices del ADN, pinturas con árboles y paisajes, todo se veía muy pulcro y ordenado. Entraron a un despacho que olía a nardos y lavanda.

—Me quedé muy preocupado por su llamada de ayer —Krüger se acercó a un pequeño refrigerador para sacar un par de botellas de jugo.

—Todos lo estamos —respondió Adán, rápidamente—. Aquiles nos llamó a Alexia y a mí para decirnos que había descubierto algo respecto a los atlantes, algo relacionado con la sexualidad... y creemos que tiene que ver también con las profecías mayas que anuncian el fin del tiempo para los próximos meses, justo en el momento de los terremotos, con el Sol rojo; es todo un poco extraño.

Krüger se volvió hacia él.

—Cálmese —la voz de Krüger parecía la de un padre que tranquiliza a su hijo, mientras le extendía un vaso con jugo—. Siéntese, por favor. Veo que está un poco tenso. Empecemos por el principio —le pidió Krüger, que se sentó frente a él, en otro sofá de cuero color beige.

Adán le explicó el motivo de su estancia en Atenas y el llamado que había recibido del arqueólogo.

—Lo que yo quiero saber —dijo Adán, con voz grave—, es ¿qué le dijo Aquiles a usted, doctor Krüger?

El alemán arqueó las cejas.

—Verá, Aquiles y yo somos colegas de las Naciones Unidas, además somos amigos. Por el camino de la arqueología, él busca resolver los enigmas de civilizaciones antiguas y yo, por mi camino, como genetista, busco saber cosas del pasado, de nuestra historia como raza y bueno... —su voz era suave—, nos hemos complementado en nuestros estudios cada vez que nos veíamos y...

—Hay algo que me interesa saber, doctor Krüger —lo interrumpió Adán—. Dígame, ¿a qué vino a verlo a usted? ¿Le ha dicho algo sobre su descubrimiento? ¿Qué es lo que sabe? Es fundamental conocer esto, pues la vida de Aquiles está en peligro.

El alemán hizo una pausa para pensar.

—Señor Roussos... ¿puedo llamarte Adán? Mira, también conocí a tu padre, tengo su libro y el tuyo sobre sexualidad también.

—¿Conoció a mi padre? —su corazón dio un vuelco emotivo.

Krüger asintió.

—Me lo había presentado Aquiles, estuvimos juntos en Naciones Unidas cuatro o cinco veces. Sé que tanto Nikos como Aquiles buscaban la antigua Atlántida. Lamento su muerte.

La mirada perdida de Adán se posó sobre un cuadro sin mirarlo realmente; durante unos segundos lo embargó la añoranza de que su padre no estuviera allí.

—Supongo que por ello debo fiarme de ti —dijo el genetista—. Por cierto, ¿por qué no ha venido Alexia?

—Se quedó en el laboratorio de su padre en Santorini para ver si encuentra algo.

Krüger se inclinó hacia delante en el sofá.

—Mira, Adán. Aquiles vino a verme con algo muy valioso para la arqueología y para la humanidad. Pero este descubrimiento si se aplicase en sentido negativo tendría graves consecuencias.

Adán hizo un gesto de sorpresa.

El alemán se incorporó del sofá y fue hacia la biblioteca.

—Ésta es una parte de los dos descubrimientos de Aquiles, es una copia, por supuesto. Es la menos práctica de las dos cosas que halló.

Le extendió una hoja de papel. Adán la tomó con las dos manos. Su actitud fue de enorme sorpresa ya que vio el mismo mapa que ellos tenían, con los símbolos y Adán y Eva dibujados.

—Esto ya lo hemos visto, tenemos otra copia, ¿sabe qué significa?

El alemán apretó los labios.

—Una parte de nuestro origen.

Adán estaba cada vez más confuso aunque muy intrigado.

—¿Una parte de nuestro origen? ¿Como raza humana? ¿En un trozo de papel?

—No es papel, Adán. Es la tablilla original de oricalco, el metal que usaban los antiguos atlantes. Según las pruebas de carbono 14, tiene más de 12,000 años. Ésta es una prueba de que existieron y además…

Una llamada a su teléfono lo interrumpió. El alemán se frenó en medio de su explicación.

—¿Diga? —Se produjo un silencio. La voz del otro lado le dio un informe—. Muy bien, Kate. Iré enseguida.

El alemán colgó el teléfono y volvió la mirada hacia Adán.

—Era Kate, la profesora que te recibió. Aguarda un momento, pronto conocerás la parte más importante del descubrimiento de Aquiles.

—¿Cuál es esa parte?

El alemán lo miró directamente a los ojos.

—Antes tienes que interpretar la primera parte. Esto no es un mapa, es un código cifrado de nuestro ADN original y *de dónde venimos*.

—Ya sé que es sobre el ADN, pero ¿por qué explica de dónde venimos?

El alemán esbozó una suave sonrisa.

—Estamos en un momento histórico cumbre. Hay mucha gente que lo sabe, Adán. Hay muchos grupos espirituales trabajando por la evolución y personas anónimas que mantienen su genética y su energía en armonía para el gran momento —sus ojos se dirigieron a un cuadro con los planetas que colgaba de la pared.

Adán lo observó pensativo.

—Se espera que la Tierra cambie de la tercera a la quinta dimensión.

—Usted cree que...

—Creo que tú has leído el libro de tu padre y lo que dicen las profecías, pero me temo que no le estás haciendo mucho caso.

Adán hizo un gesto de desaprobación, había leído el libro de su padre más de doce veces.

—Estoy haciendo lo posible por encontrar a Aquiles y desvelar de qué se trata todo esto.

—Yo te ayudaré. No a encontrar a Aquiles, no sé donde está. Pero estoy seguro de que él diría "Olvídate de mí, Stefan, y sigue con el plan".

—¿Qué plan? Por favor, explíquese claramente.

El alemán se sentó sobre su escritorio.

—Verás, Adán. Desde hace tiempo hay muchos científicos que han investigado en diferentes frentes de la ciencia el código genético, tanto en las tablillas sumerias que se encontraron y que tienen una antigüedad inmensa, como en otras fuentes. Otros investigadores han incursionado con canalizaciones de guías de otras dimensiones. Todo nos indica que no somos hijos del barro ni de los monos.

Adán asintió.

—Y aunque los gobiernos y la ciencia tradicional lo hayan negado y hayan insistido en que los creacionistas y los evolucionistas convivan como únicas teorías, existe la presencia de seres de otras dimensiones que han visitado la Tierra desde hace miles y miles de años, cuando el proyecto se gestó.

—¿Qué proyecto?

—Tómalo con calma —le dijo con una sonrisa, al mismo tiempo que se quitó el saco—, el proyecto original para una nueva Tierra, Adán; lo que quizás vendrá a continuación, si todo sigue bien, será positivo para todos.

La mente de Adán daba vueltas en medio de aquella teoría. Él quería, sobre todo, saber algo que le revelara el paradero de Aquiles, en cambio, estaba siendo instruido en algo que no esperaba.

—Así es, no descendemos de los monos, tampoco salimos del barro. En realidad somos un experimento.

—¿Un experimento?

Krüger dio varios pasos hacia la biblioteca.

—Sí. Un experimento de seres más avanzados, concretamente de la constelación de Orión, de Sirio y las Pléyades. Hace millones de años vinieron maestros genetistas a crear cuatro diferentes razas de lo que somos hoy, los homo sapiens. Incluso te sorprenderá saber que la primera raza humana fue la negra.

—¿Cómo puede comprobarlo?

—Ya te dije que pronto te mostraré la segunda parte del descubrimiento de Aquiles. Ten paciencia o no comprenderás nada.

—He leído muchos libros que indican eso que está comentando —le contestó Adán al tiempo que pensaba que en su biblioteca personal de Nueva York había volúmenes del erudito palestino Zecharia Sitchin, quien había descifrado las antiguas tablillas sumerias; de Patricia Cori, una investigadora sobre la Atlántida; Helena Blavatsky, la controvertida metafísica rusa, y de investigadores como John Major Jenkins, Gregg Braden, David Icke, José Arguelles... entre otros.

Krugüer comenzó a arremangarse su camisa.

—Bueno, el conocimiento se ha ido perdiendo y durante todo este tiempo se mantuvo oculto.

—Se refiere a...

—La iglesia —completó Krüger, al tiempo que asentía con la cabeza.

Adán se quedó pensativo.

—Los antiguos atlantes eran una civilización avanzada, posterior a Lemuria, la primera civilización humana que fue creada por estos seres de luz de los confines del universo. Ellos responden a la Conciencia Universal, a La Fuente primera. A la Conciencia Eterna, como todos. En realidad, la humanidad no la llamó así, se confundió la esencia de esto al ponerle el nombre de Dios y al grabar en el inconsciente global un programa de diferentes creencias totalmente erróneo, pensando que es una energía masculina, que castiga o premia y que tiene una larga barba blanca.

—Correcto —asintió Adán.

—Todas las religiones piensan que ese dios les pertenece cuando en realidad nadie puede afirmar eso. En realidad todas las religiones veneran a La Fuente aunque le pongan diferentes nombres. Hace más de 10,000 años existía el matriarcado, se veneraba a la diosa, en femenino, la energía creadora y mágica. Hasta que el patriarcado y las religiones quitaron todo rastro de su culto mediante la fuerza y la violencia contra la divinidad femenina.

—¿Por qué?

—Porque fueron llegando a la Tierra energías de seres negativos carentes de luz de otros lugares del cosmos. Y por el poder, principalmente.

—¿Otros seres del cosmos?

—Sí, Adán —dijo Krüger con una sonrisa franca—. Hay vida en otros lugares. ¡No pensarás tú también que somos el ombligo del universo! La Tierra es un sitio importante, corresponde a un lugar de experiencias, evolución y aprendizaje, pero es apenas una minúscula parte entre tantas galaxias, estrellas y planetas.

Adán asintió. Recordó que cuando practicaba sus meditaciones tenía un atisbo de conciencia de lo ilimitado.

—Luego del cataclismo y el diluvio que sepultó a los lemurianos y luego a los atlantes, hace más de 12,000 años, los sobrevivientes crearon nuevas culturas y se fueron a Egipto, Grecia, Stonehenge, la India; otros se convirtieron en los mayas, que también acabaron desapareciendo misteriosamente, pero antes nos legaron el calendario que anuncia el fin de un ciclo en este tiempo, para el próximo 21 de diciembre. Estas culturas recordaban el origen, incluso los egipcios construyeron las pirámides, como las de Giza, representando las tres estrellas de la constelación de Orión, y Sirio, nuestro origen.

"Desde aquel entonces —continuó—, hemos decaído y perdido mucha sabiduría, porque a las religiones y a los sistemas de control no les convenía que el ser humano siguiera estando en contacto directo con La Fuente de donde provenía. Y luego de miles y miles de años de historia, falsas creencias, mitos incomprendidos y manipulación olvidamos el verdadero origen.

—¿Y ahora en 2012 qué sucederá? —quiso saber Adán.

—La Tierra entrará en la quinta dimensión.

—¿De qué manera?

—De la misma manera que una mujer da a luz —Krüger soltó una sonrisa amable—. Será el parto de la Tierra. Hace 12,000 años, cuando un cataclismo sepultó a la Atlántida, los polos magnéticos de la Tierra se invirtieron. Hoy todos los terremotos que se están sucediendo están recolocando el eje de la Tierra.

—¿Será posible?

—Lo es. El terremoto ocurrido en Chile en el 2010, de 8.8 grados en la escala de Richter, movió el eje terrestre de 17 a 23 grados. La Tierra necesita alinearse con lo nuevo para evolucionar.

Adán lo miraba sorprendido y preguntó:

—¿Sucederá lo mismo que con la Atlántida?

—La desaparición de la Atlántida se produjo en sólo un día y una noche.

—Y entonces, ¿qué pasará con la Tierra?

El alemán parecía sacar aquellos conocimientos de otro sitio que no era su simple intelecto, parecía tener una sabiduría intuitiva.

—Como te dije, la Tierra elevará la frecuencia a la quinta dimensión. Todo aquél que esté preparado y vibrando en esta frecuencia continuará, por supuesto en un plano más etérico y menos material, ya que la materia tiene que ver con la tercera dimensión.

—¿Y qué hay de la cuarta dimensión? —Adán no daba crédito a que aquel hombre, genetista, alemán, científico ortodoxo y de apariencia muy seria, le estuviera hablando de esos temas.

—La cuarta dimensión es el mundo de los vivos que terminan sus experiencias en la Tierra y que conocemos con el nombre de "muertos", aunque están más vivos que nosotros —dijo.

—Quiere decir que…

El alemán lo interrumpió.

—Que quizá no usaremos más la materia de la forma como lo hemos venido haciendo. Usaremos la telepatía, la comunicación por la energía, será la finalización de la mentira, será el caos de los sistemas informáticos, del dinero, la desaparición de los abogados, los policías, las leyes conocidas, comenzaremos el uso de energías limpias…

Adán hizo otra mueca de asombro. Sus ojos se llenaron de luz.

—¿Cómo pasará eso? ¿Es que desaparecerá todo? No puedo creer que mi vecina, que tiene muy mal carácter y que es una arpía, de la noche a la mañana sea un hada.

Krüger sonrió.

—Dime una cosa, Adán. ¿Tú le harías daño a un ser querido? ¿Perjudicarías o robarías a tu hijo, tu padre o tu amante?

Adán negó con la cabeza.

—Todo es vibración y energía. La ley energética dice que los iguales se atraen. Ella atraerá la vibración que emita, como tú o como yo. Cuando tu conciencia se expande y te das cuenta de que todos somos uno, que el mismo amor, como energía espiritual, te conecta con todos los seres, no hacen falta control ni leyes; la conciencia pasa a ser la única autoridad y lo que te une a todo. Adán, no sólo compartimos el mismo ADN con los demás, sino también la misma conciencia, aunque en diferentes grados. Si la gente lo percibe, esto no afectará negativamente a la conciencia del otro porque son una y lo mismo.

—¿Cómo sabe todo esto?

—Ven —le dijo Krüger, dirigiéndose a la salida de aquel despacho—. ¿Quieres saber cómo sé todo esto? Te mostraré la segunda parte y la más importante de lo que consiguió Aquiles.

42

El capitán Viktor Sopenski llevaba más de una hora frente a la casa de Alexia. No había mucho movimiento en Green Park, el elegante barrio donde la geóloga tenía su casa, sólo unos coches y unos pocos peatones. Una hora era lo máximo que iba a esperar, pero quería asegurarse de que, si Alexia estaba en casa, no se toparía con él cuando se marchara hacia su trabajo. No conocía sus horarios, ni tenía demasiados datos sobre ella, este "trabajito especial" había sido un poco improvisado por orden del Mago. Sopenski tenía pensado tocar tranquilamente el timbre. Si no le respondía nadie, entraría por la puerta principal, y si ella estaba le apuntaría con la pistola; sería suya en un santiamén.

La mente y el pesado cuerpo del capitán estaban listos para entrar en acción. Había hecho cosas similares durante los últimos años de su vida. Su corazón latía apresuradamente. La sangre se le inundó de adrenalina.

Que en esta ocasión su presa fuera mujer les daba un tono distinto a los hechos. Por eso estaba algo nervioso. En su vida cotidiana, su relación con las mujeres era casi nula. Sólo dos veces tuvo pareja y desde entonces se limitaba a acostarse con prostitutas, sin entrar en intimidades con nadie. Pero aquello era distinto. Desde que era un adolescente tuvo un punto débil: no podía resistirse ante la belleza de una mujer. En el colegio, cuando estuvo por perder la virginidad y tener sexo con una de las chicas más guapas de la clase, su instinto le jugó una mala pasada y terminó antes de haber empezado. Y las siguientes veces habían sido siempre así, hasta que un día la bella compañera de colegio se cansó y lo dejó.

Toda su estructura de hombre tosco, violento y falto de sensibilidad se derrumbaba frente a la belleza femenina. No podía soportarlo, era más fuerte que él, era un típico viejo verde. Eso lo tenía intranquilo frente a la casa de Alexia. ¿Y si no podía controlarse? ¿Y si la mujer lo seducía? Él sabía que su mente era un torbellino de falsos pensamientos, tejía fantasías e ilusiones y se ataba a sí mismo dentro de aquella telaraña. "Respira, Viktor, respira."

El cielo estaba nublado y había comenzado una fina llovizna de verano. El agua lo obligó a entrar. Cruzó la acera, vestido con un traje azul oscuro, no llevaba corbata, aquel día su ancho cuello no la soportaba. Pasó frente a él una mujer con un niño de la mano, esperó a que se alejaran y se perdieran al doblar la esquina. Tocó el timbre de la puerta. Esperó un par de minutos pero nadie le respondió.

Pensó que sería buena idea, una vez adentro, revisar la casa minuciosamente, olerla, investigar las cosas de la geóloga, sus ropas, sus fotos, sus hábitos; buscar para poder obtener alguna información inesperada. Ese sólo pensamiento le generó una erección. Aguardaría allí hasta el atardecer, cuando volviera a su hogar.

Sacó de su bolsillo una fina herramienta para abrir aquella cerradura. Fue fácil. En menos de quince segundos El Cuervo estaba dentro de la casa de Alexia.

Caminó con sigilo por el hall de entrada y luego fue hacia el dormitorio. Ahí revisó con unos finos guantes todos los cajones de los muebles de Alexia Vangelis. Hurgó cuidadosamente en carpetas y libros durante más de una hora, sin generar desorden, en su biblioteca y sus papeles sobre su escritorio. De momento nada le generó alguna pista. Debía esperar. Quería verla, estar al fin con ella cara a cara.

A Sopenski le agradaba sobremanera el perfume de mujer que había en la casa. Le hacía soñar, sentirse seducido, importante. El amor y el romance eran asignaturas totalmente reprobadas por él. No era un conquistador ni mucho menos, nunca pudo serlo, pero fantaseaba con la idea de que ya poseía a la mujer sólo con oler su perfume y tocar sus prendas íntimas.

Se había excitado al ver el cajón de la ropa interior de Alexia. Finos conjuntos diminutos que derrochaban sensualidad. Braguitas que invitaban a soñar con el cuerpo que las llevaría sobre su delicada piel. Debajo estaba el estante de los zapatos. Se volvió loco de morbo cuando vio unos zapatos de tacón de aguja negros.

El obeso capitán trataba de hacer más agradable su espera. Aquello casi era una cita con una mujer guapa, una mujer que caería a sus pies al verlo allí dentro, aunque sea por la fuerza. Cuando encontró una foto de ella en un portarretratos, la imagen le turbó los sentidos. Olvidó que tenía que maniatar y presionarla, que debía hacerla hablar. Sería fácil una vez que la capturara, la ataría y llamaría por teléfono a Villamitrè en Atenas para que Aquiles Vangelis confesara al escuchar por teléfono a su hija secuestrada.

Él sería recompensado. Tendría la información del arqueólogo y a la chica. Sería como un James Bond. Viktor Sopenski se recostó con su ropa sudorosa sobre la delicada cama blanca de Alexia con una de las bragas en la mano y, sin darse cuenta, se quedó dormido.

Justo cuando logró relajarse un poco sonó su teléfono móvil.

Era El Mago, desde Roma.

43

Adán fue detrás de Krüger. Caminaron por el extenso pasillo que separaba la oficina del alemán del resto del edificio. Éste también estaba pintado de blanco; unos sobrios cuadros destilaban un ambiente sobrio, y había un exquisito aroma a violetas y lavanda. Doblaron hacia la izquierda, donde había varias puertas cerradas de los despachos con rótulos como: "Dr. Louis Canno", "Dr. Peter Ingals", "Dra. Kate Smith".

—Espera aquí —le dijo Krüger e introdujo un código numérico al tiempo que colocaba su pulgar derecho sobre el lector óptico de seguridad antes que una puerta se abriera.

Adán Roussos aguardaba sorprendido. Se adelantó por la puerta de seguridad y avanzaron por otro pasillo que parecía no finalizar nunca. Doblaron a la derecha y otra vez a la izquierda. Al llegar a la siguiente puerta, Krüger cogió un teléfono interno, de color blanco, adosado a la pared y levantó el auricular.

—Kate, soy yo. Vengo con el doctor Roussos. ¿Es posible que entremos? ¿Cómo están ellos?

—Pasen —escuchó Adán la voz de la joven. Se oyó el chirrido sobre la cerradura de la puerta al ser abierta desde dentro.

Adán le sonrió a la chica al entrar.

—Estábamos por hacer un ensayo general —la doctora Kate tenía un exquisito perfume, las uñas de las manos pintadas de color violeta, su delicada piel era tersa y brillaba por su juventud. Pero su belleza no distrajo mucho a Adán, que estaba intrigado sobre lo que ocurría allí.

—¿Un ensayo general? ¿A qué te refieres? —Adán necesitaba información.

—¿No le ha comentado nada, doctor Krüger? —le preguntó Kate al genetista.

El alemán guardó unas llaves en su chaqueta y se giró hacia Adán.

—Mira —le dijo mirándolo a los ojos—, aquí verás, sobre todo, los resultados prácticos de lo que ha encontrado nuestro amigo Aquiles. Su descubrimiento madre no está aquí, sólo un fragmento.

Adán hizo una mueca de asombro.

—No entiendo.

—Asómate por aquella ventana —le pidió el genetista.

Adán dio diez o doce pasos y fue hacia un amplio ventanal. Sus ojos dominaron la habitación. Encontró a unos veinte niños jugando en diferentes actitudes. Unos escribían. Otros leían. Otros niños se reunían en grupos de cinco o siete sentados con los ojos cerrados. Estaban guiados por otros tres adultos. Adán pensó que serían sus maestros o tutores. Había pequeños de todas las razas, negros, arios, orientales y mestizos.

—¿Qué es esto? ¿Qué hacen los niños?

Tanto Kate como el doctor Krüger se miraron entre sí.

—¿Qué tiene que ver esto con el descubrimiento de Aquiles?

—Espera —Krüger apoyó una mano en su hombro—. Te he dicho que éstos son los resultados prácticos de lo que Aquiles descubrió.

Adán estaba perdiendo la paciencia.

—Bien. Son niños. Y dice que son los resultados prácticos… ¿de qué?

Mientras la doctora se alejó hacia otra habitación, Krüger hizo una seña con su mano apuntando a un sofá de cuero.

—Siéntate, te contaré todo.

Adán se reclinó sobre el sofá.

—Verás, lo que has visto son niños índigo, niños especiales con capacidades especiales. Tienen desarrollada una gran parte de su cerebro y su código genético es distinto.

Adán parecía un radar en busca de información, su rostro hizo una mueca de curiosidad.

—Estos niños tienen muchas capacidades que el común de la gente no tiene, que ha olvidado.

—¿Qué capacidades?

Krüger hizo un gesto y una suave sonrisa se dibujó en su rostro.

—Esto lo afirman los estudios de Aquiles y de otros muchos investigadores más, seguramente habrás oído incluso a través de tu padre sobre los estudios de arqueólogos como, por ejemplo, Carlos de Sigüenza, el mexicano que situó el paralelismo de la destrucción de la Atlántida con el diluvio de Noé.

Adán asintió.

La doctora Kate regresó y cruzó las piernas cuando se reclinó enfrente de Adán, llevaba un delantal blanco abierto. Adán le vio un pequeño tatuaje sobre sus tacones, en el tobillo izquierdo, lo cual le pareció muy sensual. Pero lo que más llamaba la atención era que los ojos de aquella enigmática y bella mujer estaban llenos de un brillo especial.

—Todavía no entiendo por qué Aquiles me mandó a llamar.

—Por tus estudios sobre el sexo.

—Eso lo supongo, pero…

—De acuerdo con tus estudios y los de tu padre, Adán, ¿crees que los atlantes desaparecieron sólo por un cataclismo? —preguntó Krüger con interés.

—Las investigaciones de mi padre decían que en la época de los atlantes la gente tenía conocimientos avanzados, no había distracciones innecesarias como en la actualidad, y el máximo objetivo de cada individuo era venir a la Tierra a tener experiencias para poder evolucionar espiritualmente.

Krüger lo animó a continuar.

—Poco a poco la civilización atlante comenzó a decaer, como todo en la vida, tuvo su esplendor y su decadencia, es una ley energética —agregó Adán.

Krüger esbozó una sonrisa, pensativo.

—También usaron incorrectamente la energía sexual —continuó el sexólogo.

—Entre otras cosas. En la actualidad, un gran número de personas no sabe cómo usar su poder interior, su sexualidad ni su conciencia.

Adán también tenía muchas preguntas para el alemán.

—Eso lo entendemos, pero sigue sin explicarme qué tienen que ver los niños índigo que están aquí, la sexualidad de los atlantes… ¿Cuál es el descubrimiento de Aquiles?

Krüger miró a Kate con complicidad.

—Vamos por partes, Adán. Te estoy explicando las partes para que puedas ver luego el conjunto.

Adán asintió con una pizca de resignación. Kate le regaló una sonrisa amistosa para tranquilizarlo.

—Perdone, han sido horas difíciles. Y es que…

—Lo entiendo —le respondió animosamente Krüger.

Se volvió y se apoyó en un escritorio.

—Según estudios realizados en 2008 en la Universidad de Barcelona por el catedrático genetista Jordi García Fernández, el ser humano ha perdido gran parte de su código genético a lo largo de los años. Sólo se conserva cinco por ciento.

Adán no quiso interrumpirlo. Sabía que podía investigar aquello en internet más tarde.

—Creemos que los atlantes vivían en estado de iluminación, conectados con La Fuente Creadora. Imagina que tú eres una gota de agua sosteniéndose de una hoja. La gota, o sea tú mismo, tiene conciencia y se aferra a la hoja, porque es su único mundo conocido, sin saber que debajo hay un inmenso océano de agua. ¿Qué crees que sentiría la gota si desconoce que debajo de ella hay agua?

—Sentiría miedo de soltarse…

—Exacto. Miedo. Cuando el ser humano tuvo miedo comenzó a perder contacto con La Fuente. Porque… ¿imaginas lo que puede pasarle a la gota si cae al océano?

Adán imaginó aquella escena.

—Está claro. Se fundiría en algo más grande.

—Exacto. La gota limitada es el ego humano que tiene miedo. Pero si se funde con el océano de conciencia universal se hace uno y lo mismo.

—Está claro, pero si los atlantes, como dice mi padre, huyeron y formaron otras culturas, como los egipcios, los minoicos, los mayas, los druidas, mantuvieron el estado de conciencia iluminada, es decir, la conexión con La Fuente —dijo Adán, ante la aprobación de Krüger.

—Estas culturas se mantuvieron fieles al Origen pero la mente del hombre fue perdiendo, poco a poco, las facultades que tenían en un inicio; el ADN original con sus 12 hebras activas fue decayendo, se transformó con el paso de los milenios en lo que somos ahora; sólo 2 hebras están activas. A pesar de todo esto, debes ver cómo se avanzó, muchos inventos y sofisticadas tecnologías se han creado con poco potencial activo. Imagina lo que sería si en vez de 2 hebras…

Adán sabía que la civilización actual había avanzado en muchos campos, como la tecnología, la informática y demás, pero en cuanto a cultura, espiritualidad y arte, no tanto; se preferían los vasos de plástico a los jarros finamente tallados de las culturas antiguas, se fabricaban edificios de hormigón y pladur en vez de partenones o pirámides.

Kate le dirigió una mirada amorosa. Adán percibió que de su cuerpo le llegaban buenas vibraciones.

—Te sorprenderá saber, Adán, que incluso Hitler exploraba sobre la existencia de la Atlántida e inició expediciones en su búsqueda como también la de objetos cargados de energía, como el cáliz del que bebió Jesús, la sábana santa, el origen de la raza aria y muchas cosas más. Todo el mundo antiguo que se interesara en el poder sabía que había existido la Atlántida y la grandeza que había en su civilización. Y aquello que todos buscaban, eso fue lo que Aquiles encontró.

44

Adán estaba expectante, su paciencia se agotaba.

—¿Pero qué es?

Sabía que ni la sábana santa ni el cáliz de Jesús podrían hacer cambiar a toda la humanidad. Debería ser algo aún más poderoso, algo que incluso abarcara a las demás religiones, no sólo un cambio espiritual sino científico.

—Te lo mostraré a continuación, es una pieza clave si se utiliza correctamente. Aunque lo que aquí tenemos es sólo un pequeño *fragmento* del descubrimiento madre —le anticipó el alemán.

Krüger dio unos pasos y se sentó al lado de Kate.

—Adán, creemos que estamos a punto de descubrir nuestro verdadero origen como humanidad.

—¿Cómo sabe usted estas cosas?

El alemán sonrió. Esperaba aquella pregunta.

—De dos maneras: porque los niños índigo que has visto me lo han contado, y sobre todo por lo que me reveló directamente el objeto encontrado por Aquiles.

Adán sentía una llaga en carne viva de ansiedad por aquello. Se inclinó hacia delante.

—¿Cómo es que lo sabe por los niños?

—Verás, Adán, la quinta dimensión es un portal que conecta diferentes realidades. Los estudios metafísicos creen que hay nueve dimensiones en el universo conocido. Cuanto más alto, más cerca de La Fuente. Seres muy evolucionados como Buda y Jesús existen en la novena dimensión.

—Espere —la voz de Adán sonó con ímpetu—. No termino de ver la relación de estos niños con la evolución del ADN, el portal de la transición de dimensiones, las profecías mayas, la Atlántida...

Krüger le dirigió una mirada compasiva.

—Lo comprenderás pronto por tus propios medios. Es necesario que olvides la mirada de la hormiga y comiences a usar la mirada del águila, Adán.

—¿Qué quiere decir?

—Cada ser humano es un ser divino potencial, una reproducción perfecta de la totalidad y, dentro de sí mismo, se hallan contenidas todas las dimensiones y energías cósmicas. Sólo hay que recordar.

—¿Recordar?

Krüger asintió.

—Recordar y potenciar el ADN, todo lo que necesitas ya lo tienes dentro. Por eso las religiones han hecho énfasis en no dejar por ningún medio que el ser humano crezca. Le inculcaron miedo desde la infancia y le infectaron la mente con muchas teorías erróneas.

Adán estaba inquieto.

—Ya sé que las religiones, a través de sus creencias, han iniciado muchas contiendas entre ellas y que el problema principal es que han tratado de imponer creencias muertas a fuerza de sangre y fe ciega —Adán dio un respingo—. ¡Teorías deformadas! No tienen experiencias directas, han deformado el mensaje de los guías. ¿Usted cree que Jesús estaría contento, si volviese a la Tierra, al ver el trabajo que la iglesia ha hecho durante estos dos milenios? ¿Estaría satisfecho con las cruzadas y la quema de brujas? ¿Estaría feliz del dinero del Vaticano mientras miles se mueren de hambre? Si viniera Mahoma ¿qué les diría a sus seguidores actuales de las bombas y la ablación del clítoris en nombre de Dios?

—No nos desviemos, Adán. Los niños índigo que están aquí y que estamos estudiando ya han nacido con mayor potencial genético, sus padres saben que ésta es una escuela para ellos. Aquí han sido estimulados en su ADN, aún más con la valiosa y trascendente ayuda de Aquiles. Una parte de lo que hemos aprendido de ellos es lo que te estoy contando a ti.

—Me cuesta creer que los niños de verdad le revelaron lo que me está diciendo.

Krüger asintió nuevamente con una sonrisa.

—Hemos hecho experimentos en niños distintos que no se conocían entre ellos, que nunca se habían visto y todos nos han dado información similar con diferentes palabras.

Adán estaba sorprendido de escuchar aquello.

—Mira en estas placas —le dijo Krüger acercándose a un pequeño panel transparente amurado que tenía luces detrás—. Son las imágenes de los cerebros de los niños índigo, con los que hemos hecho el mismo *experimento* científico antes y después.

Adán observó que había unos notorios círculos luminosos dentro de las imágenes de los cerebros captados en aquellas tomografías.

—¿Qué son?

—Círculos de luz —dijo el genetista—. Nunca hemos visto nada igual. Suponemos que es la activación del ADN.

”Creemos que pueden ser los primeros efectos y el inicio de la activación en el ADN con la influencia de la nueva energía cósmica. Los primeros síntomas de la llegada de la lluvia de fotones desde el centro de la galaxia.

Adán escuchaba atentamente.

—Te lo explicaré científicamente —dijo Krüger—. Los neurotransmisores principales del cerebro son secretados con más potencia en la terminal nerviosa. Los péptidos cerebrales requieren que dentro del cuerpo neuronal existan los fenómenos de transcripción, traducción y procesamiento post-traducción de datos almacenados; el producto final es transportado a través del axón para su secreción. Las moléculas así producidas sirven como precursores para varios péptidos cerebrales activos. El hipotálamo y la hipófisis o glándula pituitaria juegan un papel fundamental en la expansión del estado de conciencia y también a nivel bioquímico en el despertar de la actividad sexual. Mueven todo lo que está debajo de la cabeza... La palabra hipófisis viene del griego *hipo* que significa debajo, y *fisis*, crecer, donde se hallaban situados los centros de la inspiración, la creatividad, la intuición y la espiritualidad.

"O sea que por medio de la súper activación de la hipófisis crecería el potencial de todo lo que está debajo, o sea, las glándulas endocrinas activas y los chakras emitirían todo su poder. De esta manera, la información ya almacenada en estado latente se activaría y daría lugar al inicio de un programa interno que ya existía, es como si se encendieran archivos y programas especiales de una computadora que no estaba del todo activa.

Se produjo un silencio.

Adán recordó que en la antigua religión egipcia se designaba "Ojo de Horus", que todo lo ve, al ojo de la conciencia divina, al ojo solar. ¿Tendría que ver la extraña actividad que estaba manifestando el Sol con la activación del tercer ojo entre la gente? Recordó que en la meditación le enseñaron a llevar la atención hacia aquel punto.

Las ciencias orientales le llamaban Ajña Chakra, y muchas técnicas de meditación se usaban con el fin de estimular el tercer ojo. El filósofo francés René Descartes, fundador de la ciencia óptica, pensaba que la glándula pineal era el asiento del alma. Y los antiguos griegos sostenían lo mismo, inclusive en el siglo IV a.C, Herófilo describió la glándula pineal como un órgano que regulaba y emitía pensamientos.

Adán también recordó que los budistas llamaban a los ojos físicos "los ladrones del alma", porque siempre están buscando fuera lo que ya tienen dentro. Esta tradición decía que los ojos físicos corresponden a la dualidad, a ver lo bueno y lo malo. Y en otras tradiciones se menciona que en la crucifixión de Jesús, en el monte Gólgota, que significa calavera, los ladrones crucificados a su lado representarían los ojos físicos, mientras Jesús, que está en el medio, representa el ojo de la conciencia.

Krüger tomó una de las tomografías y añadió:

—En la glándula pineal tenemos poder, Adán. El tercer ojo es el ojo de la conciencia, se puede captar ese estado de saber intuitivo. Lo que Arquímedes descubrió al exclamar su famoso Eureka se lo debió al ojo intuitivo.

Kate colocó nuevas tomografías sobre la pantalla.

—Después de ver esto, Kate y yo hemos comprobado en carne propia el efecto del hallazgo de Aquiles en nuestros propios cerebros. Y eso que es sólo una milésima parte de lo que él consiguió, y que desgraciadamente no sabemos dónde se halla. Imagina si toda la humanidad... —el genetista se detuvo al pensar aquello. Y agregó con voz suave—: Somos unidades de conciencia en evolución, Adán. Todo está funcionando exactamente según el propósito de La Fuente, todo está progresando y evolucionando de un estado a otro, destruyéndose, creándose y conservándose para volver a destruirse y crecer, buscando eternamente un perfeccionamiento cada vez mayor.

"Ya sabes que el término alma personal es una chispa de la llama eterna de la creación. Y nuestra chispa personal salta una y otra vez de cuerpo en cuerpo, de experiencias en experiencias, sin extinguirse nunca, de manera que retorne a La Fuente de donde ha salido. Es como un juego, ¿lo comprendes? Ahora estamos a punto de abandonar este peregrinaje en la Tierra de la tercera dimensión. Lo que nos espera es una celebración, aunque mucha gente sienta miedo por la transición y otros se empeñen en bloquearla por varios factores. Por eso supongo que fue secuestrado Aquiles.

Adán se puso de pie. Él era un hombre de mentalidad abierta pero sentía que aquello debía encajar pieza por pieza.

—¿Esos cambios en el ADN y en el cerebro son los que nos llevará a entrar en otra dimensión? —preguntó.

Krüger negó con la cabeza.

—No creo que suceda para todos, sólo evolucionarán a la siguiente dimensión los que estén vibrando en sintonía con el Portal y con la energía de La Fuente, que los mayas llamaron el Sol Central. Creo que no se trata de azar, ni de bondad, ni de realizar actos caritativos, es energía y conciencia. La diferencia será para quienes tengan un grado de conciencia expandida y trabajo energético ya realizado durante años, eso hará que puedan soportar el cambio en su sistema nervioso, el cerebro y el ADN.

El sexólogo guardó silencio, necesitaba reflexionar sobre aquello. A su mente le vino un pasaje de la Biblia, en Daniel 12, un versículo que coincidía con aquello:

Y muchos de los que duermen en el polvo de la tierra serán despertados, unos para la vida eterna, y otros para vergüenza y perversión perpetua.

—¿Y los que no puedan atravesar el portal energético?

Krüger se acercó a Adán y casi como un susurro le dijo:

—Esto es muy difícil de predecir, pero la energía cósmica por sí misma abrirá un camino en la Gran Espiral de Ascensión. Los que no la perciban seguirán viviendo en otra realidad más afín a su vibración energética, a su cerebro y a su ADN. Después de todo, no hay que temer a la muerte como algo futuro, ya que ahora mismo alrededor del globo están muriendo miles de personas por diferentes causas, como ha sucedido siempre, y todos seguirán su propio camino evolutivo.

Adán tomó un poco de espacio.

—Mi padre, en su libro, sugiere que de esa forma desaparecieron los mayas, al entrar en un portal dimensional. Por eso abandonaron sus ciudades.

—Exacto.

—Bueno, ¿y todo lo aprendido? ¿Dónde queda el amor de la divinidad por toda la humanidad? —dijo Adán mirando a Kate.

Krüger suspiró.

—Adán, no hay acto amoroso más grande de La Fuente que ofrecernos un acercamiento, la posibilidad de sentir su presencia en todo momento como sintieron los primeros seres inteligentes. La Tierra fue un experimento creado hace miles y miles de años, y un sitio de aprendizaje a través de sucesivas vidas, acumulación de experiencias, de karma, las vivencias para crecer. Ahora este planeta se prepara para evolucionar después de un ciclo muy largo de años.

Adán asintió. Krüger se volvió hacia la ventana para ver a los niños.

—No somos la única forma de vida —dijo dándole la espalda—, este universo es tan vasto y contiene tanto potencial que sería imposible mencionarlo.

—Vuelvo a insistir, doctor. Y perdone mis reparos, pero ¿cómo sabe usted todo esto?

Krüger se giró sobre sí mismo y le dirigió una mirada cómplice a Kate.

—Ella te mostrará lo que necesitas comprobar por ti mismo.

45

L a reunión de los miembros del Gobierno Secreto había recibido la llegada de seis miembros más, lo que obligó a tomar un receso de treinta minutos para aclarar ideas. Varios de los integrantes que habían arribado pertenecían al Club Bilderberg, la elite activa compuesta por los hombres más ricos del mundo, poderosos magnates e influyentes empresarios. De ellos era la intención de eliminar la clase media para crear pobreza y, por ende, mayor esclavitud asalariada; también planeaban colocan un chip en la gente, con todos los datos personales y su ubicación para tener pleno control.

Stewart Washington, vestido con un traje Armani color azul, una fina camisa de seda blanca y corbata también azul oscuro, estaba mirando por una ventanilla de la lujosa sala, absorto en sus pensamientos, cuando Sergei Valisnov, el miembro encargado de inteligencia y asuntos esotéricos se acercó a su lado.

—¿Puedo? —preguntó Valisnov, El Brujo, antes de acercarse a su diestra.

El Cerebro asintió. Su rostro estaba serio y petrificado.

—Sé que estamos en medio de una situación difícil —le dijo Sergei Valisnov con expresión tranquila— y que la amenaza del asteroide o lo que quiera que sea, es grave, pero...

El Cerebro ni siquiera lo miró, seguía como hipnotizado en el horizonte por la ventana.

—Un asteroide viene desde el espacio hacia la Tierra —reafirmó El Cerebro, con voz muy débil—, o lo derribamos antes que llegue o nos derribará a nosotros. No hay muchas opciones. Los problemas aumentan…

—Señor —le interrumpió—, me han dado un informe reciente que debería conocer.

La expresión del Cerebro tuvo un atisbo de cambio. Giró su rostro hacia El Brujo. Aunque estaba cansado y con dolor de cabeza por haber leído un sinfín de informes que llevaba junto a él de la CIA, el HAARP, la NASA y los gobiernos europeos.

—Explíquese.

—Me ha llamado mi secretario diciendo que en una reciente conferencia de prensa de la CNN varios ex militares, controladores de vuelos, pilotos y demás, todos ellos ya retirados, han hecho declaraciones que nos comprometen.

Stewart Washington se encogió de hombros, se sentía enojado.

—¿Declaraciones? ¿Sobre qué?

El ruso hizo una pausa para coger una carpeta con informes que llevaba dentro de un maletín negro.

—Señor, han desvelado altos secretos confidenciales por parte del gobierno oficial de los Estados Unidos.

A Stewart Washington le pareció que le daba una brasa caliente en las manos.

—¿A qué se refiere? —la voz de Stewart fue autoritaria a la vez que intrigada.

—¿Recuerda lo que pasó en el año 2001 en The National Press Club?

—¿Usted se refiere a… *The Disclosure Project*?

—Sí —dijo El Brujo—, en aquel año fueron más de veinte los que declararon.

Sergei Valisnov se refería al Proyecto Revelación, que se había formado en el año 1993, de la mano del doctor Steven Greer, y que actualmente tenía su sede en Crozet, Virginia, con una muy popular página web (www.disclosureproject.org), con la intención de revelar información estrictamente confidencial del gobierno de los Estados Unidos. En una rueda de prensa frente a muchos medios, los integrantes del proyecto hablaron sobre los expedientes secretos con respecto a la vida de seres de otras dimensiones, sus naves, contactos y avistamientos.

Washington recordó aquel evento, hacía ya once años. Frunció el ceño para rememorarlo.

—Por suerte —respondió—, en parte, pudimos poner freno a aquello con la ayuda de la Office Special Investigations de las Fuerzas Aéreas Norteamericanas.

Alrededor del mundo mucha gente creía y apoyaba El Proyecto Revelación, ya que era un poderoso y confiable grupo compuesto por ex tenientes coroneles, generales, científicos, comandantes, sargentos, astronautas, pilotos aéreos, profesores, ministros de defensa, gerentes, abogados y demás profesionales de gran prestigio y poder. Ellos sumaban más de cuatrocientos declarantes que habían tenido contactos con naves de tecnología superior que volaban a más de 24,000 metros de altura con una potencia de velocidad de 3,000 kilómetros por hora, tripulados por seres multidimensionales. Ahora, a través de documentos y declaraciones, intentaban revelar la vida de otras inteligencias en el universo, ya que tenían cientos de pruebas de ello.

A lo largo de la historia, sus miembros y testimonios habían sido censurados, tanto por los gobiernos de John Fitzgerald Kennedy, Jimmy Carter, Ronald Reagan, Bill Clinton y George Bush padre e hijo, con medidas de extrema represión por parte del gobierno y en menor medida, extraoficialmente, por parte del Gobierno Secreto. A pesar que los testigos del equipo del doctor Greer continuaban activos con aquella campaña, y en internet circulaban las noticias de este hecho, no habían conseguido que los gobiernos oficiales dieran a conocer a la gente aquella información confidencial.

El Cerebro se volvió rojo de ira.

—No me dirá que nuevamente han revelado… —la voz de Washington parecía la de un demonio.

El Brujo Valisnov afirmó con la cabeza.

—Es más grave de lo que sucedió con Wikileaks en 2010.

Valisnov se sintió incómodo al estar tan cerca del Cerebro en aquel estado emocional alterado, pero lo manejó como pudo, el tiempo pasaba y había prisa por encontrar soluciones.

—No tengo ningún dato concreto de ello —añadió—, pero hay informes de avistamientos recientes en Oregón, Texas, Colorado, Nuevo México, Dallas y otras ciudades. Ahora en Nueva York y otras capitales mundiales hay diferentes grupos que están haciendo manifestaciones entre los grupos activistas que dicen haber tenido contacto con inteligencias superiores, más los grupos espirituales y *new age*, que están desplegando información a la población a mansalva —los ojos de Valisnov se encendieron.

—Son minorías sin credibilidad.

Valisnov hizo una pausa para ver entre sus papeles.

—No deberíamos subestimarlos, señor, se han vuelto muy listos. Son cada vez más y ya es difícil que crean más montajes. El dique tiene mucha presión ahora.

—¿Qué dicen en el NORAD? —preguntó El Cerebro, preocupado—. No tengo informes de ellos.

Washington hacía alusión al Centro de Defensa Aeroespacial Norteamericano, conocido por sus siglas como North American Aerospace Defense Command, ubicado en las montañas Cheyenne, Colorado.

—Tampoco me ha llegado nada reciente.

Hubo un silencio.

—Señor —agregó Valisnov con mesura—, también han visto un gran círculo de luces giratorias en los cielos, encima del Área 51.

El Área 51 era una base militar ultrasecreta que comenzó a construirse en el año 1955 y que poseía una extensión de unos 10,000 kilómetros cuadrados, al norte de Las Vegas. Dicha área, también conocida como "The Box", era a menudo tildada de lugar de conspiraciones y se decía que allí dentro, entre otras cosas, había científicos estudiando y ocultando tecnología de origen extraterrestre.

Washington lo miró con los ojos desorbitados.

—¿Encima del Área 51?

Ambos sabían que eso era peligroso, la AEC, el sitio para la Atomic Energy Comission, como también era conocida, era propiedad del Departamento de Defensa y de la Fuerza Aérea.

—Eso es muy grave —Washington mostraba una profunda preocupación.

Hizo una pausa para pensar.

—En realidad ése es tema del gobierno oficial y de la CIA. ¿Qué dicen ellos? Deberían hacerse cargo de coger la papa caliente.

—Lo están estudiando rápidamente para ejecutar maniobras —contestó Valisnov, con énfasis.

—Ordene que la prensa y los medios televisivos que están bajo nuestra influencia equilibren la balanza y minimicen los datos.

—De esto ya se han encargado otros miembros —contestó fríamente el ruso—. Los medios están alertados para que filtren toda información confidencial de las profecías y los avistamientos de naves.

El Gobierno Secreto era muy hábil a la hora de censurar ciertas informaciones a la luz pública y de ventilar otras. Incluso programaban, mediante megaproducciones y películas de Hollywood, ideas y creencias para que entraran al inconsciente colectivo. De esa forma, la masa veía aquellas películas orquestadas en argumento y financiación por ellos mismos, tal como las películas sobre 2012 que mostraban terror y miedo sin mencionar la posibilidad de evolución, para que la gente lo captara de esa forma.

—Bien —susurró Washington con dolor de cabeza—. Busque la forma de seguir anestesiando a la gente. Busquen un nuevo chivo expiatorio momentáneo que nos dé tiempo de solucionar las cosas, una gran bomba, la muerte de algún famoso. Tenemos muchos frentes abiertos y debemos desviar la atención mundial. Y que incrementen los vuelos químicos sobre todas las capitales.

Washington sentía que el panorama para el Gobierno Secreto era duro, tendrían que desplegar todas sus armas de control. El Brujo Valisnov sintió ahora un sudor frío en su cuerpo. Necesitaba hablar sobre algo personal, no podía contenerse más. Era una oportunidad para ascender dentro de la organización.

—Señor, si me deja explicarle algo que tengo en mente… Creo que si unimos las piezas de la situación del planeta con los terremotos, la situación del Sol, el anuncio de las profecías mayas más el asteroide que han visto en los observatorios, unido a los manifestantes de los seres dimensionales, podemos cambiar las fichas a nuestro favor.

El rostro y la luminosidad de los ojos del Brujo mostraron que guardaba un as de espadas en la mente. El Cerebro mostró una expresión de intriga. Se aflojó el nudo de la corbata. Estaba abierto a conocer lo que el ruso podría brindarle. En ese momento, se ordenó el regreso para retomar la reunión con los demás líderes del Gobierno Secreto. Los participantes se iban sentando en torno a la mesa de roble con carpetas y nuevos informes, mientras Valisnov le terminaba de susurrar en privado a Stewart Washington una idea poderosa para generar una maniobra contundente.

dán fue conducido por Kate a través de un largo pasillo hasta una sala de reuniones que cruzaron para salir a un pequeño parque, donde se notaba la mano de algún jardinero especializado, ya que había varios árboles y plantas cuidadosamente arregladas. Llegaron hasta un edificio con forma de cúpula, con un círculo de vidrio color azul marino y diversos *vitreaux* en lo alto y hacia el interior de la espaciosa sala circular.

Kate abrió la puerta blanca con una tarjeta magnética que deslizó por una estrecha ranura.

—Por favor, deja tus zapatos y tus objetos metálicos fuera —le pidió con delicadeza.

Adán se descalzó y dejó sobre una mesita su reloj, sus gafas de Sol, la billetera, el cinturón y una cadenita de plata con el símbolo griego de la eternidad. "Qué energía poderosa tiene este sitio."

Parecía que Kate hubiera captado su pensamiento.

—Este lugar contiene mucha energía, Adán. Trata de dejar tu mente a un lado.

—¿Qué haremos? —preguntó.

Kate lo miró con sus ojos llenos de luz. Su rostro emitía una magnética sensualidad.

—Conocerás el descubrimiento de Aquiles. Queda poco tiempo y tenemos que ser muchos más los que lo demos a conocer. Por lo que tengo entendido, Aquiles esperaba mucho de ti, Adán, eso fue lo que me dijo el doctor Krüger.

La figura de Kate era imponente, su cuerpo parecía haber sido torneado por un artista, su ser emanaba una energía envolvente.

Pasaron al interior de aquella misteriosa cúpula en cuyo centro se veía un círculo de pequeños cristales de cuarzo de unos quince o veinte centímetros de alto, justo debajo de la circunferencia de cristal azul en el techo.

—¿Cuarzos? —preguntó Adán mientras su cabeza giraba para ver las altas paredes blancas, el techo abovedado y los cristales que había por doquier.

—Aquí tenemos una minúscula parte del descubrimiento de Aquiles. Aquí es donde hemos hecho los experimentos con los niños. Antes lo hicimos con los miembros del equipo. Primero te mostraré el hallazgo de Aquiles y a continuación sentirás en carne propia la vivencia.

Adán guardó silencio. Quería de una buena vez saber qué sería lo que el arqueólogo había encontrado además de la tablilla atlante grabada en oricalco.

—Primero cierra los ojos y respira profundamente varias veces. Es importante, como te dije antes, que suspendas el trabajo de la mente, quédate en silencio por dentro.

Adán Roussos estaba acostumbrado a meditar así que se puso en marcha. Luego, con una sonrisa suave le indicó a Kate que ya estaba listo.

—Dirígete al círculo de cristales de cuarzo —le pidió Kate con seguridad—, si pudieras hacerlo totalmente desnudo sería mejor, yo también lo haré. Entraremos juntos.

A la mente de Adán le vino el recuerdo del científico Wilhelm Reich, quien experimentó con la energía sexual. Ponía a parejas a hacer el amor durante una hora en un sitio especial, donde luego venía otra pareja, y más tarde otras, con el fin de juntar bioenergía dentro del ambiente. A esa energía él la llamaba *orgón*.

Luego introducía a gente enferma que, extraordinaria-
mente, se sanaba al absorber la energía biológica y las vibraciones del orgón, generado por los cuerpos al hacer el amor.
Eso potenciaba el campo energético de los pacientes y desde
allí la salud se deslizaba naturalmente al cuerpo físico. Por
aquellos y otros experimentos, Reich, había sido censurado
por el gobierno de los Estados Unidos.

Kate se mostró natural y relajada, no hizo ningún alar-
de de vergüenza por la desnudez de sus cuerpos; el suyo no
llevaba ninguna joya, sólo estaba engalanado por un pubis
abultado que formaba un delicado triángulo. Adán se sentía
un poco desconcertado por aquella situación.

—Bien —le dijo Kate con firmeza—, cruza las piernas
en flor de loto como en las meditaciones y coloca la columna
bien derecha. Cierra los ojos y respira profundo. Las palmas
de las manos abiertas a la altura del centro del pecho como
esperando recibir algo.

El sexólogo hizo lo que le pidió Kate. Al cabo de varios
minutos estaba en una frecuencia mental Alfa, sentía claridad
y concentración en la pantalla de su mente.

—Recibirás el descubrimiento de Aquiles en tus manos.
Una semilla de lo que los antiguos atlantes usaban para potenciar su ADN. Después de esta experiencia, ya no volverás
a ser el mismo.

Aquellas palabras sonaban casi como un cántico religioso. Adán se mantuvo calmo y sereno. Luego de unos
diez minutos en que respiraron al unísono frente a frente
para equilibrar sus energías femeninas y masculinas, Kate
extrajo un pequeño objeto del interior de una bolsita de
terciopelo azul.

—Mantente en estado profundo —le dijo, casi como un
susurro—. Percibe lo que te pasará por dentro.

Las palmas de las manos de Adán sintieron un suave
peso, delicado al tacto y un poco frío. Kate le había colocado

un pequeño cristal de cuarzo datado en más de 12,000 años de antigüedad. Era un minúsculo fragmento que pertenecía a un cuarzo madre, de casi un metro de alto, que Aquiles había descubierto. En aquel cuarzo, los antiguos sabios atlantes guardaban la información y el conocimiento de la vida y el universo, de la misma forma en que la civilización contemporánea lo hacía con sus propias tecnologías, en chips, discos o tarjetas de memoria. Para aquella civilización atlante era más fácil guardar la información enfocándola dentro del cuarzo con sus avanzados poderes de la mente.

Adán sintió que una sutil vibración, casi como una pequeña descarga eléctrica, le recorrió la espina dorsal y el sistema nervioso le movilizó involuntariamente varios músculos del cuerpo y de la cara. Poco a poco fue sintiendo calor, luego su nivel de energía subió y tuvo la extraña imagen de ver por dentro a todas sus células danzando, como si fueran diminutos círculos de luz. Le hizo gracia ver cómo los millones de células eran conciencias luminosas recorriendo su cuerpo.

Había leído en el libro de su padre que los atlantes iluminaban sus ciudades con grandes bloques de cuarzo programados para captar la luz del Sol y reflejarla. De la misma manera, los relojes de la actualidad tenían una diminuta piedra de cuarzo en su interior, como motor para su funcionamiento.

—Mantente erguido —le dijo la mujer—. Mantente concentrado en lo que sientes.

La imagen de ambos cuerpos desnudos dentro del círculo de cristales era hermosa, mística, llena de un aura de misterio. Adán sentía la energía del cuarzo que iba elevándose por su interior y la energía femenina de Kate, cálida y envolvente. En aquel momento, sintió una fuerte conexión con el cuarzo que Alexia llevaba colgando de su cuello.

"¿Por eso estaría siempre tan caliente?", se preguntó.

Kate lo tomó de las manos envolviendo la diminuta piedra junto a las suyas. El sexólogo sintió un fuerte calor y una descarga al juntar las manos con las de ella, que se acercó para susurrarle al oído.

—Pronto tu ser interior y tu ADN comenzará a cambiar —parecía hablarle a un niño—. Prepárate para hacer un viaje interior.

Con delicadeza, lo sujetó por detrás de la espalda y lo acostó sobre el suelo, colocándole el cuarzo en el medio de la frente.

Al sentir la piedra con todo su poder en el tercer ojo, en el área de las glándulas pineal y pituitaria, un flash de luz, con todos los símbolos de la tablilla que había hallado Aquiles, se le presentó en la mente. En aquel momento Adán Roussos, completamente desnudo por fuera y por dentro, comenzó a sentir un profundo *déjà vû*.

47

Alexia había embarcado en el ferry hacia Atenas. Estaba preocupada. Era ya casi mediodía y no había recibido ninguna llamada de Adán.

"Papá, ¡por Dios!", pensó, "¿dónde me has dejado alguna pista?". Se cambió de asiento a un rincón junto a la ventanilla, aunque el ferry iba lleno de turistas. Extenuada mentalmente, decidió conectar su blackberry a internet.

De inmediato descubrió que las noticias eran graves. Las principales páginas de las agencias de prensa anunciaban fuertes daños causados por los terremotos y por el estado del Sol. En los próximos días se esperaban nuevas reacciones y repercusiones en toda la Tierra. Como geóloga, Alexia sabía que cuando un terremoto se presentaba en un lugar, al cabo de un tiempo sucedía alguna otra catástrofe como reacción en otro punto del globo. "Causa y efecto. La situación es terrible", se dijo.

Veía imágenes de varios sitios donde el terremoto había causado una gran devastación, sobre todo en Taiwan, Japón, Corea y Filipinas, destrozando construcciones, puentes y edificios. Las imágenes eran dramáticas. Se sintió sola. "¿Qué vamos a hacer?", se preguntó con angustia. Se puso a leer detenidamente un informe que había en una página web especializada de geología.

• El planeta está siendo sacudido

El hecho de que ayer el Sol generara un fuerte shock en el viento solar fue medido por ACE y SOHO/CELIAS alrededor de las 14 UT, relacionado con la CME asociada a la explosión clase-x3.4.

Una fuerte tormenta geomagnética se espera en las próximas 24 horas. El campo magnético de la Tierra, que actúa como protector de diferentes partículas en el espacio, entre otras la radiación solar, se está debilitando hacia el punto cero y por lo tanto es más vulnerable a la influencia geomagnética, especialmente explosiones solares, CME — eyecciones de la masa coronal— y erupciones de plasma.

Cuanto más grande es el número de explosiones solares, se facilita la cantidad y el poder de las CME y éstas pueden generar tormentas intensas, tornados, inundaciones, sequías, incendios, terremotos y derretimientos de los hielos.

Cada tantos miles de años el campo magnético de la Tierra se transforma, se debilita, cambia de posición y se fortalece nuevamente. Éste es un evento completamente extraño y no sabemos qué esperar.

Por otro lado, si se manifestaba una tormenta solar, podrían quemarse los satélites, con lo cual las telecomunicaciones, internet y todos los sistemas operativos de comunicación quedarían totalmente bloqueados. El mundo podría quedar sin comunicación.

Alexia se sintió impotente. Sabía que si ocurría una pérdida de comunicación a nivel mundial sería un caos a todos los niveles. El mundo entero dependía de las comunicaciones y la tecnología. Los vuelos, los bancos, la bolsa, las navegaciones, los archivos informáticos, los hoteles, los comercios, las empresas… absolutamente todo el mundo moderno.

Tomó su celular y llamó a Adán. Volvió a responder la contestadora.

En el fondo de su alma Alexia sospechaba que aquella situación geológica y astronómica tenía una oculta razón de ser. Quizá fuese una razón divina.

En la otra punta del ferry, un hombre con gafas oscuras y una gorra turística la observaba agazapado en su asiento.

Era Eduard.

48

El vínculo que unía al Búho con el cardenal Raúl Tous se remontaba catorce años atrás, en 1998, en la ciudad de Boston, donde se conocieron inesperadamente. En esa época El Mago era obispo de Boston y comenzaba a perfilarse dentro de la prelatura con mayor fuerza y poder. Sabía que en pocos años ascendería a cardenal y ya en aquella época estaba haciendo trabajos para el Gobierno Secreto.

Al margen de sus "labores" en las sombras, cumplía con la parte oficial de su trabajo eclesiástico. De vez en cuando le gustaba oficiar alguna boda de personalidades de elite social, ya que en su Lisboa natal su madre le había hecho ver telenovelas de pequeño. Creció viendo que su madre lloraba de emoción al ver a una pareja casarse por la iglesia. Y entonces, oficiar misas esporádicas pasó a ser, para él, una forma de estar con ella sin tenerla físicamente.

El 19 de mayo de 1998 Eduard Cassas fue a casarse en la iglesia del entonces obispo Tous, que para él sólo era otro representante de la iglesia cristiana. Eduard estaba muy enamorado de una chica norteamericana, poco mayor que él, de buena familia, lo que le daba más de un dolor de cabeza. Por aquella época vivía en Barcelona y viajaba cada quince o veinte días a verla. Aquello, para la familia de Eduard, representaba un enorme problema, sobre todo económico, ya que debían pagar todos los gastos de su hijo único. Al padre de Eduard esto no le hacía mucha gracia, era un catalanista tradicional, que cargaba en su psiquis con el virus del ahorro, el óxido mental del nacionalismo y las ínfulas de superioridad.

"Mi hijo no tiene por qué viajar tan lejos para conseguir una novia. Aquí está lleno de mujeres guapas", argumentaba con altanería.

A menudo discutían con su madre por esto. Llegaron a tal punto de saturación y tensión que al final vieron el casamiento de su hijo como un alivio. Su estructurado y rígido padre prefería entregar un hijo al matrimonio americano que arruinarse pagándole los gastos de aquella aventura amorosa.

—Al fin y al cabo es su vida —decía—. Deberá trabajar.

La madre, al contrario, pensaba que Eduard era muy joven para irse de la casa. Con veinticuatro años, todavía le faltaban seis años más para estar dentro del promedio normal que marcaban las no muy alentadoras estadísticas publicadas en un periódico español, según las cuales los hijos catalanes abandonaban su nido paterno recién a los treinta o más años.

Debido al resentimiento, la amargura y el desdén de parte de la familia de la novia al no mostrar demasiado interés por la familia de él, los Cassas decidieron no viajar a la boda ni pagar un céntimo por aquel evento; se quedaron en una casa a las afueras de Lleida, un pequeño poblado del centro de la provincia.

Eduard se encontraba casi en medio de desconocidos, hablaba un inglés limitado y tenía una novia tres años mayor, a punto de dar el gran paso nupcial frente al obispo Tous, el encargado de juntarlos para toda la eternidad.

Por las raras circunstancias del destino, la eternidad de aquella boda no duró ni siquiera un suspiro. La novia, que era en aquel momento su mundo, su centro, su eje existencial, decidió dejarlo plantado frente al altar.

El impacto en la familia de ella duró sólo unos días; la llevaron a Nueva York para despejarse, y en el fondo lo vieron como una liberación. Solo, en un país que no era el suyo, frente a un grupo de desconocidos, el golpe emocional para Eduard fue mayor. Aunque lejano en el tiempo, aquel evento traumático le había dejado un estigmatizado daño emocional en el corazón y una misoginia palpitante.

Cuando le avisaron que la novia no se presentaría, estaba de pie ante el púlpito, vestido elegantemente para la ocasión, frente a un gran crucifijo desde el que Jesús lo miraba con pena. La única y primera persona que tuvo a mano para caer en sus brazos, desmayado, fue el obispo. Rápidamente Tous lo llevó al interior de la iglesia, lo recostó y le dio de beber algo fuerte. Cuando Eduard volvió en sí comenzó a darle las mismas repetidas palabras de aliento que usaba con la gente deprimida y angustiada. El joven catalán estuvo en *shock* durante varias horas.

Aquella noche, el obispo Tous, afecto desde aquel tiempo a la belleza masculina, dejó que el lado débil de su carne saliera a la superficie y lo invitó a cenar con intenciones *non sanctas*. Abatido, indefenso, caído emocionalmente, Eduard aceptó ir a cenar, ya que no tenía a nadie más. A partir de allí, comenzó a gestarse una extraña relación. A Eduard, la figura, energía y presencia de Tous le aportó el consuelo y el apoyo del padre que no tenía y al obispo Tous, la vía libre para sacar los reprimidos deseos sexuales que no llevaba a cabo casi nunca.

Poco a poco la relación fue tornándose en un raro e híbrido vínculo de esporádicas sonrisas, anhelos de poderes y negociaciones. Tous supo en sus conversaciones que Eduard tenía aspiraciones políticas y decidió ayudarlo y prepararlo con su influencia para que algún día ocupase un cargo en su Cataluña natal, sobre todo para vengarse de su dominante padre y cumplir con el infectado vicio social que su progenitor le repitió durante toda su adolescencia: "Debes ser alguien importante el día de mañana". Entrar en la política le garantizaba ganar la batalla familiar y tener su amor propio por las nubes.

Conforme pasaba el tiempo, esa aspiración se volvía nebulosa. Eduard, que había quedado con la autoestima por los suelos, aumentó con aquella decepción su amargo, seco, parco y distante carácter, su soso temperamento, su carencia de sentido del humor y la poca sensibilidad que poseía. Lo único que desarrolló desde entonces fue su aversión a las mujeres y un sentido de la traición notable que tonificó con el sedante existencial que el obispo a menudo le ofrecía. Aquella no se convirtió en una relación de pareja, por más que empezaron a tener relaciones sexuales esporádicas; se trataba más de un desahogo físico que de un encuentro amoroso. Su vínculo era un parche existencial por ambos, un puente de auxilio que se tendían mutuamente.

Con el correr de los años, Eduard se ganó la confianza de Tous, que fue ascendido a cardenal, quien le reveló su vinculación en los oscuros y sombríos movimientos del Gobierno Secreto. Primero le consiguió varios trabajos livianos dentro de la organización, para ponerlo a prueba, luego le llegó uno de mayor importancia: lo consiguió infiltrar en un puesto de "vigilancia" con uno de los librepensadores e investigadores científicos que estaban fuera del *establishment* y en contra del sistema impuesto por el Gobierno Secreto. Este científico, elegido entre tantos otros, resultó ser el griego Aquiles Vangelis.

El cardenal, como muchas otras veces, había movido los hilos de poder para que Eduard llegara a estar al lado de Aquiles, investigar sus movimientos y conocer en qué trabajaba. Y aquel contacto lo había logrado por una vía que no despertó sospechas para el arqueólogo.

Esa mañana, dentro del ferry, Eduard sentía que la situación le dejaba abierta una nueva puerta de poder para ascender dentro de la organización y calmaba, al mismo tiempo, las ansias de venganza reprimida que arrastraba del pasado. Le daba igual si el odio que sentía por haber sido abandonado en el altar lo volcaba hacia otra mujer. Estaba preparado para sacar su furia contra Alexia.

49

Adán estaba tendido en el suelo dentro de aquel luminoso y energético círculo de cristales con el pequeño trozo de cuarzo atlante colocado en el medio de la frente.

El trance le había durado un poco más de una hora, provocándole un poderoso *déjà vu*. Su mente se abrió a un conocimiento ancestral, como si leyera un libro o abriera un archivo dentro de una computadora; vio desfilar ante sí imágenes mentales como si se tratara de un cómic.

A su lado, Kate trató de controlar en todo momento el proceso de aquella recapitulación interior para que Adán no corriera peligro con las convulsiones. Su cuerpo en repetidas veces se arqueó y movilizó involuntariamente; aunque sus ojos estaban cerrados, se movían rápidamente indicando la fase REM. Incluso la potencia del cuarzo sobre la hipófisis era tal que tuvo dos erecciones sin estar consciente de ello.

Luego de lo que le pareció una eternidad, volvió a abrir los ojos poco a poco.

—¿Cómo te encuentras? —susurró Kate.

Adán sólo sonrió con los ojos entreabiertos.

—Ha sido un viaje increíble —su voz era muy suave.

—¿Qué has visto? ¿Puedes contarme?

Adán hizo un esfuerzo.

—Fue muy intenso —comenzó a relatar con entusiasmo—. Lo primero que vi en el ojo de mi mente fue una luz que borró mis recuerdos personales y me hizo sentir como si flotara… y la extraña sensación de que un vacío abarcaba todo lo que existe.

Kate sonrió dulcemente.

—Luego vi cómo los planetas de nuestro sistema solar estaban conectados por una especie de ola energética que unía el universo sin que hubiera ninguna división. La Tierra se veía lejana y bella, un globo lleno de paz.

Frunció el ceño, le costaba expresar todos sus recuerdos.

—Posteriormente se me apareció una visión extraña. La Tierra, en su origen, era sembrada por seres que venían de las estrellas, unos seres que emitían una luz muy fuerte, altos y llenos de claridad en sus ojos, con un aspecto más bello que el humano. Aquellos seres, que estaban vinculados entre sí por medio del mismo océano de luz que unía a todo el universo, a través de experimentos genéticos creaban la nueva raza que comenzó a habitar la Tierra.

"Entre ellos circulaba la misma corriente de pensamiento; todos trabajaban para un mismo fin, un proyecto divino: la siembra del Homo sapiens. Se llamaban Elohim, eran seres avanzados de otros rincones del cosmos, creadores de la humanidad por orden de La Fuente Original.

"Primero fueron de un color oscuro como el ébano, luego rojo, luego amarillo y luego blanco. Aquellos Elohim —seres de luz mitad femeninos, mitad masculinos— pusieron la primera marca en el útero de varias mujeres de luz y, al mismo tiempo, originaban los *primeros* seres sobre el planeta. Fueron bebés que los seres de luz protegieron durante bastante tiempo hasta que se valieron por sí mismos. Se comunicaban telepáticamente.

Adán estaba emocionado por lo que sentía.

—Percibí que existía una corriente extraña en el ambiente, la sensación de que el espacio-tiempo no existía. Aquello era muy gratificante.

Kate notó que el sexólogo hacía un esfuerzo por rememorar aquello.

—Luego todo fue como una gran fiesta cósmica, muchos seres de luz llegaban desde distintas zonas del espacio para ver la *nueva creación*. Venían en una especie de naves circulares muy grandes y volaban a gran velocidad. Todo aquello era un espectáculo de luces y sensaciones. Lo que más me llamó la atención era que todos parecían hechos de luz, con su aura tremendamente brillante, no lo sé exactamente.

Kate alzó una ceja.

—Parecía que había ciertas jerarquías dentro de aquellos seres creadores —dijo Adán, mirándola a los ojos.

—¿Jerarquías?

Adán asintió.

—Sí, maestros superiores, otros científicos, otros seres de luz trabajadores, no lo supe distinguir todo.

—¿De donde venían?

—De las estrellas —afirmó Adán, con euforia en su voz—. De la constelación de Sirio, de las Pléyades y de las estrellas conocidas como los Tres Reyes, Orión.

Kate tenía una expresión luminosa en el rostro.

—Sigue.

Adán se quedó sentado con las piernas cruzadas, Kate le acercó una manta para que no se quedara frío pero él no la necesitaba ya que sentía un fuerte calor interno.

—En la Tierra convivían los animales y una especie de hombres más rudimentarios, tal vez los Homo erectus o los Neanderthales, se veían primitivos y poblaban libremente la Tierra.

—¿Y los nuevos bebés?

—Crecieron, pude ver cómo todo pasaba rápidamente. Luego esos bebés se hicieron niños, adolescentes, mayores… Pero tenían un contacto consciente en su interior, desplegaban un lenguaje universal y no se comportaban como los Homo erectus; eran seres avanzados, llenos de energía, poderes y luminosidad. Al cabo de lo que me pareció una respiración, los seres de luz que crearon a las mujeres y hombres originales se marcharon y dejaron que la civilización comenzara por sí misma.

Kate abrió los ojos grandes.

—Lemuria —Adán arqueó una ceja y asintió a estas palabras de Kate—. Fue la primera civilización antes que los atlantes. ¿Allí terminó todo?

—No. Al irse, los seres de luz les dejaron el mensaje de que volverían cada cierto tiempo; también dejaron un código para mantener su conciencia cósmica y no perder la conexión con el universo. Usarían su energía para crear una civilización y se guiarían por la libertad de creación y unidad. Ellos confiaban en que la siembra de la semilla de luz, del ADN matriz original, prosperara de acuerdo con sus planes. Tengo la certeza de que aquello que he visto fue un experimento.

—Sigue.

Adán tomó conciencia. Su corazón experimentó una sensación de euforia.

—¡Nunca hemos estado solos! ¡Ellos han sido el eslabón perdido que siempre buscó la ciencia!

Kate sonrió.

—Además aquellos arquetipos originales de los primeros seres, cuyo material genético primordial formaba la sustancia de la primera raza de seres humanos, tenían unos poderosos patrones vibratorios y la posibilidad de contactarse mediante el pensamiento, ya que tenían un tejido interior de complejos códigos de luz con un increíble ADN activo en sus doce hebras.

—Esto debería escucharlo el doctor Krüger —dijo Kate con énfasis—, ninguno de nosotros ni los niños hemos podido ir tan lejos en nuestros viajes de conciencia.

Adán se quedó con la vista fija en el suelo, mirando sin mirar, sus ojos estaban recordando aquellas vivencias.

—El material genético de estas cuatro primeras razas estaba unido a un programa especial del Homo sapiens, al combinar el ADN de las cuatro razas en una misma matriz. Los seres superiores y maestros genetistas potenciaron todas las hebras para que el material genético fundamental pudiera tener una frecuencia planetaria en pleno contacto con ellos y con todo el universo. Así, el prototipo original estaba en armonía con su verdadero origen. No había indicios de muerte, aquello era pura luz, el Paraíso, el Jardín del Edén.

Kate estaba impactada y le pidió que siguiera narrándole todo con el mayor detalle posible.

—Luego los seres de la Tierra se reprodujeron y crearon más, así formaron la primera civilización inteligente avanzada.

—¿Cómo se conectaban? —quiso saber ella—. Dijiste que mediante la telepatía, pero, ¿y con los seres dimensionales que los habían creado?

—Mediante cuarzos como éste —dijo Adán y señaló al que tenía en sus manos, el cual había quedado muy caliente—. Sus ciudades comenzaron a iluminarse con grandes cristales de más de un metro de alto, como si fuesen farolas de luz. La gente llevaba colgado un cristal en su cuello como un pasaporte personal con información.

Adán se sobresaltó.

—¡El cristal de cuarzo que Alexia lleva colgado!

—¿Qué te pasa? —le preguntó Kate al verlo alterarse.

—Tengo que comunicarme con Alexia, debe estar preocupada.

—Ahora lo haremos. Cuéntame más, aprovecha que tienes fresca la experiencia en tu mente.

Adán inhaló con profundidad para oxigenar su cerebro.

—Sentí que el modelo de Darwin de la evolución de las especies era correcto sólo hasta antes de la llegada a la Tierra de los seres de luz. Pero el eslabón perdido, los primeros humanos originales de cuatro colores primordiales fueron creados por seres dimensionales del espacio. Todos ellos descendientes de los primeros seres creados. También he visto cómo las civilizaciones avanzaban, llegaban a su esplendor y luego eran destruidas. Observé como apareció y luego desapareció una gran ciudad que podría ser la Atlántida, en lo que parecía ser sólo un instante, pues el tiempo no existía en mi visión.

Adán sintió que su corazón se agitaba al recordar una antigua tablilla sumeria grabada con los seres primitivos en actitud similar a como se hace con un bebé de probeta, dando la sensación de que cruzaron el ADN de los seres dimensionales con los primitivos. Aquella tablilla hallada por arqueólogos quizá hace referencia a la manera en que los primeros úteros habían sido preparados para el nacimiento de los seres humanos que ya vendrían con el código genético activado totalmente.

Kate vio que se distanciaba.

—¿Por qué perdimos aquella conciencia? ¿Pudiste verlo? ¿Por qué las civilizaciones de Lemuria y Atlántida perecieron?

—Por lo mismo que nos puede suceder a nosotros —aquellas palabras salieron del fondo de su vientre, casi como si no tuviera alternativa.

—¿Por qué? Dijiste que aquellos seres eran casi etéricos, no materiales.

Adán tomó una respiración profunda.

—Después de miles y miles de años, las civilizaciones se fueron corrompiendo y perdiendo contacto con su verdadero origen. Surgieron las eras geológicas, las edades y largos periodos. Todo fue cambiando, el poder y sobre todo el ego corrompieron a aquellas primeras civilizaciones, aunque eran muy avanzadas. ¡Todo lo he visto tan nítidamente! Los pueblos se separaron luego de esa gran inundación, aunque se mantuvo algo de la sabiduría original de la mano de Horus, el dios egipcio, descendiente atlante, y de otros seres de luz llenos de poder y sabiduría. Luego, con el correr de los milenios, la civilización comenzó a decaer.

"Así como he visto a los seres dimensionales de luz, los que crearon la raza humana, otros extraterrestres pequeños de color gris, de oscuras intenciones, comenzaron a llegar a la Tierra, inquietos por el nuevo experimento. Comenzaron a generar maniobras para desprogramar el ADN, neutralizando su funcionamiento original, el código de luz; aunque los seres dimensionales originales, servidores de La Fuente, enviaban cada tanto mensajeros solares para volver a encarrilar a las civilizaciones.

Kate estaba profundamente impresionada.

—A lo largo de la historia, la humanidad perdió progresivamente su conciencia original, se tergiversó totalmente el mensaje de los enviados, sobre todo por el afán de dominio de las religiones... Ahora, tal como lo señalaron los mayas, hemos llegado a un ciclo cósmico para que la Tierra renazca, para que lo oculto emerja a la superficie y los secretos salgan a la luz. ¡2012 es la oportunidad colectiva de retomar contacto con La Fuente!

Su rostro se iluminó al decir esas palabras. Al mismo tiempo, un haz del Sol entró por lo alto de aquella cúpula. Las dos imágenes proyectaban la belleza ancestral de una mujer y un hombre desnudos.

—El Sol —dijo Adán, casi susurrando.

—¿El Sol?

Adán se sentía completamente distinto luego del contacto con el cuarzo atlante, experimentaba claridad y un conocimiento profundo.

—Sí. El Sol estuvo más activo de lo habitual, lo que indica que ya está recibiendo la energía de La Fuente Central de la galaxia y completará su envío el 21 de diciembre, cuando una ola energética active las hélices del ADN de la gente. ¡El Sol siempre ha estado de nuestra parte! ¡Es un ser vivo! ¡Es la representación de la divinidad en nuestro sistema planetario! ¡Ellos lo sabían!

Kate escuchaba con suma atención todo.

—Los antiguos —respondió excitado—, las civilizaciones antiguas adoraban al Sol, a Ra, eran llamados los *Radiantes*, en Grecia lo llamaban Apolo, el dios Sol.

Aunque no lo dijo, Adán recordó cómo las personas se perdieron en los laberintos del fanatismo religioso, hasta que en el antiguo Egipto, el faraón Akhenatón, el marido de Nefertiti, afirmo que no había más Dios que uno solo, destituyendo las costumbres politeístas.

—Luego el progresivo olvido de la divinidad original, el correr del tiempo y, mucho más tarde, el cristianismo y demás religiones hicieron que la adoración a todas las fuerzas vitales como el Sol y la Naturaleza se considerara blasfemia, brujería, símbolo del demonio y pecado; terminaron por silenciar ese contacto esencial. Impusieron un culto muerto y sin sentido, haciendo que la gente se sintiera incluso más alejada de todo, creando una dualidad esquizofrénica en la mente del individuo.

"De aquella forma, Dios pasó a ser una entidad masculina, desconocida y lejana, dando así nacimiento al patriarcado represor; olvidándose La Fuente Original y su aspecto femenino. Terminaron de fundamentar la falsa creencia de que Dios estaba arriba y lejos, no dentro del código genético ni en la conciencia individual.

Kate estaba sorprendida con tantas cosas y buscó sacar la máxima información como hacía con los niños índigo.

—Todos hemos hecho el experimento con el cuarzo pero nadie ha podido obtener esa información.

Adán se alzó de hombros.

—No lo sé —respondió—, quizá yo he entrado a otros archivos distintos como quien entra a una misma computadora. El poder del cuarzo me llevó hacia allí.

—Volvamos al Sol —dijo Kate—, yo he visto unos informes que indican que es perjudicial y que está en un estado de combustión peli...

—¡No es peligroso! ¡El Sol está destruyendo las redes de control!

Kate hizo una mueca de asombro.

—¿Redes de control?

Adán había recibido mucho conocimiento en aquel cuarzo y lo estaba desovillando por completo.

—Las redes de control en el espacio que han colocado los diferentes gobiernos en la capa de ozono —aclaró Adán—. El Sol no está rompiendo la capa de ozono, ¡sino las redes de baja vibración que se han puesto para que no tengamos contacto con los seres superiores!

Kate había escuchado que los gobiernos habían tenido contacto con los seres dimensionales oscuros, los llamados grises, y éstos les habían dado informes tecnológicos para tener a la sociedad en su poder. La idea le parecía macabra, pero siguió preguntando.

—La manipulación a través de la constante dualidad —respondió él, casi deletreándolo—. Lo de arriba y lo de abajo, el pecado y la virtud, lo moral y lo inmoral, el castigo y el premio... Televisión, drogas, falsas noticias, alcohol, deportes... todo es un plan y un coctel especialmente preparado para matar la curiosidad existencial de las masas. ¡Todo eso no existe realmente! ¡Todos somos una unidad inseparable! ¡No podemos salir del océano divino!

Adán se levantó para vestirse.

—¡Creo que ahora entiendo lo que sucederá planetariamente! —exclamó con énfasis—. 21 de diciembre... Los mayas estaban conectados con los seres dimensionales y lo sabían...

La expresión de Kate era de desconcierto, aquel hombre había recibido un enorme impulso energético y una información trascendente.

—¿Qué crees que sucederá? —dijo ella, que también se puso en pie para vestirse.

—La Tierra elevará su frecuencia. ¡Gran parte de la humanidad recordará su origen! El programa genético original se reactivará y potenciará el ADN... ¡Será una gran evolución para todas las razas y los seres que vibren con esa nueva frecuencia! Todo lo que está enterrado en el subconsciente, toda la enorme capacidad mental y espiritual que no usamos se activará, por eso caerán todos los sistemas conocidos... ¡No harán falta! ¡Es el fin de la separación, la inconsciencia y el miedo!

Adán recibió un súbito pensamiento como un rayo.

—Kate, si este conocimiento me lo provocó un pequeño fragmento de cuarzo —reflexionó, con una sonrisa en la boca—, el cual pertenece a un cuarzo madre de un metro de alto..., ¡cuánto más haría el cristal madre que encontró Aquiles! ¡Ahora entiendo lo que él quería hacer! ¡Iba a preparar la conciencia de la gente en los Juegos Olímpicos con aquel cuarzo para generar una reacción en cadena! —el corazón parecía que se le salía del pecho—. ¡Sería una explosiva reacción colectiva!

Dio varios pasos hacia la puerta de salida.

—Rápido Kate… Hablemos con el doctor Krüger y con Alexia. ¡Debemos encontrar el cuarzo madre!

Justo cuando terminó de decir aquellas palabras vio la silueta de un hombre obeso con un arma en la mano y varios policías tratando de forzar una puerta al final del pasillo.

Era la imagen de Viktor Sopenski.

50

Raúl Tous caminaba para aclarar la mente. Se dirigió cabizbajo y a paso lento hacia la Cámara de la Signatura del Vaticano para ver las obras de arte, pensaba que así hallaría inspiración.

Había activado ahora la caza de varias presas. Por un lado Alexia en manos de Eduard, y ese tal Adán Roussos y el doctor Krüger dentro de un laboratorio genético. No podía estar más contento. Había llamado a Sopenski cuando Eduard le informó que él estaba con Alexia, y que tendría el apoyo de un grupo selecto de Scotland Yard.

Cuando llegó a la gran sala se topó con *La escuela de Atenas*, el fresco de Rafael en el que se veía a Platón, en el centro, sosteniendo un libro en su mano y rodeado de otros muchos sabios griegos. Agudizó la vista para ver más de cerca la monumental obra. Sus ojos no daban crédito a lo que vio. "¡*El Timeo*!", pensó escandalizado. El libro en el que Platón describió con gran detalle el continente de la Atlántida estaba dentro de aquel cuadro.

El corazón le comenzó a latir de prisa, parecía que le daría un infarto al ver la obra. Aquellos latidos no eran precisamente por devoción al arte, sino por nerviosismo. Sintió que el rostro de Platón lo observaba triunfante, parecía decirle: "No podrás impedir que la verdad salga a la luz".

El fresco que pintó Rafael en el año 1512 representaba a Platón con el rostro de Leonardo da Vinci, quien estaba señalando al cielo, mientras que Aristóteles, a su lado, señalaba con el dedo hacia la Tierra y sostenía su libro *Ética*. Ambos sabios griegos se hallaban rodeados de otros filósofos como Diógenes, Pitágoras o Plotino.

Cuando finalmente se repuso del impacto de contemplar aquel fresco, el cual varias veces había visto sin prestarle demasiada atención, salió de allí con rapidez. Imaginó a Platón señalar con su dedo hacia el cielo, simbolizando que desde arriba vendría la verdad y ese conocimiento descendería, como simbolizaba la mano de Aristóteles, al señalar hacia la tierra.

El cardenal se dirigía con torpeza hacia su despacho, asustado como un animal que huye de los cazadores. Cuando por fin llegó a su privado, su secretario personal golpeó la puerta; le llevaba nuevos informes no muy alentadores sobre el estado del planeta.

—Pasa —le dijo Tous acompañando las palabras con un ademán de su mano, sin levantar la vista de unos papeles que empezaba a mirar.

El secretario le dejó sobre su escritorio de roble una fina carpeta con cuatro o cinco hojas.

—Gracias —le dijo con voz seca. Antes de que su asistente se retirara, le dio órdenes de no ser molestado, ya que necesitaba reflexionar en solitario. Cogió la carpeta que había recibido y leyó aquellas páginas. Su cara fue cambiando progresivamente hasta quedar pálida. El informe decía varias cosas, pero la que más le llamó la atención era el titular: "Se han registrado seis terremotos consecutivos en varias partes de la Tierra".

Un súbito escalofrío le recorrió la piel. El cardenal tuvo una aterradora intuición. A su mente le vinieron palabras de la Biblia, más concretamente del Apocalipsis 10, 6-7. Retumbaron en su interior como un eco fantasmagórico.

Ya no habrá más tiempo; pues cuando llegue el momento en que el séptimo ángel comience a tocar su trompeta, se habrá cumplido el plan secreto de Dios, tal como él anunció a los profetas.

—¡Ya se produjeron seis terremotos! —gritó.

Su cara se desencajó. Una mueca de horror se recortó en sus facciones. Su espalda se arqueó a causa de una poderosa náusea. Tuvo que ir a toda prisa hacia el baño. Vomitó de forma violenta y su presión arterial bajó considerablemente; se desvaneció como una bolsa inerte sobre el suelo. Su cabeza se golpeó con el borde de la bañera y quedó inconsciente.

51

El plan que Sergei Valisnov tenía en mente le llegó a Stewart Washington como una brisa de aire fresco en medio de la tensión. El ruso se aseguraba un posicionamiento mayor dentro de la organización y la confianza total del Cerebro. Había propuesto colocar un semillero de bombas nucleares flotantes en el espacio para destruir el meteorito y luego contaminar la energía sobre la Tierra. Se trataría, como siempre, de una maniobra absolutamente encubierta. De esta manera ellos le darían al Gobierno Oficial el as de espadas frente al mundo, adjudicándose la "nueva proeza americana". Ellos serían los "salvadores" de una amenaza sobre la Tierra, se convertirían sin lugar a dudas en los consolidados líderes y harían que la gente pensara que todo lo proveniente del espacio era dañino para la humanidad.

Con una fuerte campaña política y publicitaria, matarían toda esperanza de vida sobre posibles seres dimensionales, quitándole a la población la posibilidad de ver al cielo como un sitio donde las constelaciones, galaxias y planetas danzan buscando evolucionar hacia otras formas de vida.

La gente miraría a las estrellas más como una amenaza que como una esperanza; se le inyectaría una nueva y fuerte dosis de vida nihilista, materialista y carente de anhelo espiritual a la población.

—Estoy de acuerdo con su plan —dijo Washington, con una tibia sonrisa en sus labios—, pero, ¿qué hacemos con el cabo suelto que nos queda?

Los ojos de Valisnov se volvieron sutilmente hacia arriba, como buscando información en el tercer ojo.

—Perdone señor, ¿a qué se refiere?

—Las profecías —dijo tajante.

—¿Las profecías? —repitió Valisnov, como si quisiese asegurarse de que lo que escuchaba era cierto—. ¿Usted cree que se cumplirán?

El Cerebro se alzó de hombros.

—Es una posibilidad —dijo Washington—, no podemos dejar cabos sueltos. ¿Qué haremos si se cumplen? ¿Qué haremos si hay algo que no podamos controlar?

El rostro de Valisnov perdió color.

—Bueno… Si bien es cierto que hay mucha gente alrededor del mundo que cree en ellas, en realidad es una minoría y a ciencia cierta nadie sabe qué pasará.

Washington le lanzó una mirada pulverizante.

—Eso ya lo sé. Me refiero a toda esa gente que pulula distribuyendo información sobre el próximo 21 de diciembre. Faltan pocos meses…

El mismo Valisnov le había indicado que había varias profecías antiguas que coincidían en anunciar un cambio importante de conciencia y energía, desde los Vedas hindúes, con más de 8,000 años de antigüedad, pasando por el calendario hebreo, de más de 5,000 años, hasta las profecías indígenas de Asia y América.

Valisnov guardó silencio, pensativo.

—Recuerde, señor —le respondió luego con voz suave—, que en el año 2000 también decían que venía el fin del mundo. Mucha gente se precipitó, otra confiaba ciegamente en los vaticinios; resultó que los escépticos tuvieron razón.

El Cerebro se inclinó hacia delante.

—Sí, claro, en aquel momento tuvimos que hacer campaña de miedo, sabíamos que no sucedería nada, pero nos convenía que la gente estuviera asustada. Ahora… no sé, algo en mi interior…

En ese momento se les acercó Patrick Jackson con una expresión de pavor.

—Señor —la palidez de su rostro era evidente—, disculpe la interrupción; los otros miembros lo esperan… creo que debería saber algo importante.

Washington y Valisnov se giraron hacia él.

—Hable.

—Nos han enviado un nuevo informe reciente. En todo el mundo hay grupos que proclaman el fin del mundo y otros que afirman haber tenido contacto con naves espaciales —sus ojos se abrieron con expresión asustada—. Hay caos y júbilo mezclado.

Washington permaneció inmutable.

—¿Nuestras fuentes de información minimizan los hechos?

Jackson asintió.

—Sí, señor, pero igual hay más medios periodísticos que…

—¿Y qué hay de la orden que dí de censurar esta clase de noticias?

—La información al público es a través de medios de prensa independientes. Ya lo hemos intentado, pero son insobornables. Además —agregó Jackson—, hay nuevas manchas solares… Y la aureola boreal muestra extraños símbolos, no sólo en el polo, ahora también puede apreciarse en varias ciudades, durante la noche.

Los tres hombres se miraron con expresión tensa. Washington se mantuvo inmóvil, aunque estaba preocupado se mostraba imperturbable.

—Es hora de poner en marcha el nuevo plan antes de que se nos vaya todo de las manos —zanjó con voz firme.

Sus ojos tenían una expresión de hielo. Todas las miradas estaban sobre él.

—Proceda con lo que hemos hablado —le dijo finalmente El Cerebro a Valisnov, con énfasis—. Vamos a quitar de nuestro camino a todo lo que vuele sobre la faz de la Tierra.

52

Un impaciente y sudoroso Viktor Sopenski estaba tratando de abrir la puerta que lo separaba de Adán y Kate. Había recibido la orden del cardenal Tous de apresar a Adán Roussos y al doctor Krüger. Lo acompañaba un cuerpo de policía de Scotland Yard que habían entrado y puesto bajo arresto a los demás médicos, a quienes estaban interrogando para saber qué hacían con los niños. Por fortuna el doctor Krüger pudo ocultarse en una habitación secreta.

La expresión del rostro de Kate era de sorpresa y pavor, pero inmediatamente pudo percibir lo que sucedía.

—¡Rápido, Adán! Algo extraño está sucediendo allí dentro, ¡debemos escapar por detrás!

Kate cogió con fuerza la mano a Adán, que no salía de su asombro. Corriendo velozmente hacia el final de otro pasillo más largo, detrás de la cúpula, abrieron una puerta, bajaron media docena de escalones, siguieron unos metros más y Kate sacó un juego de llaves detrás de uno de los cuadros colgado de la pared.

Adán giró la cabeza hacia atrás. La policía había logrado derribar la puerta. Se produjo un ruido seco. Estaban cerca.

—¡De prisa, Kate! ¡Están dentro!

La doctora abrió con hábil movimiento las dos cerraduras de aquella pesada puerta. Al abrirla, una brisa de aire fresco les inundó a ambos. Era la salida trasera a la calle. Giraron la cabeza hacia los lados. Sólo algunas personas caminaban distraídas, muchos coches estaban detenidos en la calle, un pequeño parque y edificios victorianos de elegante construcción.

—¡Por aquí! —exclamó Kate; jaló el brazo de Adán de un tirón y se dirigieron hacia el final de la calle—. ¡Mi coche está en aquella esquina!

Menos de cien metros los separaban de Viktor Sopenski y el grupo de la policía, que también habían salido a la calle.

—¡Allí están! —exclamó el obeso policía al verlos correr hacia la esquina—. Ustedes dos, tras ellos, ¡ustedes traigan los coches! —ordenó.

Al llegar a su coche Kate se dio cuenta de que había olvidado las llaves en su cartera.

—¡Oh, no! —exclamó—. ¡No tengo las llaves!

Una ráfaga de sudor frío recorrió su espalda.

Adán se volvió y vio doblar por la esquina una camioneta Volkswagen blanca a poca velocidad. Hizo señales desesperadas con sus brazos. La mujer que conducía frenó inmediatamente el vehículo.

—¡Por favor bájese! —le ordenó—. ¡Es una emergencia!

La mujer estaba estupefacta. Dudó un momento, pero hizo lo que le indicaron. Adán se sentó y tomó el volante. No estaba acostumbrado a conducir con el volante del lado derecho. Kate subió casi con la camioneta en movimiento. Una de las puertas quedó abierta. Al acelerar, ésta salió de cuajo disparada.

—¡Has arrancado la puerta!

La mujer veía cómo la puerta derecha de su coche quedaba en el suelo, a pocos metros de ella.

—Eso no ha sido muy cortés —dijo Kate.

—El fin justifica los medios. Ya sabrá que está colaborando en algo más grande.

Adán aceleró, pasó por la calle paralela a los policías. Vio a Sopenski con el arma en la mano a punto de disparar cuando otro de los policías de Scotland Yard lo detuvo desde atrás.

—¡Esto no es Nueva York! —le dijo el inspector británico—. No puede disparar a mansalva en la calle.

Sopenski le dirigió una mirada despectiva. En el mismo momento, dos de los coches policiales frenaron al unísono frente a ellos. Se escuchó el chirrido de los neumáticos.

Viktor Sopenski y el otro policía subieron inmediatamente al coche y ambos patrulleros encendieron sus sirenas dirigiéndose a toda velocidad tras Adán y Kate.

53

El secretario personal del cardenal Raúl Tous había cargado su cuerpo desmayado hasta el sofá de su despacho. Habían pasado casi veinte minutos en los que Tous había perdido el conocimiento en el baño.

—¿Está usted bien, Excelencia?

Tous lo miró, pálido, con expresión de asombro.

—¿Qué? ¿Qué ha pasado?

—Se desmayó.

El cardenal hacía un gran esfuerzo por recordar. Llevó sus manos a la nuca, le dolía la cabeza. Se había dado un buen golpe.

—Le traeré hielo.

El secretario estaba asustado pero actuaba con eficacia. Tous no articulaba palabra. Cuando el secretario volvió, llevaba un par de cubos de hielo envueltos en un paño que colocó en su nuca.

—¿Mejor?

Tous asintió lentamente.

—Ya recuerdo —dijo con un susurro—, me caí en el baño.

—Algo que comió le ha hecho mal, Excelencia.

Tous recordó por qué había expulsado su desayuno.

"Los seis terremotos." "Las profecías." "¡Un terremoto más y se cumplirá todo!"

Su mente comenzó a funcionar otra vez.

—Han sido días muy duros —le dijo su secretario—. Debe descansar.

—Estoy mejor, gracias. Me quedaré en el sofá. Pero ahora déjame, necesito pensar y ordenar mis ideas.

—Pero, Excelencia…

—Gracias —repitió con énfasis—, ahora déjame solo.

Su secretario sabía que el cardenal era autoritario y tenía una merecida fama de gruñón. Las cosas siempre debían hacerse a su manera.

—Estaré cerca por si me necesita —dijo antes de salir y cerrar tras de sí la puerta de roble.

Tous respiró profundamente. Quería volver a reactivarse, necesitaba saber qué estaba pasando con su plan. Tomó su teléfono. Tenía una llamada perdida. Había sonado cuando él estaba inconsciente. Era un mensaje con la voz del Búho.

Llámame urgente. Estoy a punto de desembarcar en Atenas con la hija de Aquiles. Va engañada hacia la dirección donde está su padre. La sorprenderé y tendremos lo que queremos. Cuando lleguemos a Atenas te vuelvo a llamar. Espero que te alegres. Yo… siempre estaré a tu lado.

La vibración que Eduard le dejó en aquel mensaje rebosaba euforia. El Búho estaba ciego por su ascenso y por ganar mayor poder, quería la gloria para él. Sería quien cobraría los 50,000 euros prometidos por Tous. Y llegaría el momento de concretar su sueño, vengarse de su padre al saciar sus ambiciones políticas, entrando al parlamento de Cataluña con un alto cargo.

Adán condujo a toda velocidad por las calles de Londres, había logrado sacar distancia de los coches de Sopenski y los policías pero estaba preocupado.

—¡Ahora somos sospechosos! —le dijo a Kate que volvía el rostro en busca de las patrullas.

—Ya puedes ir más despacio, creo que los perdimos.

Adán miró por el espejo retrovisor.

—Seguramente han avisado a otras patrullas. Debemos tener cuidado. ¡Explícame qué ha pasado!

—No lo sé —respondió Kate—. No tienen derecho a entrar así a nuestro instituto. Dirígete hacia la zona de Green Park, dobla aquí a la derecha.

Hizo lo que Kate le sugirió en el momento que sonaba el teléfono de la doctora. Lo tomó de su bolsillo.

—¡Doctor Krüger! —exclamó—. ¿Qué sucede?

—No lo sé, Kate. Entraron por la fuerza. Se llevaron a todos los médicos y a los niños. Supongo que los van a interrogar. Logré esconderme y salir por la puerta trasera de mi despacho privado —Krüger los llamaba desde un café Starbucks.

—¿Cómo pueden tratarnos así? ¿Quiénes son? ¿Qué haremos ahora?

—¿Tienes el cuarzo? —preguntó Krüger.

—Sí. Sólo el pequeño fragmento original y nada más.

—Bien. Te diré lo que haremos. Escucha con atención.

Alexia, agobiada, había bajado la escalinata del ferry y pisaba el suelo ateniense. Buscó rápidamente un taxi.

—¡Alexia! —gritó Eduard a pocos metros de ella.

La mujer volvió el cuerpo con una expresión fría en el rostro.

—Eduard, ¿qué haces aquí? —no dejaba de ver al joven catalán.

—Vi tu nota. No quería dejarte sola.

—¡Pero te dije que te quedaras en Santorini!

—Sí, pero creo que te seré más útil aquí. En el laboratorio no hay nada.

—Ahora da igual. No he recibido ninguna llamada de Adán, no me contestó el teléfono. He estado leyendo artículos sobre lo que ocurre en el mundo.

Estaba molesta de verlo allí.

—¿Recuerdas que mi padre haya dicho en alguna conversación por teléfono algo sobre los campos magnéticos de la Tierra?

A Eduard le apareció una vez más su tic nervioso.

—No. Tu padre era hermético con su trabajo, ya te lo dije. No me confiaba ninguno de sus trabajos. Ni a mí, ni a nadie.

Alexia asintió con la cabeza lentamente al tiempo que hacía una seña al taxi que pasaba.

—¡Sube! —le dijo Alexia que no estaba del todo convencida de ir con Eduard.

El Búho entró al auto por la otra puerta.

—¡A Plaka! —le ordenó Alexia al taxista—. ¡Tenemos prisa!

—Tengo algo importante que decirte, Alexia. Escúchame —dijo Eduard, aclarándose la garganta—. He hablado con un amigo de Atenas y me dijo... —su voz se volvió grave y su tic nervioso cobró mayor intensidad— que le pareció haber visto a tu padre cerca del centro.

Alexia giró bruscamente su cabeza para verlo a los ojos.

—¿Qué dices? ¿Qué han visto a mi padre? ¿Quién? ¿Dónde?

—Me dijo que cerca del centro de Atenas, en la Plaza Sintagma.

A Alexia se le encendieron los ojos. Su corazón comenzó a latir con más fuerza.

—¿Y qué más? ¿Qué más te ha dicho?

—Bueno, me dijo que parecía desorientado.

—¿Desorientado? Pero, ¿quién te lo dijo?

—Ya te dije, un amigo de Atenas que lo conocía —Eduard trataba de confundirla.

La mente de Alexia fue rápida como un reguero de pólvora; tejió posibles hipótesis. ¿Lo habrían drogado? ¿Habría conseguido escaparse? ¿Se habría dado un golpe y había perdido la memoria?

—¡Dios mío! —exclamó.

—Creo que sería mejor ver a mi amigo.

Eduard acechaba como un animal sigiloso, trataba de ser sutil. Alexia se demoró unos segundos, pensativa, sentía un vuelco en el alma, un hambre voraz por encontrar a su padre.

Su cabeza comenzó a asentir lentamente como si quisiera convencerse de que aquello era lo correcto. Su mirada se posó en una fotografía de su padre en la pantalla de su Blackberry. Su intuición pudo más que su corazón.

—Primero iremos a la dirección que he encontrado.

56

Kate y Adán habían estacionado la camioneta a dos calles de donde el doctor Krüger los esperaba. Adán estaba inquieto y tenía calor, empezaba a cobrar conciencia de su cuerpo por los dolores que empezaban a invadirlo. Luego se dirigieron al barrio de Belgravia, a la casa del alemán. En el camino, le explicaron detalladamente a Krüger todo lo experimentado por Adán con el cristal de cuarzo atlante.

Krüger no se asombró al escuchar todo eso.

—¿Qué piensa, doctor? ¿Qué está pasando? —le preguntó Kate.

—No me sorprende tu relato, Adán. Justo en el momento en que la policía entró, otros médicos me acababan de informar que varios de los niños índigo habían descrito lo mismo que me acabas de contar.

—¿Cómo? —gimió Adán sorprendido—. ¿Han dicho lo mismo?

—Sí. Palabras más o menos, pero en síntesis, dijeron que tenemos un origen extradimensional y no es precisamente terrestre. Ese conocimiento está saliendo a la luz.

Kate sonrió por primera vez desde que había huido del laboratorio.

—No sé qué está pasando con el cuarzo —dijo Krüger—. Supongo que una vez que alguien toma contacto con él, poco a poco su efecto de procesar la información que tiene dentro se amplía en el cerebro.

—¿Y si el cuarzo activara el ADN?

Krugüer se mostró pensativo

—Si, como creemos, aquella civilización atlante era tan avanzada que podía dejar su energía y conocimientos dentro de un cuarzo, seguramente tendrían cientos de cuarzos distintos con diferentes programaciones. Así como habría algunos para guardar información, otros serían para potenciar y activar el ADN.

—Aclaremos cosas, doctor. Necesitamos ir paso a paso —Adán estaba bajo mucha tensión pero no perdía la lucidez—. Si Aquiles tiene un cuarzo madre de un metro de alto que supuestamente fue activado por los antiguos sabios de la Atlántida, con energía suficiente para volcar esta información en la conciencia de miles de personas que llenan todo un estadio olímpico, las preguntas que debemos resolver son: ¿dónde está el cuarzo madre?, ¿qué beneficios podría aportar con la gente? y, además, ¿qué papel jugaría en el 21 de diciembre de 2012?

—El cuarzo madre lo tiene Aquiles. Supongo que pensaba ejercer influencia para que lo llevaran a los Juegos Olímpicos. Y si la gente empezara a tener esta información y supiera la verdad, podría ocurrir un tremendo revuelo.

Adán asintió con la cabeza.

—Creo que lo que todos presentimos es que el código genético cambiará para poder acceder a una dimensión superior.

Kate miraba por la ventana hacia la calle, seguía preocupada por sus perseguidores.

—De eso no me cabe duda —afirmó Adán—. Lo que creo es que las religiones pondrán en duda la autenticidad de los cuarzos.

—No estarán en condiciones de hacer nada si la gente toma contacto directo por sí misma. No se trata de inculcar una creencia, sino de que sientan lo que tú, los niños y los médicos sentimos, la vivencia directa.

—Entonces no deberíamos preocuparnos de nada. Las profecías seguirán su curso y la energía de La Fuente generará la transformación en la Tierra. El Sol recibirá la alineación con el centro de la Vía Láctea. ¿Qué podría impedir este evento cósmico?

Krüger mostró preocupación en el rostro. Adán se mantuvo en silencio. El doctor agregó:

—Para avalar frente al *establishment* de científicos ortodoxos nuestra teoría del poder del cuarzo tendremos como prueba la física cuántica.

—¿La física cuántica?

—Sí. El doctor Carl David Anderson, ganador del premio Nobel de física en 1936, descubrió la primera de las antipartículas: el positrón o electrón positivo.

Adán escuchaba atento.

—Te explicaré. El universo entero se mantiene en conexión por medio de vórtices de energía centrípeta, con sus campos magnéticos en asociación. Es como si fuera una vorágine de agua dentro de vorágines más y más grandes.

Krüger dio unos pasos y le mostró un pequeño dibujo que colgaba de la pared.

—¿La espiral de Arquímedes? —preguntó Adán.

—Exacto —respondió el alemán y dejó el cuadro en las manos a Adán.

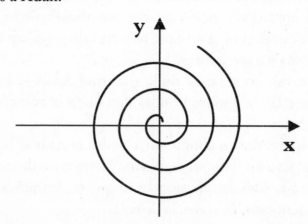

—¿Y con esto qué, doctor?

—Quedó comprobado que estas energías moviéndose en espiral dan lugar a órbitas naturales del espacio-tiempo: o sea satélites alrededor de los planetas, planetas alrededor de estrellas, sistemas solares alrededor de otros centros mayores, y así infinitamente.

—¿Qué relación tiene eso con el ADN?

—La interpretación de las profecías mayas que hizo Aquiles, partiendo del trabajo de tu padre, es que el 21 de diciembre de 2012 entraremos en el Día Galáctico, ¿verdad? Con esto podremos dejar atrás este largo periodo de oscuridad y confusión, de 5,125 años, justo lo que estamos viviendo. Lo que ellos llamaron Día Galáctico no es más que la alineación de nuestro sistema solar con una espiral más grande de energía. De esta forma, se activará la lluvia de fotones, una nube electromagnética, lo que también se conoce como nebulosa dorada o nebulosa radiante. Así se producirá una alineación entre la luz fotónica como resultado de la colisión entre un antielectrón o positrón con un electrón. Esta colisión se produce en una fracción de segundo y el resultado es la destrucción de ambas partículas.

Krüger tomó aire antes de continuar.

—Lo importante es que la masa resultante de esta colisión es convertida totalmente en energía, registrada como fotones o partículas lumínicas.

—¡Producirán una explosión de luz que afectará el ADN! Krüger sonrió.

—Ni más ni menos. Pura ciencia, genética, astrología y astronomía.

—Y mística —añadió Adán.

—Puedes verlo también de manera mística y espiritual obviamente. En la prestigiosa revista *Scientific American* se publicó un artículo que decía que si se coloca oro, cuarzo o rutenio en cada extremo de la doble hélice de ADN, esos materiales se vuelven 10,000 veces más conductivos. Se produce un efecto trasmisor, semejante a una autopista que lleva al despertar del poder completo del ADN.

—Asombroso —dijo Adán.

—Sí, además de la explicación bioquímica, en la parte astronómica es probable que nuestro planeta entre en alineación con las bandas de alta frecuencia de las Pléyades, Sirio, Orión, Arcturus y Andrómeda.

Adán recordó los documentales que su padre le hacía ver de adolescente, en especial *Cosmos*, de Carl Sagan, con música del extraordinario artista griego Evángelos Odiseas Papathanasíu, conocido como Vangelis, quien había sido hasta el momento el único músico en enviar al espacio sus composiciones en una cápsula en un proyecto de la NASA. Se trataba de una grabación de *Mythodea*, un recital sinfónico que dio en el Templo de Zeus, en Atenas, durante 2001.

Adán pudo rememorar la belleza exquisita de los movimientos de los planetas como una sinfonía celestial, una sagrada danza cósmica.

—¡Es asombroso! —exclamó Kate.

—Así es. No hay que olvidar que tu padre y muchos investigadores dicen que en la época atlante, hace incluso más de 24,000 años, se utilizaba la constelación de Orión y la estrella Sirio como guía para ampliar la conciencia y el paso a otras dimensiones.

—¿Por qué se perdió ese conocimiento? —preguntó la doctora.

—Lo que sucedió es que hace unos 10,800 o 11,000 años, aproximadamente, cuando la humanidad entró en lo que llamaron la Noche Galáctica, se perdió la memoria de cómo conectarnos con estas guías en el cielo. Se perdió la brújula energética y la conciencia cayó en el olvido. Los últimos en utilizar este conocimiento fueron los egipcios y los mayas. Los egipcios alinearon sus pirámides de Gizah con la

Constelación de Orión. Sus tres pirámides pertenecientes a los faraones Keops, Kefrén y Micerinos están perfectamente alineadas con tres estrellas de Orión.

Adán escuchaba en silencio.

Krüger agregó:

—Yo creo que Aquiles ha deducido que como todo es cíclico, este próximo fenómeno astronómico podría producir una importante transformación en las partículas energéticas humanas, en el cerebro y en el ADN.

—Eso será lo que preocupa a los secuestradores —dijo Adán.

—Aquiles me mencionó que intuía que podrían quitarse los velos para saber de dónde venimos y quiénes somos dentro del universo, sobre todo, debido al impacto del cinturón de fotones, además de la actividad estelar que podría influenciar directamente en nuestra psiquis.

—¿Eso es científica y biológicamente posible, doctor? —preguntó Adán.

—Si fuese así, se borrarían las barreras alrededor de las células y seríamos sensibles a la nueva energía. De esta forma el ADN respondería a las nuevas frecuencias, lo cual activaría su potencial al completo, lo que llaman ADN basura o chatarra es, en realidad, un gran poder latente...

Krüger estaba inquieto y emocionado, sus ojos estaban llenos de esperanza.

57

Adán no salía de su asombro cuando sonó su Blackberry.

—¡Alexia! —exclamó con alegría.

—¿Dónde estabas? —preguntó ella desde el interior del taxi.

—Reunido con Krüger y una doctora en el instituto. Han pasado muchas cosas. Ya te explicaré. ¿Dónde estás tú?

—En Atenas. Encontré una dirección en la agenda de mi padre.

—¿Estás sola? Es peligroso, Alexia. A nosotros nos sigue la policía. Van con todo.

—Escúchame. Contacta con mi amigo Jacinto Urquijo y dile que te lleve a mi apartamento. Recordé que hay una memoria USB que puede tener archivos que me envió mi padre por internet hace tiempo.

—¿Un disco de memoria? ¿Cómo no lo recordaste antes?

—Son muchas cosas, Adán. Quizá no tenga nada útil pero es importante no dejar nada librado al azar, quizá tenga documentos, direcciones, no sé... algo. Está en un estuche azul en el clóset de mi habitación.

—Lo haré, Alexia. Y creo que lo mejor es que vaya luego hacia Atenas contigo. Me organizaré con el doctor Krüger y te informo. Ten mucho cuidado.

—Apunta la dirección donde iré...

En ese mismo momento, con un zarpazo, Eduard le quitó el teléfono de la mano y cortó la comunicación.

—¿Qué haces? —le dijo Alexia visiblemente molesta.

—¡Se terminó el juego, perra! —le gritó al tiempo que con la otra mano sacaba el arma del bolsillo de su chaqueta.

58

Adán se quedó mirando en silencio la pantalla de su teléfono. "Seguramente se habrá quedado sin batería o me pasará la dirección por un mensaje."

—¿Qué ha dicho? —preguntó Krüger, que estaba preparando un pequeño bolso con carpetas para irse de casa.

—Que va tras una dirección en Atenas, escrita por Aquiles en su agenda el día de su desaparición.

—Espero que encuentre algo. Debemos apurarnos y salir de aquí. La policía puede llegar de un momento a otro.

—¿Por qué escapar, doctor? No hay nada ilegal en su instituto.

—Eso ya lo sabemos, pero ellos no piensan eso. ¡Quieren el cuarzo!

—Antes de irnos debemos organizarnos. Pensemos.

—Tenemos poco tiempo ahora, Adán —dijo Krüger un tanto agitado—, pero esa posibilidad explicaría concretamente el final del ciclo del calendario maya de 26,000 años. Iniciaríamos un nuevo ciclo cósmico. Terminaría el tiempo como tal, asociado a la mente, y descubriríamos nuestra atemporalidad y nuestra… inmortalidad.

Krüger sonrió.

—Un momento, doctor —irrumpió Kate, que se resistía a creer que todo fuera demasiado perfecto como en un cuento de hadas—. ¿Qué cree que pasará exactamente? ¿Será repentino este cambio? ¿Todo el mundo lo sentirá? ¿Pasará toda la gente por el portal energético a ese nivel superior de conciencia?

—No lo sé, Kate. Ya llegará el momento de saberlo. Lo que supongo es que habrá muchos cambios a nivel bioquímico, espiritual y psíquico en los seres vivientes de la Tierra. Es tiempo de alertar a la gente y prepararla. Me temo que quien no vibre con esa nueva frecuencia no ascenderá a la nueva dimensión y a la ascensión.

Kate tenía una pizca de escepticismo.

—La gran mayoría de la gente desconoce el calendario maya y no cree en las profecías. ¿Por qué habrán de creer en esto? Debemos estar preparados para el rechazo.

Adán se anticipó a responder.

—Hay muchos grupos de trabajo por todo el mundo, Kate. Para los mayas, el inicio de una nueva dimensión de percepción de la realidad sería la muerte de todo aquello que no vibre en consonancia con la forma holística de concebir la existencia.

Kate estaba pensativa.

—¿Qué se supone que debemos hacer ahora?

—Creo que hay dos cosas que son las más urgentes —enfatizó Adán—. Por un lado, encontrar a Aquiles o algún rastro de dónde puede estar. Y por el otro…

Krüger pareció adivinar su pensamiento telepáticamente.

—¡Llamar a los medios!

—Exacto —respondió Adán—. Hay que dar a conocer esto, que sea una reacción en cadena para que la gente se prepare, sobre todo el mensaje de los niños… —su rostro quedó tieso como el de las estatuas de Apolo. Le vino a la mente la petición de Alexia para que fuera por la memoria USB—. Se me acaba de ocurrir algo. Nosotros pasamos información de una USB a otra, de un disco a otro, de una computadora a un chip de memoria. ¿Y si, de la misma forma, pudiéramos pasar la información y la energía de un cuarzo a otro?

Los ojos del doctor Krüger y de Kate se llenaron de brillo.

—Si eso fuera posible —exclamó Krüger—. Si conseguimos pasar y cargar cualquier cuarzo y alinearlo aunque sea con el pequeño trozo de cuarzo atlante que tenemos...

Adán le interrumpió.

—¡Podríamos dar miles y miles de cuarzos recargados a la gente!

—¿Eso produciría una revolución energética colectiva? —preguntó Kate.

—Exacto, aunque primero tenemos que hacer pruebas —añadió el alemán, que tenía el rostro enrojecido por la tensión y la emoción—. Sería una reacción en cadena, quizá lograríamos que mucha más gente tomara conciencia de lo que vendrá el 21 de diciembre.

Adán asintió y lo miró con alegría.

—Kate, haremos la prueba rápidamente. Será de la misma manera que se puede pasar una fotografía de un teléfono a otro mediante tecnología Bluetooth.

La doctora lo observaba atentamente.

—Tú encárgate de estas pruebas, Kate; asegúrate de comprobarlo varias veces, si funciona, contacta con depósitos del mundo y manda a comprar todos los cuarzos que tengan disponibles de unos cinco, siete o nueve centímetros de diámetro.

Al escuchar esto, aún preocupado por Alexia, Adán se imaginó cómo la luz y la información pronto podrían correr por la conciencia de la gente, igual que el cauce de un río. De pronto, algo encajó en su comprensión.

—¡Ahora entiendo por qué el cuarzo que Alexia lleva colgado de su cuello estaba tan caliente! ¡Se está activando!

—¡Esperen un momento! —exclamó Krüger. Su mente recibió un nuevo rayo de inspiración.

Adán y Kate lo miraron con asombro.

—Por favor, Kate, pásame el libro del padre de Adán, que está detrás de ti, en el librero.

La mujer se giró sobre sí misma y tomó el volumen de *Las siete profecías mayas y la conexión atlante*, de Nikos Roussos.

Krüger lo cogió de las manos de Kate con ansiedad. Buscó en varias páginas.

—Mmm... por aquí... debe estar...

—¿Qué buscas? —preguntó Adán—. ¿Puedo ayudarte?

—¡Aquí está! —exclamó Krüger.

Kate y Adán lo miraban con asombro.

—Tu padre nos ha dado el puente que une a los mayas y a los atlantes.

—¿Cómo?

—En la página 216... Lee cómo inicia el capítulo.

Adán cogió el libro.

—Es una cita de Cacama, el último emperador azteca —afirmó Adán.

Recordó su hermosa estatua en la capital de México sobre la avenida Reforma.

—¿Y qué dice? —preguntó Kate ansiosa.

—El emperador sentenció hace mucho tiempo: "Dejemos que las piedras hablen".

Se produjo un silencio.

—No entiendo —le dijo Kate—. ¿Qué quieres decir con eso?

Krüger vio que Adán no podía contestarle por la emoción.

—Kate, tanto los mayas como los atlantes se caracterizaron por usar piedras donde grabaron sus códices y jeroglíficos, además de cuarzos para trasmitir información; no sólo ellos. Los egipcios, druidas, hindúes y las civilizaciones avanzadas usaron las piedras como medio de difusión para que las enseñanzas y conocimientos quedaran plasmados por los siglos de los siglos.

Krüger dio tres largos pasos, reflexionó en silencio, con la mirada puesta a través de la ventana.

Kate y Adán lo observaban.

La voz del alemán se volvió grave como un trueno.

—En este punto de la evolución humana, las piedras que hablarán y a las que se refería aquel ancestro emperador...

59

Eduard había comenzado a sudar dentro del taxi.

—¿Qué haces, imbécil? Estaba hablando con Adán —le reclamó enojada Alexia, viendo cómo le apuntaban con el arma.

—A partir de ahora harás lo que yo te diga.

El taxista observaba impávido por el espejo retrovisor. Afuera una multitud se apiñaba en la zona central de la capital helena en lo que parecía una manifestación.

—Esta calle está cerrada por la gente —dijo el taxista, quien pensó que sería mejor dejarlos bajar. No quería problemas.

—¡Tú también harás lo que yo te diga! —le gritó El Búho sin dejar de apuntar a Alexia.

—¿Pero qué quieres? —le preguntó Alexia asombrada.

—Por ahora que guardes silencio. ¡Vamos, avanza! —le ordenó al conductor.

—Por esta calle es imposible.

—Entonces dobla por allí —le indicó y señaló una calle lateral a la izquierda, donde no había tanta gente. Estaban a sólo dos calles de la casa donde estaba secuestrado el arqueólogo.

El taxista enfiló para la calle lateral evitando la manifestación. Avanzó unos cincuenta metros cuando Eduard le ordenó detenerse.

—Disculpa que no te pague el viaje —le dijo con ironía al conductor—. ¡Rápido, baja del coche! —le ordenó a Alexia.

Ella hizo lo que le pedía, abrió la puerta y sacó una de las piernas fuera del coche.

Eduard se bajó por la otra puerta rápidamente.

Con un movimiento que duró apenas dos segundos, Alexia se tiró literalmente hacia dentro del coche con las puertas abiertas y el taxista aceleró a toda velocidad, dejando al catalán fuera.

El Búho no dudó un instante. Elevó su arma y apuntó al conductor. Un certero disparo hizo que el coche se estrellara contra un poste de luz. El impacto provocó que un perro que pasaba por delante huyera asustado. El Búho corrió velozmente los veinte o treinta metros que el coche había logrado avanzar, vio a Alexia casi desvanecida detrás y un hilo de sangre manaba de la cabeza del conductor. Cogió a Alexia de la mano y de un tirón la impulsó hacia fuera. El vestido de ella se rasgó a la altura de la cadera.

—¡Arriba, perra! ¡Camina!

Ella salió del coche y, mientras, él ocultaba el arma en el bolsillo derecho de su chaqueta.

—Si vuelves a hacerte la lista, no dudaré en dispararte en la cabeza.

Alexia se había golpeado la frente. Estaba aturdida. Le costaba mantenerse en pie. El Búho la llevó amenazada y pronto se alejaron del taxi. Por suerte para Eduard nadie había visto aquel incidente. Doblaron la esquina. Faltaban sólo cien metros para llegar a la casa donde estaba Aquiles custodiado por el francés.

—Después de todo, puedes ponerte contenta. Volverás a ver a tu padre.

Kate y Adán habían comprendido lo que Krüger planteaba. Si lograban transmitir información de una persona a otra mediante los cuarzos, revolucionarían a la sociedad. En el momento en que imaginaban los cambios posibles, Kate escuchó un extraño ruido. Se asomó por la ventana de la elegante casa del genetista. Vio un coche negro y tres patrulleros delante de la casa.

—¡La policía! —exclamó la doctora.

Adán y Alexia se miraron con expresión helada. El alemán no dudó un instante.

—¡Por aquí! —y señaló hacia la cocina. Había una puerta de madera oscura que daba a una pequeña plazoleta donde dejaban la basura. El doctor la abrió y rápidamente se vieron fuera de la casa—. Entrarán de inmediato. Es mejor que nos dispersemos. ¿Tienen los teléfonos móviles?

Los dos asintieron rápidamente.

—Ya sabemos qué hacer cada uno —zanjó el alemán—. Tengan cuidado.

Dicho esto, los tres se encaminaron en distintas direcciones atravesando la plazoleta. En la entrada principal, Viktor Sopenski y la policía británica forzaban la entrada de la casa del genetista.

Habían convenido que Kate y el científico alemán se ocuparían de experimentar y programar los pequeños cuarzos que planeaban distribuir durante los Juegos Olímpicos; Kate contactaría con la prensa independiente, mientras Adán volvería con Alexia, para seguir buscando a Aquiles y al cuarzo madre atlante.

Adán había cogido un taxi y rápidamente se alejó del barrio. Hizo una llamada a Jacinto Urquijo para recoger la llave y la USB de la casa de ella. Habían quedado en encontrarse en la puerta del conocido Westfield Shopping del centro de Londres.

Mientras el taxi se acercaba al Big Ben, la gran campana del famoso reloj del palacio Westminster marcaba las siete de la noche; el auto atravesó la calle contigua y se podía divisar el edificio de la sede del Parlamento Británico.

Adán reflexionó con la mirada en el palacio sobre lo que estaba sucediendo. Desde que había llegado de Nueva York, se había visto envuelto en una espiral de sucesos y profecías, acertijos e hipótesis, presagios y experiencias metafísicas. Acostumbrado a su organizada aunque también activa vida, sentía que su existencia había dado un vuelco y cobrado velocidad.

Necesitaba procesar todo lo que ocurría. Desde que había recibido la llamada de Aquiles corría sin descanso de un lado a otro, elaboraba hipótesis, desvelaba símbolos que desarrollaban su capacidad de comprensión al máximo.

Danzaba por su mente un sinfín de cuestiones trascendentes: la veracidad de la Atlántida y las profecías mayas, el descubrimiento y secuestro de Aquiles, los terremotos, la situación del Sol, el uso místico del sexo, la tablilla de oricalco encontrada por Aquiles con los símbolos de Adán y Eva, el valioso cuarzo con información atlante... Todo esto generaba combustión en su interior mientras trataba de encajar las piezas.

Y, encima de todo, se había convertido en fugitivo de la policía sin haber cometido ningún crimen. Le molestaba ser perseguido. Bajó la ventana del taxi para que el aire le diera en la cara. Le pidió al taxista que subiera el volumen de la radio ya que la emisora estaba mencionando informes recientes sobre el estado de los países donde habían ocurrido los terremotos. La situación del planeta era delicada y las tormentas solares volvían a producirse.

En Londres no había pasado nada, así que la organización de las Olimpiadas seguía en pie. Aun así, cuando el coche frenó en un semáforo, pudo ver grupos de manifestantes con pancartas y carteles sobre el fin del mundo, quejándose contra el gobierno. La ciudad parecía un coctel humano de color, confusión y surrealismo.

Adán trató de aislarse de las noticias por un momento. Cerró los ojos. Le vinieron a la mente las palabras que Kate le había dicho en un *impasse*, luego de la experiencia con el cuarzo. La bella mujer había sido muy sutil para mostrar que sentía atracción por él.

—No sé si ha sido este momento, pero tengo que confesarte que siento una corriente de unidad contigo —le había mencionado.

Adán no estaba pensando en el amor ni en el sexo, aunque no negaba en su interior que una experiencia sexual con una mujer como aquella sería memorable. O quizá algo más, no lo sabía. La fusión del sexo y la conciencia. En realidad, sentía un fuerte deseo de volver a ver a Alexia. Decidió evaporar aquellos pensamientos.

El taxi estaba llegando al centro comercial. Cogió el teléfono móvil y volvió a llamar al amigo de Alexia.

62

Jacinto Urquijo estaba esperándolo en la puerta de una tienda de Dolce & Gabbana. Llevaba un bolso grande en su mano derecha con una gran D&G. Era menudo y de estatura mediana, pero por su colorida vestimenta nunca pasaba desapercibido. Usaba una gafas grandes de color negro, vestía un elegante pantalón granate y una camisa blanca. El cabello estaba prolijamente cortado y peinado hacia arriba con los dedos. Cada una de sus manos lucía un anillo y tenía una sonrisa que parecía instalada en su rostro todo el tiempo. Había nacido en Puerto Rico, pero llevaba muchos años en Londres.

—¡Hola! —exclamó con un ademán al tiempo que se hacía paso entre la gente—. ¡Aquí estoy! —Jacinto era verborrágico y extrovertido.

—Hola, soy Adán —se presentó el sexólogo luego de que Jacinto subiera al taxi—. ¿Llevas mucho esperando?

—No, de hecho estaba haciendo tiempo. He salido de compras porque estaba harto de tanto caos y trabajo —Jacinto usaba sus manos dinámicamente al hablar.

—Trabajas con Alexia, ¿verdad?

—¡Sí! —exclamó con voz aguda—. Trabajamos juntos. Yo también soy geólogo. Adoro a Alexia, realmente la adoro. Es divina… una diosa.

—Yo siento lo mismo —dijo Adán—, es una mujer muy valiosa.

Jacinto le indicó al conductor la dirección a dónde dirigirse. El taxi aceleró.

—Mira, Jacinto, Alexia y yo estamos en medio de un problema. Un asunto complejo. Ha desaparecido su padre que tiene una información muy importante.

—¡Lo sé! Me ha telefoneado desde Santorini y me dijo que vendrías a recoger las llaves y unas carpetas o no se qué cosa... antes de decidir qué harían. ¡Oh, Dios! En todo lo que pueda ayudar, cuenten conmigo —hizo una pausa antes de continuar—. Ya lo he comentado con Alexia, así que también te lo explico a ti... —su voz se mostró dubitativa y su rostro adquirió un aspecto serio. Su sonrisa desapareció.

—¿Qué sucede?

—Verás, Adán, hemos recibido varios mails en el instituto geológico con fotografías aéreas sobre diversos y extraños símbolos geométricos, agroglifos.

Adán asintió. Se trataba de círculos en los sembradíos, marcas con bellos y sofisticados símbolos de entre 20 y 150 metros, que aparecían misteriosamente de la noche a la mañana en varios campos de trigo y otras cosechas, particularmente a las afueras de Londres.

—¿Son recientes?

—Sí —afirmó con los ojos muy abiertos—, no son sólo de Inglaterra, se han presentado en varios campos del mundo entero. Es la noticia del día, está circulando por internet y la televisión.

—¿Qué muestran los símbolos?

—Son extrañas combinaciones.

Jacinto Urquijo llevó sus manos al bolso y extrajo una carpeta. Lo que Adán vio le hizo dar un vuelco a su corazón. Le recorrió una electricidad por toda la piel.

El taxista los miró asombrado por el espejo retrovisor.

—¿Qué pasa con estos símbolos? ¿Qué significan? —Jacinto no supo por qué pero sintió que los pelos de la nuca se le erizaban.

Adán no le quitaba los ojos a las fotos que tenía en sus manos. Estaba claro que esa aparición reciente significaba algo importante.

—Jacinto, ¡estos símbolos son los mismos que encontró el padre de Alexia en una tablilla que tiene más de 12,000 años de antigüedad! Que hayan surgido en estos momentos indica que son señales de algo importante que sucederá a nivel planetario y galáctico.

—¿En serio?

Adán asintió.

—Déjame verlos otra vez, ¿qué significan? —le arrebató los papeles y las fotografías.

—Son el Alfa y el Omega, entre ellos hay diversos símbolos del Elohim, la sagrada unión sexual de lo femenino y lo masculino.

Aunque Jacinto prefería unirse sólo con el polo masculino, comprendía la dimensión universal de los símbolos que representaban el acto de reproducción de la especie humana.

—¡Qué impacto!

—Si bien nunca se supo quién o qué los hacía sobre los campos, no me cabe la menor duda de que estos símbolos son obra de seres avanzados.

—Es sorprendente —respondió Jacinto—. Se han producido en casi todos los países. Desde Argentina hasta Canadá, en China, en Malasia, en Grecia, en Australia...

—¿En tantos países? —exclamó Adán—. No puede ser que todas aparezcan al mismo tiempo en lugares tan remotos... —su voz se frenó en seco, no quería hablar de aquello frente al taxista. Llevó el índice de su mano derecha hacia sus labios, haciendo el mismo gesto de silencio que las enfermeras en los hospitales. Guardaron silencio las pocas calles que faltaban.

El coche giró por una lateral a toda velocidad y luego enfiló dos calles, evitando las principales avenidas. Siguió derecho cinco calles más aprovechando que no había muchos autos.

—Déjenos aquí, por favor —le dijo Jacinto al taxista al cabo de unos breves minutos—. Caminaremos una calle. La casa de Alexia es aquella pintada de blanco —le indicó a Adán.

63

Jacinto no lo dejó pagar el taxi. El compañero de trabajo de Alexia se mostraba cada vez más impaciente.

—Estoy ansioso, no entiendo qué está pasando.

Mientras caminaban a paso veloz los cien metros que faltaban, Adán le explicó el sentido de los símbolos con las profecías mayas y el fin del ciclo planetario.

—¡Dios mío! Es a la vez emocionante y aterrador —exclamó Jacinto.

Adán asintió lentamente con la cabeza.

—Algo importante está a punto de ocurrir. Sólo recogeré una USB y volveré a Atenas.

Pocos metros antes de entrar a la casa de Alexia, sonó el teléfono móvil de Jacinto. Metió su mano en el bolso para extraer el aparato. Adán lo miró a los ojos con la esperanza de que fuera Alexia otra vez. Necesitaba contarle que el cuarzo que llevaba colgando de su cuello podría provenir de un trozo de cuarzo atlante, aunque no lo supieran. Debía decirle cómo sacar la información.

—No es Alexia —dijo Jacinto, al ver la pantalla—. Es un amigo. Adelántate tú, yo hablaré con él —le dijo al mismo tiempo que le entregaba las llaves.

Adán las cogió y se adelantó. Las introdujo en la cerradura y penetró la elegante entrada. En la ventana había flores y se notaba que estaban cuidadas con esmero. Emparejó la puerta tras de sí y percibió el perfume de Alexia en el ambiente. Todo tenía su sello. Decorado con estilo minimalista, el sitio reflejaba mucha calidez. El espacio y los muebles estaban inteligentemente aprovechados. Dio varios pasos por el hall de la entrada, que debía medir unos treinta metros cuadrados. Al fondo se veía la entrada a la cocina y un baño.

Alexia le había dicho que guardaba la USB dentro de su habitación en el primer piso. Se dirigió a las escaleras de caracol que había en el final del hall, el cual estaba pintado de color lavanda muy suave. Subió las escaleras imaginando a Alexia allí; sola, autosuficiente, llenando cada rincón de su casa con la energía de su espíritu luminoso.

Tras subir las escaleras giró hacia la habitación en la que había un baño, la puerta estaba entreabierta y la tapa del inodoro se encontraba sin bajar.

"¡Qué raro!", un pensamiento súbito lo alertó: "Alexia no olvidaría bajar la tapa del inodoro". Supuso que el mismo Jacinto habría ido al baño días atrás. Dio varios pasos más y entró en la habitación. Olía a flores, a narcisos, el perfume preferido de ella. Tenía un par de cuadros colgados de las paredes con atardeceres de Santorini. Le llamó la atención que la cama estuviera desarreglada. Era un detalle que destacaba entre tanta pulcritud.

Abrió uno de los cajones del clóset. Debajo de unas toallas pequeñas notó un pequeño estuche azul. Lo abrió. Allí estaba la USB, y en el mismo momento en que se disponía a salir de aquella casa, el frío contacto de la pistola en su nuca le generó un escalofrío por toda la columna vertebral.

Detrás suyo, Viktor Sopenski sostenía el arma con fuerza.

64

Sergei Valisnov estaba sentado a la derecha de Stewart Washington, en medio de una nueva cumbre en la capital de Estados Unidos, que se llevó a cabo en un enclave secreto para no despertar sospechas de la prensa independiente. El Cerebro sabía que su plan de activar bombas nucleares podría ser vetado por algunos integrantes del Gobierno Secreto y del gobierno oficial. Debería ser convincente, hacerles ver que era la única opción de frenar no sólo el impacto del meteorito que se dirigía hacia el planeta, sino del creciente fervor esperanzador que existía en varios lugares del mundo acerca del solsticio de diciembre.

En aquella reunión, en medio de un amplio salón ornamentado con una larga mesa ovalada de roble, con paredes decoradas con cuadros de incalculable valor económico e histórico, había mandatarios de diferentes países, tres voceros del Vaticano, los más altos miembros del Gobierno Secreto y varios integrantes cuyas funciones consistían en controlar desde la prensa mundial hasta el negocio farmacéutico.

—Es necesario que tomemos decisiones —dijo El Cerebro con voz tajante—. Como habrán podido comprobar a través de nuestros informes conjuntos, tenemos varios frentes a los que prestar suma atención.

En el ambiente reinaba un aura de incertidumbre y los rostros mostraban seriedad en extremo. Stewart Washington continuó su discurso.

—Por un lado, tenemos la inminente llegada del meteorito que nuestros científicos han detectado recientemente en el NORAD y los observatorios de la NASA, que supuestamente impactará nuestro planeta si no hacemos algo. El problema se agiganta, ya que este hecho astronómico se relaciona con nuestro segundo gran problema: el rumor que cada día cobra más fuerza sobre el posible cambio de conciencia para el próximo solsticio de diciembre.

Varios de los integrantes se miraron a los ojos con una muestra de incomodidad en sus pupilas.

—Si a esto añadimos los recientes cambios en el comportamiento del Sol y los seis terremotos que se han producido en varios puntos del planeta, sabremos el por qué la creciente ola de caos, miedo y confusión.

Washington tomó aire y los observó a todos.

—Si la gente se enterara de la llegada del meteorito, entraría en una fuerte crisis psicológica. Además, la incontrolable difusión mediante internet, videos y libros respecto a la supuesta séptima profecía nos está haciendo perder poder político y religioso.

Washington dirigió una mirada a un vocero del Vaticano. Éste se la devolvió con los ojos llenos de incertidumbre. El Cerebro prefería que el cardenal Tous no estuviera allí, de hecho había ordenado que se quedara en Roma para evitar discusiones con él. De todas formas, la tensión en el ambiente crecía con cada palabra.

—Por otro lado, el informe que desvela el alto secreto nos perjudica.

El Cerebro se refería a los recientes testimonios de avistamientos de naves interdimensionales en varios puntos del globo. Además estaban frente a una decadente influencia de posicionamiento mundial y la pérdida de miles de millones de euros, dólares y otros bienes.

—¿Qué propone usted? —preguntó el presidente de los Estados Unidos.

—Nuestra propuesta puede sonar drástica en un inicio pero creo que a la larga sería una inversión que nos puede dar el poder total; sólo así podremos generar nuestro ansiado Nuevo Orden Mundial en el corto plazo. El miedo de la mayoría de los 6,300,000,000 de habitantes del globo sería suplantado por la seguridad que nosotros le ofreceríamos. Luego de nuestra intervención... perdón —rectificó— de *su* intervención pública como gobiernos oficiales quedaría claro que serían los salvadores del Apocalipsis.

El presidente de los Estados Unidos hizo una mueca que cambió el semblante de su fina cara color caoba.

—¿Cuál es el plan, entonces? —esta vez fue el secretario de Defensa de Estados Unidos quien preguntó.

Washington se aclaró la garganta.

—El plan que hemos diseñado —dijo observando al ruso Valisnov— es detonar varias bombas nucleares y activar la siembra que ya hemos hecho en el espacio con los armamentos en satélites y cabezas nucleares. Ya sea mediante nuevos cohetes dirigidos o mediante el armamento que ya existe, para interferir con el meteorito y con las apariciones de naves extraterrestres. La única opción viable que veo para terminar esto es desplegar nuestro potencial nuclear.

Un murmullo recorrió aquella amplia sala como un reguero de pólvora. Un vocero del Vaticano intervino rápidamente.

—Me temo que Su Santidad no estará muy de acuerdo cuando se entere de esto.

Washington le dirigió una mirada fulgurante como un rayo.

—Creo que Su Santidad tendrá que entender la gravedad de la situación como lo han hecho todos los papas desde hace miles de años. La iglesia siempre se ha mostrado dura e inflexible para mantener la palabra de la Biblia a rajatabla y mantener por la fuerza "lo que fue en el pasado", pero se ha mostrado muy reticente para hablar sobre "lo que será en el futuro", y de esta reunión depende nuestro futuro.

—¿Se cree tan poderoso que quiere usted cambiar la palabra de Dios? —replicó con soberbia el vocero papal.

—Creo que no es momento de entrar en debates religiosos —intervino El Brujo Valisnov.

Todas las miradas fueron hacia él.

—Me gustaría explicarles la gravedad del asunto a nivel técnico —argumentó con vigor, al tiempo que abría una carpeta.

Washington asintió, hizo una seña con su mano para que hablara.

—Como sabrán, en 1996 los científicos de la NASA enviaron al espacio el proyecto NEAR, es decir, satélites cuya misión es buscar cuerpos de asteroides o cometas, u objetos de antiguas colisiones con otros planetas, que puedan estar cercanos a la Tierra y ser una amenaza para nosotros.

"Existen más de mil asteroides cercanos, y desde que contamos con la NEAR hemos podido estudiar, por ejemplo, al asteroide Eros, incluso el 12 de febrero de 2001 aterrizamos nuestro satélite sobre su superficie y se pudo comprobar que tiene 12 kilómetros de ancho y 3 de alto; de impactar contra la Tierra sería equivalente a 15 bombas como la de Hiroshima al mismo tiempo.

Varios miembros volvieron a dirigirse la mirada comprobando la gravedad que contenían aquellas palabras. El NEAR, siglas de Near Earth Asteroid Rendezvous o Encuentros con Asteroides Cercanos a la Tierra, fue impulsado luego de que en 1994 el geólogo y astrónomo Eugene Shoemaker y su esposa descubrieron en su estudio particular que un cometa habría de chocar contra el hemisferio sur de Júpiter, produciendo asteroides que quedarían a la deriva en el espacio.

Shoemaker era un científico que había señalado que la Tierra estuvo durante muchísimo tiempo soportando los impactos de distintos meteoritos, desde el que supuestamente terminó con los dinosaurios hasta otros muchos que aún hoy mostraban marcas del impacto, como el cráter de Arizona. Le había costado convencer a los científicos escépticos, pero como había demostrado al final tener razón, la NASA bautizó el proyecto como "NEAR Shoemaker", en honor a su nombre.

—Esta próxima amenaza de impacto no sería un asteroide de bajo peligro —retomó Valisnov, con los ojos llenos de fuerza—, no se trata de un meteorito más, ya que para detener y estudiar al meteorito Eros se tardaron cinco años. Lo que se aproxima ahora a la Tierra no ha podido ser detectado con previsión por los telescopios ni los satélites y llegará hasta nosotros en un periodo de unos cuatro o cinco meses —su rostro parecía el de un guerrero ancestral a punto de entrar en combate—. De hecho, los últimos estudios sugieren que no necesariamente es un meteorito.

Un murmullo generalizado inundó la sala. La tensión se apoderó del ambiente.

—¿Qué es entonces? —preguntó consternado el secretario de Defensa.

—No estamos seguros. Los informes recientes de nuestros científicos dicen que el cuerpo extraño incluso podría ser una especie de cometa. Está cargado de fuego y su contacto con la Tierra produciría gigantescas rocas que destruirían todo el planeta sembrándolo de cristal de impacto.

El silencio en la sala era pesado, todos estaban viviendo la tensión, los ojos del Brujo destilaban sagacidad.

—Imaginen por un momento que si hay colisión sólo quedaría ese material en toda la Tierra y ninguno de nosotros, literalmente, vería más sus huesos por este planeta.

—¿Cuál es la otra opción? ¿Hay un plan B? —preguntó el secretario de Defensa, nuevamente.

—Me temo que no hay otra opción. Es nuestra mejor carta —dijo Valisnov tajante.

65

Viktor Sopenski estaba sudando. Se mostró irritado por todo lo que había tenido que hacer para capturarlo.

—Un paso en falso y tus sesos van a decorar las paredes.

Adán se quedó inmóvil, tal y como se le había ordenado. Tragó saliva. Sopenski resopló como un bisonte furioso.

—¿Quién eres tú?

—Eso mismo me pregunto —respondió Adán, tratando de mover sus ojos para verle la cara.

—¡Las manos a la nuca! ¡No te muevas! —gritó enojado.

Adán subió lentamente ambas manos he hizo lo que le pedía.

—¿Tú debes ser el amigo de Alexia, verdad? —le volvió a preguntar—. Tienes cinco segundos para responder si quieres seguir vivo.

La orden que el cardenal Tous le había dado era atrapar a Adán y a Krüger con vida. Necesitaba confirmar quién era él.

—¿Qué es eso que has sacado del cajón? ¡Entrégamelo!

Adán pensó rápidamente algún artilugio para salir de aquella situación.

—Es…

—¿Una usb? ¿Qué contiene?

—No lo sé.

—¡Dímelo! Igual pronto lo sabremos —dijo Sopenski al tiempo que se dirigió hacia una Mac portátil en el escritorio de Alexia. "¡Mierda!, no sé usar las Mac", pensó. Se sentía irritado. Él estaba allí para dar *su gran golpe*: coger de sorpresa a la hija del arqueólogo. Si ella no estaba, su trama se le evaporaba, junto con la posibilidad de obtener los 50,000 euros.

—Puedo ayudarte —le dijo Adán tratando de alargar la situación—. Puedo darte más dinero del que te pagan.

Sopenski le dio una fuerte patada en los riñones. Aunque Adán era un hombre fuerte emitió un quejido.

—Me dirás qué hay en esta USB. ¡Prende la computadora! Un movimiento en falso y disparo.

En ese momento unos sonidos en la escalera llamaron la atención de Sopenski. El grueso policía se escondió detrás de una puerta junto a Adán, a quien no dejaba de apuntar con el arma. El femenino y flexible cuerpo de la gata entró por la puerta, con un porte elegante y majestuoso, como si se tratara de Cleopatra en el apogeo del imperio egipcio. El animal estaba buscando a su dueña. Se escuchó un maullido...

—¡Fuera de aquí! ¡Gato de mierda!

Sopenski le arrojó un cojín que encontró sobre la cama. El animal huyó rápidamente escaleras abajo.

Con el arma al frente, el policía le indicó a Adán que se moviera hacia la derecha. Sopenski quedó de espaldas a la puerta.

—Se me agota la paciencia —dijo con furia, como si tirara espuma por la boca—. Veamos la USB y nos vamos de aquí rápidamente.

Adán abrió la tapa de la Mac.

—Tiene contraseña. No sé cuál sea.

A Sopenski parecía que se le salían los ojos de sus órbitas.

—¿Contraseña? —el policía apretó las mandíbulas de impotencia. Se tomó unos segundos para pensar—. Llámala por teléfono, ¡rápido!

Adán dudó un instante. En el momento que iba a coger su Blackberry del bolsillo, la corpulenta masa de Viktor

Sopenski se desplomó en suelo, un golpe seco de un jarrón sobre su cabeza dejó su cuerpo abatido sobre la alfombra.

—Cuando le regalé este jarrón a Alexia no imaginé que terminaría en la cabeza de un ladrón —la voz de Jacinto sonó como una campana de ayuda.

Adán se giró con expresión de alivio en el rostro, mientras Jacinto lo ayudaba a incorporarse.

—No es exactamente un ladrón —dijo Adán acomodándose la ropa—. Rápido, busquemos algo para atarlo.

66

Un escalofrío generalizado recorrió la sala donde estaba reunido el Gobierno Secreto.

—¿Dice que no hay plan B? —repitió el secretario de Defensa.

—Y además debemos actuar rápidamente —agregó Valisnov convencido—, ya que en poco tiempo el asteroide, podrá ser visto por diferentes astrónomos independientes desde distintos países. Eso filtraría información a la prensa.

—¿Qué diremos en los medios? No podremos justificar el envío de cabezas nucleares al espacio —exclamó el secretario.

—Ya nos arreglaremos para dar nuestra versión de los hechos, como siempre. Esta operación dará al gobierno oficial de los Estados Unidos, conjuntamente con los países aliados, el poder absoluto; figurarán como los líderes indiscutibles y los "héroes", si todo sale como lo planeamos.

El secretario de Defensa replicó:

—No se trata de heroísmo. Cuando el primer astrónomo independiente dé a conocer la noticia, el mundo entero entrará en un caos. Nos conviene dar la noticia rápidamente.

Valisnov tomó una profunda bocanada de aire.

—Tengamos en cuenta que el pánico global nos daría la oportunidad de implantar por fin el microchip personal. La gente accedería en busca de protección.

El diminuto aparato de un centímetro se implantaría debajo de la piel en la muñeca de cada persona bajo el pretexto de poder ser localizada en caso de cualquier catástrofe o atentado terrorista, cuando en realidad era para tenerla completamente controlada y localizable.

—Creo que este informe es más que elocuente para decidirnos a efectuar una defensa —dijo El Cerebro, que retomó el control de la reunión—. Propongo que hagamos una votación.

Varios de los presentes asintieron. El presidente de los Estados Unidos no habló, se mostraba pensativo.

—Los que estén de acuerdo en enviar cabezas nucleares al espacio, destruir ese cometa o lo que sea, y bloquear a las naves extraterrestres que pudieran aparecer, que emitan su votación —propuso El Cerebro.

Los siguientes minutos fueron de máxima expectación entre las paredes de aquel lujoso recinto. Los miembros del Gobierno Secreto y de los principales gobiernos oficiales emitieron en secreto su veredicto sobre un papel. En menos de diez minutos se supo el resultado.

—Señores —dijo El Cerebro con una expresión helada en los ojos—, el escrutinio declara que de 70 presentes, 49 está a favor de enviar misiles nucleares al espacio.

El bombeo de sangre en el cuerpo de Stewart Washington se aceleraba al igual que sus latidos cardiacos.

—No tenemos mucho tiempo —dijo con expresión triunfante—, sólo tenemos pocos meses. Es hora de poner todo en marcha.

Luego de aquella reunión comenzaba la cuenta atrás para impedir que aquel misterioso cometa llegara a la Tierra, el derribo de las posibles naves espaciales y la implantación del microchip en la población. Aquel plan no tenía marcha atrás.

67

Adán se arrodilló frente a Sopenski, que tenía las dos manos atadas a la espalda. Introdujo la mano derecha en el bolsillo de la chamarra. Buscó dentro de la cartera su identificación.

—Al parecer se llama Viktor Sopenski. Tiene documentación de los Estados Unidos —le dijo a Jacinto.

—¿De Estados Unidos? —el puertorriqueño hizo una mueca de disgusto—. ¡Qué hace este cerdo aquí!

—Cálmate —le dijo Adán—, no conseguirás nada poniéndote nervioso.

Jacinto dio varios pasos lejos de Sopenski, como si le diera asco estar cerca de él.

—Él mismo nos dirá enseguida qué es lo que hace aquí.

—Tenemos que esperar a que recupere el conocimiento —razonó Adán.

—Pues lo recuperará rápidamente —el diminuto geólogo fue hacia el baño y llenó un balde con agua fría.

Volvió como un huracán y se la echó igual que un enorme escupitajo sobre el rostro. Sopenski empezó a moverse. Abrió los ojos y pestañeó.

—¿Quién es y qué demonios hace aquí? —inquirió Jacinto.

—Espera, déjalo recuperarse, le has dado un buen golpe en la nuca.

—¿Y qué pretendías que hiciera? ¡Te apuntaba con un arma!

—Está bien, me salvaste la vida. Sólo digo que esperemos a que se reponga.

Parecía que los ojos de Sopenski hubieran seguido el movimiento de una rueda de bicicleta durante horas.

—¡Qué demonios! —el policía fue consciente de que estaba preso.

—¿Qué está haciendo aquí?

—No pienso decirles una sola palabra.

—Pues se las va a tener que ver... —Jacinto iba directamente a cogerlo de los pelos cuando Adán lo frenó.

—Espera —dijo separándolo del policía y haciéndolo sentar sobre la cama de Alexia—. Déjame interrogarlo.

Sopenski le dirigió una mirada de desagrado a Jacinto.

—Creo que no está en situación de elegir, señor Sopenski —deletreó Adán lentamente—. Usted está dentro de una casa sin ningún permiso y eso no es legal en este país.

Sopenski ahora dirigió una mirada llena de odio hacia Adán. ¿Quién era él para hablarle de legalidad? Sopenski se sentía dueño de toda ley.

—¡Llamemos a la policía! Los ingleses le harán hablar —gimió Jacinto.

Adán negó con la cabeza y lo miró pensativo.

—Todo esto es muy confuso, señor Sopenski. Tendrá que decirnos qué está haciendo dentro de esta casa y para quién trabaja.

En ese mismo momento, el teléfono de Viktor Sopenski sonó en el interior de su chaqueta.

—Creo que ha recibido un mensaje —le dijo Adán, que ya metía la mano en la chaqueta para ver el teléfono—. Si no le importa, lo tomaré yo mismo.

Sopenski hizo varios movimientos para soltarse con su voluminoso cuerpo e impedir que vieran su teléfono, pero sólo logró lastimarse más. Parecía un toro enloquecido soltando espuma por la boca, lleno de ira.

—¡Quieto, cerdo! —le gritó Jacinto.

Adán cogió el teléfono y leyó el mensaje, primero para sí, luego en voz alta, para convencerse de que aquello no era un sueño.

Debes volver a Atenas inmediatamente. El Búho la encontró. La lleva donde está el arqueólogo. Muévete deprisa.

El número desde el que habían enviado el mensaje aparecía en su lista de contactos como El Mago.

—Ahora sí usted está en un problema —le dijo Adán, con la voz firme y el rostro serio—. Llama a Alexia, ¡rápido! —le pidió a Jacinto.

Jacinto llevó su teléfono al oído y esperó. Después de unos segundos escuchó una voz: "El teléfono se encuentra apagado".

—¡No contesta! —exclamó con una expresión de dolor en el rostro.

Adán hizo una mueca de fastidio. Ella estaba en grave peligro.

—¿Quién es El Búho? ¿Quién es El Mago? —le preguntó a Sopenski que estaba visiblemente mareado.

El policía no abrió la boca.

—Tenemos que movernos deprisa —le dijo Adán a Jacinto—. Escúchame con atención —Adán le colocó una mano en cada uno de sus hombros y lo miró directamente a los ojos—. Jacinto, escúchame bien, te diré lo que haremos: tú llamarás a la policía y les dirás lo que pasó. Yo me iré inmediatamente para Atenas a buscar a Alexia.

La voz de Adán Roussos sonaba como si le hablara a un niño pequeño.

—¿Y cómo la encontrarás?

—Me llevaré su teléfono —dijo mirando a Sopenski—. No lo sé, enviaré un mensaje para que me digan el lugar de reunión. Pensaré algo en el camino.

—Pero, ¿qué hago con este cerdo?

—Cuéntale a la policía lo que pasó. Yo hablaré con Krüger y le explicaré de camino. No podemos perder más tiempo.

Jacinto asintió al tiempo que miraba a Sopenski con odio.

—Confío en ti, Jacinto. Piensa en Alexia. Llama a la policía inmediatamente. Me voy ahora mismo hacia Atenas.

En menos de un minuto Adán bajaba las escaleras y cerraba la puerta tras de sí.

Adán salió a la calle y detuvo un taxi, se dirigió rápidamente al aeropuerto más cercano, el London City Airport, que estaba a sólo diez kilómetros de distancia, ya que los otros cuatro aeropuertos de Londres se hallaban a más de veinticinco kilómetros.

Bajó la ventanilla del taxi y al sentir una brisa fresca en su rostro sintió alivio y fuerzas renovadas. Al atravesar la ciudad se le presentó un espectáculo caótico. Cerca del London Bridge se encontró con una multitud de diversas edades protestando y con pancartas. Se escuchaban gritos y varios tiraban piedras contra los agentes de policía que trataban de calmar la euforia y el enojo colectivo.

—¿Qué sucede? —le preguntó Adán al taxista, sorprendido.

—¿No se ha enterado?

—No. ¿A qué se refiere?

El taxista le dirigió una mirada de malestar por el espejo retrovisor.

—Quieren cancelar los Juegos Olímpicos.

—¿Por qué razón?

—Sobre todo por el peligro de los terremotos. Hay muchos países perjudicados, los organizadores han recibido peticiones de los gobiernos más dañados, ya que mucha gente ha muerto y han perdido sus viviendas. El ánimo está bajo.

Adán sintió su corazón acelerado. Si se cancelaban los Juegos Olímpicos, no podrían difundir el mensaje de las profecías a través de los cuarzos, como Aquiles tenía planeado. Y el panorama mundial era más grave de lo que parecía. Un escalofrío inquietante le recorrió la espalda, recordándole el peligro de la situación de la Tierra. Vibraba en el aire un clima de tensión, había caos, confusión, una extraña combinación de energías. Suspiró. Se sentía cansado. Invadido. Sobrepasado. Dentro de él sintió que todo lo que ocurría era como una enorme bola de nieve sin control que se deslizaba por el planeta. ¿Habría un orden que no podía ver detrás de todo aquello?

Pensó en Krüger. Su plan para distribuir los cuarzos cargados para activar las conciencias se veía alterado si se suspendían las Olimpiadas. Ni siquiera sabía si habían conseguido con éxito pasar la energía y la información a otros cuarzos.

—El mundo está en carne viva, es un drama —dijo el taxista en voz alta.

Adán sabía que aquel estado global no era por la tristeza de la posible suspensión del evento más grande del mundo, sino por lo que se estaba moviendo profundamente en las entrañas de la Tierra y en los confines del cielo.

Cogió su celular y llamó a Krüger.

—¿Doctor?

—Sí, Adán, estaba por llamarte —la voz del alemán sonaba llena de energía.

—Ha pasado algo grave.

—¿Qué sucede? —el tono de voz de Krüger se volvió áspero.

—En la casa de Alexia hemos encontrado un hombre extraño, me apuntó con un arma. Afortunadamente, Jacinto pudo sorprenderlo y ahora está atado. Él se quedó esperando que llegue la policía.

—Pero, ¿qué hacía allí?

—Me temo que buscando información. Luego recibió un mensaje y lo leí. Me quedé con su teléfono.

—¿Y qué decía el mensaje?

—Que a Alexia la llevan engañada hacia Atenas.

—¡Por Dios! ¿Qué está pasando? ¿Quién está detrás de todo esto?

—No lo sé. Ahora me dirijo al aeropuerto para ir hacia Atenas. Me las ingeniaré con el teléfono que me he traído para averiguar a dónde la llevan.

—Adán, es peligroso…

—Estamos en medio de una vorágine, doctor. ¿Qué ha pasado con el experimento de los cuarzos?

—Empezamos a hacer pruebas. Creemos que el experimento puede ser un éxito, hemos podido pasar la información del pequeño cuarzo atlante a otros cuarzos.

En el rostro de Adán se dibujó una sonrisa luminosa y sincera.

—¡En serio! ¡Eso sí que es una buena noticia! ¿Cómo lo han hecho?

—Apliqué la lógica —contestó el alemán con certeza—. Recordé lo que dice *El Kybalión*, "como es arriba es abajo". Si nuestra galaxia tiene cambios cada 26,000 años, entonces 13,000 años serían el tiempo aproximado en que le lleva movilizarse como si fuese una "inhalación" y otros 13,000 años representando una "exhalación".

Adán imaginó aquel proceso. Sin duda era ciertamente poético además de científico.

—El Universo es un cuerpo vivo, cósmico… y respira —agregó Krüger.

—Pero, ¿qué ha hecho concretamente?

—Los cuarzos se programan mediante la respiración y la intención mental —afirmó el científico.

—¿Respirando?

—Exacto. Respiración e intención. He alineado el cuarzo atlante con otros cuarzos. Kate y yo fuimos a casa de dos niños índigo que no estaban en el laboratorio. Ellos han usado su tercer ojo y la glándula pineal, igual que lo hiciste con tu experiencia. Se cree que esta capacidad mental era la que tenían los atlantes. Lo que nosotros hacemos mediante la tecnología, como los mails, ellos lo resolvían con el pensamiento y la respiración.

—Es realmente asombroso.

La voz de Krüger sonaba clara y eufórica.

—Supuse que tendría éxito si seguía el principio hermético del *Kybalión*.

—¿O sea que a los niños les han colocado los cuarzos en el tercer ojo y a través de la respiración han pasado la información? —Adán no se podía creer que algo tan simple y a la vez tan profundo estuviera sucediendo.

Krüger soltó una risita.

—Sí, Adán, literalmente un "juego de niños". Si mal no recuerdo, también lo enseñaba Jesús.

—¿Cómo?

—Déjame hacer memoria… —Krüger permaneció unos segundos en silencio—. *Si todo tu ojo fuese único, tu cuerpo estará en la luz, mas si estás dividido, estarás en tinieblas…*

—Exacto, al ojo al que se refirió Jesús es el tercer ojo, la visión de la unidad —afirmó Adán.

—Según los testimonios, cuando alguien va a morir —agregó Krüger— llevan su mirada hacia ese punto. Se cree que, en ese último instante, el alma sale del cuerpo por el tercer ojo. En la vida, una persona sensible y espiritual percibe de forma automática su tercer ojo, en especial los niños.

Al recordarle esto último Adán pensó en Alexia y Aquiles.

—Adán, corres peligro. Cuídate. Espero que puedas encontrar a Alexia. Pensaremos qué hacer frente al panorama tal como está.

—Comuniquémonos cuando haya novedades.

El taxi había llegado al aeropuerto. Las luces se habían encendido ya que había caído el Sol. Los vuelos venían llenos de gente que iba llegando para presenciar los Juegos Olímpicos, programados para unos días después, en medio de un enorme dispositivo policial. Los rumores de la cancelación proyectaban sombras sobre los decepcionados rostros.

La humanidad quizá estaba a punto de recibir un regalo insospechado.

Eduard llevó a Alexia hacia la casa. Hacía mucho calor. La capital griega sufría los embates del clima de julio. Comenzaba a oscurecer y soplaba una suave brisa. Aquella sería una larga noche para ellos. El catalán tomó su teléfono para dar la clave. Llamó a Villamitrè.

—¿Todo está bien? Ábreme. Estoy afuera con la hija.

Él lo escuchó con desgano, llevaba días sin salir de allí, custodiando a Aquiles. La puerta se abrió a medias. El francés puso cara de asombro. Eduard le indicó con el índice que guardara silencio.

La entrada estaba en penumbras. Eduard le hizo una seña imperativa con su brazo derecho a Alexia para que bajara los tres escalones e ingresara. Miró hacia los lados. La noche estaba de su lado, nadie los vio entrar. Villamitrè se adelantó hacia la otra habitación, girando hacia el cansado arqueólogo que estaba casi inconsciente sentado y atado a la silla.

—Tiene visita —le dijo irónicamente.

Villamitrè lució sus dientes amarillentos con una sonrisa que lo afeaba aún más.

—Alégrese, profesor Vangelis. Su hija viene a verlo en persona. Creo que es hora de que vaya preparándose si no quiere ver cómo ella muere frente a sus ojos.

Eduard se deleitaba, le latía apresuradamente el corazón. El tic nervioso se intensificó en su ojo izquierdo. Alexia vio una figura en la penumbra. La habitación olía a sudor y encierro. Ni Aquiles ni el francés se habían duchado en días.

—¡Quieta ahí! —le gritó El Búho—. Todavía no podrás verlo. Tú, ¿qué esperas?, ¡Átala! ¡Rápido! ¡Y siéntala en esa silla —le indicó a Villamitrè.

Alexia estaba en shock. El francés hizo lo que le pidió Eduard, quien dio unos pasos hacia la otra habitación, tomó su teléfono y llamó rápidamente al Mago, en Roma.

La voz del obispo Tous se escuchó fuerte y clara.

—¡Por Dios! ¿Dónde estás? —el cardenal se reponía de su desmayo, aún nervioso.

—Ya estoy con Alexia en la casa de Atenas, está a punto de verlo.

—Es ahora o nunca. Enciende la computadora y comunícate conmigo por Skype, quiero verlo todo. Dentro de la organización las cosas están al rojo vivo. Ya sabes lo que tienes que hacer…

—En un momento me conecto —Eduard esperaba más reconocimiento de parte de Tous—. ¿Estás contento? —su voz ahora sonaba más como su amante que como un miembro de la organización.

—Sí… por supuesto. Eres una joya.

A Eduard le gustó oír aquellas palabras. Se sintió importante. Era él quien llevaba a Alexia, fue él quien engañó durante largo tiempo al famoso arqueólogo. Era él el que estaba consiguiendo lo que El Mago esperaba. Con su ego lleno de vanidad, se dispuso a encender la computadora para que el cardenal viera todo. Sabía que *aquél* era su momento y quería disfrutarlo al máximo. Llevaba mucho tiempo esperando una oportunidad como aquella.

Le daba igual traicionar a Aquiles. No sentía ningún remordimiento a pesar de que el arqueólogo le había enseñado muchas cosas. "En este mundo tengo que ser hábil y no dejar que los sentimientos interfieran si quiero progresar", pensaba, sin reparar en ningún escrúpulo para pisar a alguien. Su característico temperamento envidioso, seco y distante, había hecho de Eduard un ser lastimado emocionalmente, no iba a dejar que ningún obstáculo emotivo le impidiera lograr lo que anhelaba.

El avión de Olympics Airways que llevaba a Adán Roussos se hallaba en el aire; el sexólogo tenía un asiento en primera clase, el único boleto urgente que pudo conseguir rumbo a Atenas. Le faltaba una hora para llegar. Llevaba un ritmo psicológico y emocional de cambios constantes en medio de un caos geológico y una trama generada por Aquiles que no lograba comprender del todo. Estaba preocupado por Alexia y por el arqueólogo.

Trató de poner su mente en orden. Cerró los ojos y se dispuso a meditar a más de 10,000 metros de altura. Quizá así, sintiendo la Tierra allí abajo, pudiera encontrar una nueva estrategia para averiguar dónde llevarían a Alexia. Respiró profundo, acomodó el cuerpo y buscó expandir su conciencia con la esperanza de tener una clara visión desde ahí arriba, una visión completa del rompecabezas como si fuese la mirada de un águila.

Los preparativos que ordenaron los miembros del Gobierno Secreto comenzaron a cumplirse con precisión. Stewart Washington, Sergei Valisnov y el secretario de Defensa de los Estados Unidos habían creado el equipo de maniobras en aquella decisiva operación. Las directivas fueron dadas de forma contundente para que todo encajara a la perfección. Todas las tareas comenzaron a realizarse con la precisión de un reloj suizo; los encargados de ejecutar los envíos al espacio prepararon los diversos misiles y las detonaciones; todos estaban en sincronía, tanto los directores de las campañas de prensa como los líderes de los gobiernos oficiales que trabajaban bajo la influencia del Gobierno Secreto.

La NASA, el HAARP, el Área 51, las fuerzas militares de Estados Unidos y varios medios de prensa manipulados por el Gobierno Secreto se encontraban bajo lo que denominaron *Operation M*, en referencia a la M de misil, meteorito y mayas.

Todo estaba confabulado para que la gente comenzara a ser influenciada con un doble discurso. Ellos enviarían las armas nucleares y los misiles para destruir el meteorito en completo secreto.

—¿Y las consecuencias? —preguntó Jackson, tajante.

—Debemos pensar en eso —completó El Cerebro—. ¿Qué sucede si el meteorito se parte formando luego varios trozos más pequeños? Podrían ser igual una amenaza.

—Creo, señor, que si uno de los misiles nucleares alcanza a destruirlo, los restos no harían peligrar al planeta.

A través de los medios de prensa dirían que el meteorito pasaría cerca de la Tierra pero que gracias a tecnologías avanzadas con las que contaban, como un diseño nuclear láser, y la influencia en la ionosfera de parte del HAARP, todo estaba bajo control. No querían tener la autorización oficial frente a Naciones Unidas, sino hacer aquella operación encubierta. Enviar armas nucleares al espacio podría ser un trámite burocrático a gran escala que necesitaría el consenso de los demás países. Eso era algo por lo que el Gobierno Secreto no iba a esperar. Por otro lado, el pánico colectivo y la alarma mundial sería beneficiosa para que ellos fuesen los que aportaran tranquilidad, serían considerados los "salvadores" de la humanidad.

En varias partes del planeta existían numerosos grupos de seguidores de las profecías mayas que no sentían miedo. Manifestantes en varios lugares del mundo anunciaban el cambio de vibración y hacían énfasis en estar preparados. Por otro lado, fanáticos religiosos anunciaban un fin del mundo caótico, lleno de pena, vociferando; culpaban a diestra y siniestra a todos.

A través de la televisión, la prensa e internet, se hablaba de los impactos de los seis terremotos, los tornados y algunos tsunamis que habían arrasado varias partes de Japón, Australia, la costa este de África, Palma de Mallorca, las Bahamas, el norte de Brasil, entre otros sitios.

Parecía que la Tierra quisiera despertar y desperezarse de un largo sueño. Los cambios geológicos habían producido desastres, miedo, desolación y angustia. Varios volcanes mostraban señales de activación. Vientos fuertes y tornados azotaban la costa de Los Ángeles, Perú y Chile. Las señales indicaban que de un momento a otro podrían producirse más terremotos en Europa y Estados Unidos. Las placas tectónicas crujían como si fueran hojaldre caliente dentro de un horno. En la capital de Estados Unidos los líderes estaban dirigiendo el proyecto desde todos los ángulos.

Stewart Washington se encontraba en su despacho privado con sólo media docena de miembros de inteligencia, comentando varios temas, incluso la posible suspensión de los Juegos Olímpicos.

—No nos conviene que se suspendan, es mejor que mantengan entretenida a mucha gente mientras nosotros operamos.

"Pan y circo", pensó El Cerebro.

—Convenceremos al Comité Olímpico —contestó el pelirrojo Patrick Jackson.

Washington les dirigió la mirada a los presentes para cambiar al tema más importante de aquel encuentro, la Operación M.

—¿Cuándo se producirán los envíos de los misiles? —preguntó El Cerebro, quien engulló dos aspirinas, mostrando cansancio en el rostro.

Valisnov, que después de idear aquel plan pasó a ser su mano derecha, se adelantó a responder.

—Según me informaron, señor, los primeros envíos se producirán exactamente en diez días. Se tendrán preparados cuatro misiles intercontinentales, especialmente diseñados para impactar con algo tan grande.

El Cerebro hizo una mueca de extrañeza. Era la decisión más importante de su vida.

uéltame! —le gritó Alexia a Eduard mientras éste le ataba las manos por detrás a una silla.

—No estás en condiciones de dar órdenes ni de preguntar nada, perra. ¡Camina!

Eduard le señaló la dirección con un movimiento de su pistola. Alexia volvió el rostro con sigilo e hizo lo que le ordenaron. La geóloga pudo ver de cerca la sombra de un hombre atado al final de la habitación. Su corazón se aceleró. No podía ser. Era mucho para su mente.

—¿Papá? —susurró entre dudas.

En el rostro de Eduard se dibujó una expresión irónica.

—¡Qué conmovedor!

Villamitrè la custodiaba por el otro lado. Alexia vio a Aquiles totalmente abatido, con una tremenda expresión de desfallecimiento y cansancio. La espalda estaba llena de sangre. Los ojos entrecerrados y la mirada perdida.

—¡Papá! —exclamó con fuerza y con la impotencia de no poder abrazarlo—. ¡Estás vivo!

El arqueólogo parecía no dar crédito a lo que escuchaba. Con mucha dificultad abrió los ojos.

—Alexia… —dijo con la voz muy débil—, ¿eres tú? ¿Te han encontrado?

Los ojos de Aquiles estaban enrojecidos.

—¡Imbécil! —le gritó Eduard a Villamitrè—, ¡este hombre está medio muerto! ¡Tendrías que haberlo cuidado mejor!

El francés se sintió humillado. Nunca Eduard le había hablado así. Además él respondía sólo directamente a las órdenes del capitán Sopenski. "¿Quién era aquel enclenque catalán para hablarle así a un francés?" Villamitrè hizo una mueca de disgusto. Él había estado allí, sin salir, vigilando día y noche al arqueólogo. Él había sido el que no había visto la luz del Sol durante varios días. Estaba harto.

—Lo hice lo mejor que pude —balbuceó—, hubieras venido tú mismo.

—Papá, ¡oh, Dios!

Aquiles asintió suavemente con la cabeza. Estaba exhausto. Los brazos estaban amoratados por la tensión de la soga y el flujo de sangre cortado.

—Papá, te quiero… —la geóloga tenía lágrimas en los ojos, no podía ver así a su padre, que siempre había sido pura energía y vitalidad.

Eduard se deleitaba al sentirse poderoso y controlar la situación, aunque en el fondo estaba receloso, nunca había tenido en toda su vida ninguna muestra de afecto como aquella con sus propios padres.

—Muy bien. Habiendo tenido lugar este emotivo reencuentro —ironizó—, les diré lo que haremos.

Alexia levantó su cabeza como una leona enojada.

—¿Qué quieres? ¿Te has vuelto loco? ¡Traidor! ¡Fuiste tú el que secuestró a mi padre! ¡Maldito enano insignificante! ¡No eres más que un engreído que se cree algo que no es!

La geóloga estaba furiosa. Tenía los ojos rojos y llenos de rabia.

—Eso a ti no te importa. Lo que sí te tiene que importar es que tu padre recobre las fuerzas porque tendrá que decirnos dónde está lo que ha descubierto de una vez por todas.

—¿O qué? —replicó Alexia, desafiante y con enojo en su voz.

—O simplemente verá cómo mi colega abusa de ti y luego... ¡bang! —hizo un gesto como si jalara el gatillo de su pistola contra ella.

—¡Hijo de puta!

Eduard soltó una risa ahogada. Hubiera deseado que el cardenal Tous lo viera actuar con aquella determinación.

—Siempre le dije a mi padre que no me gustabas, que no eras de confiar. ¿No ves que está muy mal?

—Recuperará la fuerza pronto. A ver... —su expresión se volvió burlona—. ¿Qué desea el señor? ¿Mussaka? ¿Souvlaki de cordero? —soltó una carcajada de buena gana.

Villamitrè lo miró como a un extraño demonio. Alexia se sentía impotente, atada de manos, no podía distinguir del todo el rostro de su padre. Eduard se aproximó hacia el arqueólogo, que se esforzó por levantar su rostro. El Búho puso cara de disgusto.

—Ah, valiente profesor Vangelis. ¿Sorprendido?

Una ráfaga de pachuli, el perfume que siempre usaba Eduard, le impregnó las fosas nasales. El arqueólogo frunció su nariz y trató de inhalar con profundidad.

—¡Sabía que conocía ese aroma! —dijo Aquiles.

—¿Mi perfume? —sólo al escuchar al arqueólogo Eduard reparó en que eso podría haberlo delatado—. ¿Y qué iba a hacer, profesor? —le dijo con sorna—, ¿salir a comprarme un frasco? No es momento para hablar de perfumes. ¡Hey, tú! —dijo a Villamitrè—, dale agua y fruta, ¡rápido! Active su energía, profesor, tendrá que hablar sin demoras, si no quiere ver morir a su hija —al decir esto, el catalán colocó la pistola en la cabeza de Alexia.

Aquiles no estaba en condiciones de negociar. Su tesoro más valioso estaba en juego.

—¡No digas nada! —clamó Alexia.

—¡Cállate! —Eduard estaba colérico. No toleraba que

nadie le discutiera. Su ego inflado se apoderó de él y recorrió su ser, como un peligroso virus psicológico.

—¡*Yo* mando aquí ahora! ¡Y se hace lo que *yo* digo! —gritó a viva voz. Su tic nervioso le vibraba acompasadamente en el rostro, como el segundero de un reloj.

—Alexia, tengo que salvar tu vida —dijo Aquiles con los ojos llenos de resignación.

—¡Papá, de todas formas no nos dejarán salir de aquí!

—¡He dicho que te calles! —gritó Eduard desencajado—. ¡Es él quien debe hablar!

Visiblemente nervioso, fue hacia la computadora y activó el Skype. En sólo unos segundos El Mago comenzó a observar todo a través de la cámara.

74

Villamitrè le acercó a Aquiles Vangelis un plato con frutos secos, otro con frutas y una botella con agua. "Ahora el jefe está viéndolo todo."

Aquel sitio empezaba a caldearse. Calor, sudor, tensión y nerviosismo. Sin embargo, a pesar de su desventaja, el arqueólogo parecía ser el más sereno. Estaba resignado. Sabía que quedaba poco tiempo y sería muy difícil escapar de allí. Aunque era vana, sin embargo, tenía la esperanza de que liberaran a su hija si él hablaba.

—¿Y bien, profesor? Se me agotó la paciencia.

Aquiles giró su cabeza y le dirigió una mirada compasiva a Alexia.

Ella, con expresión de pena en su rostro, movía la cabeza a los lados en señal de negación.

—Bien —dijo Aquiles, que se había bebido la pastillas con dos vasos seguidos de agua—. Si quieren saber lo que sucedió con mi descubrimiento… les diré lo que pasó.

Los ojos de Eduard se llenaron de un brillo maligno. Se cercioró de que El Mago estuviese mirando.

—¡Toma también la grabadora! —le ordenó a Villamitrè.

Aquiles respiró profundo.

—Hablaré, pero quítenos las sogas.

Eduard y Villamitrè se miraron. Después de unos segundos, Eduard hizo un movimiento afirmativo con su cabeza.

—Sólo a usted, profesor.

Villamitrè volvió hacia él y le quitó la apretada atadura.

—¿Profesor? —le dijo Eduard, con voz seca, sugiriéndole que comenzara.

Aquiles le hablaba directamente a Alexia, como si no le importase que los demás escucharan. Si moría, no quería morir con aquel secreto, quería que al menos su hija lo supiera.

—Siempre he buscado la Atlántida —dijo con voz resignada—. He estado convencido durante toda mi vida de que aquella evolucionada civilización existió antes del gran diluvio y de los cataclismos de la Tierra. Estudié con fervor lo que Platón señaló en sus escritos y dediqué mi vida a su investigación. De la misma forma que Schliemann descubrió Troya o Evans desveló las ruinas de los antiguos minoicos, pensé que mi labor en este mundo, mi destino, era hallar los restos de la Atlántida y presentarlos a los cuatro vientos para acallar la voz de los escépticos.

—Eso ya lo sabemos, profesor. No se vaya por las ramas. ¿Qué ha descubierto?

Aquiles sintió que se renovaban sus energías, aunque respiraba dificultosamente y su cuerpo seguía adolorido.

—¡Continúe! —le ordenó Eduard.

—Los atlantes antiguos eran muy evolucionados, tenían tecnología avanzada, poderes paranormales, sabían cuál era su posición en el universo y tenían contacto con La Fuente de la Creación de todas las cosas. Sabían que no sólo la Tierra, sino el universo, no tiene fronteras ni pertenece a nadie. Nadie es propietario de nada, todo es un regalo divino. Todo es unidad dentro del cosmos, aun si la mente humana no lo comprende.

Villamitrè escuchaba con poco interés. Alexia sintió emoción al ver el esfuerzo que hacía su padre por hablar.

—Los atlantes podían hacer viajes astrales, salir del cuerpo, contactar con otras dimensiones, estimular su energía y su conciencia expandida. Ellos tenían activado todo el potencial del ADN. A lo largo de la historia hemos sido víctimas de hombres ambiciosos de poder y riquezas, religiones y gobiernos que deliberadamente han manipulado el ADN para que su potencial sea mínimo y mantener a la gente hipnotizada y programada.

—Continúe, profesor —le inquirió Eduard, cada vez más impaciente.

—Poco a poco creyeron que su civilización era mejor que las demás, se volvieron… digamos, más rígidos, menos espirituales y surgió un problema.

—¿Qué problema? —preguntó el catalán.

Aquiles llevó sus fatigados ojos directos hacia Eduard antes de responder.

—El ego.

—¡Hable sobre lo que descubrió! ¡No necesitamos lecciones de historia antigua ni de metafísica!

—Si no te explico esto antes, no entenderás para qué sirve mi descubrimiento. ¿Quieres que te lo diga sin darte el manual de instrucciones?

Eduard bufó por lo bajo como un bravo toro antes de salir al ruedo. Verificó que la grabadora siguiera funcionando y que el cardenal pudiera ver todo; le aterraba la idea de perder la conexión por internet.

—Siga.

Aquiles volvió a mirar a Alexia, quien le sonrió dulcemente. Amaba a su padre, quería abrazarlo, curarle las heridas.

—El ego se les filtró como un virus invisible y comenzó a roer a toda una civilización, igual que un ejército de ratas o de termitas devorando todo a su paso. Poco a poco, el egoísmo —volvió a mirar hacia Eduard— gobernó y arruinó su mundo, por lo que sus poderes comenzaron a decaer. La gente se identificó más con su ego que con su conciencia eterna y se produjo una caída.

—¿Una caída? —preguntó Eduard, con una mueca de incomprensión.

—Todos han escuchado hablar de la Caída Original. La pérdida del Paraíso.

—No le entiendo.

El Mago escuchaba atentamente tras la computadora.

—La famosa Caída del Paraíso bíblica se refiere a la pérdida de la conciencia cósmica. Al entrar el ego en juego y tomar las riendas del destino de una persona, la conciencia pasa a ser inconsciencia, o conciencia dormida. Y comenzaron a vivir a través de creencias, perdieron la conciencia en la vivencia directa, la evolución por la experiencia. Se alejaron del presente, el regalo del momento, el ahora eterno. No es lo mismo creer que existe el agua que tener la certeza de que existe, al beberla.

—¿Y?

—Junto con el ego, al ser humano le fue entrando miedo. Y pasó de ser un ser humano-divino con conciencia de unidad para convertirse, poco a poco, en un hombre asustado y terminar como… —volvió a mirar a Eduard despectivamente— un ser sin escrúpulos, competitivo y vanidoso.

—No se pase de listo, profesor. Díganos qué coño descubrió. ¿La Atlántida?

Aquiles Vangelis se aclaró la garganta.

—Algo que certifica que existió. Algo que puede devolverle al hombre y a la mujer el estado paradisiaco perdido.

Eso era precisamente lo que el cardenal Tous quería escuchar.

—Un nuevo nacimiento. Un nuevo ciclo. Los mayas anunciaron que el 21 de diciembre de este año las personas preparadas energética y espiritualmente volverían a comenzar un ciclo de luz.

Eduard arqueó una ceja.

—¿De qué forma? ¿Cómo?

Aquiles hizo una pausa.

—Durante mucho tiempo lo llamaron… iluminación.

Alexia se dio cuenta de que su padre estaba demorando la situación y no les diría lo que ellos querían oír.

—¿Y usted qué pinta en este cuento, profesor?

—Bueno, yo descubrí que la Atlántida existió.

—¿Cómo? ¿Dónde? —Eduard estaba impaciente. No creía que Tous estuviera detrás del paradero de la Atlántida, sino de algo más funcional, algún instrumento de poder. Aunque sabía que a la iglesia y al Gobierno Secreto no les convenía que se hallaran pruebas de que el hombre antiguo era un dios y mucho menos de que existió vida ultrainteligente hace 12,000 años.

Aquiles prosiguió:

—La iluminación o la reconexión con La Fuente de Conciencia Original es un proceso transformador… —Aquiles se quedó en silencio, doliéndose de la espalda y pidió que le dejaran beber un poco de agua.

Villamitrè le acercó la botella con desprecio.

—Con la plena iluminación de la conciencia, el ADN humano funciona con todo su potencial, activando sus 12 hebras y sus 64 codones. Sabemos que las células tienen luz —le dijo a Alexia—. Y que inicialmente el cuerpo del ser humano fue creado con un tipo de células capaces de absorber y consumir 90 por ciento de la luz y de las fuerzas cósmicas. Sin embargo, las células, que son el núcleo de la vida, comenzaron a deteriorarse, hasta alcanzar sólo 10 por ciento de su capacidad para captar y consumir energía. En la antigüedad, se sabía que la recarga energética y espiritual venía del Sol. Lo que he descubierto sirve para volver a llenar de luz todo el ser, desde las células físicas a la conciencia.

Eso sí que era una amenaza para la iglesia. Eduard comprendió por qué el cardenal estaba tan interesado en conocer e impedir que se produjera ese posible despertar colectivo.

—¡Hable! —gritó Eduard, que estaba sumamente tenso por la mirada de Tous.

—Es lo que estoy haciendo...

—¿Entonces, profesor? Deprisa, ¡hable o le disparo a su hija!

Aquiles hizo una mueca de dolor. Giró el cuello.

—Queremos saber cómo haría para volver a programar el ADN.

—Es más fácil de lo que crees. Se le ha inculcado al ser humano a vivir con la mente puesta en el pasado o en el futuro y de esa forma se pierde el presente. El presente, como la palabra lo indica, es el *regalo,* el obsequio, la iluminación del eterno ahora, la captación de la realidad última, el origen de la vida. Los místicos lo han llamado de distintas formas.

Aquiles estaba al tanto de que el cerebro no estaba *plenamente* en el presente, sino una milésima de segundo detrás de la realidad. Se necesitaba esa pequeña fracción de tiempo para procesar la información. Y la iluminación no sería otra cosa que el cerebro activado completamente y recolocado en la *realidad.*

—¿Y eso en qué cambiaría la vida de las personas? —preguntó Eduard.

Aquiles volvió a sonreír.

—No puedes ni imaginar las consecuencias. Sería un salto cuántico...

El arqueólogo fingió una tos, no quiso revelar más sobre ese tema.

Alexia sonrió, estaba orgullosa de su padre. Ahora sentía que iba encajando más piezas del rompecabezas.

—Siga —le ordenó El Búho, sumamente inquieto.

—Gracias a lo que he descubierto, también pude averiguar que estamos conectados a una Red de Conciencia de Unidad.

—¿Red de conciencia? ¿Qué es eso?

Aquiles suspiró. Hizo un esfuerzo para seguir hablando Le dolía mucho la espalda.

—La mayor parte de las personas ignora esta información, aunque los gobiernos más poderosos del mundo lo saben. Sospecho que aquellos para quienes trabajan ustedes dos están enterados. Saben que existen campos electromagnéticos de forma geométrica que rodean y contienen a la Tierra como si fuese el escudo de un guerrero. Hay millones de ellos y desde el espacio se ven como luces brillantes alrededor del globo; vendría a ser el "vestido del planeta". Cada persona también tiene este campo de energía, el aura, que no es otra cosa que la combinación de electricidad y magnetismo.

—¡Pero qué pretende! —exclamó Eduard—, ¿darnos una clase de electricidad? ¿Nos toma por idiotas? ¿Qué ha descubierto?

Aquiles prosiguió, no quería escuchar gritos.

—Así como la Tierra tiene la red electromagnética de unidad que algunos gobiernos se han empeñado en destruir, los seres humanos también tenemos tres redes vinculadas a la conciencia. La primera red estaba conectada desde hace mucho tiempo con algunos sabios indígenas antiguos como los mayas, los egipcios, los griegos, los australianos y los indios americanos, pues ellos son los supervivientes atlantes.

"La segunda red está diseñada geométricamente como triángulos, de allí que los egipcios construyeran las pirámides de Gizah como laboratorio para los iniciados que querían recuperar la conciencia de unidad perdida y recuperar los poderes.

"La tercera es la Red de Conciencia de Unidad, está literalmente basada en una figura geométrica conocida como un dodecaedro pentagonal. Y es la Red de Conciencia que está ampliándose y que se verá afectada como conciencia colectiva. Así las personas preparadas podrán volver a iluminarse en la extraordinaria alineación planetaria... el próximo 21 de diciembre.

"¿Una iluminación colectiva?", pensó Eduard, "eso sería un problema para *nosotros*".

—¿Qué tienen que ver estas redes con su descubrimiento? ¡No me ha dicho nada! —Eduard estaba perdiendo los estribos.

—Sí tiene que ver, Eduard. Lo que pasa es que no lo sabes —Aquiles trataba de volcar aquel conocimiento a cuentagotas.

—¡Quiero saberlo! ¡Hable!

—Para entender el funcionamiento de estas redes tienes que entender algo muy importante —dijo Aquiles, con voz más firme—. Sin esta Red de Conciencia de Unidad no habría posibilidad de evolución de la conciencia. Quienes tienen el control lo saben y por ello han tratado por todos los medios de alterarla.

Los gobiernos manipulaban la red y también otras cosas actuando invisiblemente sobre el aire. Eduard recordó que en 2008, cuando Cataluña atravesaba una época de falta de agua, se rumoraba que compraron productos químicos que distribuían mediante aviones por el cielo y aquello producía nubes artificiales para hacer llover. Toda la primavera de aquel año fue un diluvio, día tras día, algo raro en el mediterráneo. Con eso se habían aliviado de seguir comprando agua del delta del Ebro, salvándose a nivel económico y en su orgullo. Aquellas maniobras antinaturales traían desequilibrios en la naturaleza y el clima.

A mayor escala, el Gobierno Secreto también utilizaba otros diferentes productos químicos para que cuando cayeran, la gente los inhalara y se afectara su comportamiento, su energía, su psiquis y su aura; estas sustancias volvían al ser humano más huraño, distante, materialista, consumista, con conciencia de separación y enojado consigo mismo sin saber por qué. Las hipotecas, las deudas y la presión en el trabajo de todo aquel montaje difundido hacían el resto. La población estaba así dominada sin saberlo. Una especie de esclavitud contemporánea invisible.

Aquiles volvió a respirar profundo. Prosiguió mientras miraba a su hija que estaba sumamente atenta, sacando sus conclusiones de lo que oía.

—Ya delira —le dijo Eduard.

—Te equivocas, pueden comprobar científicamente que lo que mencioné es cierto, busca en las fuentes científicas de internet. Estados Unidos descubrió la segunda red y Rusia descubrió la Red de Conciencia de Unidad.

Alexia escuchaba con atención. Aquello era oficial. Los dos gobiernos habían trabajado en eso.

—La Red de Conciencia de Unidad ha estado deteriorándose *ex profeso* por los gobiernos para debilitar a la humanidad. Han querido que la conciencia siguiera cayendo en picado.

Eduard hizo una mueca. Su tic volvió a activarse.

—¡Continúe!

—Ya hablé bastante, libera a mi hija.

Eduard movió la cabeza negativamente.

—Siga hablando, profesor, y luego la liberaré.

—No hables más, papá. ¡No me dejará salir ni a mi ni a ti!

Eduard la miró con odio.

—No me obligues a amordazarte o a disparar. Mantén esa boca cerrada.

Aquiles frunció el ceño, el dolor en las muñecas lo atormentaba.

—La Red Electromagnética de Unidad descubierta por los rusos tiene tres partes energéticas importantes. Una masculina, en Egipto; una neutra en Tíbet y, la que se despertará próximamente, la femenina, en México.

—¿Como se despertará? Explíquese.

Aquiles dirigió los ojos hacia su hija.

—La energía femenina se potenciará por todo el planeta el próximo equinoccio. Y muchas cosas van a cambiar.

—¿Qué cambiará? —preguntó Eduard, inquieto. Se sentía ansioso por terminar, liquidarlos y aportarle la confesión a Tous.

—La energía femenina es la energía de la diosa.

—¿La diosa? ¿Qué diosa? —volvió a preguntar el catalán

—La Fuente Original —argumentó Aquiles sonriendo.

Eduard guardó silencio.

—El patriarcado tomó el poder dejando su sello en todo: razón y lógica, fuerza y guerra, filosofía y política, competitividad y ambición... Sólo los minoicos fueron los que mantuvieron el matriarcado y el culto a la diosa hasta hace 4,500 años en Creta y Santorini.

Eduard estaba perplejo. Alexia en cambio, asintió.

—En las culturas antiguas, la vida estaba dirigida por las mujeres sabias, era el matriarcado, regido por la vibración de la intuición, el amor libre, la telepatía, la magia divina y la sensibilidad artística. Pero eso se ha ido perdiendo, en parte porque quemaban vivas a aquellas mujeres. Pero pronto esta vibración se activará de nuevo cuando la energía fotónica del cosmos active el ADN.

Alexia conocía a su padre a la perfección. Recordó en silencio una frase que siempre le repetía: "Cuando doy un paso atrás, no creas que retrocedo, sino que estoy tomando impulso para ir hacia delante".

Tous desde el monitor estaba atento como un lince tras su presa.

—Algo importante —agregó Aquiles—. Este poder femenino estará únicamente activo si hay dos o más personas recibiéndolo.

El catalán hizo un gesto de incomprensión.

—No entiendo, hable claro —dijo molesto.

—La ley del movimiento de Newton lo explica más o menos así: "Para cada acción hay siempre una reacción igual y contraria; la mutua acción de dos cuerpos es siempre igual y opuestamente dirigida".

Villamitrè se rascaba la cabeza.

—La existencia de una sola fuerza es imposible. Debe haber siempre, como en efecto lo hay, un par de fuerzas iguales y opuestas, ya que la electricidad es un fenómeno de repulsión y atracción, el juego de electrones y protones de cargas opuestas.

—¡Me está mareando! ¡Quiero saber todo lo que descubrió, ya mismo! —Eduard se acercó al arqueólogo y lo miró cara a cara con odio. Se sentía impotente, esperaba algo más claro, más conciso.

—Lo pondré más fácil para ti, Eduard. Se une la electricidad femenina con el magnetismo masculino. Eso es luz. Igual que los interruptores eléctricos de las casas.

—¿Qué coño tiene que ver la electricidad y el magnetismo, la Red de Conciencia de Unidad, la Atlántida y el despertar de la diosa? —gritó el catalán con aire bravucón, no conseguía que aterrizara aquella teoría.

El cardenal Tous lo sabía bien. Aquiles soltó una risa ahogada, seguida por una tos.

—Es algo muy natural que todo el mundo realiza pero que no todos saben para qué sirve.

Aunque Eduard era hábil y mañoso, ahora se perdía en las lagunas de su mente.

Aquiles experimentó una nueva sensación de esperanza.

—Me refiero a aquello que tanto la religión católica como muchas otras religiones han condenado.

—Ninguna religión habla de condenar la electricidad y el magnetismo —sentenció Eduard.

Aquiles volvió a reír.

—Me temo que te equivocas. La religión se ha empeñado en separar la electricidad y el magnetismo de muchas maneras. Por un lado inculcando falsas enseñanzas patriarcales dogmáticas y autoritarias y, por otro lado, lo más importante: mutilando lo que une a dos personas y que genera el "electromagnetismo" y con ello la Conciencia de Unidad.

—¿Eh? —exclamó sorprendido, Eduard—. Creo que usted, profesor, nos está vendiendo una historia de locos.

—No —rebatió secamente— es puramente científico. Pasa todo el tiempo. La iglesia ha condenado la unión de la electricidad y el magnetismo desde hace muchos siglos, sólo que no lo conocen con ese nombre.

—¿Y cuál es el nombre?

Aquiles se tomó unos segundos, como si las palabras que iba a pronunciar fueran sagradas.

—El sexo.

75

El sexo? —exclamó Eduard, sorprendido—. ¿Qué tiene que ver el sexo en todo esto?

—El sexo es un medio energético-místico para producir la Conciencia de Unidad y recuperar la luz en las células y la psiquis. De esta forma se activa el potencial total del ADN; lo que sucede es que normalmente se utiliza de una forma animal, para saciar los instintos y las presiones más que como un vínculo espiritual y un reprogramador celular.

Alexia empezó a tener un atisbo de por qué su padre había solicitado la presencia de Adán. Al pensar en él, tuvo un impulso emotivo. Sentía atracción sexual y magnética por él.

Eduard mostró cara de asombro, su paciencia llegaba a los límites.

—¿Dónde encajan los atlantes con el sexo, el electromagnetismo y la iluminación?

—Los atlantes usaban el sexo de una forma sagrada, científica. Eran encuentros sexuales largos, entraban en éxtasis y comunión con la Unidad Original. Veneraban el poder de la diosa, la energía cósmica y sexual. A través de la luz interior que generaban mediante el sexo alquímico despertaban más poderes —su voz se frenó de repente, Aquiles le dirigió una mirada a su hija y al collar con el cuarzo que Alexia llevaba colgando y que él mismo se lo había regalado—. Y mediante la energía que generaban a través del sexo y por el poder del pensamiento programaban cuarzos.

—¿Cuarzos? ¡Por Dios! ¿A dónde me quiere llevar? No le tendré más paciencia, profesor. Usted siempre ha sido un "vendecuentos".

—¡Silencio! —exclamó con poder el cardenal Tous desde la computadora—. ¡Déjalo hablar!

Aquello era lo que El Mago buscaba. Alexia y su padre se giraron hacia la computadora.

—¡Ah! Tenemos compañía —dijo Aquiles al escuchar la voz—. Sólo un bicho negro como tú estaría detrás de todo esto.

Tous se mostró frío.

—Le conviene ser inteligente, profesor Vangelis.

Eduard quería seguir siendo protagonista.

—¡Puras teorías! —dijo el catalán.

—Te equivocas, Eduard. Es ciencia y hay pruebas.

—¿Qué pruebas?

Aquiles volvió a mirar a su hija antes de afirmar lo que iba a decir con los ojos llenos de emoción.

—Lo que he encontrado es un cuarzo programado por los atlantes, un cuarzo de más de 12,000 años de antigüedad.

Se produjo un silencio. Tous tragó saliva. "Lo tiene", pensó.

—¿Un cuarzo? —dijo Eduard, en tono desconfiado.

Aquiles asintió.

—Un cuarzo que podría ayudar a reprogramar el ADN y, sobre todo, a preparar a la gente a recibir la nueva energía cósmica.

—¡Basta, papá! ¡No les digas más! —Alexia sabía que ahora su padre no se guardaba nada.

A Villamitrè no le daba la cabeza para pensar en aquellas ridículas teorías. Veía al arqueólogo como un viejo chiflado. Eduard, en cambio, sintió que un hilo de sospecha se despertaba en él. ¿Qué pasaría si Aquiles estuviera en lo correcto? Comprendía que de ser así, tanto el Gobierno Secreto como la iglesia se verían perjudicados, perderían poder y control, desaparecerían para siempre.

El cardenal Tous quiso probar si lo que decía era cierto.

—Entrégueme la piedra de cuarzo que ha encontrado y liberaremos a su hija.

Él sabía que esa piedra había sido buscada durante siglos por mucha gente. Se habían matado por ella y se habían hecho todo tipo de hipótesis.

—Está escondida...

Los ojos de Eduard se abrieron haciendo honor a su mote del Búho.

—¡No hables más, papá!

Al escuchar esto, Eduard le soltó una bofetada en la cara. Alexia fue a parar al suelo golpeándose la espalda y un brazo. El Búho estaba lleno de ira. Sudaba mucho y su pecho respiraba agitado.

—Así que una piedra con poderes... —gimió Eduard desencajado y con la voz encendida—. ¿A qué puta piedra se refiere, profesor?

Aquiles volvió a mirar a Alexia. Sus pupilas estaban húmedas de emoción, se adoraban mutuamente. No podía permitir que agredieran a su hija.

—Tú y todo el mundo seguro ha escuchado hablar de ella alguna vez —el arqueólogo hizo una pausa—, normalmente la conoces con el nombre de la Piedra Filosofal.

76

Eduard quedó atónito con la revelación del arqueólogo. Había escuchado, como mucha gente, sobre la Piedra Filosofal, pero lo que él conocía era una teoría de la alquimia para transmutar el plomo en oro.

—Profesor —dijo con tono incrédulo—, no va a decirme que la piedra que encontró de los atlantes es la Piedra Filosofal. No me tragaré ese cuento.

—¡Déjalo hablar, imbécil! —gritó el cardenal Tous ahora enojado—. ¡Y no lo vuelvas a interrumpir! ¡Hable, profesor!

Era la primera vez que Tous trataba así al catalán, que sintió un impacto idéntico a cuando su padre le gritaba. Aquello no le gustó, se sintió herido por el cardenal.

Aquiles se mantuvo inmutable.

—No es importante si me crees o no. No trato de convencerte de nada. Pero tienes que saber que la Piedra Filosofal tuvo su origen en los primeros atlantes, maestros genetistas y portadores de la sabiduría del Origen. Mediante ella se puede hallar lo que se conoció vulgarmente como "el elixir de la vida", que no es otra cosa que la energía sexual utilizada de manera alquímica.

El cardenal Tous contraatacó.

—No me interesa la historia sobre la Piedra —le dijo.

Aquiles meneó la cabeza negándolo con vehemencia.

—Claro que no es para fabricar oro como la gente cree. El oro al que se refiere la alquimia secreta mística es a "la edad de oro" de la humanidad, la época que abarcó unos 25,000 años, antes del diluvio, los cataclismos y la era glaciar.

Aquiles sabía que incluso las tablillas de barro sumerias, la primera escritura conocida, y el código de Hammurabi dejaban constancia de sus antecesores y lo señalan como Uttu, los seres de una civilización superior que no envejecían.

—En aquella época espiritual, los atlantes tenían el poder de generar alquimia también con los metales. Lo que se conoce comúnmente como "la Gran Obra", desde el medioevo hasta los modernos, es simplemente la consecución de la transmutación de los metales. Nada más equivocado.

"Actualmente las ramas de la ciencia contemporánea, especialmente en la física cuántica, han comprobado que la materia sólida no existe como tal, todo es energía. Y esta energía, en diferentes estados de vibración, se halla relacionada con nuestros pensamientos que crean la realidad. Los atlantes eran maestros en el uso de la energía, no sólo creaban oro como metal, sino que sus cuerpos estaban llenos de la más alta frecuencia vibratoria y energética. Eso es lo que generó toda una época de "oro espiritual".

—Prosiga —ordenó Tous.

Aquiles miró a Alexia, quien se había quedado sentada en el suelo. Ella sí comprendía el *quid* de la cuestión. El arqueólogo estaba decidido a soltar las palabras más importantes.

—La Piedra Filosofal que encontré puede trasmutar el ADN humano para que a través del... —en ese momento le vino una tos aguda y no pudo terminar la frase.

—¿A través de qué? ¡Hable! —Eduard le arrojó un vaso que estaba sobre la única mesa de la habitación. El vaso pasó por encima del hombro del arqueólogo para estrellarse contra la pared. Los cristales saltaron hacia todos lados. Aquiles lo miró ahora desafiante y enojado.

—¡Imbécil! —gritó Tous—. ¡Déjalo hablar!

—¡No les diré a través de qué ni cómo se usa! ¡Y no revelaré dónde está!

Eduard fue hacia Alexia y le dio una tremenda patada en el estómago. Ella se dobló de dolor. Villamitrè apartó a Eduard con su delgado brazo.

—Por más que les diga para qué sirve...

—¡No nos haga perder la paciencia! —ahora Tous estaba nervioso e impotente desde Roma—. Tiene mi palabra de que los liberaremos. Dígame dónde está y cómo se usa específicamente, soltaré a su hija. Y tú, Eduard, no se te ocurra volver a interrumpir...

—Ya saben para qué se usa, sólo que lo han ignorado —dijo Aquiles—. El esplendor que se potencia con la Piedra Filosofal puede hacer lo que ya hemos visto en la luz dorada que irradian las personas altamente evolucionadas; en Oriente con los budas y sabios, y en Occidente en las auras de Jesús, de los santos y los místicos iluminados. Esa luz no es otra cosa que el ADN activo al cien por ciento.

Eduard tragó saliva. Ahora comprendió al cardenal y la impaciencia de su búsqueda. Las imágenes de los santos no eran justamente lo que le traían buenos recuerdos, pero las había visto una y mil veces en las iglesias, y estampitas con el aura coronándoles la cabeza.

—No hace falta que le mencione, cardenal, que el aura sobre la cabeza simboliza que hay contacto directo consciente con La Fuente, la conciencia universal, el Origen. Es una coronación, si la gente la consiguiera por sus propios medios, su institución perdería razón de ser...

Eduard guardó silencio. Recordó que en el yate Adán le había dicho que la energía sexual podía subir hacia el área de la cabeza y que aquella "coronación" se hacía a través de un iniciático proceso de alquimia sexual. Eso le inquietó aún más.

Aquiles hizo una pausa. Lo único que le interesaba era que su hija se enterara de *todo* aquel conocimiento. El cardenal Tous también sabía que el acto de coronar a los reyes se transformó más en un acto político que espiritual. Era una coronación muerta porque los seres humanos ya habían perdido la mayor cantidad de luz y el contacto espiritual directo. La conciencia se había dormido.

—Las religiones son la fuente de todo mal —le soltó Aquiles al cardenal Tous—. Llenas de rituales muertos y creencias impuestas, sin la luz original.

—Sorprendente, profesor —agregó Tous con ironía.

Desde hace poco más de cincuenta años, la iglesia había ocultado estudios sobre el llamado ADN aleatorio o basura, alrededor de 97 por ciento del código genético que contiene el potencial latente para recuperar la reactivación de la conciencia iluminada.

Aquiles arremetió.

—La iglesia siempre impuso un sistema binario, dualista: el bien y el mal, el cielo y el infierno, y demás tonterías. La conciencia que tenían los atlantes y las civilizaciones sucesivas fue la conciencia unitaria. Todo es Uno. No hay división posible en el universo.

Alexia estaba sorprendida, podía observar el aura de su padre, el campo energético lleno de colores en la gama de los verdes y violetas por todo su contorno. El arqueólogo estaba sumamente inspirado luego de todos los días en la oscuridad. Era la primera vez que ella veía el aura humana.

—Lo que se conoció primero como *lapis exilis,* que viene de *lapis ex caelis* y significa en latín "piedra del cielo" se convierte, mediante el uso sabio, en *lapis philosophorum,* la piedra que otorga el conocimiento sagrado para iluminar espiritualmente a los seres humanos —agregó el profesor Vangelis—. Este conocimiento viene *dentro* de la Piedra Filosofal que tengo. La iglesia la ha buscado durante siglos por todo el globo, ¿no es así, cardenal?

—¿La iglesia sabe de esto? —preguntó Eduard.

—Claro. La iglesia siempre ha tenido a los mejores "detectives" para buscarla —ironizó Aquiles—. Aunque los manuales de cómo usarla se han perdido.

—¿Cómo? ¿Qué manuales? —preguntó Eduard.

—La biblioteca de Alejandría. Todo el conocimiento estaba allí. ¿Porqué crees que la quemaron?

En silencio, Eduard sintió nuevamente el apremio que tenía Tous para que el arqueólogo revelara su descubrimiento. Encajaban todas las piezas. Se llenaría de gloria frente a la iglesia si lo encontraba.

—Profesor —dijo Eduard, envalentonado, como si quisiese buscar algún fallo en aquellas palabras de Aquiles—, explíqueme algo importante: tal como tengo entendido, la Piedra Filosofal necesitaba de fuego para calentar la materia prima y, mediante la espera del acto alquímico, conseguir que se transformara, despojándose de todo lo que sobraba.

—Es una pena que la humanidad global no supiera nunca para qué se usaba, Eduard, sólo los iniciados podían saber que se trataba de un lenguaje simbólico, aunque a juzgar por el éxito que tuvo recientemente una saga literaria llamada *Harry Potter y la Piedra Filosofal*, gran parte de la humanidad *recuerda* la magia de civilizaciones superiores, en especial los niños, que son inocentes y libres de creencias. Las palabras que tú has dicho tienen doble significado, sin que seas consciente de ello.

"Los atlantes sabían que el sexo era el *fuego vital* para activar la materia prima, el ADN. Antes de que desaparecieran grabaron mucha información dentro del cuarzo conocido como la Piedra Filosofal. Con los egipcios y los mayas siguió funcionando, también en la Grecia antigua, donde se conoció como *Hieros gamos*, el rito sexual sagrado; pero luego todo se desmoronó con la llegada de las bacanales romanas... —miró a Tous de reojo.

El ambiente estaba cargado de intriga. Eduard cada minuto corroboraba que la grabadora siguiera activa y Tous en línea.

—¿Y qué se supone que pasará con esa piedra que usted encontró? ¿En qué afectará?

Aquiles se acomodó sobre la silla. Ya no aguantaba más en aquella incómoda postura.

—¿Dónde tiene la Piedra? —inquirió el cardenal.

—¿Para qué la quieres? ¿Para seguir manteniendo tu querida institución? —respondió Aquiles con ironía.

—Es hora de que me diga dónde está —dijo Eduard, que pretendía la gloria para él—. Elija. Sacrifique su descubrimiento o su hija...

No pudo terminar la frase. Algo extraño le detuvo al instante. No sólo a Eduard, en el rostro de Villamitrè se dibujó una mueca de miedo. La mesa se había movido. La lámpara de luz que colgaba del techo se bamboleaba en un movimiento pendular. En menos de siete segundos llenos de silencio e incertidumbre, los cuales parecieron eternos, la Tierra manifestó nuevamente su poder, como si reivindicara las palabras del arqueólogo. Se sacudió, primero con un temblor suave, cosa que no impidió que los vasos y carpetas que estaban sobre la mesa cayeran; la computadora también cayó y la imagen del cardenal Tous desapareció al estrellarse el monitor contra el suelo; luego sobrevino un movimiento más fuerte, seguido por un temblor atronador. Se cortó la luz del único foco que iluminaba la sala. El suelo se movía provocando el ruido de vidrios rotos. Y como si se abriera una boca con el rugido de diez mil leones al unísono, la Tierra volvió a tronar. Un ruido seco, profundo, poderoso.

Aquiles cayó hacia un costado golpeándose el hombro. El flaco cuerpo de Villamitrè fue lanzado violentamente hacia una de las paredes. Eduard cayó de bruces.

El pánico invadió la sala. La Tierra estaba generando el séptimo terremoto en menos de tres días. Atenas recibía los embates de Gaia.

Vinieron luego varios movimientos más fuertes, incontrolables, pasmosos, irregulares; como si aquél fuera el más fuerte de aquellos últimos sismos. Una de las dos viejas columnas que sostenía aquel edificio se vino abajo y algunos restos golpearon a Villamitrè en la sien, matándolo en el acto.

Eduard, presa del pánico, con la nariz llena de sangre y habiendo perdido el arma cuando había caído, buscó a tientas la salida pero volvió a caer dislocándose el hombro y golpeándose varias costillas. El techo de la vieja construcción que había visto generaciones de griegos se vino abajo dejando un enorme boquete.

Aquiles pudo ver una pequeña brecha. Por fin, tras varios días, vio la luz del día. Fue sólo un breve instante, ya que el polvo del techo y de las paredes que se venían abajo le entró por la garganta produciéndole una fuerte tos. Todo estaba oscuro y era confuso, los ojos le picaban.

Entre aquella confusión desatada con la velocidad de un rayo, Alexia pudo articular una frase.

—¡Papá! ¿Dónde estás?

Silencio.

Otro nuevo movimiento terrestre se presentó. La sacudida fue fulminante. Eduard fue golpeado en el hombro sano por varios ladrillos y el hormigón de aquella ciudad de más de 6,000 años cedió, dejándolo inconsciente.

Aquiles todavía respiraba, estaba herido y aturdido.

—¡Papá! ¿Dónde estás? —volvió a gritar Alexia en la oscuridad.

Se escuchó ruido a varios metros de donde ella estaba. El arqueólogo, agotado y casi inconsciente, expulsaba una tos ronca y constante. Alexia intentó avanzar entre los escombros y, detrás de un montículo de ladrillos, pudo distinguir vagamente la silueta de su padre tumbado de costado, atado, con la silla pegada al cuerpo.

Se raspó las rodillas al abrirse paso, pero se deslizó como pudo, descalza y con un brazo golpeado, subió el montículo a duras penas y, haciendo un esfuerzo supremo, llegó hasta su padre.

Aquiles también se hallaba raspado y sangraba. El vestido de Alexia estaba hecho harapos con el polvillo que volaba en el ambiente como si fuera un gas letal.

—Papá... —dijo tímidamente la mujer sin saber si su padre estaba en condiciones—. Tenemos que salir de aquí.

77

Todas las cadenas de noticias hablaban sobre los reportes de geólogos. El violento terremoto en Grecia había sido el más fuerte de los siete que habían ocurrido en los últimos días, con una intensidad de 8.1 en la escala de Ritcher. Lo que no se explicaban los geólogos era que la sucesión de terremotos, luego del comportamiento del Sol enrojecido, había formado una especie de dibujo serpenteante a lo largo de todo el globo, deslizándose por diferentes partes del planeta y movilizando las placas tectónicas.

Los desastres a nivel mundial presentaban un panorama caótico. Miles de personas habían perdido sus casas. Todavía no se habían dado cifras de pérdidas humanas.

Los movimientos sísmicos, cual coletazos de un cocodrilo, habían provocado también algunos violentos tsunamis que arrasaron con construcciones a pie de playa; también se había registrado actividad en diferentes volcanes, que parecían convertirse en chimeneas para quitar la presión energética de las entrañas de la Tierra. La situación se agravaba por varios huracanes que habían azotado múltiples ciudades, sobre las ruinas que los terremotos y tsunamis generaron. Era como si el planeta quisiera lavarse, quitarse la suciedad que había acumulado a través de los milenios por los deshechos humanos y, al mismo tiempo, continuar su camino de evolución y transformación como un ser vivo. Por esa limpieza se estaba pagando un precio muy caro.

Otras personas, devotas cristianas, anunciaban aquello como el Apocalipsis. La Cruz Roja, las organizaciones de ayuda humanitaria, conjuntamente con varias ONG de todo el globo se movían desesperadamente y sin descanso, brindando apoyo, organizando a la gente en las zonas de desastre.

Un comentarista de la BBC, con más de treinta años al frente de los principales noticieros, se despojó de todo su profesionalismo y lloró desconsoladamente frente a las cámaras al ver las terribles imágenes que la cadena proyectaba. No pudo completar la información de las noticias y tuvo que ser relevado.

Por todos los rincones del planeta, tanto en internet, radio y cadenas televisivas, los terremotos eran el tema central; los platós de televisión buscaban a expertos geólogos tratando de llevar alguna explicación a la población en todos los idiomas posibles. Era una tragedia mundial.

A pesar de su larga trayectoria y prestigio dentro del mundo científico, al doctor Stefan Krüger le fue difícil conseguir un espacio en la BBC. Al principio la gente de la televisora pensaba que se trataba de un loco fanático, pero finalmente, a través de un conocido, logró que le dieran un espacio y se presentó junto a Kate y cuatro niños índigo con los que trabajaba en su proyecto, para dar a conocer un mensaje diferente al mundo.

La música de la cortinilla musical duró menos de quince segundos y la presentadora comenzó a anunciar la presencia de los científicos y de los niños.

—Estamos con el doctor Stefan Krüger, prestigioso genetista y director del Instituto Genético de Londres. También nos acompañan la doctora Kate Smith, maestra genetista, y estos cuatro niños —la presentadora leyó en un papel sus nombres: Amalia, Miguel, Pedro y Gertrudis.

Los niños rieron. Krüger estaba con una expresión entusiasta en el rostro.

—¿Y bien? —preguntó la presentadora con un suspiro—, ¿qué tiene para contarnos, doctor Krüger?

El alemán se inclinó un poco hacia delante.

—Verá —dijo con voz tronante y firme—, estamos aquí para explicar un importante descubrimiento y, por otro lado, llevar un poco de comprensión sobre lo que está pasando en el planeta.

La presentadora arqueó una ceja en señal de escepticismo.

—¿Usted cree, doctor, que la gente pueda *comprender* los desastres que están pasando? —enfatizó la palabra comprender como si se les hablara a los niños.

—Deberán hacerlo —contestó Krüger, directo—. Durante mucho tiempo la humanidad ha estado dormida, programada y mecanizada, es tiempo de despertar. Ahora...

La periodista le interrumpió.

—¿Despertar? —la mujer estaba cansada, molesta y había entrevistado a más de diez personas con diferentes teorías, su cabeza no estaba para escuchar una teoría más.

Krüger sonrió levemente, ignorando la mala disposición de la periodista.

—Me refiero a despertar en lo que nos está pasando. Todo tiene una causa, estas *reacciones* de la Tierra son producto de una depuración, una preparación para la energía que...

La periodista volvió a interrumpirle. Su mal humor iba en aumento.

—¿Una depuración?

Esta vez Krüger tuvo menos paciencia.

—Si me deja continuar, podré exponer lo que vine a decir —dijo con el rostro serio y la mirada clavada en la mujer, que hizo una mueca de resignación.

—Adelante —dijo con poco entusiasmo—. Sorpréndame.

Krüger sabía que tenía poco tiempo.

—Bien, creemos que las reacciones de la Tierra mediante los terremotos y movimientos de las placas tectónicas tienen que ver con la preparación a un nuevo nivel vibratorio y un cambio de conciencia respecto de nuestra posición en el universo. Los terremotos son la preparación del planeta para recibir una energía que hará que muchos cambios sucedan. Y no me refiero a cambios materiales, sino cambios… —dirigió la mirada hacia los niños— a nivel de conciencia y a nivel genético, fundamentalmente; alterando y activando el ADN de las personas preparadas.

La periodista dibujó una sonrisa nerviosa e incrédula en su rostro.

—Disculpe mi atrevimiento, doctor —dijo con una sonrisa escéptica—, pero ¿acaso quiere decir que los terremotos son buenos?, ¿que son una preparación para elevar nuestra conciencia?

Kate se adelantó para responder.

—El argumento que trató de sintetizar el doctor Krüger —dijo serenamente— se remonta a la sabiduría precolombina de América, concretamente a los sabios mayas, cuando los pueblos comprendían que la Tierra es un ser vivo como tal; ellos escuchaban sus latidos y analizaban los ciclos cósmicos.

—Perdone, pero ustedes hablan más como astrónomos que como genetistas, doctora Smith.

Kate negó con la cabeza.

—El punto clave tiene que ver con la evolución humana. El ADN está en juego. Pero la Tierra es el planeta donde vivimos y nuestra galaxia, donde estamos situados dentro de miles y miles de diferentes galaxias, *compartiendo* el universo. No podemos tener una visión limitada. Somos genetistas —afirmó—, pero como científicos buscamos también comprender de manera holística los cambios que otras energías y sucesos pueden tener sobre nuestro ADN.

La presentadora pareció calmarse frente a la voz dulce y la sensualidad de la hermosa mujer.

—¿Y qué se supone que debemos hacer?

—Prepararnos para recibir la energía que activará las 12 hebras de nuestro ADN.

La presentadora pensó en el dolor de la gente y supuso que no tendrían mucho ánimo para una preparación de este tipo, pero no dijo nada. Kate la había cautivado.

—Corríjame si me equivoco, doctora. Tengo entendido que sólo usamos 2 hebras, ¿verdad?

Kate y Krüger asintieron.

—Exacto. Si la mujer y el hombre contemporáneo activaran sus 12 hebras, habría un salto cuántico en la forma de vida humana. Nosotros no somos los únicos que estamos trabajando en esto. A lo largo del globo hay científicos involucrados en el tema desde hace años.

Kate se refería, para avalar aún más su teoría, a la doctora Berrenda Fox, del Centro de Salud Avalon, situado en California, que había podido comprobar los avances de niños que nacieron con 3 hebras activas, demostrando poderes especiales que mutaban biológicamente; sin embargo, la comunidad científica ortodoxa había ejercido presión para silenciar y ridiculizar aquellos descubrimientos.

Los científicos tradicionales mencionaban en su rígida visión que los cambios genéticos se desarrollaban a lo largo de extensos periodos, de manera lenta y paulatina. Se apoyaban en la modificación del código genético bajo el más extremo secreto, de manera bioquímica y con productos químicos.

—Y estos niños que hoy nos acompañan —agregó Kate— también tienen 3 hebras activas. Ellos pueden leer el pensamiento, percibir las cosas desde su interior a través de la intuición, leer un libro completo con sólo colocar la mano sobre la portada...

—¡Ajá! —balbuceó la periodista como si no hubiera escuchado nada—. Pero volvamos a lo que dijo antes. ¿A qué se refiere con un salto cuántico?

—Un salto cuántico se refiere a que estamos frente a la antesala de un cambio vibracional y luminoso en el sistema solar, que se manifestará como evolución en la raza humana el próximo 21 de diciembre y que...

La presentadora la interrumpió de nuevo.

—Muchas gracias por estar aquí y brindar su testimonio.

A la conductora le hicieron señas urgentes detrás de cámaras, el tiempo de la entrevista se había agotado. Tenía que dar paso a la publicidad y cerrar el programa, ya que ahora muchas más empresas estaban anunciando productos, mientras la gente estaba pegada a sus televisores, esperando noticias y soluciones sobre las tragedias mundiales.

—Lo siento —dijo la presentadora—, no nos queda más tiempo.

La cortinilla musical volvió a comerse las palabras de todos y pasaron al pronóstico del tiempo.

—Ha sido muy grosera —le dijo Kate a Krüger fuera de micrófono—, ni siquiera dejó hablar a los niños, ni pudimos exponer lo más importante, que los cuarzos están listos para distribuirse.

—Lo sé —respondió Krüger—, pero creo que igual la gente que escuchó, que esté despierta y lista para el cambio, lo captará.

Lo que no sabían los genetistas en aquel momento fue que en menos de media hora el instituto donde trabajaban estaría abarrotado de gente esperanzada y consciente, esperando por ellos en la puerta de entrada.

dán Roussos aterrizó con media hora de demora en Atenas. El piloto tuvo que mantenerse en el aire con la aeronave de Olympic Airways, ya que desde la torre de control le habían indicado que no podría aterrizar hasta que pasara la catástrofe. Para no alarmar a los pasajeros no les dieron la información hasta que el terremoto pasó.

Adán estaba nervioso. Sentía la ansiedad por llegar y buscar a Alexia. Tuvo que acudir nuevamente a la meditación y la respiración profunda, sólo así logró sentirse más sereno.

Los minutos parecían siglos. Lo primero que hizo al descender del avión, fue prender su Blackberry. Llamó a Alexia. Esperaba escuchar su voz.

Silencio.

No atendía nadie. Ni siquiera cayó el contestador.

Comenzó a escuchar gritos y movimientos. Se acercó a una pantalla de televisión donde se aglutinaba la gente y vio la noticia del terremoto. Se preocupó mucho más.

"¿Qué haré?", pensó. "¿Hacia adónde iré a buscarla? ¿Habrá resistido a la catástrofe? ¿Habrá encontrado a Aquiles?"

Su mente no paraba de tejer hipótesis. Se calmó un momento para buscar su centro. Se permitió sentir su ser interior.

Entre la intuición y el sentido común supuso que si Alexia estaba bien, iría hacia la casa de su padre, aunque también pensaba en el mensaje que había llegado al móvil de

Viktor Sopenski, que tenía en su poder, con la noticia que Alexia estaba siendo secuestrada.

"Podría enviar un mensaje para que me diesen la dirección." Un hilo de luz en su mente lo llevó hacia la casa del arqueólogo.

Tardó más de media hora en encontrar un taxi compartido, ya que el ir y venir caótico de gente en el aeropuerto saturó todos los servicios de transporte, telefonía e internet.

El taxista le dio nuevos informes. El terremoto había provocado destrozos por toda la ciudad de Atenas, incluso había tenido repercusión hasta la ciudad de Kalamata, al oeste de la capital.

Adán bajó la ventanilla del taxi, necesitaba aire. El calor del verano griego se le impregnó en la piel como un *sticker* adhesivo. Un griego antiguo hubiera pensado en aquellos momentos que Apolo, a través del Sol, caía con dureza sobre la piel de los humanos.

El taxi tuvo que tomar calles laterales. Algunas vías estaban colapsadas con policías de tránsito clausurándolas por los boquetes que se habían generado. Había mucho peligro. Cables de electricidad estaban abiertos por el suelo; columnas y paredes derrumbadas y otras que podían venirse abajo en cualquier momento.

Cuando Adán se bajó del taxi, pudo sentir en carne propia el doloroso ambiente. Varios médicos y ambulancias recogían heridos y cuerpos inertes. El panorama era desolador.

"¡Alexia! ¡Por Dios, dame una señal!"

Se dirigió a paso largo, directamente hacia la casa de Aquiles. Aunque en el trayecto tuvo que ayudar a unos niños a cruzar un hoyo en el suelo, sacar a una mujer que había caído en un pozo y consolar a otra que lloraba desgarradoramente. Su corazón estaba abatido. Sentía que aquel terremoto había movilizado hasta las fibras más internas de Gaia.

Estaba sediento y sudando. Su camisa blanca arremangada estaba adherida a sus pectorales y a su espalda. En aquellos momentos sacó todas sus fuerzas. Llevaba varios días viviendo una vida agitada, confusa, llena de movimiento.

Las palabras iniciales de Aquiles le resonaron en su mente. "Adán, te necesito aquí en Atenas con urgencia." Pero seguía sin comprender qué hacía ahí. "Los designios del destino son extraños", pensó. "Sólo quiero encontrar a Alexia y salir de aquí."

Por un momento, un sentimiento de amor se apoderó de él, al sentir el impulso apasionado de estar con ella. Y se dio cuenta de que quería estar con ella mucho tiempo, quizá toda la vida. Pudo verse a sí mismo junto a la hermosa geóloga, investigando, amándose y con hijos. Pudo, por un breve instante, soñar despierto, traer a su mente un anhelo de belleza y unidad.

Cuando llevaba más de una hora tratando de llegar a la casa de Aquiles, esquivando gente que corría de un lado a otro, caminando sobre escombros y cadáveres, atento a no tocar ningún cable con electricidad, no supo si lo que vio a continuación, fue un espejismo o una realidad.

Doblando la esquina, por la calle en la que él estaba de pie, distinguió el pesado cuerpo del arqueólogo arrastrando una pierna, con su cabeza llena de polvo y suciedad, sangrando y cojeando a duras penas, apoyándose con un brazo en el hombro de su hija.

Adán sintió que su corazón explotaba de emoción.

La sincronicidad del universo se estaban poniendo de manifiesto frente a sus ojos.

79

En Roma, la noticia del fuerte terremoto que acababan de sufrir Atenas y en otras zonas de Grecia fue como un balde de agua fría para el cardenal Tous. Después de escuchar la confesión de Aquiles y quedar incomunicado, había hablado por teléfono directamente con El Cerebro, quien desde Estados Unidos le había explicado en clave los preparativos militares de la Operación M.

Tous había intentado llamar a El Búho pero había sido imposible, enseguida se había puesto a hablar con varias personas influyentes, a recibir información y a plantearse las salidas más inteligentes frente a la situación del planeta. Sólo lograba repetirse que necesitaba obtener la Piedra Filosofal.

El Papa había hablado nuevamente en la plaza de San Pedro, enviando mensajes de calma y fe a través de las principales cadenas de televisión. La labor del Sumo Pontífice estaba siendo ardua para calmar la angustia y el pánico de la gente que se hallaba atormentada por todos los desastres geológicos y climáticos. Encima de todo, un astrónomo australiano independiente filtró la noticia de que posiblemente un meteorito se dirigía hacia la Tierra.

La ola de rumores era controvertida. La mayoría de los creyentes cristianos sentía que aquellas eran las señales del Apocalipsis, mientras que los devotos de otras religiones, la mayoría presas de miedo, seguían rezando a su dios, sin saber a qué atenerse. En los países más pobres, donde se habían presentado los terremotos, se registraban robos y asaltos a supermercados y tiendas. La gente se llevaba lo que podía, otros simplemente lloraban sin consuelo, tras perder sus casas o sus seres queridos. Una situación dantesca se apoderó de casi todo el globo terráqueo. Era como si el genial Salvador Dalí pintara sus más inimaginables creaciones.

"Las líneas están saturadas", respondía una voz automática cada una de las once veces que El Mago intentó hablar con El Búho. "Espero que estés vivo", pensaba entre suspiros. Sentía rabia e impotencia. Como un león enjaulado. Odiaba esperar, su ansiedad era allí más fuerte que su inteligencia. Pero en aquel caso, no podía hacer otra cosa.

En Atenas, entre escombros y paredes derrumbadas, Eduard Cassas pudo arrastrarse con un hombro dislocado y una pierna rota en dirección a la única salida que había. Avanzó unos metros. El dolor era intenso y la sangre le salía a borbotones de una herida en la cabeza. Todo estaba en penumbras. Un leve hilo de luz entraba por un tercio del techo que se había caído, ahora tenía un árbol encima. Eduard pudo ver a varios metros el cuerpo inerte de Claude Villamitrè, completamente aplastado por un bloque de concreto. Giró la cabeza. No vio ni a Alexia ni al arqueólogo. Sintió enojo, rabia y dolor. Más que el dolor físico, era un dolor interno porque había fracasado en su esfuerzo. La grabadora había sido destruida por un pedazo de puerta que fue arrancada de cuajo. No tenía nada, ni confesión ni prisioneros. Se sintió abatido.

A pesar de que tenía su móvil en el bolsillo, no tuvo ánimos para comprobar si funcionaba y hablar con Tous. Sintió vergüenza de su fracaso. Se sintió derrotado, peor aún que cuando había sido abandonado en el altar.

Su cara era como la de un guerrero antiguo saliendo de una sangrienta batalla; y, llevando su mano derecha a la pierna que tenía quebrada, se desvaneció de dolor, perdiendo otra vez el conocimiento.

80

Alexia! ¡Aquiles! —exclamó Adán a pleno pulmón, al tiempo que corría hacia su encuentro. Su cuerpo experimentó una descarga de adrenalina.

Dirigió su mirada hacia la geóloga, que estaba abatida por cargar el pesado cuerpo de su padre que arrastraba las piernas. Rápidamente se aproximó hacia ellos y los sujetó, uno con cada brazo. Ella le dio un fuerte abrazo. Su cara estaba llena de polvo, sangre y sudor. El rimel oscuro con el que se había maquillado los párpados se había corrido y le resbalaba por los pómulos dándole una apariencia fantasmal.

—¡Están vivos! ¡Están vivos! ¡Qué alegría! —exclamó Adán, dibujando una enorme sonrisa en el rostro.

Aquiles, agotado, no pudo hacer más que una mueca. Alexia simplemente esbozó una débil sonrisa.

—Tenemos que ir al hospital.

—No —pudo decir Aquiles, entre quejidos.

—¿Cómo que no? ¡Están heridos!

—Estamos exhaustos, pero no heridos.

—Pero, ¡mírate, Aquiles! —exclamó Adán—, tienes toda la espalda ensangrentada y llena de lastimaduras.

—Mi espalda resiste —dijo el griego, quien siempre se había jactado de ser un hombre muy fuerte—, sólo quiero ir a mi cama y descansar. Tenemos que hablar de manera urgente.

Alexia miró a Adán.

"Es terco", pensó, pero no se lo dijo.

Los tres se dirigieron a una calle más abajo hacia la casa de Aquiles, entre bolsas de basura desparramadas, coches chocados unos contra otros y árboles caídos sobre la acera. El arqueólogo tenía el anhelo de que a su casa no le hubiera sucedido ningún daño. Si bien su residencia estaba lejana al epicentro del terremoto, podría haber sucedido lo peor. La mayoría de los daños se concentraba en Plaka, la zona más antigua de Atenas.

—Falta poco —gimió Adán con el corazón agitado y la respiración entrecortada. Hacía mucha fuerza para tenerlos en pie.

Una vez frente a la casa, Aquiles notó que el terremoto había destruido la puerta y una pequeña parte de la pared.

—No necesitaremos llave para entrar —bromeó.

—¡Papá! —lo reprimió Alexia con la voz firme, aunque disfrutando el humor negro de su padre antes de saberlo muerto.

Una vez dentro, Adán le ayudó a quitarse la camisa vuelta harapos y lo recostó sobre la cama, tras limpiarle las heridas. Alexia se sentó sobre el sofá, exhausta. Tenía medio vestido roto y le dejaba al descubierto la pierna derecha, donde tenía marcas de raspones y golpes.

—¡No puedo creer que nos hayamos encontrado al mismo tiempo! —Adán estaba sorprendido a la vez que alegre—. ¿Seguro que no vamos al hospital? Podrían tener alguna costilla rota, algún golpe serio.

Alexia lo negó con un movimiento suave, al tiempo que bebía más de media botella de agua mineral. Adán colocó un paño mojado sobre la frente de Aquiles, quien seguía con los ojos semicerrados.

—Tú también tienes que acostarte —le dijo Adán a Alexia, al tiempo que la cargaba y la llevaba hacia una pequeña cama en la habitación contigua donde solía quedarse—.

Descansa —le dijo mirándola con expresión dulce—. Mañana hablaremos. Necesitas reponer fuerzas. Yo me ocuparé de tu padre.

Alexia lo miró con los ojos húmedos por la emoción.

—Estoy feliz de verte —le dijo, abrazándolo.

—Yo también —le susurró Adán al oído—. Alexia, quiero que sepas que eres muy valiosa en mi vida.

Se quedaron un largo rato abrazados, sintiendo el calor y la energía del otro. Unieron el alma en aquel contacto. Aquel abrazo fue un bálsamo entre tanto caos. Y allí, apenas allí, envuelta entre sus brazos, Alexia se pudo relajar.

Adán se despertó sobresaltado. Se había quedado dormido en el sofá. Le dolía la espalda. Lo importante era que Alexia y Aquiles estaban vivos. Agradeció a la fuerza suprema por tener otro día para vivir. Sintió que su vigor se había renovado. Estaba vivo y ellos también, eso era un motivo de celebración suficiente para enfrentar el nuevo día. Se levantó y preparó café. Alexia se despertó poco después.

—¿Quieres café?

—Por favor —respondió ella.

—Tu padre duerme.

—Eso es lo que crees —respondió el arqueólogo desde la cama—. Estoy despierto hace una hora, pensando.

Ambos se miraron. Sin duda Aquiles era resistente como el titanio.

—Cuéntame, ¿qué ha pasado? —le preguntó al tiempo que le servía el café.

Alexia sintió que debía hacer un esfuerzo por recordar, como si todo hubiera pasado hace siglos.

—Eduard nos traicionó —dijo con el ceño fruncido—. Él está dentro del complot de quienes secuestraron a mi padre.

Adán meneó la cabeza, incrédulo, certificando lo que ya intuía.

—¡Traidor!

—Sí —exclamó ella—, te había dicho que nunca me había gustado ese tipo.

—Escúchenme, no se alarmen, pero Jacinto, tu amigo, y yo hemos encontramos a un tipo desagradable, husmeando dentro de tu casa. Me apuntó con un arma y me quería obligar a confesar dónde estabas tú, pero Jacinto me salvó golpeándolo en la cabeza por atrás. Ahora está detenido en Londres, seguramente confesará para quién trabaja.

Alexia mostró irritación en su rostro. Adán le tomó la mano delicadamente.

—Me enteré de que te habían secuestrado y que te traían a Atenas engañada porque lo leí en un mensaje de su teléfono, lo tengo aquí. Por cierto, qué pasó con Eduard, ¿dónde está? ¿Sobrevivió al terremoto?

—No lo sabemos —contestó Alexia, al tiempo que bebía el café—, nosotros pudimos escapar de milagro. ¡Fue horrible!

—Aquí estaremos a salvo de momento, aunque tendremos que salir lo antes posible por las dudas de que esté vivo o de que haya nuevos sismos.

—¡Tenemos que hacer un plan urgente! —dijo Aquiles con énfasis.

—Primero debes curarte de todas las heridas —dijo Alexia.

—Tendremos tiempo para eso, tenemos que hablar —el griego demostró que su voluntad y determinación eran más fuertes que el dolor físico. Se dirigió a Adán—: ¿Has estado en Londres? ¿Has visto a Krüger?

—Sí. Además él ha conseguido algo fantástico. Pudo pasar la información del pequeño trozo de cuarzo que le dejaste a otros miles de cuarzos. Piensa distribuirlos entre la gente.

—¡Eso es perfecto! —exclamó Aquiles al recordar a su viejo amigo.

Hizo una pausa antes de continuar.

—En el Museo Británico fui a investigar el códice Troano, un antiguo documento en piedra encontrado por los arqueólogos de Yucatán. Es una tablilla que tiene 3,500 años de antigüedad. Fue traducida por el historiador Augustus Le Plongeon, y en ella se describe con exactitud el hundimiento de la Atlántida.

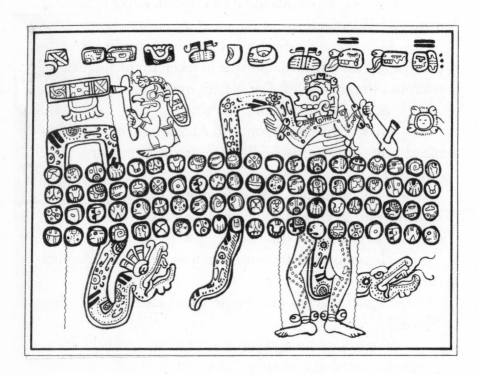

Aquiles inhaló con dificultad.

—Se imaginarán la magnitud que ha tenido eso en su momento, pero no ha sido más que una prueba que no ha podido movilizar al mundo científico, simplemente reforzó las hipótesis. En mi caso, me quería asegurar de que, antes de dar a conocer mis descubrimientos, estuvieran a salvo la tablilla atlante de más de 12,000 años que habla sobre el inicio original del Homo sapiens y de qué manera fue introducido en la Tierra, además del cuarzo madre, la Piedra Filosofal que todo el mundo ha buscado.

—¿De verdad todo lo que nos revelaste a Eduard y a mí sobre el cuarzo atlante que encontraste es la Piedra Filosofal? —preguntó ella, dubitativa.

Aquiles asintió.

—Tú llevas un trozo colgando de tu cuello.

A Alexia se le erizó la piel y se llevó las manos al pecho para tocarlo, ella había experimentado cambios en su energía y lucidez desde que llevaba aquel regalo.

Aquiles miró a Adán.

—Una vez que abres los archivos que están dentro del cuarzo, la información baja a tu mente en directo. Estos dos hallazgos situarían a la humanidad frente a un nuevo planteamiento. Si se descubre que la tablilla atlante fue un testimonio original de los sacerdotes de la Atlántida y se descubre que significaba concretamente el origen real del primer hombre y su creación por manos de seres dimensionales... —pronunció aquellas palabras con delicadeza—, todos los planteamientos religiosos quedarían caducos y sin sentido, pasarían a ser simplemente una fábula olvidada.

Al decir esto, Aquiles se incorporó para ponerse de pie y buscó detrás de un cuadro, en un escondijo secreto, su caja fuerte cerrada con código. Al abrirla extrajo un pequeño paquete envuelto en terciopelo azul. Era el trozo de metal reluciente de un formato similar al de una hoja A4. La tablilla atlante, de más de 12,000 años de antigüedad, según la datación de Krüger, labrada en el metal conocido como oricalco.

—¡Es hermosa! —exclamó ella.

Aquiles asintió dejándosela en sus manos.

Alexia y Adán no podían quitarle los ojos a la tablilla que contenía los símbolos que constataban ser anteriores al Adán y Eva propuestos por la iglesia católica. A pesar de su antigüedad, era un metal que se conservaba en perfecto estado. A los dos los embargó una emoción mística.

—Papá, entonces ¿la Piedra Filosofal podría ser lo que prepare la conciencia de la raza humana para recibir la energía cósmica?

Aquiles asintió.

—Aunque creo que mucha gente igual permanecería escéptica frente a este descubrimiento —argumentó Alexia.

—No —respondió tajante el arqueólogo—, será imposible si alguien toma contacto con el cuarzo. Esto no es una creencia… ¡se sabrá de primera mano por la vivencia directa! ¿Cómo negar lo que estás experimentando? La piedra pasa la información como si se tratara de una computadora, sólo que lo hace directamente a la mente del receptor. Tú ya lo has experimentado, Adán.

Adán confirmó con un gesto lo que decía su amigo.

—Si ahora el doctor Krüger ha podido pasar la información que tenía el pequeño cuarzo que le has dejado hacia otros, y piensa distribuir un pequeño cuarzo para cada persona, se podrían volver a programar con nuevos cuarzos vírgenes y sería una reacción en cadena —enfatizó Adán.

—Eso sería glorioso —afirmó Aquiles.

Alexia mostró una mueca de duda.

—No quiero ser negativa pero creo que eso sería imposible. Harían falta 6,500,000,000 de cuarzos si se repartiera uno para cada habitante de la Tierra.

Aquiles hizo una mueca de resignación. Sabía que si sucedía lo que presentía, el 21 de diciembre no todo el mundo podría entrar en el portal galáctico, con cuarzo o sin él.

—Pero no es lo mismo un pequeño trozo de cuarzo que el cuarzo madre que tú tienes, ¿verdad, papá?

—Yo encontré el cuarzo madre de un metro de alto, con varios pequeños trozos rotos. Pero una de las partes también contiene el Todo —sintetizó el arqueólogo.

—La verdad es que tengo varias preguntas atragantadas —dijo Adán—. Para empezar, ¿dónde está la Piedra Filosofal?, ¿dónde las has encontrado?

Aquiles esbozó una débil sonrisa. Colocó un brazo sobre el hombro del sexólogo.

—Te explicaré dónde lo conseguí y dónde está ahora.

"Un momento —replicó Aquiles, con voz grave—, todo está sucediendo como *tiene* que suceder. ¿No recuerdas la enseñanza que tu padre impregnó en su libro? —le preguntó a Adán.

—Mi padre enseñaba muchas cosas. ¿A qué te refieres?

—Recuerda que tu padre decía que la naturaleza se mueve por un triángulo sagrado de vida, que abarca desde los fenómenos climatológicos, hasta las relaciones humanas.

—Creación, conservación y destrucción —Adán sabía de memoria aquello que mencionaba el libro de su padre.

—Exacto —respondió Aquiles con una sonrisa—, todo lo que se crea, luego se conserva hasta que es útil y más adelante hay que destruirlo para crear algo nuevo y más evolucionado. Desde los edificios viejos que deben ser derrumbados para crear uno nuevo y más alto, hasta las parejas amorosas tienen que realizar esta ley natural. Creo que es lo que también sucederá con la evolución de la raza humana.

El arqueólogo añadió:

—Con tu padre hemos estudiado todas las vertientes posibles, desde los trabajos de la escritora esotérica rusa Helena Blavatsky hasta las profecías de Edgar Cayce.

Adán levantó una de sus cejas.

—Los científicos ortodoxos hasta se han dado el lujo de negar los escritos de Platón, haciendo oídos sordos a su sabiduría sobre la Atlántida. Hay que recordar lo que descubrieron Enrich Schliemann, sir Arthur Evans y Marinatos. Ellos siguieron los escritos de Platón y hallaron Troya en Turquía, las ruinas minoicas en Creta y la antigua ciudad de Akrotiri en Santorini. ¡Y todo eso siguiendo las pistas de lo que estaba escrito por Platón! ¡Por favor! ¡Cómo no iba a seguir yo sus dictámenes sobre la Atlántida!

—Papá, ¿cómo piensas dar a conocer tus descubrimientos? ¿Te prestarán atención los medios de prensa con todos los desastres que están ocurriendo?

Adán le dirigió una mirada de aprobación. Había muchas noticias, no era el momento más oportuno.

—Un momento, tranquilos —el arqueólogo trató de mantener la serenidad en la conversación—. Estamos tratando de ver cuáles serían los próximos pasos, pero tienen que saber más cosas importantes.

—Pues habla, papá —le pidió Alexia, ansiosa.

Aquiles la miró a los ojos.

—Razonemos. Creemos que el fin práctico de la Piedra Filosofal sería preparar el ADN de la humanidad para recibir la energía cósmica en armonía y salvarnos del caos, ¿verdad?

Alexia y Adán se miraron.

—Aquí viene la parte más importante de todo, lo que no le revelé a Eduard. Supongo que habrán escuchado sobre los trabajos de Rupert Sheldrake, ¿verdad?

—Bueno, yo conozco algo… —respondió Adán, llevándose una mano a la barbilla—, es más popular en Inglaterra que en Estados Unidos, pero, ¿a qué viene eso?

Alexia frunció el ceño.

—¿Quién es Sheldrake?

—Un bioquímico británico que dio a conocer la teoría de los campos mórficos. Estuve con él hace años, antes de su muerte. Él abordaba los aspectos más ocultos de la mente, creía que había un séptimo sentido en el ser humano y en todas las especies. Un sentido dormido.

—¿A qué te refieres específicamente? ¿Y cómo encaja esa teoría de Sheldrake con el cuarzo atlante?

Adán se mostró sumamente interesado, creía intuir por dónde iba el arqueólogo.

—Sigue, por favor. Soy todo oídos.

—Rupert Sheldrake decía que hay una red mental invisible. De este modo, si un individuo de una especie, por ejemplo animal, aprende una nueva habilidad, les será más fácil aprenderla a todos los individuos de dicha especie, porque esa habilidad, sea cual sea, se conecta y resuena en cada uno, sin importar la distancia en la que se encuentre. Además, cuantos más individuos aprendan lo nuevo, tanto más fácil les resultará al resto.

"Esta idea en Sheldrake surgió a partir de la teoría del centésimo mono que se originó mediante la vigilancia de una gran cantidad de primates en una isla de Japón. Científicos japoneses dieron de comer a los monos unos boniatos esparcidos por el suelo de las playas que, obviamente, tenían arena. Normalmente los comían sucios, con la arena adherida. Entonces, una mañana, una hembra descubrió que podía lavar los boniatos y comerlos sin la arena que los cubría. El resto de los monos comenzó a imitarla y a comer los boniatos después de quitarles la arena.

—¿Y qué tiene eso de especial? —dijo Alexia.

—Los científicos japoneses vieron, por ejemplo, que si unos 99 monos, de 100, habían aprendido la nueva técnica, una vez que el centésimo mono la aprendía… súbitamente, los demás monos de la isla lo aprendían por más que estuvieran lejos; incluso en otros países, otros monos diferentes, aprendieron a lavar los boniatos.

—¡Una reacción genética en cadena! —dijo Alexia con los ojos muy abiertos.

—Concretamente —agregó Aquiles—, la teoría de Sheldrake lo explica diciendo que, cuando aproximadamente 17 por ciento de una especie aprende algo nuevo, la masa crítica total de esa especie desarrolla e integra ese nuevo conocimiento, instantáneamente, a través de la relación holística que existe en la genética. La mente colectiva sería un puente de información directo, un tejido desde el inconsciente al ADN. Como una telaraña eléctrica vinculando a la totalidad de la especie. El biólogo sostenía que la idea de los campos mórficos vale para todas las especies y también para todas las moléculas de proteínas, los átomos y los cristales.

Alexia se sumió en sus pensamientos asimilando aquella información.

—¿Ésta no es la teoría que también se comprobó con éxito en algunas campañas publicitarias? —preguntó Alexia—. Si una parte de la masa crítica acepta el nuevo producto, la mayoría lo hará también. Una especie de ósmosis genética.

—Seguramente así empezó la Coca-Cola —resumió Adán, que sabía que la popular bebida en sus inicios había sido gratuita.

Se produjo un instante de silencio, los tres reflexionaban sobre aquella teoría científica.

—O sea que… —Adán se detuvo pensativo—, si se aplica esta teoría en el uso colectivo de la Piedra Filosofal atlante, la reprogramación del ADN de la especie humana…

—¡Podría sucederle a todo el mundo! —exclamó el arqueólogo.

—Ahora me doy cuenta —prosiguió Adán— de que la Biblia también menciona esta ósmosis espiritual-mental al hablar de los 144,000 elegidos… ¡Si un buen porcentaje de seres humanos recibe la energía cósmica en armonía con el cuarzo, podría activarse por completo el ADN y así reaccionar directamente hacia toda la especie!

—¡Una iluminación espiritual colectiva! —afirmó Aquiles, sonriente.

81

El ambiente anímico que reinaba ahora en la casa de Aquiles era más fuerte y luminoso. Las teorías que manejaban les daban la confianza de que estaban frente a un posible salto cuántico colectivo en la raza humana. Aquel salto estaba a la vuelta de la esquina. Para el próximo solsticio, sólo faltaban unos meses.

—La comunidad científica ortodoxa en su momento se puso de los nervios con los descubrimientos de Sheldrake, ¿verdad?

Aquiles asintió.

—Rupert escribió varios libros, igual que tu padre —le contestó Aquiles a Adán quien estaba pensativo, sentado sobre un taburete.

—Corríjanme si me equivoco —dijo Alexia con su dulce voz femenina—, si se aplica esta teoría para activar el ADN colectivo de la especie humana, también se pudo haber hecho, *ex profeso*, para reprogramarlo negativamente y quitarle su poder.

—Eso mismo pensaba el padre de Adán —respondió el arqueólogo—. Hemos sido programados para perder lo que tenemos de poder, hija.

—¿Por quiénes?

—Ya lo sabes... el Gobierno Secreto y algunas religiones.

Adán soltó un leve soplido de fastidio.

—Cada idea de miedo, pecado, culpa; cada pensamiento represor, cada vez que escuchas una realidad negativa es probable que mucha gente la adquiera también. Esta ley es un fenómeno neutro, no tiene que ver con el hecho de si es bueno o malo. La mayoría del inconsciente colectivo lo acepta —Aquiles estaba llegando al centro del asunto, ante la sorpresa de su hija—. Es su forma de controlar, y hay muchas otras. Recuérdame algunas, si eres tan amable, Adán —pidió irónico.

Adán buscó las más conocidas.

—"Sé bueno porque si no Dios te castigará con el infierno eterno."

—Comenzaste por las más duras —dijo soltando una sonrisa irónica.

—"Debes estudiar una carrera para ser alguien el día de mañana."

—¿Qué tiene de malo eso? —preguntó Alexia.

—Así logran que la gente viva pensando en el futuro, perdiendo el momento presente —agregó Aquiles, tajante—. ¡Hay muchas de estas estúpidas programaciones!

Adán asintió, conocía mucha gente atada por creencias y programaciones, pero no sabía que eso provocara que su ADN fuera perdiendo más y más poder.

—Recuerda que una mentira repetida, con el tiempo, llega a ser tomada como verdad —dijo Adán—. El gran Hermes enseñó en *El Kybalión* que "todo es mente, el universo es mental". La física cuántica ya ha hecho grandes avances en la actualidad en este sentido, investigaciones que todos deberían estudiar. Esas creencias existenciales y religiosas represoras y limitantes se introducen en la mente, las adoptas como creencia, generan impulsos bioquímicos y nerviosos y de allí pasan al ADN haciendo que la visión que tengas de tu propio universo sea limitada, cuando en realidad no hay límites para nada. Como un reguero de pólvora las religiones y sus creencias se extendieron negativamente. La mitad de la humanidad está viviendo programada como una computadora.

409

—Centrémonos en lo que haremos a partir de ahora —dijo Alexia tratando de llevar un poco de practicidad al asunto. "Dos hombres griegos filosofando puede llevar toda una vida", pensó.

—Los cuarzos pueden generar un impacto colectivo intenso de reprogramación en el código genético —argumentó Aquiles—. Eso es lo más importante ahora.

—Si se produce la ascensión a una dimensión superior de la especie, aplicando esta teoría, ¿no habría que hacer nada más?

—Te equivocas, hija —respondió—. Quien no tenga sus sistemas vitales en armonía y no vibre al nivel de la nueva energía cósmica no pasará el portal vibracional.

—¿Qué piensas que sucederá con quienes no estén en esa frecuencia? —preguntó Alexia, intrigada.

—Me temo que no soportarán un impacto energético y mental de tamaña magnitud. O morirán o enloquecerán, no lo sé. Por eso es importante la distribución de los cuarzos y del contacto de la gente con la Piedra Filosofal, para que despierten de manera urgente.

Adán inspeccionó de nuevo los símbolos de la tablilla. Incluían la fusión de lo femenino y lo masculino y la ascensión de la serpiente, el símbolo místico de la energía sexual.

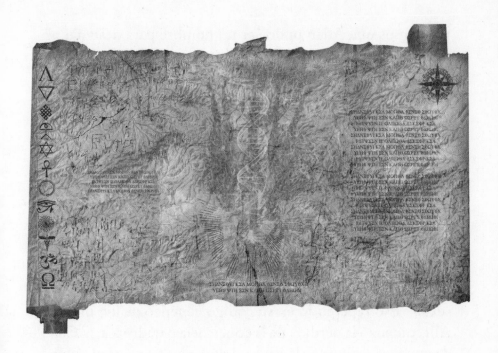

—Lo que no saben es que la tablilla atlante que tienes ahora, Adán, y que pasó por muchas manos sabias, era conocida realmente como la Tabla del Destino. Contiene toda la historia que la humanidad ha conocido y lo que conocerá.

Observaron con devoción la tablilla y Aquiles volvió a la carga, como una enciclopedia parlante. Luego sabría que la oscuridad a la que estuvo expuesto durante varios días había activado su glándula pineal, ya que se activa bioquímicamente sobre todo en la oscuridad, lo que le otorgaba la lucidez mental que experimentaba en aquel momento.

Aquiles dio varios pasos hacia la ventana.

—El derivado de la palabra Génesis viene de *genes* y se extiende —agregó Aquiles— a "genética", "género", "genital", "generación", "genealogía". El proyecto en el que llevo trabajando durante tanto tiempo, *El secreto de Adán*, demostraría que el linaje real de Adán y Eva no fue tal como nos lo enseñaron. La palabra *secreto* deriva de "secreción" y sabemos que Adán pudo ser un nombre para designar al ADN, con lo que nos quedaría... *la secreción del ADN.*

Se hizo el silencio en la habitación.

—¿La secreción del ADN? —repitió Alexia confusa.

—Lo más importante del cuerpo... —agregó Aquiles.

—¿La sangre? —preguntó Alexia.

—Y el semen, querida. Ambos son los únicos dos elementos que no pueden crearse en laboratorios, son regalos divinos, no hay productos en la Tierra para crearlos. Esa simiente real, originada con el primer Adán y Eva simbólicos, vivía en un estado de conciencia de iluminación, paradisiaco, conectados con La Fuente. Luego fueron perdiendo ese vínculo por usar mal el poder de la serpiente, el poder sexual. Eso repercutió en su código genético de luz inicial. Allí comenzó la pérdida de la conciencia paradisiaca, la Caída que se menciona en la Biblia. Las generaciones siguientes, cuando se dieron cuenta de que lo habían perdido, tuvieron que aplicar la alquimia sexual para volver a recuperarlo.

Aquiles se acercó al sexólogo.

—Por eso te mandé a llamar. Tus estudios de sexología podrán establecer mejor esas prácticas.

—Bueno —agregó Adán—, sólo quedan algunos gnósticos y tántricos que practican escasamente esta forma del sexo. Aquiles, ¿tú crees que esto es lo que volveremos a recuperar?

El arqueólogo se acomodó en su silla.

—Los últimos rituales en gran escala se realizaron en Heliópolis, Tebas, Menfis, Luxor, en Egipto antiguo y en la India, allí fue el final, siguiendo siempre las enseñanzas de Hermes Trismegisto, también conocido como Toth el Atlante por los egipcios, de allí que fueran rituales herméticos para estimular el cerebro y la conciencia. Esto aún está registrado en la cultura egipcia en el Libro de Tot, pero pocos le prestan atención.

Adán acotó:

—La misma enseñanza en la India fue revelada por el dios tántrico Shiva. Se registran cosas en los Tantras, los libros sagrados. Ahora, intuyo que debemos ir todavía hacia algo superior. La evolución es como una espiral, no creo que volvamos a la época del trueque, sino que generemos un salto superior de conciencia —dijo con un suspiro—, eso espero.

Se produjo un instante de silencio. Todos asimilaban esta información, tratando de que las hipótesis aclararan su entendimiento.

—Casi me olvido —exclamó el arqueólogo sin dar respiro—, otra cosa más sobre los trabajos de Sheldrake. Según la hipótesis de la resonancia mórfica, si se despertara este sentido interno, con la potenciación de la mente y del ADN, sería fácil desarrollar nuevos poderes inherentes hasta ahora desconocidos, como la telepatía, la proyección astral, la premonición o las sensaciones espirituales.

—Coincide con los mayas —exclamó Adán.

—Sheldrake era un hombre inspirado, ¿eh? —añadió Alexia.

—Si hubiera existido en la antigüedad estaría a la altura de Pitágoras, Hipócrates o Sócrates —especuló Aquiles.

Alexia frunció el ceño, sorprendida. El arqueólogo amplió su fuerte tórax, inhalando profundamente.

—Sheldrake profundiza también en la idea de que la mente no está en el interior de la cabeza, sino expandida hacia fuera, que esto indicaría por qué hay veces que nos sentimos observados por alguien sin verlo ni oírlo; como un jugador de futbol mimetizado con un compañero sabe, a través de este sentido interno, qué hará otro jugador con la pelota; o una presa que se siente intimidada por un cazador, aún antes de haberlo visto. Sheldrake decía que esto sucedía porque los campos mentales estarían conectados por la misma fuerza en el mismo momento. Es común entre los gemelos que dicen saber cuándo tiene algún problema el hermano, a pesar de encontrarse a considerable distancia.

Aquiles parecía un sabio de la antigüedad impartiendo enseñanzas.

—Perdonen que sea yo la que tenga que poner la razón y la lógica sobre sus palabras —dijo Alexia, acostumbrada a que esos dos atributos siempre les hayan sido otorgados únicamente, y con error, a los filósofos hombres—, pero tendríamos que irnos de aquí.

—Quizá esto sea parte del cambio —argumentó Aquiles como si no la hubiese escuchado—, el hombre se vuelve más intuitivo y sensible, y la mujer más mental y práctica.

—No lo sé, papá —dijo ella—, pero tenemos que saber qué está pasando en el mundo. Y tenemos que salir de aquí. No sabemos qué más conozcan de nosotros los hombres del Gobierno Secreto.

—Ya vamos —le prometió Aquiles—. Sólo una cosa más, es importante para organizarnos.

Alexia sabía que cuando su padre estaba inspirado, el tiempo no existía.

—Adelante —le dijo—. ¿Qué más?

—Sheldrake mencionó también la teoría de la "causación formativa", decía que todas las cosas se organizan por sí mismas siguiendo el patrón común, un átomo no tiene que ser creado por algún agente externo, se organiza solo. Una molécula y un cristal no son organizados por los seres humanos pieza por pieza sino que cristalizan espontáneamente.

—¿A dónde quieres llegar, papá?

—Tenemos que ver de qué manera aplicamos sus teorías para sintonizar individual y colectivamente los cuarzos con este patrón común de energía de unidad. Una sola colonia mental, una mente organizada para recibir la energía que nos hará pasar de una dimensión a otra.

Adán dio dos pasos hacia él para estar más cerca. Comprender aquello era vital.

—Aquiles, para potenciar el cuarzo en una mente colectiva, la única manera es la meditación grupal, un ritual mental común con mucha gente.

El teléfono celular de Adán los volvió a la realidad áspera del mundo. Su rostro palideció al escuchar la voz de Krüger. Después de unos segundos, respondió.

—¿Está seguro, doctor?

Aquiles y Alexia se miraron.

Adán colgó.

—¿Qué te ha dicho? —preguntó Alexia, ansiosa.

—No me ha dejado ni decirle que te hemos encontrado —le dijo Adán a Aquiles, con la voz por los suelos—. Creo que no todo encaja como tú lo dices, Aquiles. Tenemos que enfrentarnos ahora a un gran problema que escapa a toda teoría.

—¿Qué problema? —preguntaron nerviosamente al unísono.

—Me ha informado el doctor Krüger que están pasando por todos los noticieros una mala noticia.

—¿Otro terremoto? —exclamó Alexia con un nudo en el estómago.

Adán meneó la cabeza.

—Me temo que es aún peor —el rostro de Adán estaba tenso—. Los astrónomos han descubierto que un meteorito de dimensiones colosales podría impactar contra la Tierra.

82

Tenemos poco tiempo! —exclamó Aquiles tratando de sacarlos del *shock* emocional en el que estaban los dos—. Recuerden que el proverbio dice "de las nubes más negras y amenazantes brota el agua más clara y cristalina".

—No estamos para proverbios, papá.

—Yo tengo la Piedra Filosofal, es nuestra esperanza.

—Los atlantes murieron en las catástrofes hace 13,000 años —le recordó ella—. Ni con esa piedra se salvaron.

—No seas negativa, Alexia. Mantén tu ecuanimidad. En estos momentos es cuando hay que aplicar la sabiduría.

—Tu padre tiene razón —dijo Adán y fue detrás de ella para abrazarla suavemente.

Hubo un silencio.

—¡Un momento! —exclamó Adán con un impulso de creatividad—. Si mal no recuerdo, el libro de mi padre hacía referencia a algo similar, concretamente menciona el libro sagrado maya, el *Chilam Balam*, que decía así:

En el trece Ahau al final del último katún, el itzá será arrollado y rodará Tanka, habrá un tiempo en el que estarán sumidos en la oscuridad y luego vendrán trayendo la señal futura los hombres del Sol; despertará la tierra por el norte y por el poniente, el itzá despertará.

Alexia estaba seria y cabizbaja, como si no escuchara.

—Tradúcelo, Adán —le pidió el arqueólogo—, si no es chino básico.

—Creo que los mayas sabían lo que sucedería, lo predijeron todo con exactitud. Y los atlantes sabían que su origen venía de la constelación de Orión y de Sirio.

—¿A eso se refiere el *Chilam Balam,* cuando dice que "traerán la señal futura los hombres del Sol"? —preguntó Aquiles.

Adán asintió.

—Tú dijiste que habías tenido un *dejà vu* con el trozo de cuarzo que Krüger tiene en Londres, y que los primeros seres humanos fueron un experimento de maestros genetistas de Orión, ¿verdad? —le dijo Aquiles.

A Adán le recorrió un escalofrío al recordar su experiencia metafísica.

—Exacto.

Por un instante pareció que todos captaran el mismo pensamiento.

—Partir el cuarzo madre y distribuirlo por el mundo sería lo más rápido para que la humanidad se armonice, para recibir aquello que sea lo que viene en diciembre. El cuarzo que posee Krüger e incluso el cuarzo que llevas colgando tú, Alexia, serviría.

—¿Dónde está el cuarzo madre? —le preguntó Adán a Aquiles—. Es urgente que hagamos algo con él.

Aquiles respiró con profundidad.

—El cuarzo madre, la Piedra Filosofal, lo envié a México, el enclave geológico de energía femenina que despertará en la Tierra. Pensaba presentarlo en Naciones Unidas, junto con la tablilla atlante, con todas las certificaciones científicas. Ahora, un chamán al que conozco hace tiempo está trabajando con él y un grupo de gente.

—¿En México? —preguntó Adán asombrado.

Aquiles asintió.

—En Chichen Itzá. No sólo era lo más seguro, sino lo más importante para el planeta a nivel energético.

—¿Qué? ¿Te desprendiste del cuarzo madre? ¿Por qué has hecho eso? —exclamó Alexia, presa de los nervios.

—Sí. Fue necesario. Para comprenderlo, Adán, por favor, traduce lo que dijiste antes sobre el *Ahau* y el *itzá*.

—Habla del 13 *Ahau,* que es la palabra con la que los mayas llamaban al Sol, el tiempo que el astro solar tarda para dar la vuelta a los 12 planetas y constelaciones, "al final del último *katún*", un periodo de 20 años aproximadamente, desde 1992 al 2012. Los mayas llamaron a estos veinte años "el tiempo del no tiempo."

—¡Continúa! —dijo Aquiles encendido.

—El *itzá* será arrollado, dijeron —Adán hizo una pausa para pensar—, *itzá* significa boca de agua.

—Los tsunamis —dijo Aquiles.

—Y rodará *Tanka* —prosiguió Adán—, que significa la Tierra. Luego mencionan: "Habrá un tiempo en el que estarán sumidos en la oscuridad y luego vendrán trayendo la señal futura los hombres del Sol; despertará la Tierra por el norte y por el poniente, el *itzá* despertará".

Adán sentía que la adrenalina le fluía.

—El *itzá* despertará… ¡Chichen Itzá! —exclamó Aquiles con vehemencia.

Adán asintió.

—Los atlantes mayas hablaban del regreso de la energía de la serpiente emplumada, Kukulkán, o Quetzalcóatl para los aztecas.

—¿Y qué haremos ahora? —preguntó Alexia.

—Iremos a Londres, a los Juegos Olímpicos y daremos a conocer el descubrimiento y el uso de los cuarzos.

Alexia y Adán asintieron.

—Y luego iremos a México. Si las profecías de los mayas, la teoría de Sheldrake y el poder de la Piedra Filosofal se cumplen, creo que en México será donde los primeros seres humanos iluminados puedan pasar la información al ADN colectivo del resto de la especie.

83

A pocas calles de allí, tras salir de la casa derrumbada donde había estado secuestrado el arqueólogo, la imagen fantasmagórica de Eduard Cassas, débil y sangrante, emergió con su último esfuerzo. Caminó varios pasos en zigzag antes de caer sobre la acera con una gran herida en la cabeza. Tenía el hombro luxado y varias costillas rotas. Había perdido los zapatos y la ropa estaba hecha harapos, parecía un mendigo.

Dos enfermeros que pasaban a metros de allí, pertenecientes a un grupo de auxilio de la Cruz Roja, lo vieron caer y corrieron a su encuentro. Uno de los auxiliares colocó sus dedos en la yugular.

—Tiene el pulso muy débil —le informó a su compañero—, se ve que ha perdido mucha sangre.

El otro enfermero volvió a la ambulancia y preparaba la camilla a toda velocidad.

El séptimo terremoto, hasta el momento, se había cobrado más de 900 víctimas sólo en Atenas. Una vez que cargaron a Eduard en la ambulancia, ésta salió a toda velocidad con la sirena encendida.

En Roma, el cardenal Tous estaba abatido después de haber sido informado del terremoto de Atenas. Había telefoneado a Eduard dieciocho veces en la última media hora. Se encontraba ansioso ante el silencio del catalán. De pronto se sintió solo. Una soledad vacía, angustiante. No sólo estaba desconectado de Eduard, su brazo derecho, sino también de su amante, su confesor, su apoyo. Reconoció, en silencio, todo lo que Eduard significaba para él. En ese momento El Mago experimentó un malestar profundo en el centro del pecho, el que tantas veces les había hecho golpear a los fieles inyectándoles una triple culpa en los cientos de misas que había oficiado; en ese instante, por primera vez, una culpa real, un tremendo peso psicológico caía como un explosivo sobre su corazón.

Era él quien había introducido a Eduard Cassas en el Gobierno Secreto. Era él quien lo había recuperado como un novio despechado en la puerta del altar. Era él la única persona en quien confiaba realmente.

Con su interior lleno de sombras, se jugaría la última carta para recuperar la Piedra Filosofal. Esa misma noche hizo dos llamadas: ordenó que buscaran a Eduard en todos los rincones de Atenas y gestionó la liberación de Viktor Sopenski, quien continuaba detenido por la policía oficial británica.

El Cuervo estaría listo para actuar y esta vez no fallaría.

84

La voz del doctor Stefan Krüger resonaba como un trueno en aquella conferencia de prensa en aquel plató de la
BBC. Su objetivo era que mucha más gente se enterara y
comprendiera el funcionamiento de los cuarzos para alcanzar
el estado interior de receptividad. Ya más de quinientas personas habían recibido el cuarzo personal programado. El doctor
Krüger hablaba sin papel frente a la cámara de televisión, su
discurso era convincente y motivador.

Ante el panorama mundial de confusión, caos y descono-
cimiento, hemos comenzado a distribuir ciertos cuarzos
con propiedades beneficiosas sobre el sistema nervioso y
fundamentalmente sobre el ADN de los seres humanos. A
través de nuestro Instituto de Estudios Genéticos, damos
a todo aquel que lo solicite un cuarzo con la capacidad de
afectar positivamente la genética individual.

La realidad del ser humano, tal y como la conocemos,
está por cambiar deliberadamente. Un gran salto cuántico
está a punto de suceder en todo el globo. Debemos prepararnos. La peor equivocación en estos momentos es tener
miedo. El miedo debilita. Abramos la mente a un futuro
distinto.

Nosotros tenemos un cuarzo programado para cada individuo que esté dispuesto a entrenarse y prepararse para
lo que vendrá el próximo 21 de diciembre.

El científico alemán estaba esperanzado. Kate, él mismo y muchas personas más ya sentían los efectos benéficos de los cuarzos. Experimentaban una claridad interior y una percepción más amplia que lo normal. El plató de televisión estaba completamente en silencio, rodeado de un aura de magnetismo.

"Es un mesías", pensaban algunos. "Otro que se aprovecha del momento para ganar dinero", pensaban otros. No había un consenso generalizado a favor de aceptar los cuarzos, aunque 40 por ciento de las personas respondía positivamente. Krüger siguió su discurso.

La Tierra está preparándose para recibir una energía superior. Esto nos afectará a todos. Hemos visto que el ADN es como un motor eléctrico, sensible al magnetismo. Y deben saber que el magnetismo que emitirá la Tierra en breve afectará a nuestro motor. Hay que vigilar la calidad de nuestra energía. Es momento de una elevación. Algunos por primera vez deberán enfrentarse al hecho de confiar en un poder superior. Y es necesario comprender que ese poder superior está dentro de cada persona. Es hora de activarlo.

Todo el trabajo consiste en una reprogramación vibracional. Debemos tener la intención de abrirnos al cambio, ya que el ADN responde a la "intención" de cada ser.

El cuarzo que tenemos preparado, de forma gratuita, hará simplemente de espejo para reflejar nuestra verdadera imagen interna, la esencia. De la misma forma en que a una computadora se le saca un programa viejo y se le cambia por uno nuevo, esto es lo que creemos que nos sucederá a nosotros si todo sale bien. La energía superior quiere nuestra evolución ya que la Tierra y todo el sistema solar evolucionarán. Creemos que el campo electromagnético del planeta está cambiando y su potencia se está elevando de frecuencia. Si la vibración aumenta, activará todas las hebras del ADN, y quien no esté preparado espiritualmente tendrá problemas graves a la hora de los impactos energéticos y psicológicos.

No es un juego, es cuestión de vida o muerte, de transformación. Es el momento de dejar atrás las falsas creencias, los miedos animales y también de olvidar las diferencias y limitaciones humanas. Es tiempo de aceptar nuestra naturaleza divina.

Creemos que en el gran porcentaje inactivo del ADN que no está funcionando están las respuestas a todas nuestras preguntas existenciales. Es tiempo de liberarnos de la ilusión de la dualidad, hay una unidad espiritual real esperando ser recibida en breve. Es una gran oportunidad, espero que comprendan la magnitud de este momento.

Un aluvión de periodistas lanzó un vendaval de preguntas a mansalva.

—¿Qué sucede si alguien no acepta el cuarzo?

—¿En qué se beneficia usted, doctor?

—¿Es esto una señal del Apocalipsis?

—¿Qué haremos con el meteorito que se dice que va a estrellarse contra la Tierra?

—¿Para quién trabaja usted?

—¿Cuáles son los síntomas que experimentaremos con ese cuarzo?

—¿Tiene esto que ver con las profecías del fin del mundo?

—Si hay otro terremoto, ¡me meteré el cuarzo por el culo! —se atrevió a decir un periodista inglés completamente borracho.

Se originó un caos. A pesar de que mucha gente comprendía el mensaje y estaba dispuesta a recibir la piedra y prepararse, el grueso de la población era presa de pánico e inmovilizada por ese sentimiento.

Los periodistas ingleses parecían sabuesos hambrientos. La tensión en el estudio comenzó a mermar cuando Kate distribuyó cuarzos entre la gente.

Al cabo de varios minutos la vibración hostil cambió levemente. Una corriente de calma surgió como de la nada. Sólo un par de personas que habían recibido el cuarzo y lo dejaron en sus asientos gritaron: "¡Es un fraude!". El resto no dijo nada. Quienes se habían quedado con el cuarzo en la mano comenzaban a sentir el efecto.

Krüger y Kate habían podido pactar con uno de los pocos periodistas que se animó a llevar el cuarzo y experimentar con él. Los genetistas sabían que debían aprovechar aquella entrevista. El periodista elegido comenzó con las preguntas.

—Estamos en directo con el doctor Stefan Krüger y con la doctora Kate Smith, del Instituto Genético de Londres, quienes nos responderán preguntas inquietantes sobre la situación de los cambios genéticos. ¿Cuáles son los cambios que están sucediendo en estos precisos momentos en el planeta, y cómo van a ser afectados nuestros cuerpos? Dice que todo el cambio planetario tiene una finalidad que es cambiar el ADN. ¿Cómo está cambiando nuestro ADN?

—Cada persona tiene 2 hélices de ADN. En la doble hélice hay 2 hebras activas y creemos que gracias a la alineación planetaria y el cambio en el Sol, estaremos activando más poder a nivel celular. Lo que estamos encontrando por nuestros estudios científicos es que hay otras hebras del ADN en formación. Es una mutación de nuestra especie hacia algo para lo cual el resultado final todavía es desconocido.

Krüger mostró un gráfico de las hebras y hélices del ADN para que la gente lo comprendiera mejor.

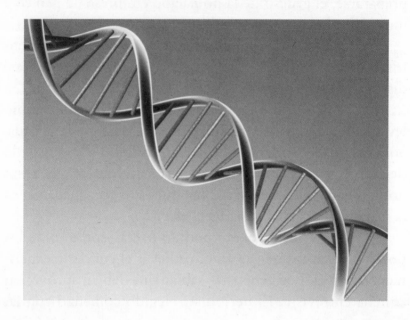

—Dice que los cambios no son conocidos públicamente hasta ahora, porque la comunidad científica ortodoxa siente que asustaría mucho a la población. ¿Sin embargo, doctor, dice que la gente está cambiando a nivel celular?

—Estamos trabajando con varios niños, quienes tienen 3 hebras de ADN. Nosotros sabemos que es una mutación positiva, a nivel físico, mental y emocional, aunque pudiera ser tomado como una catástrofe y provocar temor. Queremos llevar tranquilidad a la población.

—¿Y cuáles son algunas características diferentes de los niños supuestamente con el ADN más activo, doctora Smith?

Kate apoyó las carpetas que llevaba sobre la mesa y se acomodó.

—Estos niños pueden mover objetos a través de la habitación con sólo concentrarse en ellos, o pueden llenar vasos con agua con solo verlos; son telepáticos. Es lo que nos espera si logramos adentrarnos en la quinta dimensión. Es hacia donde se dirige el futuro del Homo sapiens.

—Doctora, la mayoría de mis colegas duda de estos estudios. ¿En verdad usted cree que esto nos sucederá a nosotros?

—Algunos adultos a quienes les he hecho pruebas han podido tener visiones del pasado y del futuro con el cuarzo sobre su glándula pineal. Algunos, incluso, están consiguiendo su tercera hélice. Estas personas están atravesando muchísimos cambios importantes en su conciencia y en sus cuerpos físicos. La Tierra y sus habitantes estamos levantando la vibración.

—¿Concretamente qué causa los cambios en los cuerpos y en nuestro ADN?

—Tenemos una oportunidad de cambiar la estructura de nuestro ADN, y nuestro cuerpo físico puede ser un cuerpo más ligero, sano, un cuerpo de luz. Esto ya se ha venido gestando desde hace años, el 2012 es el punto cero para completar este proceso.

—Y para finalizar, doctor, lo más difícil de aceptar... Usted habla de la quinta dimensión. ¿Qué es eso concretamente?

—Las dimensiones son los diferentes estados de la existencia, los niveles de conciencia. Cambiar de dimensión es agigantar nuestra forma de percibir la realidad. Cuando nos dicen que somos seres multidimensionales, muchos nos imaginamos que andamos viajando entre dimensiones que no entendemos bien.

—En otras palabras, por favor...

—Se lo explicaré fácilmente. La primera dimensión es la de los minerales y el agua. El reino vegetal es la segunda dimensión. En la tercera dimensión, donde vivimos ahora, hay una percepción lineal del tiempo y del espacio, y justamente desde estos tiempos especiales es desde donde comenzamos a percibir la interacción de la cuarta dimensión sobre nosotros, porque aquí el tiempo es mental, se expande y se contrae en un eterno presente.

—Continúe...

—El salto cuántico de la conciencia es saltar a otra dimensión más elevada. Sería el fin de una era, de la tercera dimensión. Es una búsqueda de la esencia de la vida. Y por aquí comenzamos a explorar las frecuencias de las nuevas dimensiones, que nos abren a la realidad de nuestro ser. En la cuarta dimensión otros niveles de la conciencia ocupan nuestra mente. Esta dimensión es la zona de pasaje hacia realidades elevadas, allí se encuentran las poderes arquetípicos o lo que Jung llamó "inconsciente colectivo"; es donde experimentamos la telepatía, la sincronicidad y la percepción extrasensorial.

—¿Cómo será ese proceso?

—Esta dimensión es la frecuencia de la sabiduría y el conocimiento total que Platón llamó "alma del mundo" y es pura energía. Es la dimensión donde recordamos quiénes somos. De allí que todo lo que sea separatismo y conflicto nos aleja de la quinta dimensión, en cambio lo que nos acerca es el sentimiento de que todos somos uno.

—Pero doctor, el mundo ahora es un caos... ¿Usted realmente ve la parte positiva de todo esto?

—Suponemos que está por llegar lo más intenso... Éste es sólo el comienzo. El cambio dimensional no sucederá de inmediato, sino por niveles de conciencia que se han ido gestionando desde hace años, pero el día 21 de diciembre el portal de las nuevas dimensiones se abrirá completamente.

La entrevista finalizó. Krüger y Kate estaban satisfechos. En menos de una hora, la fila de gente para recoger un cuarzo afuera de la BBC era multitudinaria.

La segunda parte del trabajo que habían planeado se estaba llevando a cabo.

85

En la capital británica, a pesar de la gravedad de las últimas noticias, Aquiles, Alexia y Adán estaban llenos de entusiasmo. Se preparaban para acudir a la inauguración de los Juegos Olímpicos. Confiaban en el poder de la Piedra Filosofal.

Una multitud se daba cita en el estadio para presenciar el gran evento. Aquiles estaba emocionado. Su discurso había sido aprobado después de muchas dificultades, aunque lo había vuelto más escueto por razones de tiempo. El Comité Olímpico necesitaba que la gente tuviera optimismo y esperanza ante el negro panorama noticioso mundial. Aquiles sabía que la masa de energía que se acumulara entre los miles de espectadores contribuiría a potenciar su descubrimiento.

Un grupo de más de dos centenares de personas del equipo de Krüger y de voluntarios estaría coordinando la distribución de los cuarzos entre los asistentes a la inauguración.

—Démonos prisa —le dijo Aquiles a su hija, que todavía estaba arreglándose en el cuarto de baño—. Iré a preparar el coche. No se demoren.

—Yo me encargo —respondió Adán con un guiño cómplice.

El arqueólogo salió de la casa de Alexia hacia la calle para encender el coche. A pesar de que el día estaba lluvioso, había mucha gente caminado por la acera, patrulleros de policía dando vueltas, ya que los organizadores habían recibido el falso anuncio de una bomba. La amenaza había sido descartada, pero la paranoia policial había ido en aumento.

—Ya casi estoy lista, sólo me quedan los aretes —dijo Alexia desde el baño.

Adán la observó de reojo. Estaba bella, radiante. La deseaba. Afuera, Aquiles buscó las llaves del coche en su bolsillo. Veía a Londres más revolucionada que nunca, la gente iba y venía con menos orden que de costumbre creando algunos atascos viales.

"Vámonos ya", pensó impaciente.

Un coche negro se estacionó justo detrás del suyo. Aquiles sintonizaba la radio en busca del reporte de tránsito. Un hombre salió del vehículo con paso decidido, dirigiéndose hacia él. Aquiles no lo vio venir. Sólo sintió algo frío sobre su nuca. El cañón del revólver calibre 38 que Viktor Sopenski apoyó sobre él le hizo tomar contacto con una realidad que no quería volver a vivir. En sólo una décima de segundo Aquiles se lamentó, otra vez, de no tomar las precauciones debidas.

—Es todo o nada, profesor. ¿Dónde está la Piedra? Me lo dice o le vuelo los sesos.

A Aquiles se le hizo un nudo en la garganta. El entusiasmo que hasta hacía sólo un momento sentía se transformó en impotencia. No volvió el cuerpo. Su adrenalina le jugó una mala pasada. Pensó que si golpeaba al Cuervo lo derribaría. Estiró su brazo con la mayor velocidad que pudo, pero Sopenski se arqueó hacia atrás, esquivándolo. Al ver que el arqueólogo no iba a colaborar, puso se dedo en el gatillo, listo para disparar.

—¡Hijo de puta! —gritó Aquiles con rabia.

—Todo lo que no se da, se pierde, profesor Vangelis —respondió El Cuervo.

—Prefiero llevarme el secreto a la tumba que entregártelo a ti y a tus jefes.

—Siempre tan heroico, profesor.

Los ojos de Aquiles vieron cómo el obeso policía apretaba el gatillo. La bala tardó una décima de segundo en entrar en su pecho. El cuerpo del arqueólogo cayó pesadamente hacia un lado. El Cuervo lo miró directo a los ojos antes de emprender la rápida carrera por la calle. Al mismo tiempo, Adán abría la puerta y contempló la escena pasmado. Su corazón comenzó a latir con fuerza. Corrió hacia Aquiles.

—¡Detengan a ese hombre! —gritó con todas sus fuerzas.

El patrullero que estaba a una cuadra cerró el paso de Sopenski, quien corría a toda velocidad con el arma en la mano y la cara desencajada.

—¡Deténgase! ¡Tire el arma al suelo! —gritó un policía.

Se frenó en seco. Sudaba. La lluvia se hizo más intensa. No pudo pensar, estaba obnubilado por haber matado al arqueólogo. Sabía que se quedaba sin el dinero, sin la Piedra Filosofal y sin su gloria. No tenía escapatoria. No iría a la cárcel por matar a un hombre. Decidió jugarse la vida. Confiaba en la velocidad de su disparo. Elevó su revólver rápidamente y jaló del gatillo. El policía hizo lo mismo.

Alexia salió corriendo cuando escuchó ruidos en la calle. Vio a Adán con el cuerpo de su padre desfallecido. Aquello le pareció una pesadilla. Toda su infancia se deslizó ante a sus ojos. Su padre abrazándola, haciéndola reír, enseñándole descubrimientos arqueológicos, impulsándola al amor por la Tierra, por los dioses…

—¡Noooo! ¡Papaaaá!

Adán trataba de reanimarlo.

Los ojos de Aquiles se posaron en los de su hija.

Ella no podía llorar.

Aquiles tragó saliva, moviendo la cabeza lentamente hacia los lados.

La mirada entre ellos lo dijo todo. El arqueólogo sentía que se despedía. Su sueño se evaporaba. Sintió paz por haber hecho todo lo posible para ayudar a la humanidad.

—¡Papá! ¡Resiste! ¡Por favor!

Aquiles hizo un gesto para que Adán se acercase a él.

El sexólogo arrimó el oído a la boca del arqueólogo.

Aquiles alcanzó a murmurarle algo y luego su cuerpo exhaló su último suspiro.

A metros de él, Viktor Sopenski era alcanzado por la bala del policía. La muerte los reunía nuevamente, como si el destino quisiera que todo continuara en otra vida.

En Washington, el Cerebro y todo el equipo de investigación del Gobierno Secreto se sentían molestos por la repercusión que estaba teniendo el uso de los cuarzos a nivel masivo. Aunque El Cerebro estaba más al tanto del estado del meteorito y de los misiles que habían disparado que de cualquier otra noticia, ordenó a los medios de prensa sobre los que el Gobierno Secreto tenía influencia que prohibieran la entrada al doctor Krüger y a sus colaboradores. Por el momento tenía demasiadas cosas que resolver, ya después se encargaría de ellos.

En Roma, al enterarse de la muerte de Aquiles y Sopenski, el cardenal Tous se sintió presa de la ansiedad, le pareció que el mundo se derrumbaba; su aspecto era el de un hombre que había envejecido diez años de golpe. Estaba a punto de desobedecer la orden de no salir del Vaticano. Sentía su sed de poder paralizada, su instinto estaba tenso como el de una fiera enjaulada. La rabia daba paso al abatimiento y al coraje. ¿Aquiles se llevaría el secreto con él? Era una mezcla de emociones sin timón. El cardenal percibía que podía perder la batalla. Su razón se lo decía aunque él era un mago. Y un mago necesitaba nuevos trucos. No veía ninguno con claridad. Algo en su interior se entregó, se postró con el perfume de la derrota sobre el sofá de su despacho. Con Sopenski muerto y sin saber nada de Eduard, sus cartas magnas se esfumaban en el aire.

Chichen Itzá, México, 15 de diciembre de 2012

Chichen Itzá, en la Riviera Maya, era un sitio de peregrinación y turismo. Lleno de vegetación, el pequeño enclave con una tupida selva, calles de tierra, casas pequeñas y bellas, casi todas pintadas de blanco, estaba rodeado por varios cenotes, extraños pozos subterráneos de agua dulce y transparente, en los que muchos se sumergían para bucear y ver sus maravillas de piedras y cuevas. Chichén Itzá era una de las ciudades principales de los mayas antiguos en su apogeo, junto a Belice, Guatemala y Tulúm. Su calor húmedo favorecía el crecimiento de la selva, que se había comido importantes monumentos y pirámides con el paso del tiempo. En la actualidad existían puestos de artesanos que exhibían sus collares, pulseras, péndulos y demás obras labradas con exquisitez maestra en ónix, la piedra negra de poderes curativos, la plata y el oro.

Alexia y Adán habían atravesado meses de dolor por la muerte de Aquiles. Ella estuvo abatida, pero su fuerza interior y el apoyo incondicional de Adán le habían hecho seguir adelante. Llegaron a Chichén Itzá para cumplir la promesa que Adán le hizo al arqueólogo.

Aunque mucha gente había recibido un cuarzo en diferentes partes del mundo y habían aprendido a pasar la información a otros, sólo se había conseguido que menos de un tercio de la población comprendiera la magnitud de los acontecimientos.

—¿Cómo te sientes? —le dijo Adán una vez que dejaron las maletas en la habitación del hotel Club Med, a pocos metros de la pirámide maya de Kukulkán.

—Bien, un poco mareada por el vuelo.

Era la primera vez que estaban con un poco más de intimidad. Todos los meses anteriores habían trabajado siempre rodeados de gente.

—¿Qué haremos hoy? —preguntó ella.

—Buscar de inmediato al chamán amigo de tu padre, quien tiene la Piedra Filosofal.

Alexia asintió.

—Lo encontraremos, no te preocupes. ¿Cómo sientes tu cuarzo?

—Muy caliente —dijo ella al tiempo que se llevaba la mano al pecho para tocarlo.

—El mío también, desde que llegamos a Chichen Itzá siento mucho calor en el pecho. Alexia —le dijo con voz suave—, a pesar del dolor por la pérdida de tu padre, la gravedad de la situación de la Tierra y de todo lo que está pasando, quiero que sepas que te amo.

Ella sentía emoción, su corazón le latía más deprisa. Estaba hermosa y radiante.

Alexia dejó que toda su blanca fila de dientes dibujara la mejor de sus sonrisas.

—Yo también te amo, Adán.

Se tomaron de las manos. La luz de las velas iluminaba cuatro pupilas húmedas, dos corazones y dos almas en un mismo sentimiento de unidad. Se acercaron para besarse. Fue un beso carnal, íntimo, dulce, sagrado. Aquella mujer lo elevaba. Y él a ella. Esa noche consumaron la unidad espiritual a través de sus cuerpos, sus sexos y su misma respiración.

Por primera vez ajenos a todo, sus cuerpos estaban tan radiantes y llenos de energía en los chakras que la habitación del hotel se llenó de una luz que no era de este mundo, la luz de sus auras.

A la mañana siguiente Adán fue el primero en despertarse. Alexia aún dormía y su pelo revuelto sobre la almohada lo hicieron pensar que era la misma Afrodita soñando en el Olimpo. Su desnudez lo dejaba sin palabras. El sexólogo conocía varias técnicas de sexualidad oriental y tántricas, gracias a las cuales podía elevar las corrientes de electricidad y magnetismo invadiendo el cuerpo.

Alexia había sentido a plenitud ese magnetismo, ya que la electricidad del deseo no se agotaba sino, por el contrario, era una corriente que iba en aumento. Una sensación asombrosa que provocaba mayor unidad, profundidad y conexión.

Chichen Itzá estaba abarrotada de fieles, curiosos, turistas e iniciados espirituales que llegaban, como en años anteriores, para celebrar el solsticio del 21 de diciembre.

> Rodará Tanka, la Tierra despertará y llegarán los hombres del Sol, el itzá despertará.

La mente de Adán recibió aquel pensamiento cuando estaba bajo la ducha. "El *itzá* despertará, ha llegado la hora", pensó con cierta incertidumbre, no sabía a ciencia cierta qué iba a suceder o incluso si sucedería algo. Apuró su baño y se vistió rápidamente.

Sabía que el sueño de Aquiles, aquello por lo que había trabajado tanto junto a su padre, se iba a ver recompensado.

El mundo entero sabría que la tablilla atlante de más de 12,000 años tenía grabado el origen secreto del primer Adán.

Aunque la Piedra Filosofal estaba ahora en manos de alguien a punto de despertarle un gran poder.

El ministro de Defensa había sido presionado y estaba adquiriendo una extraña expresión en el rostro. A su lado estaba el presidente de Estados Unidos, acompañado por Stewart Washington, sus asesores dentro de la Operación M, Patrick Jackson y Sergei Valisnov, con una veintena de miembros de inteligencia, secretarios, jefes del ejército y de la armada.

El clima dentro de la Casa Blanca era espeso. Los planes de defensa ante al meteorito que se acercaba ocupaban la atención de los principales jefes de gobierno. Muchos de los ahí presentes, como Stewart Washington, no habían dormido bien durante las últimas semanas.

Se había decidido trabajar en equipo conformado por los líderes en la Casa Blanca, el Gobierno Secreto, el HAARP, la NASA, el NORAD, el SDO y la NOAA. Se había pactado una comunicación fluida cada treinta minutos para reportar los informes a los jefes de gobierno.

El presidente de los Estados Unidos se encontraba inquieto, dio tres pasos hacia una hermosa mesa de roble para servirse él mismo un vaso con agua y tomar una aspirina. Su piel caoba brillaba de sudor, se quitó el saco de su elegante traje azul. Arremangó su camisa blanca, acompañada de una fina corbata gris. Su menudo cuerpo no impedía demostrar su valía y la fortaleza que debía sacar en un momento tan álgido como aquel. La única buena noticia que había recibido era que 10 por ciento de la población había accedido a implantarse el chip de control en la muñeca derecha debajo de la piel. Para ellos era un pequeño gran paso. Pero ahora al presidente le preocupaba otra cosa.

Le preguntó a su asesor.

—¿Novedades del NORAD en Colorado?

—Sin novedad, señor. Los mismos reportes de hace media hora.

El presidente tenía el gesto duro.

—¿Y señales del satélite ACE?

—El ACE ha enviado información reciente, pero estos últimos reportes son extraños, señor. Dice que en la última media hora se han podido ver, desde el satélite, unas manchas surgiendo del exterior del Sol. Según los cálculos que me han enviado, en pocas horas debería colisionar el meteorito con uno de los misiles que hemos enviado.

—¿A qué velocidad desciende?

—Se aproxima a 50,000 kilómetros por hora. Tiene unos 170 kilómetros de diámetro.

Todos tragaron saliva al escuchar aquello. Si no destruían el meteorito, ningún ser humano podría contar la historia. El presidente sentía que sus sistemas nervioso y digestivo estaban también en alerta máxima debido a la tensión.

El gobierno oficial y el Gobierno Secreto trabajaban, a través del HAARP, en todos los sistemas de manipulación del espacio a través de redes electromagnéticas y de las redes subliminales de control mental. Además habían hecho siniestros trabajos para alterar las frecuencias naturales de la Tierra, generando calentadores ionosféricos para influir *ex profeso* en el clima. Pero ahora había llegado algo más poderoso.

El presidente sentía un bloqueo a la altura del plexo solar. Se aflojó el nudo de la corbata. Era la primera vez que un misil nuclear iba a impactar contra un meteorito, por lo que su nerviosismo era explicable. La Operación M despertaba en él un extraño presentimiento que lo sumía en la intranquilidad.

Todos los pasos dentro del Ministerio de Defensa de Estados Unidos siempre se ejecutaron con una precisión de reloj suizo. Cada movimiento exigía máxima concentración. Varios técnicos y expertos iban y venían llevando carpetas y hablando por teléfono. El presidente y los jefes de gobierno de Estados Unidos eran la cara visible al mando. Stewart Washington se limitaba a ver cómo el presidente daba órdenes y trabajaba con su equipo.

—Quiero informes cada quince minutos, en vez de cada treinta —ordenó el presidente.

Hizo una pausa. Por su mente pasaban muchas cosas, había muchos frentes abiertos en juego. El meteorito, las manchas solares, esas extrañas profecías de las que todo el mundo hablaba... y algo más que le preocupaba.

—¿Han vuelto a ver naves extraterrestres?

—No, señor presidente, aparte de las que se vieron por todo el mundo hace meses.

El ministro de Defensa apoyó eso al asentir con su voluminosa cabeza.

—¿Cómo está la prensa? —preguntó el presidente.

—Inquieta, señor. Están pasando todo por televisión, radio e internet.

Stewart Washington le dirigió una mirada reflexiva al Brujo Valisnov. Aquel plan había surgido de su mente. En realidad, no había otra opción que destruir al meteorito.

El presidente dio varios pasos hasta la foto de Abraham Lincoln.

—¿Y el ánimo de la gente?

—Reina el miedo, señor. Hay mucha confusión. Muchos famosos de Hollywood han aparecido en televisión diciendo que se iban a sus búnkers bajo tierra, y los que tienen dinero se los han construido también.

Los segundos pasaban como un coche de Fórmula 1 a toda velocidad. Parecía que todo iba más deprisa. Aquello tenía el aire de ser la antesala de la peor de las tragedias. Una obra de teatro macabra. La adrenalina corría por las venas e impregnaba la sangre de todos los presentes en aquella reunión. La espera se les hacía insoportable. Los rostros denotaban una verdadera preocupación. El mundo entero dependía de lo que resolvieran ellos, de un misil y de lo que les informaran los satélites de investigación, el ACE, el SOHO y el Atlas V, la gran herramienta de la NASA que trabajaba a unos 35 mil kilómetros de distancia de la Tierra, transmitiendo los datos a una base de Nuevo México en Estados Unidos, con capacidad de tomar una fotografía cada diez segundos.

dán y Alexia habían recorrido una hermosa brecha internándose por unos trescientos metros de selva. Rodearon la ladera oeste del cenote, donde se encontraba una pequeña cascada de unos veinte metros. Habían visto loros silvestres, burros, mariposas de varios colores, incluso una serpiente enroscada en un árbol. La vida en Chichen Itzá era intensa, fértil, poderosa, se respiraba una energía elevada.

Tardaron menos de quince minutos en llegar a la casa del chamán. El ambiente era de una tranquilidad inquietante. Los niños jugaban, algunas mujeres hilaban telas y otras sonreían bajo la sombra de los árboles. No había signos de la tecnología en el sitio.

—Buenos días —dijo Adán—, busco al maestro Evans. ¿Está aquí?

—Sígame, amigo —le respondió un hombre delgado y también vestido de blanco que los hizo pasar hacia un salón más grande.

La amplia casa emitía una energía especial, enigmática, casi eléctrica, una especie de magnetismo palpable en el aire, como una diminuta capa de polvo fino e intangible.

Había más de una docena de personas en actitud relajada y meditativa, sentados cómodamente, todos vestidos con ropas claras, rodeados al fondo por un jardín lleno de vegetación por donde se filtraba la luz del Sol entre los árboles y una fuente de agua de la que manaba un gran chorro cristalino que emitía un sonido relajante.

—Lo encontrarán en la sala que está detrás de la fuente —le indicó el hombre.

Adán y Alexia siguieron por un estrecho pasillo rodeado de plantas. Algunos de los presentes los observaron dedicándoles una sonrisa sincera que devolvieron con agrado. Alexia estaba radiante de la mano de Adán.

Entraron a la habitación. Había un hombre solo de espaldas a la puerta. Al encontrarse con el maestro Evans, a Adán y Alexia les pareció que lo conocían de toda la vida. Era ese tipo de hombre del que no sabe bien su edad. Quizá sesenta, quizá setenta años; lo cierto era que su cuerpo desprendía vitalidad. Tenía el pelo blanco, cortado casi a la altura de los hombros, los ojos negros como el ónix con brillo y trasmitiendo confianza, el cuerpo era delgado, ni menudo ni robusto. Su hablar era sereno pero su voz grave resonaba como un eco. Estaba vestido de blanco con un cinturón dorado de tela atado a la cintura.

—¿Maestro Evans? —preguntó Adán.

El hombre asintió y sonrió.

—Ustedes deben ser Alexia y Adán.

Ahora ellos respondieron con una sonrisa.

—Bienvenidos —les dijo el hombre, mirándoles sobre la cabeza.

A Adán le asombró que el hombre no les mirara a los ojos, sino arriba de la cabeza.

El chamán sonrió. Sus dientes eran blancos y derechos.

—¿Usted tiene la Piedra Atlante? —preguntó directamente Adán.

—La Piedra Filosofal está compuesta de amor y sabiduría. Energía y conciencia.

El hombre hablaba en clave, parecía haber salido de una profunda meditación.

—Entiendo —dijo ella—. ¿Qué se supone que haremos? ¿Qué cree que sucederá?

—Una mutación.

—¿Concretamente de qué manera lo haremos? —preguntó Adán.

—Para tomar nuestro camino de regreso hacia la gloria plena de nuestra verdadera naturaleza, ingresamos más profundamente en las calderas de alquimia divina a través de los fuegos sagrados de la transmutación.

Evans miró a los ojos a Alexia, ella sintió que observaba el fondo de su alma.

—Tienes una luz muy bonita —le dijo el chamán con la voz suave—. Lo que haremos será un antiguo ritual atlante.

—¿Un ritual? —preguntó Alexia.

—Sí. El ritual colectivo hará que sea más fácil que cada una de nuestras células reconozca la luz solar como combustible, algo similar a la fotosíntesis en las plantas. Nuestra bioquímica completa y el funcionamiento del cuerpo humano se transfigurarán radicalmente. Además —añadió el maestro Evans—, estamos trayendo la fuerza de vida del alma de nuevo al sistema nervioso central y hacia todas nuestras conexiones eléctricas. Por ello el Sol está cambiando, el Padre Sol está emitiendo una lluvia de luz.

—Pero… el mundo es un caos —razonó Alexia.

—Sí, como antes de un parto. Es muy importante mencionar que es a través de los sentimientos tranquilos y apacibles de armonía y de nuestras actitudes silenciosas y meditaciones profundas que la energía cósmica generará un impacto perfecto para la manifestación. El ritual se llevará a cabo dentro de dos días. Exactamente cuatro días antes del 21 de diciembre. Es un ritual que durará tres días.

—¿Los tres días de oscuridad? —dijo Adán—. ¿Qué sucederá?

—El Amor Sin Nombre —dijo con voz grave—. El ritual congregará a más de cien mil personas. Será la oportunidad de recibir la llegada de la energía serpentina, la llamarada de fuego cósmico que anticiparon mis ancestros.

Adán recordó que había escuchado de boca de Aquiles el nombre.

—¿El Ritual del Fuego de las Estrellas?

El chamán le dirigió una mirada llena de amor.

—Exacto. Es un ritual que se realiza cada vez que hay un ciclo de transformación solar, cada 26,000 años.

—Además de mis ancestros hay constancia escrita de ello.

—¿Cómo dice? —preguntó ella.

—En este libro —respondió el maestro Evans, que estiraba la mano hacia un ejemplar gastado de la Biblia—, ¿quieres leer?

El chamán le entregó el voluminoso ejemplar.

Alexia, asombrada, cogió el libro.

—Busca en Apocalipsis, del Nuevo Testamento, 2:17 —dijo el maestro.

Alexia humedeció el dedo índice con saliva para cambiar las páginas.

Al vencedor le daré maná escondido; le daré también una piedrecilla blanca y, grabado en la piedrecilla, un nombre nuevo que nadie conoce, sino el que lo recibe.

Hubo un silencio largo hasta que Adán habló.

—¿Quiere decir que también en la Biblia se menciona el uso de la Piedra Filosofal?

—No la llaman así, pero es lo mismo —contestó Evans.

De nuevo el silencio.

Alexia volvió a tocar su piedra de cuarzo colgada al cuello.

El maestro Evans mostraba la sonrisa enigmática de aquel que sabe más cosas de las que habla.

91

Central del SDO (Solar Dynamics Observatory),
16 de diciembre de 2012

A 150,000,000 de kilómetros de la Tierra, en el núcleo del Sol, una eyección de masa coronaria salió disparada a una velocidad nunca vista. Aquella descomunal llamarada sólo tardaría ocho minutos en llegar al planeta. En ese breve lapso, toda la gente sobre la faz de la Tierra seguía ajena a lo que ocurría dentro del astro. Una implosión de energía tuvo lugar como si fuera una supernova, para luego explotar en un violento chorro orgásmico.

Las capas externas del Sol se convirtieron en una danza gigantesca de calor, luz y gases. Rápidamente tocó la baja atmósfera de la Tierra una inmensa masa caliente, una lluvia de fuego. El astro supremo emitió un llamarada seguida de otras de más poder.

Lo primero que quemó fueron los satélites que estaban en el espacio y en menos de un instante las redes de comunicación, televisión, internet, telefonía móvil y radios. Todas quedaron totalmente deshechas.

Mudas.

Muertas.

La Bolsa de Valores cayó abruptamente y un helado terror económico corrió por la mente de los inversionistas y responsables de las empresas, dominados por el escepticismo, ajenos a cualquier profecía mística.

El primer problema que tuvo el mundo con la tormenta solar fue la incomunicación. La gente de repente vio cómo se cortaba la televisión, cómo quedaba sin posibilidad de hacer llamadas telefónicas o de enviar mails.

Para los seres humanos era el inicio de una confusión sin precedentes.

Para el Sol era una evolución, una nueva espiral dentro de la ascensión galáctica y una nueva coronación de su naturaleza como deidad de la Vía Láctea.

La última gran tormenta solar se había registrado en el año 2001 y los científicos siempre supieron que la actividad solar tenía ciclos de repetición cada once años. De acuerdo con sus cálculos, era correcto que en 2012 ocurriera una tormenta de mucha mayor magnitud.

Se desencadenó una sucesión de eventos trágicos.

Varios de los aviones que estaban en vuelo habían quedado desprovistos de su tecnología. Perdieron contacto con las torres de control. Las aeronaves tuvieron que ser manejadas manualmente. Los controles, brújulas, GPS y elementos de navegación tanto en aviones, barcos y coches dejaron de funcionar. La tecnología y la electricidad se sumieron en un mutismo absoluto, el más grave hueco destructivo que podía sufrir la sociedad estaba sucediendo en aquel momento. El elemento del que más dependían todos los sistemas en los que estaba basada la civilización, la electricidad, había desaparecido.

Cuando la tormenta solar alcanzó niveles más bajos, traspasando el campo magnético de la Tierra, lo siguiente que destrozó fueron las centrales eléctricas, lo que originó apagones múltiples y automáticos en las principales ciudades del mundo.

El planeta entero comenzaba a quedar inmerso en la oscuridad.

Algunas personas quedaron atrapadas en los elevadores, líneas de ferrocarril y subterráneos.

Los hospitales empezaron a funcionar con generadores propios. Sólo tenían poco tiempo para nutrirse de aquella energía de reserva. Noventa y cinco por ciento de las ciudades experimentó la oscuridad y la incomunicación.

En los sitios donde era invierno, la gente se quedó sin calefacción. Y el frío trajo miedo, temores ancestrales.

Los semáforos y todo sistema de orden dentro del tránsito vehicular no emitían ninguna luz, generando un gran caos. Los embotellamientos y choques fueron un espectáculo atroz. Sirenas de ambulancias, policía y bomberos se escuchaban en casi todas las calles de las capitales. Los enfermos y discapacitados que habían quedado en los pisos superiores de los rascacielos no podían bajar de allí.

En las ciudades donde ya era de noche se dibujaban imágenes de la aurora boreal que normalmente sólo se veía en los polos. Ahora, en otros lados del mundo, danzantes energías verdosas se apoderaban de los cielos.

Desde la visión y juicio normales de una persona daba la impresión de que el Sol, convertido en un guerrero furioso, quisiera destruir las bases de la comunicación humana. Quemaba todo, cancelando la posibilidad de hablar por teléfono, enterarse, ver las noticias o enviar un mensaje.

Inevitablemente la humanidad había quedado bajo las garras de lo que había dominado a medio mundo en los últimos siglos: el miedo.

Muchas ciudades parecían la mítica Troya ardiendo igual que un bosque de paja.

La horrorosa cadena de acontecimientos fue devastando el ánimo de la gente al mismo tiempo que lo hacía con todo cable, trasmisor o conductor de energía que existiese.

Lo que los científicos conocían como "máximo solar" se estaba lanzando ahora sobre el planeta con todo su potencia. El Sol, como estrella magnética, expulsaba la mayor tormenta solar de la historia humana. Durante la siguiente hora, sucesivas oleadas de masas de nubes gigantes y ardientes avanzaban a 3,200 kilómetros por segundo cargadas de miles de millones de toneladas de gas electrificado y producía la fase más fuerte y poderosa de la tormenta.

La atmósfera de la Tierra se recalentó y las corrientes rodearon el planeta, que parecía un horno. Todos los satélites de órbita baja habían recibido un impacto y quedaron como migas de pan humeante a la deriva por el espacio. La magnetosfera, el campo magnético de la Tierra, había dejado de ser un escudo protector fuerte, y estaba siendo vulnerada por una nube solar más grande que Júpiter, que expulsaba nubes de gas y electricidad de miles y millones de toneladas. Otros satélites fueron auténticos misiles, perdieron la gravedad y volvieron a la Tierra a gran velocidad. Se estrellaban como flechas lanzadas desde el cielo en diferentes partes del globo. La histeria se apoderó de la mitad de la humanidad. El principio del fin...

Ni la NOAA ni el SDO había podido informar a los Estados Unidos ni a los demás países de la magnitud de la tormenta. Varios directores de las centrales eléctricas se anticiparon y apagaron varios generadores antes de que se quemaran, fueron los únicos en tener un poco de luz. Los casi 2,000 transformadores de alta energía de los Estados Unidos y la enorme cantidad del resto del mundo estaban destruidos.

El satélite SOHO había anunciado que se veían manchas solares, pero no de semejante magnitud. Ningún humano o satélite podía esperar algo semejante, de hecho el ACE y el Atlas v del SDO, al estar más próximos al astro, fueron los primeros en quemarse.

Los ministros de Defensa de todos los países se limitaron a ver cómo el Sol invadía todos los espacios aéreos, vapuleando, con magna soberbia, cualquier medida de seguridad. Sencillamente, no se podía hacer nada.

En menos de diez horas, el gran astro al que tantas culturas antiguas habían venerado, se comportó de tal forma que nadie podía entenderlo desde la simple razón humana.

El Sol había hecho que la gente tuviera que volver a encender velas en sus hogares.

Nadie entendía, hasta el momento, cómo iban a salir de aquel caos inflamable. Aunque en la oscuridad general reinante dentro de las casas de todo el mundo, algo extraño comenzó a suceder.

Las personas que habían recibido un trozo programado con el cuarzo atlante miraban estupefactas cómo, dentro del centro de aquella diminuta piedra que colgaba de sus cuellos, surgía un misterioso rayo de luz.

92

Aquel mediodía el presidente de los Estados Unidos se había quedado con una extraña sensación que le seguía rondando como un virus. Se sentía raro, confuso, sumido en la densidad. Antes de las tormentas solares, habló con Stewart Washington y con el ministro de Defensa para acordar las actividades del día siguiente.

En esos instantes, la Casa Blanca era un hervidero. La gente corría de un lado a otro, impotente y completamente incomunicada.

—¡Qué demonios está pasando! —gritó el presidente, desencajado, cuando llegó a la sala de reuniones.

—No hemos restablecido comunicaciones —le respondió su secretario personal con la cara aterrada—. Lo último que supimos es que el Sol estaba emitiendo unas extrañas manchas.

—¿Y nuestros generadores propios?

—Están inutilizados, señor.

—¿Comunicación con las centrales?

—No, señor, con ninguna hemos podido hablar.

El Cerebro y Valisnov ya se encontraban allí. El ministro de Defensa estaba pálido.

—Señores —dijo el presidente—, ¿qué se supone que debemos hacer? ¿Alguna idea? Allí afuera todo es un completo desastre. No podemos comunicarnos ni con la policía, ni con el ejército… ¡Ni con nadie! ¡Maldita sea! —gritó, había perdido los estribos.

El Cerebro, por el contrario, estaba frío, miró de reojo a Sergei Valisnov. Éste no hizo ningún gesto, parecía una estatua que hacía juego con la decoración de aquella pomposa sala. Aquel miembro de la inteligencia del Gobierno Secreto tampoco tenía soluciones.

—Veo que no podemos hacer mucho —retomó el presidente una vez que El Cerebro salió—. Sólo esperar que el misil destroce el meteorito. Pero, ¿qué hacemos con la furia del Sol?

Nadie habló. Sabían que era inútil.

—Sólo queda una cosa por hacer —dijo el secretario de Defensa, y sugirió que lo único en sus manos era dirigirse al búnker de seguridad.

El Sol seguía siendo el soberano de la vida sobre la Tierra.

93

Mientras el mundo civilizado se resquebrajaba, Adán y Alexia caminaban de la mano, de regreso al hotel, sumamente impactados por lo que habían escuchado del maestro Evans.

Atravesaron la brecha internándose primero en un trayecto de selva y matorrales donde casi la luz del Sol no se filtraba. En el cielo, espesos nubarrones grises, amenazantes y sombríos, se iban juntando y ya casi cubrían todo el firmamento. Altos árboles crecían por el terreno húmedo, espeso, impenetrable. Se escuchaba el ruido de algunos animales salvajes nerviosos por el calor.

—Es sorprendente el maestro —dijo Alexia.

—Sí. Es un hombre de conocimiento y poder.

—¿Qué haremos ahora?

Adán se adelantó para mover una rama que atravesaba el camino. Con esfuerzo la quitó de lugar.

—Vamos hacia el cenote a pensar antes de ir al hotel. Quiero ver esa cascada. No soporto más el calor y la humedad.

—De acuerdo, ya falta poco para...

En aquel momento se escuchó el ruido de una rama rota a pocos metros de donde estaban ellos. Como si un animal acechara.

—¡Shhh! —Adán llevó el índice de su mano derecha a la boca.

Ambos se quedaron inmóviles en el lugar, expectantes. Al cabo de unos segundos, siguieron su marcha.

—Quizá fue algún mono —dijo Alexia en voz baja.

Adán no contestó. Miraba hacia los lados. Sólo veía metros y metros de tupida vegetación.

—Vamos rápido hacia el cenote.

Una fina lluvia comenzó a caer sobre sus cabezas. La sintieron refrescante. Estaban dejando atrás la selva cuando, casi salido de la nada, el bulto de un cuerpo saltó vigorosamente detrás de Alexia cogiéndole los cabellos y tirando de su cabeza hacia atrás. Adán iba unos metros delante de ella, limpiando el camino cuando se frenó al escuchar un quejido.

—¡Detente donde estás! —le ordenó la misteriosa figura que sujetaba a Alexia.

Llevaba una barba larga y sucia, un sombrero de paja y un arma en su mano derecha. Alexia percibió el sudor de varios días y se quejó, entonces el brazo que le rodeaba el cuello hizo más presión. Los ojos del captor estaban desencajados.

—No le hagas daño —dijo Adán—. ¿Qué quieres?

—¿Ahora? Venganza…

Adán observó atentamente al hombre.

—¿Venganza? ¿De qué quieres vengarte? Puedo darte dinero, pero suéltala.

El hombre se enfureció.

—¡No me des órdenes, imbécil!

Ahora la voz de aquel hombre le resultó más familiar. No hablaba como mexicano. Adán forzó la vista sin lograr distinguir nada.

—¿No sabes quién soy, Roussos? —dijo con ironía.

A Adán se le hizo un nudo en la garganta. Se mantuvo inmutable. En cambio, los latidos del corazón se aceleraron en el pecho de Alexia. Hizo un esfuerzo por reconocer al hombre. La lluvia ahora más intensa le dificultaba la visión.

—No te conozco.

—¡Basta de juegos! ¿Dónde está la Piedra?

Adán se alarmó.

—¿La Piedra? —respondió, tratando de observar detenidamente a aquel hombre—. No la tenemos nosotros.

—¡Dónde está! —gritó el hombre con ira—. ¡Ahora o le vuelo la tapa de los sesos a esta perra!

Tras aquellas palabras, ella y Adán al unísono reconocieron aquel insulto. No podía ser verdad.

Era Eduard Cassas. Parecía un mendigo. Había estado convaleciente en el hospital durante cuatro semanas debatiéndose entre la vida y la muerte; aunque medianamente se había recuperado del impacto del terremoto en Atenas, había entrado con un cuadro nada esperanzador, con diversos golpes, traumatismos y una pierna fracturada a la que en el quirófano debieron poner tres clavos de metal. Aquel accidente le haría cojear de por vida.

94

Roma, atardecer del 16 de diciembre de 2012

El cardenal Tous no había vuelto a saber nada de Eduard, el catalán había desaparecido, parecía que se lo hubiera tragado la Tierra. Dentro de su despacho en penumbras, el cardenal se sentía impotente, como un águila con sus alas mojadas, pensaba en las últimas conversaciones con Eduard. Hacía días que estaba preocupado, deprimido, angustiado, confuso, incomunicado. Sólo la débil llama de una vela danzaba lentamente e iluminaba la sala proyectando las sombras desdibujadas de su abatida silueta sobre la pared.

Le dolía la espalda. Sentía un peso, una carga, una espina emocional. Su pecho apenas podía abrirse para tomar escuetas bocanadas de aire. Le dolía respirar. Le dolía vivir. Su cabeza era un torbellino de pensamientos desordenados e inconexos. Había perdido su habilidad, había perdido su ingenio y astucia. Se sentía confuso y cansado. Un amante en soledad. Un pájaro sin nido.

Estiró la mano sobre el escritorio para apoyarse en la Biblia. En aquel difícil momento necesitaba algún consuelo. Quiso el destino que sus temblorosas manos abrieran el libro, al azar, en un párrafo del evangelio de San Juan 2:13. Decía: *Jesús purifica el templo*. El cardenal lo leyó lentamente.

...estaba cerca la Pascua de los judíos, y subió Jesús a Jerusalén. Encontró en el templo a los que vendían bueyes, ovejas y palomas, y a los cambistas que estaban allí sentados, e hizo un azote de cuerdas y echó fuera del templo a todos, con las ovejas y los bueyes; también desparramó las monedas de los cambistas y volcó las mesas; y dijo a los que vendían palomas:

—Quitad esto de aquí, y no convirtáis la casa de mi Padre en casa de mercado.

Entonces recordaron sus discípulos que está escrito: 'El celo de tu casa me consumirá'.

Los judíos respondieron y le dijeron:

—Ya que haces esto, ¿qué señal nos muestras?

Respondió Jesús y les dijo:

—Destruid este templo y en tres días lo levantaré.

Entonces los judíos dijeron:

En cuarenta y seis años fue edificado este templo, ¿y tú en tres días lo levantarás?

El ancestral libro se le hizo pesado y se le cayó de las manos. Lo inundaba la angustia. La culpa. La resignación. El vacío. Él había sido uno de los mercaderes modernos que comerciaba en el templo del mundo. Había sido él uno de los que ensuciaba las enseñanzas de Jesús, el último mesías solar. Su corazón, en ese momento cumbre, no pudo contener la emoción que lo llenaba.

Se preguntó, entre toda su incertidumbre, si, de un momento a otro, Ajenjo, el meteorito del que hablaba la Biblia, caería sobre todo el planeta. "¿A dónde iré al morir? ¿Irá un hombre como yo al cielo? ¿Existirá en verdad un cielo?" Ese momento, entre la espada y la pared, le hizo aflorar sus miedos y preocupaciones más profundas. Había dejado de tener poder, estaba frente a sus emociones, que siempre había ocultado detrás de una coraza como si fuese un pesado yelmo.

Lloró, lloró desconsoladamente. Su mente suspendió la actividad y pudo ver y sentir dentro de su corazón el niño que fue, revivió esos instantes de su madre llamándolo: "Raulito, ven a comer".

Esto le hizo sentirse aún más indefenso y vulnerable. Desde esos ojos del niño que había sido, desde ese pequeño rincón de su alma donde aún quedaba la inocencia original, sintió todo lo que se había ensuciado durante muchos años tras el poder y la ambición.

95

Tienes treinta segundos para decirme dónde tienen la Piedra! —Eduard subió el percutor de su pistola lista para volarle la cabeza a Alexia.

Adán seguía con los brazos en alto, se apartó muy lentamente del camino selvático hacia un árbol dando un paso hacia delante. Ahora la lluvia era torrencial. Grandes gotas de agua caían con fuerza; tuvieron que alzar la voz para escucharse.

—Escúchame, Eduard, por más que tengas la Piedra, el proceso de cambio colectivo se gestará de todas formas.

—¡Entonces qué más da! ¡Los mataré a ambos y no conseguirán nada! —los ojos del catalán estaban rojos. Estaba desquiciado.

—No tenemos la Piedra.

—¡Mientes, hijo de puta! —gritó con furia.

Adán trató de llevarlo con calma.

—De acuerdo —le dijo Adán—. Te diré donde está, pero suelta a Alexia.

—¡Habla ahora! Me cansé de tus trucos.

—Está debajo, en el cenote —mintió.

Adán intentó ganar distancia y, al adelantarse, pisó una rama seca que crujió. Un violento trueno explotó en el cielo como si el mundo se viniera abajo. Eduard alzó la vista y Alexia aprovechó aquel ruido sorpresivo para intentar zafarse. Al forcejear, al catalán se le escapó un tiro que fue a dar justo al árbol que protegía a Adán. Alexia se soltó del brazo y le dio una patada justo en medio de las piernas, en los testículos, que dejó sin respiración a su agresor. La mujer aprovechó para tirarse al costado del camino. Eduard apuntó y disparó tres veces seguidas, pero Adán alcanzó a correr rumbo al cenote. El Búho miró hacia atrás y, al no ver a Alexia, corrió detrás de Adán, cojeando con el dolor del golpe y la carga de su rodilla fracturada. Quedaban pocos metros de selva hasta llegar al claro donde estaba el cenote. Adán salió primero de la parte más espesa de la selva pero quedó encerrado con el abismo del agua debajo de él. El catalán llegó agitado; ahora tenía a tiro al sexólogo.

—¡Un paso más y caes por el cenote o te parto la cabeza con una bala! ¡Dime en qué lugar está la Piedra! —gritó jadeante.

Adán volvió a subir las manos sobre la cabeza.

—Allí debajo —dijo señalando hacia los veinte metros de la caída del agua—. Detrás de la cascada.

Aprovechando que Eduard se acercó varios pasos hacia el borde del cenote para mirar hacia abajo, Adán cogió velozmente una piedra del suelo y se la arrojó a la cabeza, sin éxito. La potencia de la lluvia lo había hecho trastabillar. Eduard le disparó, esta vez rozó su hombro derecho. El ruido del disparo se perdió entre la selva. Eduard estaba desencajado y alterado por el agua en su rostro; bajó una pequeña pendiente pero se resbaló y volvió a trastabillar sobre el suelo, quedando a punto de caer hacia la cascada. Un golpe como aquellos sería difícil de sobrevivir. Además, Eduard desde chico tenía fobia al agua, cuando uno de sus amigos casi lo ahogó. Nunca había aprendido a nadar. Cuando estaba en el suelo, Adán aprovechó para abalanzarse sobre él. La pistola cayó y Adán empujó al catalán, que cayó hacia atrás, cubierto por el lodo. Ambos estaban empapados y el terreno era tan resbaloso por la lluvia que les costaba trabajo mantenerse en pie.

Ciego de furia, El Búho arremetió contra Adán. Pese a su desventaja física, Eduard sabía artes marciales. Los cuerpos rodaron por el suelo húmedo. Un codo de Eduard se clavó con fuerza en la cabeza del sexólogo. Él era más fuerte pero aquel golpe lo mareó. Eduard sabía dónde golpear. Alexia llegó corriendo y observaba la escena sin poder hacer mucho. Los dos estaban trenzados, forcejeando. Se golpearon con fuerza varias veces; el cuerpo de Eduard, más liviano, rodó hacia el borde del cenote. Con una mano se sujetó a una rama húmeda que salía de la tierra. Su cuerpo pendía de la fuerza de su brazo. Con el otro brazo alcanzó a jalar de la muñeca de Adán.

—¡Ayúdame a subir o caes conmigo! No tengo ahora nada que perder.

Adán se movió sigiloso con el otro brazo hacia él.

—Te ayudaré —le dijo—. Tranquilo.

El agua le caía a borbotones sobre el rostro. Las manos mojadas estaban inseguras.

Adán estaba dispuesto a ayudarlo. Se acercó hacia el cuerpo del catalán. Su rostro estaba irreconocible por la barba y el pánico, que desfiguraba sus líneas de expresión.

—Si yo caigo tú caes conmigo —le amenazó Eduard asustado.

Adán estiró la mano libre y cuando lo hizo, Eduard, presa del pánico jaló con fuerza hacia el abismo. Los dos cuerpos cayeron en picada hacia el agua, lanzando un grito mientras Alexia miraba consternada y con estupor desde la orilla.

lexia no podía creer lo que veía. Escuchó el sonido de los dos cuerpos al caer al agua. Aquellos segundos le parecieron siglos. Desde lo alto, vio el cuerpo de Eduard caer primero, desapareciendo dentro del agua. Debajo del cenote, grandes plantas y espesa vegetación le dificultaban la visión, aún más por la poderosa lluvia. También observó cómo Adán iba a dar metros más a la derecha. No los vio salir a la superficie. El corazón parecía salírsele del pecho.

Durante la caída, Adán pudo ver pasar su vida como una película. Muchas veces le habían dicho que eso era el preámbulo de la muerte.

Nunca se había imaginado morir de aquella manera. No era que le asustara la muerte, pero tenía cosas importantes que hacer, tenía que estar con Alexia, tenía que amar y vivir, tenía que recibir la fecha maya con el espíritu lleno de luz.

La caída le pareció un sueño.

Un sueño primitivo, ancestral.

Sintió el aire pesado, el agua sobre su cuerpo, el impacto. Todo pasó en su mente como la ráfaga de un cometa. Se entregó a Dios. No luchó ni tuvo miedo. Sólo una profunda entrega.

Al cabo de unos segundos, su cuerpo salió a la superficie. Tomó una bocanada de aire con desesperación. Miró hacia los lados. La lluvia descargaba un enorme poder, una fuerte e intensa cortina de agua. Nadó hacia la orilla con dificultad, se sentía mareado, confuso. El barro no le permitió subir fácilmente, cayó dos veces. Deslizándose y con arduos trabajos, se tumbó sobre la hierba para rendirse al placer de la tierra firme, y perdió el conocimiento.

97

Chichen Itzá, 17 de diciembre de 2012

Adán se despertó en un lugar que le resultó familiar. Observó con lentitud que estaba dentro de la habitación del hotel. Había velas distribuidas por todos lados, lo que le daba un aire misterioso.

"Estoy muerto."

Dio por tierra aquel pensamiento, ya que sentía todo el cuerpo adolorido.

Fue tomando conciencia del momento cuando vio el rostro de Alexia a su lado y una mujer que parecía ser una doctora o enfermera.

—Mmm… ¿Qué ha pasado? —dijo con dificultad.

—¡Adán! —exclamó Alexia abalanzándose sobre él para besarlo.

—Me duele todo el cuerpo.

—Ya los doctores te han hecho pruebas. No tienes nada roto ni ningún golpe en la cabeza.

—Pero… —le costaba recordar.

—Has estado dormido todo un día.

Entonces recordó la caída.

—¿Y Eduard?

—No encontramos de su cuerpo ni rastro. La policía lo está buscando.

Adán se incorporó con dificultad sobre la cama. Bebió un vaso con agua. La doctora le dedicó una sonrisa.

—Debe permanecer en reposo.

—Gracias —le dijo.

—Llámame si necesitas algo más. Voy a enterarme de las novedades —le dijo la doctora a Alexia antes de retirarse de la habitación.

Cuando la mujer salió, Adán tomó la mano de Alexia.

—Estuve a punto de morir —reflexionó.

Ella sonrió.

—Pero estás bien vivo.

—¿A qué novedades se refería la doctora?

Alexia lo miró directo a los ojos.

—Me acaba de decir el conserje que se ha cortado toda comunicación en el mundo entero. Estamos incomunicados y sin electricidad. ¿Qué crees que pasará? —le preguntó Alexia.

Adán hizo un gesto de inquietud.

—Supongo que lo que está anunciado. No lo sé, Alexia. ¿Quién puede saber eso? Confiemos en que el contacto con la Piedra Atlante y que el Ritual del Fuego de las Estrellas nos dé… —no pudo completar la frase.

Tanto Adán como Alexia sintieron que estaban en manos de algo superior. ¿Tragedia o salvación? No lo sabían. No sabían lo que pasaba con el meteorito que viajaba hacia el planeta.

Alexia sintió en carne propia cómo la Tierra se lastimaba, sangraba por sus heridas, se veía impotente al recibir el impacto del Sol.

Adán se quedó pensativo durante varios minutos. Algo en su interior le decía que aquello no podía verse simplemente bajo el prisma de la tragedia, debería haber algo más.

—Alexia, no podemos dejar de tener confianza en las investigaciones de nuestros padres. No podemos dejar de confiar en el poder grupal de las conciencias, de los cuarzos, de la ciencia de las profecías mayas. ¡Ellos lo anunciaron! Éste es el momento de transición, el *tramonto* de la Tierra y del Sol. ¡Sabíamos que esto estaba predicho! No podemos tener dudas ahora.

La confianza de Adán contagió a Alexia, quien abrazó a su hombre, y sintió que al rodearlo con los brazos por su amplia espalda estaba abrazando a todo el mundo.

—Confiemos en el amor —dijo ella emocionada y con el luminoso cuarzo en su pecho como una brasa caliente.

Por la tarde Adán ya estaba mucho mejor. Había descansado y recibido un masaje con los terapeutas del hotel. Luego de una ducha caliente, ambos se dirigieron a la pirámide de Kukulkán a reunirse con el maestro Evans, tal como habían acordado.

Una multitud, todos vestidos de blanco, se dirigía al mismo tiempo hacia la monumental pirámide maya de nueve niveles. Habría más de cincuenta mil personas, aunque se esperaba el doble, ya que mucha gente iba llegando hacia aquel enclave energético. Era difícil caminar o adelantar a alguien, todos se movían como una sola entidad.

Aquel gran grupo de iniciados espirituales de todo el mundo se daba cita para ese vital acontecimiento. Había gente de muchos países. Algunos portaban velas encendidas y todos llevaban un pequeño cuarzo colgando en su cuello, simbolizando el vínculo entre todos: la misma conciencia de unidad era un puente individual conectando a la multitud. Los cuarzos comenzaron a emitir un destello de luz que, al contacto con los de otra gente, formaba una energía más grande, fina, elevada. Tan sólo dirigirse hacia el sitio central donde estaba previsto el ritual era ya un espectáculo conmovedor.

En lo alto de la gran pirámide escalonada se podía ver el diminuto cuerpo del maestro Evans, absorto en la meditación. Se encontraba acompañado de varias personas que formaban un círculo a su alrededor. Luego de casi veinte minutos de meditación, el maestro Evans abrió los ojos para ver a la multitud que se congregaba formando una espiral de luz blanca con su ropa y su energía vital. Él veía lo que otros no podían ver.

Adán y Alexia fueron avanzando. Se respiraba un clima de respeto, silencio y confraternidad. Existía algo en el ambiente, un aura de mística y unidad, de felicidad y conexión. Algo que en las ciudades se había perdido. Adán y Alexia se sentían cada vez más energéticos y acompañados.

En aquel momento, por la mente de Adán desfilaron tres pensamientos.

La humanidad entrará en tres días de oscuridad.
Se enfrentará al Gran Salón de los Espejos.
Conocerá el Nuevo Sol.

—El momento ha llegado.

Con la expresión serena de un hombre que sabe lo que hace, el maestro Evans comenzó a descender de los empinados escalones. Llevaba una caja en la mano. Su descenso era lento, ceremonial, consciente. Su joven mujer estaba a su lado, con el cabello negro, largo y ondulado.

Cuando por fin bajó la hermosa pirámide maya, sin decir nada, la gente le hizo espacio y comenzó a formarse un círculo que se extendía varios cientos de metros. El Sol estaba por ponerse sobre el horizonte. La visión de aquella marea humana al atardecer era fascinante.

El maestro reconoció el rostro de Adán y Alexia, y los llamó con un gesto de la mano para que se dirigieran hacia él. Ellos sonrieron. Se colocaron cada uno en un costado, representando las fuerzas femeninas y masculinas.

El cielo presentaba una extraña mezcla de colores. El Sol se teñía con un fuerte amarillo y naranja, entremezclándose con tintes violáceos y granates. La gente aguardaba en completo orden y silencio. A simple vista, no se veía el fin del círculo humano. Cada persona era un punto blanco al lado de otro punto blanco, una célula al lado de otra célula.

A una señal de la mano derecha del maestro Evans, un grupo de músicos comenzó a tocar tambores y didjeridoo, los instrumentos musicales más antiguos del planeta. El tambor representaba los latidos de la Tierra; mientras que el didjeridoo representaba las fuerzas del aire y del viento, las fuerzas del cielo.

El clima ceremonial progresaba en un suave *in crescendo* a medida que llegaban más personas; las huellas de los sabios de antaño iban a ser desempolvadas, la inconsciencia sería arrojada por la borda de un barco mundial que estaba incomunicado en todo el orbe. Ahora sólo existía una comunicación posible: cara a cara, alma con alma. Un futuro incierto estaba a la vuelta de la esquina. Nadie sabía a ciencia cierta lo que sucedería. O quizá no sería ni futuro ni pasado, sólo presente.

Al cabo de unos diez minutos, cesaron los sonidos. Se percibía un silencio con presencia, lleno de vida, un puente de contacto con el interior de cada persona.

El maestro Evans comenzó a hablar aprovechando el eco de las piedras, estaba radiante.

—*In Lakesh*—dijo con voz fuerte, a lo que todos respondieron lo mismo, como un relámpago colectivo.

Iniciaban el ritual con el saludo ancestral maya: "yo soy otro tú", eran las antiguas palabras que significaba que todos los presentes eran uno y lo mismo.

—Hoy iniciaremos el Ritual de Fuego de las Estrellas. Es un momento vital para nuestra supervivencia y evolución. Somos una fuerza conjunta —su voz era lenta y trasmitía paz—, somos muchos cuerpos, muchas energías, muchas almas para una *intención común*.

Los iniciados sabían que el tiempo se había estado acelerando y continuaría haciéndolo, a medida que se aproximaban al momento crítico del cambio dimensional. El pulso de la Tierra, que antes era una constante de 7.8 hertzios, había subido a 12.5 y tendría todavía que elevarse a 13 hertzios. Cuando alcanzara ese punto, se abriría el umbral donde se estabilizaría en una octava superior de frecuencia y se iniciaría otra etapa de la creación en una realidad diferente.

Evans dirigió una mirada al horizonte. Tomó aire antes de continuar.

—Todo ser vivo que reciba esta energía como nueva información molecularmente la codificará mediante su ADN, que se verá transformado. El primer paso del cambio les podría parecer un caos porque el modelo anterior debe disolverse antes de que se pueda manifestar lo nuevo. En el siguiente paso, los patrones se reorganizarán en un orden perfecto. Todos los cuerpos estarán tratando de afinarse a las nuevas frecuencias de luz.

El maestro Evans se refería a que la caída acelerada del campo magnético de la Tierra daría nacimiento al hombre nuevo. Cuando dicho campo alcanzara lo que los científicos llamaban "el punto cero". Sólo en esa circunstancia se haría posible completar la reconfiguración de todos los patrones genéticos, y hacerlos aptos para la vida en una dimensión más elevada. La idea conjunta era espiritualizar la materia.

—La remodelación del ADN durará mientras la Tierra completa su trabajo de parto. Y para ello activaremos nuestro Cuerpo de Luz, en el momento en el que la vibración acelere nuestras células. Así, nuestro cuerpo será el escenario de una reconfiguración en cadena, que resultará en la expansión de conciencia que buscamos. Serán tres días en los cuales nos prepararemos para la ascensión. Serán tres días para recibir el poder de la serpiente galáctica con conciencia, amor y serenidad. Serán tres días para que el Sol entre en su primavera.

La multitud estaba electrificándose con aquellas palabras.

—La primera fase del ritual será la Danza de lo Femenino y lo Masculino —continuó diciendo con voz poderosa—. Las mujeres dejarán de ser mujeres y los hombres dejarán de ser hombres, para dar paso a los dioses que son en potencia. Cada cuerpo físico se moverá en armonía con el sistema solar, en armonía con Gaia, nuestra madre Tierra y con el Sol.

"Sentirán que la danza va despertando el poder de la serpiente, el poder de la bioenergía sagrada. Los cuarzos que llevan colgando comenzarán a destilar su esencia: la luz. Será la luz auténtica de lo que somos, así atravesaremos la oscuridad.

No se produjo ni siquiera un murmullo. El aire estaba cálido, no sólo por la actividad solar, sino por la energía que allí se estaba movilizando. "Los tres días de oscuridad", pensó Adán como un eco mental.

—Luego de este proceso —continuó el chamán—, cada uno se encontrará en su interior, con su individualidad. Más allá de las voces de la mente. Más allá de los miedos. Un encuentro íntimo, consciente, renovador.

La respiración colectiva generó un suave sonido, el sonido de la vida.

—Nadie estará libre de ver su rostro en El Gran Salón de los Espejos. Es un momento de interiorización para reconectar con la esencia, con la misma partícula de La Fuente Original que hay dentro de cada uno.

Evans dirigió una mirada al cielo.

—Todo el ritual lo realizaremos para conocer los augurios del cambio. Lo que los sabios antiguos anunciaron como el Sexto Sol, nuestra fuente de vida sobre la galaxia, será coronado y ascendido por La Fuente Creadora. Estamos en un lugar mágico. El sitio de la energía femenina de la Tierra, el *itzá*. Desde aquí pondremos el corazón y el alma al servicio de La Fuente.

El itzá despertará.

En ese mismo momento, cuando ya era casi el crepús-
culo y los cielos estaban adornados por tonos magenta y
formas ondulantes, el Sol caía ya por el horizonte y todo se
sumió en una oscuridad absoluta.

Aunque normalmente ya habría amanecido, seguía siendo de noche. Eran casi las nueve de la mañana y todo seguía oscuro. El multitudinario grupo había pasado la noche meditando y danzando; al dormir, algunos tuvieron ensoñaciones en el plano astral.

Adán y Alexia habían dormido cogidos de la mano. El sexólogo se incorporó y tomó una profunda inhalación. El aire se sentía cálido.

—Permanecerá así durante dos días hasta que pasemos la alineación.

Mucha gente alrededor del mundo estaba realmente aterrada en aquellos momentos. Pensaban en el dinero que estaba en su banco, en sus familiares, sus casas, sus trabajos… La gente que se manejaba por hábitos y veía la vida como algo seguro estaba sufriendo mucho. Se resquebrajaban sus creencias.

Las personas sentían ahora que la vida era un fenómeno imprevisible, cambiante. Muchos sufrían por lo que había sido destrozado con los terremotos y la manera como se esfumaban sus proyectos futuros. Pero los que la estaban pasando peor, eran quienes no tenían ni idea de cómo mirarse al espejo de su alma. Les resultaba más duro a aquellos para los que todo se reducía a estar de fiesta, los que no cuidaban su cuerpo, los que ocultaban sus emociones, los que se manejaban por estereotipos sociales, los que ponían toda su fe en el dinero y en el poder, y por vez primera se enfrentaban a algo que no podían comprar ni adquirir.

La única manera era excavar las profundidades de su alma para ver su interior. Debían estar en paz consigo mismos, ya que la incertidumbre de la muerte les rondaba en aquellos momentos.

Los que no estaban preparados ni iniciados, ni prestaban atención a las cosas profundas de la vida ni a las experiencias metafísicas, sintieron por un momento que era como si zarpara la barca de Noé y ellos se quedaran fuera. Muchos habían perdido esa partida, presos de la inconsciencia, la terquedad o las creencias limitantes, estaban desconectados del objetivo de mirarse a su propio espejo. Ni siquiera los devotos religiosos que apostaban su salvación a la repetición mecánica de plegarias tenían paz.

Adán vio que el maestro Evans venía desde debajo de la pirámide, tres personas lo acompañaban. La multitud iba despertándose poco a poco.

Evans dijo con voz suave:

—Ahora iniciaremos el Ritual del Fuego de las Estrellas. Durante estos tres días buscarán en su corazón y se prepararán para el viaje.

En ese momento, uno de los que estaba detrás del maestro le acercó un bulto cubierto por una bella tela color azul. Evans descubrió lo que había debajo.

Se produjo una suave exclamación cuando la Piedra Filosofal, de casi un metro de alto con la punta de siete ángulos, fue dejada en el suelo. El maestro dibujó un gran círculo protector de unos cinco metros de diámetro en torno al cuarzo atlante, con varios símbolos alrededor…

—El ojo de la conciencia —le dijo Adán a Alexia cuando el maestro lo dibujó en el suelo.

Ella asintió en silencio.

El maestro continuó dibujando otros símbolos.

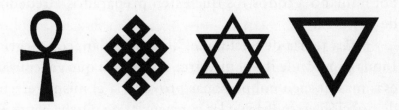

Alexia repitió lo que el maestro había trazado.

—La cruz Ankh, el ADN, lo femenino y lo masculino, la estrella de dos triángulos... ¡está dibujando los símbolos de la tablilla atlante! —exclamó ella.

—¡Está activando el cuarzo! —afirmó Adán.

Aquellos milenarios símbolos eran empleados por otras culturas ancestrales para ir directamente al subconsciente y activar su potencial. Adán sabía que la mente aprendía por palabras y el alma por símbolos. Eran lenguajes diferentes. El intelecto quedaba suspendido y todo se comprendía con la sabiduría intuitiva.

El maestro Evans completó sus dibujos y miró al cielo, tocó la punta del cuarzo con la mano derecha y dijo unas palabras en un extraño idioma. Luego agregó, elevando sus brazos al cielo:

—Ésta es la Piedra Filosofal, que ha sido dejada por nuestros ancestros atlantes. Estamos listos para recibir el poder —su voz se volvía tronante al tiempo que bajaba las dos manos a unos centímetros del cuarzo atlante, como si tocara su campo vibracional—. Haremos la parte final del Ritual Secreto, la fase más importante. Tienen la misión de generar una gran espiral serpentina para ser los primeros en la ascensión vibracional, y luego trasmitir este enorme Sol humano a todos los que estén preparados alrededor de la Tierra.

"¡La teoría de Sheldrake!", pensó Adán, con alegría. Intuía por dónde iba el maestro. La energía que generarían esas más de cien mil personas provocaría el mismo efecto de reacción en cadena en las conciencias de mucha gente en otros sitios distantes, de manera similar a como se describía en la "teoría de los cien monos".

El maestro Evans se marchó del círculo con lentitud. El cuarzo atlante era bellísimo, transparente, cristalino, inmaculado. Habían pasado 12,000 años. El cuarzo, como todos los minerales y metales también evolucionaba, iba purificando su interior. Al estar ahora en aquel círculo ritual, adquirió toda la soberanía y majestuosidad. Estaba enclavado en la Tierra haciendo contacto con el principio femenino y, con sus puntas hacia el cielo, recibía las vibraciones del principio masculino, el Sol.

Una antena entre dos mundos.

Un puente de reconexión.

—Ahora estoy entendiendo más cosas —le dijo Adán a Alexia, que no le quitaba los ojos a la Piedra Filosofal.

—Alexia, escúchame —dijo cogiéndole suavemente las manos.

Ella se volvió hacia él. Sus ojos estaban llenos de luz.

—Creo que ya entiendo la razón de estos tres días de oscuridad —dijo él—. ¿Recuerdas ese pasaje de la Biblia en donde Lázaro está dado por muerto dentro de una tumba?

—Sí —dijo ella—, casi todo el mundo lo conoce. Luego Jesús llama a Lázaro y le devuelve la vida. Es la resurrección de Lázaro.

—Creo que es simbólico al mismo tiempo que real —dijo él—. ¿Por qué justamente tres días? Es igual que esto que ahora experimentamos.

Ella se detuvo a pensar.

—Es similar que en el Egipto antiguo —dijo Adán nuevamente.

—¿En Egipto?

—Sí. Los iniciados entraban a las pirámides y tenían que estar tres días en oscuridad, meditando, escuchando sonidos y vibraciones elevadas, antes de alcanzar la luz de la iluminación de la conciencia. Era una alquimia espiritual.

Alexia estaba sorprendida.

—Los mayas también lo hacían en los laberintos oscuros, ¿sabes para qué? —le preguntó él con una sonrisa.

—¿Autoconocimiento?

—Sí, pero sobre todo porque la glándula pineal era activada con la oscuridad —Adán sonrió y completó él mismo la frase—. Estos tres días de oscuridad son para producir melatonina, esta hormona es lo que los griegos antiguos llamaban ambrosía, "el néctar de la suprema excelencia".

Si todo tu ojo fuera único, tu cuerpo estará en la luz.

Las palabras de Jesús retumbaron como un eco cósmico en la mente de Adán.

—Escucha —le dijo Adán con firmeza—, tanto Jesús, que tardó tres días para resucitar, como Horus, Dionisio, Mitra, y otros mesías solares coinciden en su misma muerte y resurrección.

—Explícate.

—A todos les llevó tres días a oscuras para reestructurar su ADN.

Ella se quedó pensativa, recordando el proyecto de su padre.

"El secreto de Adán... *La secreción del* ADN."

Estamos en manos de Dios —dijo el presidente con el rostro abatido y la mirada triste antes de marcharse con su gabinete y su familia a su búnker de seguridad.

"Quiero estar solo un momento, les había dicho a todos los reunidos en la Casa Blanca."

Necesitaba intimidad. Fue a su despacho, se arremangó la camisa, se sirvió un vaso con agua y se dirigió hacia el sitio donde él creía encontrar a Dios. Tomó un ilustrado y pesado tomo de la Biblia, se sentó sobre su silla personal y abrió el libro al azar esperando encontrar consuelo en aquellas palabras.

Pero no lo encontró. Al contrario, su turbación aumentó luego de leerlo, los dedos abrieron la página que decía Apocalipsis 12: *La mujer y el dragón*.

Apareció en el cielo una gran señal: una mujer vestida del Sol, con la luna debajo de sus pies y sobre su cabeza una corona de doce estrellas.

Estaba encinta y gritaba con dolores de parto, en la angustia del alumbramiento.

Otra señal también apareció en el cielo: un gran dragón escarlata que tenía siete cabezas y diez cuernos, y en sus cabezas tenía siete diademas…

No pudo continuar. Tuvo que dejar de leer, ya que su inquietud e incertidumbre le aceleró el corazón al ver que aquel párrafo se refería a los terremotos y las tormentas solares. No se imaginaba que aquellas palabras simbolizaran algo muy profundo.

El ambiente dentro de la espaciosa sala de reuniones de la NASA era de extrañeza y confusión. Habían sido desbordados. Los astrónomos que se hallaban frente a los pocos telescopios que aún funcionaban no daban crédito a lo que estaba sucediendo en el planeta.

Los satélites habían fallado en el envío de datos, otros ya habían caído contra la Tierra y no habían podido predecir ni captar la actividad nuclear en el centro del Sol, mucho menos que el gran astro, y todo el planeta, se sumiera en la oscuridad.

Contra lo que normalmente podría esperarse, todo el personal de científicos y operarios de la NASA estaba paralizado. Ni siquiera tenían posibilidad de conectarse con otras agencias científicas en el mundo. Sólo quedaba esperar y observar.

El campo magnético de la Tierra estaba cambiando, la oscuridad reinaba por doquier, el Sol se veía como un enorme círculo de color ébano.

El corazón de una joven astrónoma dio un vuelco al observar por uno de los telescopios la inminente proximidad, aunque todavía a varios miles de kilómetros de distancia de la atmósfera, de la amenazante presencia del meteorito. O más bien, de lo que parecía ser un meteorito. Una tremenda bola de luz que viajaba a más de 50,000 kilómetros por hora directo hacia la Tierra.

—¡Dios mío! —exclamó, con la voz llena de agitación—. Señor —le dijo a uno de sus superiores—, observe.

Los ojos del jefe de departamento de la NASA se posaron sobre el telescopio.

Se produjo un silencio escalofriante.

—Es extraño —dijo con inquietud—, por sus características no parece un meteorito ni un cometa.

Todos a su alrededor lo miraron desconcertados.

—¿Entonces qué es? —preguntó la joven astrónoma.

El director tenía puestos sus ojos en el amenazante objeto.

Silencio.

—No puedo decirlo con exactitud, pero juraría...

No terminó la frase. El ambiente crecía en nerviosismo.

—Juraría que esto no es ni un cometa, ni meteorito, ni nada parecido... ya que en su centro... no hay masa.

En treinta y cinco años de experiencia, el astrónomo nunca había visto algo similar. Nunca imaginó que diría aquellas palabras tan importantes.

—Lo único que podemos asegurar es que se trata de una descomunal lluvia de fotones, de energía y luz.

En otros puntos del mundo, otros astrónomos pudieron ver aquella concentración de luz y energía, desde Australia hasta Brasil. Era enorme y venía hacia ellos.

Tampoco podían comunicárselo a nadie.

102

Chichen Itzá, 20 de diciembre de 2012

Los dos primeros días del Ritual del Fuego de las Estrellas los habían dedicado a danzar, a meditar, a realizar ejercitaciones individuales y colectivas, en silencio. La multitud estaba generando un inmenso calor humano y un océano de energía elevada; los congregados sentían que su conciencia comenzaba a desplegar una nueva visión. En todo momento, miles de velas encendidas iluminaban aquella magnífica, extraña y bella ceremonia.

Evans les había dicho que muchos de los que estaban reunidos allí, representantes de todas las naciones, mezclando las bellezas de las razas negras, blancas, rojas y amarillas, eran en realidad antiguas almas atlantes en busca de la liberación final.

El chamán, como muchos de los presentes, sabía que la reencarnación no era más que una rueda evolutiva y el aprendizaje de los seres a través de sucesivas experiencias para alcanzar la iluminación. Muchos habían buscado por varios caminos iniciáticos la emancipación de la conciencia: el yoga, las danzas, el conocimiento, la metafísica, el manejo de la energía o, como en el caso de Adán, la meditación.

Él y Alexia estaban radiantes, vitales, livianos. Sentían una capacidad de comunicación energética inusual. Entre ellos y el grupo circulaba una vibración común de unidad y empatía.

—Éste es el último día y la última fase del ritual —dijo el maestro Evans—. Hoy volveremos a sentir la libertad completa, la preparación final para recibir mañana el Gran Día de Gloria. Hoy la Piedra Filosofal Atlante emitirá todo su poder y todos podrán sentir su abrazo energético.

"Hoy los dos principios de la vida serán uno. Lo femenino, la mujer-diosa eterna que danza y que crea el magnetismo de los universos se unirá al hombre-dios que nutre con electricidad la vida. Hoy es la antesala para dejar atrás los reinos animales y saltar hacia el amor como seres humanos para conocer lo nuevo, nuestra profunda dimensión.

"Esta fase dentro del Ritual de Fuego se llama Ritual del Beso de las Almas. Ahora se colocarán frente a frente, sentados con las piernas cruzadas, se tomarán de las manos y acercarán sus pechos para que los cuarzos se sintonicen aún más —les indicó el maestro—. Conecten el tercer ojo dejando que la frente quede en contacto permanente con la otra frente. El beso de las almas.

Plenamente concentradas, las personas comenzaron a acercarse unas con otras, la mayoría desconocidas, y a conectarse desde el poder del chakra del entrecejo. Los tambores y didjeridoos sonaron con tremenda fuerza. Parecía que la Tierra se moviera también con aquella meditación colectiva. Poco a poco, la multitud entró en éxtasis.

Adán y Alexia sintieron una descarga eléctrica desde lo alto de la cabeza hacia el resto del cuerpo. Y a partir de allí, una oleada tras otra de sensaciones, impulsos y corrientes biomagnéticas se deslizó por el sistema nervioso.

—Comenzarán a respirar al mismo ritmo —dijo el chamán—, inhalar y exhalar la vida que hay en ustedes. Uno nutre al otro a través de la respiración. Eso nos volverá una sola unidad.

Todos comenzaron a respirar profunda y lentamente. Estaban colocados en parejas. El sonido de las respiraciones profundas retumbaba como un trueno de vida. Durante más de veinte minutos estuvieron respirando de esa manera.

—Coloquen ahora una mano encima del cuarzo en el pecho de su compañero o compañera.

Al instante, más de cien mil personas estaban sintiendo cómo dejaban de sentir el cuerpo físico, eran pura energía comunicándose en silencio.

Adán y Alexia dejaron de sentir su cuerpo y se unieron en una ola de energía y conciencia. En aquel momento la Piedra Atlante comenzó a generar más luz, parecía una enorme lámpara alógena de miles de voltios. La luz comenzó a extenderse por toda la multitud. Los cuarzos que llevaban colgando del cuello también se iluminaban. De pronto, una sola luz brilló bajo la inmensidad.

La masa de iniciados respiraba y distribuía la energía a través del cuarzo y la glándula pineal.

Evans volvió a guiarlos con voz baja.

—El momento presente, estar alertas al ahora eterno.

¡Luz! ¡Todos sintieron una descarga de luz! ¡Pura claridad en su interior! Los rostros generaban un éxtasis envolvente, sugestivo, transformador. Los rastros del ego iban difuminándose en aquella luz que todo lo abarcaba.

La luz de la conciencia.

¿No está escrito en la Ley? Yo dije: ustedes son dioses.

Aquella era una nueva invitación a la apoteosis, la iniciación de un hombre común que se ilumina y conoce el poder de Dios dentro de sí mismo. Adán había dejado de ser Adán; Alexia había dejado de ser Alexia, eran nuevos seres, eran luces en movimiento dentro de un cuerpo físico, eran el otro y también todos los otros, eran uno.

Adán sintió una corriente eléctrica atravesándolo desde su sexo hasta la coronilla; Alexia, debajo de su pubis, también vibró con intensidad orgásmica. Ella, una diosa ancestral, la encarnación del fuego femenino, se unió en energía con Adán, y los cuerpos completaron el ritual uniéndose en un abrazo cálido, pecho a pecho, donde el placer inundó todos los poros de la piel hasta las células.

El ritual del beso de las almas era una auténtica comunión, un puente hacia lo sublime. Un atisbo de comprensión les hizo percibir que el *big bang* original no era otra cosa que un constante fluir con La Fuente. El universo siempre había permanecido en un estado orgásmico, abierto, eterno. Y la materia prima estaba en las profundidades de la conciencia de las personas.

> Y la serpiente dijo a la mujer, ciertamente no moriréis, pues los Elohim saben que el día que comiereis de él vuestros ojos serán abiertos y seréis como dioses, conociendo el bien y el mal.

A través de aquel encuentro transformaron su energía de vida, su energía espiritual y sexual. Produjeron el viaje de la energía serpentina. Aquella simbólica serpiente no era enemiga ni tentadora, sino la mismísima energía sexual plenamente canalizada dentro del cuerpo y del ADN.

> Cuando tú alcances a unir hombre y hembra en uno, entonces, tú entrarás en el reino.

Luego de más de una hora que concluyó aquel ritual sagrado se tumbaron sobre la hierba, y la Tierra los abrazó con su calor.

Estaban listos para recibir lo inesperado.

103

21 de diciembre de 2012

El amanecer de aquel día tan esperado trajo consigo una primera grata sorpresa.

El Sol.

El astro había vuelto a irradiar la luz de siempre.

La situación en los diferentes lugares del planeta era de expectativa y desconcierto. ¿Ya había pasado todo? ¿No volvería la oscuridad? Muchas personas alrededor del mundo estaban aterradas, otras se habían quitado la vida, había un gran desconcierto sobre lo que sucedería.

En Londres, Kate, el doctor Krüger, los niños y un centenar de personas se hallaban reunidas en actitud receptiva, meditando sobre los cuarzos, sintiendo una profunda corriente de paz y relajación. Otros grupos de meditación potenciaban también su estado interior y su código genético. Se habían acabado las certezas, todo era un mar de dudas.

Cuando el Sol llegó a Chichen Itzá, el amanecer de aquel día tan esperado fue un hilo dorado que se filtró por las brillantes pupilas de aquellos iniciados. Allí, todos esperaban el toque final.

Adán y Alexia miraron asombrados los nuevos colores del Sol. Parecía que nunca lo hubieran visto así. Renacía por el horizonte luego del tercer día de oscuridad. La Tierra estaba atravesando aquel extraño pasadizo cósmico de alineación.

El maestro Evans inició el día elevando los brazos al cielo. Todos estaban completando su iniciación en los misterios de la vida.

De repente, algo inesperado comenzó a suceder. La Tierra, el gran planeta azul y verde, comenzó a vibrar. Una vibración que fue creciendo hasta mover las entrañas de su núcleo.

La Tierra se movió de nuevo, pero esta vez lo hizo como si fuera a tragarse todo lo que había en ella. Algunos de los volcanes más activos en todo el globo empezaron actividad de erupción... La Tierra estaba a punto también de generar un gran cambio, un poderoso orgasmo... Una explosión de poder.

Silencio. Temblores. Silencio.

El planeta se estaba mostrando como lo que era, un ser vivo inmerso en movimientos de creación y destrucción con potentes convulsiones... El Sol envió una llamarada de luz, calor y fuego.

Todo el sistema solar estaba empezando a recibir aquello...

Aquello que al inicio pensaron que era un meteorito, un cometa, una roca que destrozaría la Tierra, un planeta errante, se acercó y al tocar la atmósfera terrestre —la cual había sido purificada completamente meditante las tormentas solares—, se abrió en una gran espiral, expandiéndose en un enorme abanico que envolvió completamente a la Tierra, cambiándole la piel. Todo el globo se llenó de aquella lluvia de fotones, luz y energía.

En aquellos momentos esa red de luces se llenó con todos los colores del arco iris, y vibró. Al mismo tiempo, los volcanes intensificaron su potencia y su poder movilizando los suelos. Chichen Itzá también vibró y, desde lo alto, en las piedras de la pirámide, una serpiente de luz y sombras se dibujó por uno de sus lados.

Adán miró a Alexia con infinito amor en sus ojos.

De pronto, una vibración común, igual que un imán colectivo, atrajo a aquella multitud hacia un círculo de luz.

Fue como si una puerta se abriera. Todos se giraron hacia el gigantesco portal.

Aquello era el portal dimensional.

La ascensión.

Allí, en aquel grupo existía un poder supremo, no había miedo ni angustia, estaban preparados para ascender hacia lo desconocido, hacia una nueva dimensión.

La evolución del alma.

Desde todos lados del mundo se veía el portal. Inmenso, bello, inmaculado, profundo, misterioso, atrayente...

Evans señaló con su brazo derecho la entrada del portal. La multitud expandió las dos manos hacia el inmenso círculo de luz. En esos momentos, la gente comenzó a ser absorbida lentamente, aunque no de manera grupal, el ingreso al portal se fue realizando de manera individual, consciente... Los que iban entrando desaparecían de la visión de los ojos físicos.

Adán y Alexia estaban a punto de entrar al portal. Se miraron a los ojos cuando una fuerza conjunta hizo vibrar la tierra de Chichen Itzá.

...y el itzá despertará.

En aquel momento, a semejanza de una libélula que se descubre para convertirse en mariposa, la multitud sentía que renacía... y se produjo un inmenso reflejo lumínico desde dentro del cuarzo atlante, la ancestral Piedra Filosofal se iluminó por completo y una onda expansiva llegó a todos los iniciados.

¡Qué explosión de luz!

¡Qué visión!

Adán pudo sentir que todos sus límites finalmente se evaporaban. Alexia sintió que era una gota de agua que caía al océano fusionándose con Aquello...

...porque muchos son llamados, pero pocos elegidos.

La gente entraba al portal desde otros lados del mundo. Parecía que todo aquel que estaba vibrando en una energía superior y elevada era literalmente jalado por la vibración del portal y por la iluminación colectiva.

Se iniciaba el paso a una nueva dimensión.

Al cardenal Tous no le bastó el arrepentimiento. Sus lágrimas habían sacado el inmenso dolor que ocultaba tras su máscara de poder. Se había vuelto muy sensible y vulnerable al dejar ir a Eduard y al perder su cruzada de poder político. Representaba el camino equivocado, las tinieblas del ego en que se había sumergido durante toda su vida, sumido en la lucha inhumana de poder, ambición e insensibilidad. Se había ocultado detrás de una sotana, de una institución, de un falso prestigio.

Él había dominado a sus semejantes bajo el dolor y la soberbia.

¿Y la alegría?

¿Y el éxtasis?

¿Y la inocencia?

¿Y amarse a uno mismo y amar a los demás?

Había olvidado todo. Se había perdido a sí mismo.

Igual que muchas otras personas que habían desperdiciado el tesoro de la vida, esa línea mágica de experiencias y vivencias plenas de libertad y crecimiento, detrás de un futuro que nunca llegaba, detrás de un partido político, de un fanatismo ciego, detrás de creencias limitantes y atormentantes, detrás de idealismos imperialistas... aquellas almas quedaban fuera del viaje.

Eso no era un castigo ni mucho menos, sino que simplemente *no podían* alcanzar el nivel vibratorio superior.

Raúl Tous, como mucha gente, no pudo comprar aquello en ningún sitio. El estado y la vibración que los antiguos iniciados de todas las épocas habían tratado de captar mediante rituales, entrenamientos y purificaciones, sólo se conseguía con la práctica espiritual y energética.

El cardenal estaba aún frenado por el peor enemigo del hombre, el miedo.

"Lo semejante atrae lo semejante", decían los libros herméticos. Pero aunque tarde, Tous recordó con dolor en el alma.

...es mejor que estéis preparados, no sea cosa que el Reino de los Cielos os tome por sorpresa.

Él no se había preparado a nivel energético. No contaban los rituales muertos, las obras de caridad sin entusiasmo, no contaban los discursos vacíos, su falsa fachada.

Su ego debía evolucionar, como todos. Hacer su propio camino individual hacia la luz.

Su sistema nervioso no soportó la intensidad de la vibración. Al igual que muchos que vibraban en desarmonía con la energía cósmica, el corazón, el sistema nervioso y sus pulmones sintieron una gran y dolorosa presión. Exhaló un último suspiro, exhaló su agonía.

El viaje de su alma tenía una dirección distinta.

105

Transición hacia el portal dimensional:

la libélula se vuelve mariposa

En aquella mágica dimensión no había tiempo, los cuerpos ahora tenían un halo de luz y conciencia. El portal continuó abriéndose como la flor de la vida, produciendo una belleza conmovedora. Danzas de colores se entremezclaban y aportaban variedad a la vida, los colores *eran* la vida, la derivación de la luz original.

La vibración superior, el rayo de armonización que había llegado desde el centro de la galaxia recibía a los que estaban listos para el nuevo viaje.

El objetivo de aquel paso trascendental para parte de la humanidad era la espiritualización de la materia. Era la llegada de una nueva energía y forma de vida, era el poder total del ADN humano desplegado para convertirse en un nuevo ser.

Tal como lo había anunciado el calendario maya, lo que significaba el Fin del Tiempo no era otra cosa que el inicio de una realidad donde el tiempo dejaba de existir. El tiempo estaba vinculado a la realidad tridimensional y a la mente, y ahora la mente ya no tenía límites. La gente podía ver las diferentes capas de energía sobre el cuerpo físico, su vibración etérica con el nuevo ADN completamente activo.

El Homo sapiens dejaba de existir.

Su tiempo había terminado.

Y allí, donde la Tierra estaba en combustión, los seres iluminados daban nacimiento al nuevo Homo universal.

En todos se traslucía una belleza lumínica y prístina. Sus rostros emitían el poder de una juventud constante. Miles y miles de seres transfigurados estaban congregados en un festival de éxtasis y júbilo. Ninguna de las emociones humanas podía contener aquel nuevo estado de conciencia. Había muchísimos niños que habían sido los primeros en pasar hacia la nueva dimensión.

"Amor", sintió Adán, y dirigió su sentimiento hacia Alexia.

"Amor", sintió ella, girando la cabeza hacia la multitud, descubriendo que todos sentían lo mismo.

¡Todo el mundo estaba enamorado de todo el mundo!

Funcionaban de la misma manera que lo hacía el Sol, brindando luz hacia todas las direcciones y no exclusivamente hacia un sitio particular.

Desde su esencia brillaba la misma luz en todos, no había razas, sino *una* misma raza variada en diferentes formas. Continuaban siendo individuos, formas de conciencia pero respondían a una unidad original que vibraba en el ambiente y en el interior de cada uno. Los cuerpos estaban rodeados de una capa brillante de partículas de luz. Emanaban inmensidad, potencialidad, poder, infinitud.

Había un orden intrínseco que todos percibían, pero todo estaba en una nueva fase, en un inicio, asentándose hasta que se cristalizara la nueva realidad, la nueva humanidad. Aquello dejaba de ser *humanidad* para convertirse en *universalidad*.

"Tienes una sonrisa exquisita", dijo Adán, que notó que no necesitaba abrir la boca para pronunciar aquello. Lo trasmitió telepáticamente sin ningún esfuerzo.

Fusionaron su luz y energía en un nuevo abrazo. Y en aquel momento percibieron algo completamente nuevo: el sentido interno.

Comenzaron a acercarse a ellos personas conocidas, vibraciones afines; desde la derecha Kate, Krüger y Jacinto estaban pletóricos y se fundieron en un abrazo colectivo.

"¡Alexia! ¡Adán!", transmitió Krüger, "¡esto es mágico!"

No hicieron falta palabras. El éxtasis y la telepatía fueron el lenguaje común. Se podía ir al sitio deseado sólo con pensarlo. Empezaban a conocer nuevas leyes de la conciencia.

Una presencia fuerte y poderosa apareció detrás de ellos.

Todos se giraron hacia aquel magnetismo.

—Hola Alexia —con inmenso amor la energía que estaba detrás la saludó.

Alexia sintió que todos sus chakras vibraban de felicidad. En lo alto de su cabeza se acrecentó la luz de un círculo dorado, sentía que se elevaba.

"¡Papá!"

La presencia lumínica de Aquiles abrió los brazos invitándola a reunirse en un abrazo. Las dos esencias se fusionaron en aquel instante. El amor de padre a hija dejó de ser tal, era un abrazo entre dos iguales.

Adán sintió un impacto detrás suyo.

De pronto, su padre, Nikos Roussos emergió en aquella dimensión.

"¡Papá! ¡Tú también estás aquí!"

Nikos sonrió.

"Sí, Adán. ¡Estamos todos aquí! Siempre hemos estado, sólo que no podían verlo con los ojos. Las dimensiones ahora son visibles."

Adán y Alexia estaban exaltados.

Nikos y Aquiles les dieron un regalo inesperado. La emoción de aquellos viejos amigos se plasmó en luces. La nueva ley de aquel estado de conciencia era que la luz aumentaba con la emoción del amor.

El amor era el alimento de la luz.

En aquel instante, Adán emitió una vibración de su pensamiento y todos captaron la misma frecuencia de comunicación, exclamando al unísono…

"¡La muerte no existe!"

Adán sonrió y su rostro resplandeció. Miraba alrededor cómo muchos se reencontraban con seres amados de la antigua vida en la Tierra.

Aquello era un festival

107

Comprendieron que la nueva dimensión era un estado de conciencia donde todo era posible, un proceso que se había estado gestando e iniciado hacía tiempo y que ahora se proyectaría desde 2012 en adelante.

Podían ver también una realidad inferior, donde los seres que todavía no habían alcanzado la vibración del nuevo Homo universal deberían continuar su aprendizaje en otro planeta del universo, regido por las leyes de la tercera dimensión. Tal como se había dicho bíblicamente: *La casa de mi Padre tiene muchas moradas.*

Aunque no era la dimensión más elevada, en la quinta dimensión había poder. Gloria. Éxtasis. Júbilo.

De la misma forma que lo había enunciado la física cuántica, había muchas opciones disponibles. Un nuevo ADN se ponía en funcionamiento, no como una simple constitución de elementos químicos, sino como una nueva conciencia en un cuerpo de partículas lumínicas.

Todo lo que deseaba un ser lo tenía. ¡El universo era un sitio compartido por La Fuente Original!

Cada uno creaba su realidad con su intención.

La imaginación creativa era el poder supremo.

"Nada te pertenece pero eres dueño de todo."

Había una corriente de comprensión que poco a poco comenzaba a asentarse, igual que en una escuela. Los nuevos seres aprenderían cosas asombrosas sobre cómo sería la nueva vida.

Todo era naturalmente orgásmico, celebrativo e inteligente.

El nuevo Homo universal comprendió el plan de La Fuente Original. Un camino de evolución individual paralelo a la evolución cósmica eterna. Había terminado el periodo de inconsciencia donde se creía que la Tierra era el único planeta que tenía vida en todo el universo.

"Si hubieran sabido en la Tierra que luego de muertos había vida —les había trasmitido Nikos en medio de aquella reunión—, ¡todo el mundo hubiera abandonado el planeta y paralizado la evolución! Por eso es un misterio. Pero ya ven, ¡estoy vivo con ustedes!"

Adán y Alexia, al unirse desde el entrecejo en aquella dimensión, comprendieron los símbolos conocidos que estaban al principio y al final de la tablilla, el Alfa y la Omega.

Creyendo que eran los símbolos del inicio y el final, en realidad eran símbolos de la unión de los principios femenino y masculino, los símbolos de la re-unión.

Una fuerte presencia se sintió en el horizonte. Una gran cantidad de luces emergía ante la vista de todos. Miles de círculos de luces en el cielo. Parecía una bandada de aves brillantes que se fueron acercando hacia donde estaban todos. Eran más de un millar.

Adán compartió una misma emisión telepática con todos.

...y luego vendrán trayendo la señal futura los hombres del Sol.

Aquellas eran naves ovaladas que se agruparon en un gigantesco círculo sobre lo alto. De una de ellas se abrió una puerta y se escuchó un sonido dulce, como una voz femenina.

"Ésta es una nueva realidad —dijo con una bellísima vibración—. Bienvenidos a la luminosidad."

Era una presencia femenina de belleza suprema, rodeada de luz y color que dirigió sus palabras hacia todos.

"Estamos tan felices como ustedes de que hayan podido pasar el umbral y acceder a la nueva dimensión. Necesitarán ser afianzados en la verdad y la integridad de su nuevo estado. Su nueva realidad tiene muchas sorpresas. Su nuevo código genético les aportará comprensión. Esta reconexión con el universo es el regalo de La Fuente Original que nos ha creado a todos.

"Nosotros somos seres que habitamos en Sirio, las Pléyades y en la constelación de Orión; somos sus hermanos mayores en esta galaxia, quienes han estado velando por su evolución desde hace mucho tiempo terrestre, pero había sido complejo comprender nuestra relación con su antiguo estado de conciencia y con las restricciones para impedir que supieran la verdad. No podíamos alterar su libre albedrío. Siempre hemos estado cerca pero sus antiguos ojos no podían vernos. Ahora el mayor secreto de todos les está siendo revelado. Son seres eternos cambiando de formas. Evolucionando al lado de La Fuente Original, lo que mal llamaron Dios, creencia que generó tantos conflictos. Pero ahora irán sintiendo en esta dimensión que el universo no se maneja por el tiempo, sino por la eternidad. Podrán comprender progresivamente esta nueva faceta."

La multitud estaba en éxtasis. La voz resonaba con su cadencia femenina en todos los rincones de la Nueva Tierra.

"El universo es una creación cósmica sostenida en la conciencia del Todo —añadió la voz—. La Fuente crea en su conciencia infinita innumerables universos, los que existen y se regeneran; así y todo, para La Fuente, la creación, desarrollo, decadencia y muerte de un millón de universos no significa más que el tiempo que emplean ustedes en un abrir y cerrar de ojos. La conciencia infinita del Todo es la matriz del cosmos. En la conciencia de la Madre-Padre los hijos están en su hogar. No hay nadie que no tenga padre y madre en el universo. La Fuente está en todas las cosas y en estas cosas y vidas, nada reposa; todo se mueve; todo vibra.

"Todo es dual, todo tiene dos polos; todo su par de opuestos; todo fluye y refluye, todo asciende y desciende; toda causa tiene su efecto; todo efecto tiene su causa; todo ocurre de acuerdo con la ley del cosmos, el orden original. Todo tiene su principio masculino y femenino; el género se manifiesta en todos los planos.

"Como son co-creadores, todo está disponible, La Fuente no hace otra cosa que destruir lo viejo y construir lo nuevo. Han dejado de ser inconscientes, ahora son amos y dioses en comunión con la luz. Ahora son completamente libres."

Luego de pronunciar aquellas palabras, los seres dimensionales de Sirio y Orión comenzaron a descender de sus naves. Eran altos, brillantes, poderosos.

El ser femenino que les habló bajó con otros seres resplandecientes. Les revelaron que tuvieron el encargo de La Fuente, hacía muchos miles de años, de sembrar la vida tridimensional inteligente en el planeta Tierra y crear la fusión entre el Homo neanderthal con cepas de su propio ADN dimensional avanzado, para fabricar al antiguo Homo sapiens.

Los Homo sapiens sapiens eran los únicos que no sabrían que había vida y existencia en diferentes niveles y dimensiones. Había sido el misterio a lo largo de toda su historia pasada.

Adán, Alexia y la nueva humanidad universal comprendían con enorme júbilo el Plan Divino y la generosidad de la Conciencia Cósmica Original.

Luego de aquel primer encuentro desde la nave más grande, una puerta se abrió. Una multitud de energías brillantes, inmaculadas, angelicales y bellas se desplegó como un abanico. Miles de seres iluminados formaron un círculo enorme. Desde el centro, una energía más potente que todas las demás, con una figura de extremo brillo, se elevó.

—La promesa al fin se cumple —dijo el ser que les habló.

Todos estaban impactados por aquella presencia. Un magnetismo sin igual, una corriente de amor universal, una vibración de gozo supremo. Sintieron la misma ráfaga de emoción conmovedora deslizándose por las fibras de su conciencia, era un impacto vibratorio. De aquel ser lumínico brotaba un poder de atracción inmenso que les abrazó hasta las raíces mismas y la esencia de su ser.

—Su último Mesías Solar está aquí —dijo ella con veneración—. Lo han conocido con un nombre terrestre, aunque nosotros lo conocemos con otro.

A nadie le hizo falta decir quién era.

Hablaba de Jesús.

Epílogo

Ω

ΑΒΧΔΕΦΓΗΙϑΚΛΜΝΟΠΘΡΣΤΥϛΩΞΨΖ

La nueva realidad, el universo sin límites

El Amor era lo único que existía. La misma energía que circulaba en todo momento y a través de muchas formas. El momento presente *era* Amor. No era un amor hacia algo o alguien, era la característica intrínseca del universo. Un perfume que flotaba en el ambiente.

El único objetivo del Amor era crecer, multiplicarse, extenderse.

Los nuevos Homo universales vivieron para crear, sentir, evolucionar y compartirse a nivel espiritual, sexual y amoroso, conectándose en un abrazo para derramar la luz en el otro. Hacían del acto del amor una obra de arte, un suceso sagrado.

Se concretaba el auténtico significado del Elohim: la unión de lo Femenino-Masculino. Aquél era el cambio y el momento de la infancia de la nueva humanidad, y crecería para hacerse madura para compartir la vida en el espacio con otras civilizaciones.

El ser individual se sentía un ser universal, no tenían ningún rastro de ego o separatismo, los nuevos seres compartían la alegría, el arte, la danza, la inteligencia, el amor y el éxtasis de saberse criaturas creadoras de un universo maravilloso con miles y miles de galaxias disponibles adonde ir una vez que terminara su nivel evolutivo en la Nueva Tierra. El individuo usaba la imaginación, la intuición y la intención para manifestar todo aquello que quería crear.

El sentimiento de muerte desapareció por completo. Todos los seres veían con su ojo consciente la partida del alma de aquel cuerpo para nacer en otro. Continuaban conectados al saber que luego volverían a encontrarse como almas eternas en nuevos cuerpos.

El amor por el cosmos que cada uno expresaba lo demostraba cuidando y amando cada cosa. Nadie experimentaba dolor, no era posible. Todo estaba en conexión espiritual y la existencia era un festival de deleite.

El nuevo ser había descubierto el secreto de su origen, el emblema del ADN desplegado en toda su potencialidad, su vinculación con La Fuente Creadora que había elegido compartirse en innumerables formas y figuras a través del *big bang original*. Un ciclo cósmico *respiratorio* que daba paso a una nueva inhalación y exhalación, para volver a replegarse una y otra vez… eternamente.

Y así quedó sellado el cambio para el nuevo Homo universal, descubriendo el máximo secreto que había estado oculto durante milenios.

Descubrió quién era.

Descubrió de dónde venía.

Descubrió el secreto de Adán.

También, habrá señales en el sol y en la luna y en las estrellas, y sobre la tierra angustia de naciones, por no conocer la salida a causa del bramido del mar y de su agitación, mientras que los hombres desmayan por el temor y la expectación de las cosas que vienen sobre la tierra habitada; porque los poderes de los cielos serán sacudidos. Y entonces verán al Hijo del hombre viniendo en una nube con poder y gran gloria. Pero al comenzar a suceder estas cosas, levántense erguidos y alcen la cabeza, porque su liberación se acerca.

Lucas 21: 25-28

1. Consigue un cuarzo blanco de siete caras, de aproximadamente siete a nueve centímetros de alto.

2. Lávalo con agua y sal gruesa o bien en agua del mar.

3. Ponlo a cargar al Sol durante un día.

4. Al día siguiente de haberlo cargado de energía solar, siéntate con la espalda derecha mirando hacia donde esté el Sol en ese momento, en una silla o bien en la posición de loto. Busca un lugar tranquilo.

5. Sostén el cuarzo en tus manos, cierra tus ojos y siente su vibración. Hazte amigable.

6. Coloca tu mano izquierda en forma horizontal a la altura del medio de tu pecho y coloca el cuarzo con tu mano derecha sobre la palma izquierda.

7. Desde tu tercer ojo, inyecta tu idea dentro del cuarzo, establece un puente entre tu pensamiento en el centro de tu frente y el cuarzo.

8. Una vez que sientas el pensamiento dentro del cuarzo, coloca la mano derecha como si fuese una "tapa" que cierra ambas manos con el cuarzo dentro.

9. Sostenlo durante unos minutos, respirando por la nariz, profunda y lentamente, los ojos cerrados; entra en meditación, lleva tu mente a un estado de completa conexión, y el cerebro a las ondas Alfa.

10. Conecta ahora el centro de tu pecho, donde está el cuarzo, en la zona del cuarto chakra, directo hacia el centro del Sol. Viaja con tu imaginación desde tu corazón al Sol.

11. Una vez que sientas ese puente de luz, sigue el viaje desde el centro del Sol hacia el centro de la galaxia. Una distancia de 27,700 años luz que podrás atravesar rápidamente con la imaginación. Tal como decía Albert Einstein: "La lógica te lleva de A a B, la imaginación te lleva a todas partes".

12. Después de un minuto vuelve desde el centro de la galaxia al Sol.

13. Otro minuto y retoma el viaje desde el Sol al centro de tu corazón.

14. De esta forma el cuarzo está alineado con el poder cósmico, tu corazón y la fuente de todas las cosas.

15. Tómate un minuto para comenzar a moverte, o bien continuar con la meditación.

16. Deja el cuarzo en un lugar tranquilo, preferentemente al Sol, llévalo en el bolsillo o en tu cartera. Evita el contacto con los teléfonos o metales. No hace falta volver a programarlo diariamente, únicamente si inyectas nuevos pensamientos. Puedes poner la cantidad que quieras.

17. Asegúrate de que tu primera programación sea en pos de la iluminación colectiva. Todo lo demás llegará por añadidura. Coméntalo con tus amistades, regálales un ejemplar nuevo de este libro para el beneficio de todos al propagar la ley de Sheldrake, así como un cuarzo nuevo.

18. Proyecta fuerza colectiva cada vez que hagas tu meditación personal, en otros lados del mundo estarán muchas personas haciendo un mismo contacto vibracional. Así los iguales se atraen.

El Secreto de Adán

Esta obra se terminó de imprimir en Octubre de 2012
en los talleres de Impresora Tauro S.A. de C.V.
Plutarco Elías Calles No. 396 Col. Los Reyes Iztacalco
Delg. Iztacalco C.P. 08620. Tel: 55 90 02 55